第六届中国（日照）散文季精品集

初光 6

丁建元　韩　通　何慧颖　主　编

山东友谊出版社·济南

第六届中国（日照）散文季精品集

《初光6》编委会

名誉主任：李敬泽　李在武　王新生

主　　任：孟　青

编　　委：陈文东　丁建元　韩　通　王海峰

　　　　　　何慧颖　南　方　骆道营

主　　编：丁建元　韩　通　何慧颖

执行主编：王海峰　南　方

目 录

徐　鲁	日照礼赞（二章）	001
赵德发	海天之间	010
朱以撒	行行复行行	018
李忠春	情满五莲山	022
乔　叶	大树的礼物	030
陈　涛	海边咖啡馆	033
沈　念	你的凝视	036
陈　仓	初光先照	040
庞余亮	日照有很多树	044
尹　婕	日照观山海	047
铁　流	日照的蛋壳黑陶	051
朱德泉	苏轼，在日照的历史深处走来	054
刘　君	海边的喧嚣与宁静	063
柳　复	日照文脉的苏轼律动	067
安　宁	日照沧海	081
王　川	日照祭海书	084
于潇湉	潮音与朝夕	099
蒋　殊	在一棵朴树下大口呼吸	105
李康宁	阳光之下有片海	109
王　飞	日照的海	112

戴永夏	天下银杏第一树	118
刘加民	梧桐树	121
冯金彦	一棵树把一种美好安装在日照	126
李本亭	在五莲遇见苏轼	130
赵方新	山中的"即兴判断"	142
牟海静	到日照去看海	145
徐明祥	石臼所看海	150
王力丽	那一缕暖暖的艾香	153
于 蓉	山 居	157
潘爱英	在 莒	169
李恒昌	当年曾有一位范大娘	173
孙继泉	曙光初照黄海滨	177
成 月	那些灰尘（二章）	181
林 丽	吾乡京冬菜	191
张 浩	齐长城上望东坡	195
王 涛	在日照，与阳光共舞	203
黄鹂鸟	碧波潮起满天涯	206
马亭华	日照纪行	211

冯爱霞	向阳而上	215
秦绪开	悠悠盐茶道	221
周亦凡	在莒	226
张西洪	海曲梁鸿的高台	230
苏扬	大海本纪	234
关鹿鹿	日光流彩,照晚霞归	239
董伟伟	大河	243
徐广征	初光·大树·巨星	257
陈占德	海与碑共天长	264
拂尘	不如见一面	272
蒋华	灯火里的日照	278
李冬梅	去日照看海	282
李守忠	特殊的午餐	285
张之昂	日出记	289
孙善光	浓缩的海洋世界	292
彭天宇	海客	297
张建红	浮来山,叶飞黄	304
吴信萍	五莲山风物	309

日照礼赞（二章）

徐 鲁

银杏礼赞

梅花、兰花、牡丹、荷花、茉莉、海棠、菊花、水仙……从这些花卉的特性里，往往能看到中华民族坚贞、高洁、无私的品德与神韵，所以，它们总是为中国人所喜爱。

松树、柏树、银杏、香樟、桂树、橘树、珙桐、翠竹……这些竹木的丰姿与品性，往往也与中华民族的风骨与精神如影随形、神魂相契，所以，它们同样受到中国人的敬重与热爱。

银杏，是世界上最古老的树种之一，也是最受中国人民喜爱和尊崇的一种大乔木。诗人郭沫若在散文诗《银杏》里，把银杏喻为"东方的圣者""中国人文的有生命的纪念塔"，还由衷地赞美说，"你是真应该称为中国的国树的呀"。

说到银杏的古老，几乎没有别的树种可以与它相比。科学界认为，银杏最早出现在 3.45 亿年前的石炭纪。至 50 万年前，第四纪冰川运动发生后，地球突然变冷，绝大多数银杏类植物在其他地方皆消失不见了，唯有在华夏大地上，依靠优越的自然条件，奇迹般地存活了下来。所以，银杏树也被考古学家们称为"植物界的大熊猫"和"活化石"。

银杏树的果实俗称白果，所以银杏树又叫白果树。银杏树生长速度较慢，但寿命极长。在正常的自然条件下，一株小银杏树苗，从栽种到第一次结果，一般需要二十来年，长到四十年后，才能开始大量结果。所以，有的地方又把银杏树叫作"公孙树"。"公"指的是祖辈，"孙"即孙辈，意思是说，祖辈栽下的树，到孙辈才能得食白果。公孙树，也暗喻着银杏是一种极其长寿的树。

有的古树，树龄超过一百年或几百年，就已经令人心生敬畏了，但是对银杏来说，上百年、几百年的树龄，好像还不过是在"童年期"和"少年期"吧？有资格称得上"古银杏树"的，一般都有千年或数千年的树龄了。

仅以我所生活的湖北省为例。位于鄂北的随州市境内，有一处保护完好的千年古银杏树群落，人称"千年银杏谷"，绵延十多公里。这个群落里，光是千年以上树龄的银杏就有308株，百年以上树龄的银杏有1.7万多株。位于鄂中腹地的安陆市，有"李白故里"的美誉，唐代诗人李白当年漫游到此，在白兆山中隐居十年，写出了上百首传世诗篇。安陆王义贞镇境内也有一处古银杏群落，其中千年以上树龄的银杏有59株，500~1000年树龄的银杏有95株，100~500年树龄的有1006株。因此，王义贞镇也赢得了"楚天银杏第一镇"的美誉。

在中国其他省份，超过千年树龄的古银杏树，也不在少数。

北京有句谚语："先有潭柘寺，后有北京城。"意思是说，潭柘寺比北京城更早建成。潭柘寺建于晋朝，寺中有一株古银杏，被称为"帝王树"，推算起来，树龄已有1300多年，树的主干需要六七个人才能合抱。如今，这株银杏树仍然枝叶繁茂，生机勃勃。浙江天目山中有一株古银杏，据说树龄已有12000多年，被誉为"银杏之祖"。河南省商丘市沈楼村有一株古银杏，据考证是西汉梁国"三百里梁园"的遗存，已有2000多年树龄。这株古银杏的树冠面积，达到了2000多平方米。河南境内还有一株超过2000年树龄的古银杏，也是汉朝遗存，在济源市王屋镇王屋山风景区，被当地人称为"七搂八拐棍"。这株古银杏树高有45.7米，树围9.1米，确实需要六七个成年人张开双臂，才能环绕搂住。陕西西安罗汉洞村观音禅寺内有一株古银杏，据说是唐太宗李世民亲手栽种，算起来已有1400多年树龄；四川阆中市有条白果树街，街边有棵古银杏，据说是两汉时所植，树龄超过1800年；贵州省福泉市是黔南布依族苗族自治州代管的省辖县级市，古称"且兰国"，境内有一株古银杏，据说已有6000多年的树龄。这株古银杏的根径5.8米，树高50米，胸径4.79米，要13个成年人的臂展才能围抱，也被誉为世界上最粗大的银杏树。

全国境内，究竟有多少株百年以上、千年以上或几千年的古银杏树？有一个专门的机构，也许对此了如指掌，那就是国家林业和草原局里的生态保护修复司。这个机构里还有一个专门的古树保护中心。我之所以能大致说出上述一部分古银杏分布在全国各地的地点，以及它们的树龄，只因为，我与这个机构的一位负责全国古树保护的司长一直保持着微信联系。从她在微信朋友圈里不时发布的消息中，我获得了不少有关古银杏树的知识和信息。

初夏时节，我在家乡山东半岛漫游时，特意登上日照市莒县的浮来山，来到南北朝时期的文艺理论家刘勰创作《文心雕龙》和整理、校对佛学经典的定林寺，瞻仰了那株心仪已久的、被誉为"天下银杏第一树"的古树。

这株古银杏，迄今已有4000余年树龄。古树的主干周长约16米，需七八个成年人伸展双臂方能环抱；树高约27米，整个树冠面积达到1200平方米。那么，4000余年的树龄，是怎么推算出来的呢？日照人找到一条历史记载，《左传》记载："（鲁）隐公八年，九月辛卯，公及莒人盟于浮来"。指的是春秋时期，莒国国君莒子与鲁隐公，在这棵银杏树下结盟修好一事。那时，此树虽无确切年龄记载，却已是大树；清顺治年间，莒州太守陈全国为此树立碑云："盖至今三千余年"。就是说，此树在300多年前就已3000多岁。

4000年的风雨雷电、沧海桑田，若非亲眼所见，谁能相信，这株老树仍然能够枝繁叶茂，挺拔和苍翠于天地之间？这得需要多么坚忍不拔、自强不息的生命与胸怀，得需要何等宽广无私的包容力与忍耐力，才能与4000多年苍茫岁月的摧折、拉扯相抗衡，年年岁岁，仍然以满树的苍翠、遍地的亮黄和累累的果实，献与大地和人间？啊，伟大的生命默默无语……

面对这郁郁葱葱的，如同一座巨大的、顶天立地的苍翠楼宇一般的大树，我的心里充满了一种崇敬感，同时还有一种无法形诸文字描述的愧疚感。我只能在心里默默地回忆着郭沫若早年写下的那些咏赞银杏的名句，借以表达我心中的那份震撼、敬畏与感喟，虽然诗人描述的对象并非眼前的这一株银杏：

你的枝干是多么的端直，你的枝条是多么的蓬勃，你那折扇形的叶片是多么的青翠，多么的莹洁，多么的精巧呀！

在暑天你为多少的庙宇戴上了巍峨的云冠，你也为多少的劳苦人撑出了清凉的华盖。

梧桐虽有你的端直而没有你的坚牢；

白杨虽有你的葱茏而没有你的庄重。

眼下正值初夏，27 米高的翠绿楼宇之上，虬枝繁茂，遮天蔽日；从那些萌发在老枝身躯上的新鲜枝条上，隐约可见，已经结出了累累的果实。这些小小果实像含羞的婴孩一样，暂时还躲藏在精巧的扇形的翠叶下。来定林寺前，我查阅了一点资料，知道古老的银杏又分黄叶银杏、塔状银杏、裂叶银杏、垂枝银杏、斑叶银杏等二十多种。定林寺里的这株古银杏，属黄叶银杏。不难想象，再过几个月，当秋风吹过浮来山巅，吹进这安静的寺院院落时，像成千上万把金色小扇一样飘落在树下和周围的银杏树叶，纷纷扬扬，铺天盖地……那又是一番何其丰饶、何其壮观的景色啊！

英国 19 世纪博物学家汤姆逊专门写过落叶的"秘密"：每片树叶在凋落之前，必先将自己所有水分、糖分、叶绿素等生命成分，全部退还给树身；干枯的树叶飘落在地上后，还会经过蚯蚓、蚂蚁等运入泥土之下，化作植物性土壤，以供后代之用。如果改动龚自珍一联名句中的一个字，那就是：落叶不是无情物，化作春泥更护花。这又是一种何等宽广无私的情怀与奉献的品德啊！当然，还有成千上万颗沉甸甸的、吧嗒吧嗒落满地面的白果。当地友人告诉我说，每年秋末，从这株古银杏上落地的白果，可以收获好几麻袋，其中一部分被用作了药材，另一部分送给了山下和周边的乡亲们食用。这同样是老银杏树 4000 年来，一年年无怨无悔的奉献。

不知为何，伫立在这株有着骄人的生命履历的古银杏面前，我一下子想起多年前，我在德国诗人歌德故里，小城魏玛见到的那株二裂叶银杏树来了。

歌德是中国文化的推崇者与热爱者。歌德故居纪念馆的一位女士告诉我说，歌德在魏玛老屋里住了近 50 个春秋，其间他读了不少中国及东方的典籍，还学习过写方块汉字。歌德的《西东合集》里，有不少诗篇的思想和神韵，是他依照中国古典诗歌和戏剧的风格创作的,也可以说,那是歌德向中国古典诗歌的"致敬"之作。歌德故居庭院里有一棵老银杏树,据说是诗人当年托人从中国移栽过去的。这是一株裂叶银杏,树叶形如小扇,但中间有个缺口,好像是两片叶脉的合体。1815年,66岁的歌德特意挑选了数枚金色银杏树叶赠给友人,还写下了一首充满思辨色彩的名诗《二裂银杏叶》。诗中写道:"从东方移到我园中的这棵树上的叶子,含有一种神秘的含义,它使识者感到欣喜。它是一个生命的实体,由它自己自行分离,还是两者选择在一起,而被人们看成一体?为了回答这样的问题,我发现了真正的含义。你有没有根据我的诗章感到我是一,而又成双?"或许,在歌德心中,二裂叶银杏正是东西方文化相互融合、相互映照的一个生动象征?由此我也想到,郭沫若把银杏喻为"东方的圣者"和"中国人文的有生命的纪念塔",同样是那么准确和贴切。

啊,见证过也亲历过中华大地上4000年星移斗转和光风霁月的银杏树,你这盛装的、无怨无悔地眷恋着自己的故国家邦的树啊!站在你的面前,我一直在被一种神秘的感情激动着。作为第四纪冰川运动后遗留下来的裸子植物中最古老的孑遗植物,你在世界其他地方都没能继续生存下去,唯有在中国,却到处能见到你的雄姿,见到你或是一身苍翠或是满身辉煌的身影,这是为什么呢?为什么,只有你,才有着如此固执的品性?世界是辽阔的,而你,却独独留恋这片褐色的土地,也从来不离不弃这方多雨多雾的天空?

站在你面前,我感到,我的心中在荡漾着一种崇高的感情。我走上前去,伸出手轻轻抚摸了一下你古老的身躯。我的手指充满了发自内心的轻柔和最大的温情。我甚至好想紧紧地搂住你,就像搂住我的一位失散了多年的亲人。但我知道,为了心中的那份爱护,我们都不能这样做。我只能默默地前倾着身子,伫立在你的华盖下,向你默默献上我心中的敬畏和崇敬。我的心里也萦绕和升腾着一种崇高的感情:从你虬龙似的枝条、心形的叶子和清晰可辨的叶脉里,我分明看到了一种古老的、属于我们这个伟大民族所特有的生生不息的精气神,以及从5000多年文明厚土里孕育和涵养出来的,坚忍不拔的生命智慧、忠贞不渝的家国情怀,还有如高山大河一般的,中华文化的风骨、气度与神韵。

啊,古老的银杏,什么样的礼赞,才能配得上你历经4000年风霜雨雪而依然苍翠、挺拔和生生不息的生命呢？

雨滴与细沙

　　50年前，美籍华裔物理学家丁肇中与美国斯坦福大学教授伯顿·里克特几乎同时发现新的基本粒子——J粒子，即第四种夸克的束缚态，因此同获1976年诺贝尔物理学奖。丁肇中等人的新发现，改写了过去物理学界认为世界只由三种夸克组成的理论，为人类重新认识微观世界，开辟了新的境界。

　　今年夏天，我来到丁肇中的故里山东省日照市涛雒镇，寻访这位科学家留下的足迹。

一

　　小镇四周，一片片麦田里，麦秆粗壮，麦穗饱满，好像正在等待着成熟期里的最后几场暴晒；山野上的茶园一片青翠，不时能看到一些包着头巾的妇女，正在专心采摘晚茶。有的茶园边还有一些小小的果园，矮矮的杏树上挂满了即将黄熟的杏子……

　　涛雒镇位于日照港、岚山港这两个国家一类开放口岸中间，是一个集水产业、种植业、盐业以及其他工业、旅游、商贸等于一身的小镇。小镇新修的一条宽阔大道，一头连通沿海公路，一头延伸至天台山脚下，涛雒人把这条新修的大道视为家门口的"旅游景观公路"。

　　涛雒镇是一个濒临黄海、拥有悠久历史的古镇。镇名"涛雒"，颇为古雅。涛，波涛、大波的意思；雒，通"洛"，古人常用"洛洛"形容流水状态。涛雒镇临海，海潮涨时，波涛汹涌，潮水环绕；退潮时则"流水洛洛"。涛雒镇大约因此而得名。

　　因为濒海，涛雒镇自古就是一处产盐地，商业隆盛，其鼎盛时期，镇上有大小商号近百家，货船、渔船数百艘，所以这个小镇还有"涛雒口"之称。

　　丁肇中曾回忆说，第二次世界大战初期，他出生在一个由教授和革命志士组成的家庭里，父母希望他出生在中国，但未及从美国回国，他提早出世，成为美国公民，这个意外影响了他的一生。

丁肇中出生后不久，母亲抱着他回到了中国，与先期回国的丈夫团聚。此时，日本侵略者已经入侵中国，一家人为了躲避战火，四处流离，居无定所，最后只好回到老家日照。

在人情怡怡的涛雒小镇上，一家的来客，往往也是全镇的来客，更何况是从海外归来的远客。一时间，族人邻居，妇孺老幼，笑语盈门，喜气洋洋。有给襁褓里的婴儿送来镇上有名的针线活儿虎头鞋、虎头帽的，还有送来这里的孩童必不可少的儿时玩具小泥老虎"泥叫虎"的。丁肇中的祖母，含辛茹苦大半生，自是打心底里疼爱这个躺在襁褓里漂洋过海、回到涛雒来的小孙子，真是"抱在怀里怕碰着，含在嘴里怕化了"。

然而这一次返乡，父母亲带着丁肇中并没住多久。由于时局紧张，心里又惦记着工作去向，丁观海夫妇在涛雒镇住了不足两个月，又带着幼小的婴儿，恋恋不舍地离开了故乡。

二

沿着204国道一路向西，好像是一幅青绿山水画轴缓缓展开……麦田、茶园、桑园、菜园、桃林、杏林，满目青绿，从眼前一直伸展到远处的山脚，然后继续伸展再伸展，一直伸展到了海边。点缀在青绿画轴中的，是涛雒镇周边几个饶有特色的村庄，如紧邻天台山风景区的"民俗村"下元一村，位于国道东侧的黄桃种植专业村小草坡村。小镇在一片片青绿里旋转着身子，让我们从她的后影看到了前身。

镇上的传统民居，建筑材料以青砖、灰瓦为主，外墙多为白色，看上去稳重、敞亮而又透着古雅。丁肇中祖居，也是以青砖、灰瓦、白墙为主。这方院落建于清光绪二十四年（1898年），初建时由种德堂、慎德堂、观兰堂、古梅轩、同生堂5个庭院组成，共有各种不同类型和功能的房屋140多间，是当时日照较有代表性的一组"大户人家"的建筑群落。后来由于战乱等，"五宅"的大部分建筑遭到损坏和拆除，只剩下"五宅"主建筑外的两处学屋。

从 2002 年冬天开始，日照市和涛雒镇政府，对丁肇中祖居实施修葺和复建工程。今天的丁肇中祖居，是按照相关历史资料和丁氏家族后人的回忆修葺复建而成。整个院落有大门、二门、三门，正院为取自"天圆地方"的方形。

约翰·罗斯金在《建筑的七盏明灯》里说过一句话，"毫无疑问，那些带有历史传说或记录着真实事件的老屋旧宅，比所有富丽堂皇但却毫无意义的宅第更有保护和考察的价值。"盘桓在丁肇中祖居的老屋里，我伸出手，轻轻抚摸着它的青砖白墙和刻凿着岁月痕迹的门扉，凝望着屋顶上那些静静生长在瓦缝间的矮松，仿佛是要从这些细枝末节里，侧耳听到一些过往的风雨声……

其实，涛雒镇上"有故事"的老屋，又岂止丁肇中祖居一处。穿行在小镇老街上，一些隐藏在昔日街巷深处的老房子、老祠堂、老铺面，随处可见。哪一处老建筑的背后，又没有故事的来龙去脉和人物的命运遭际？没有一些家族盛衰的秘密？正是这些老街、老屋及其背后的人与事，构成了一座古镇生生不息的前世今生，也给今人探究与追问它的兴衰变迁以契机。

三

当地人无不以家乡出了一位享誉世界的科学家而感到自豪。因此，丁肇中回涛雒访祖寻根，成为当地人津津乐道的话题。

1985 年 6 月 28 日，丁肇中同夫人苏珊博士回到阔别 47 年的故乡寻根祭祖。丁肇中写道："欣见故乡进步，深觉快慰，感念各位辛劳，书此谨表敬意。"这次回故乡，开启了他此后数次访祖寻根、回馈故乡之旅。

2017 年、2018 年连续两年夏天，丁肇中回到日照。一次是出席日照市科技馆的开工奠基仪式，颁发"丁肇中奖学金"；一次是出席日照市科技馆展出陈列方案评审会和主体竣工仪式。

位于日照奥林匹克水上公园西岸的日照市科技馆，占地 160 亩，建筑面积 2 万平方米，展陈面积 1.2 万平方米。这座科技馆一直让丁肇中心心念念，即使身在大洋彼岸，也时刻牵挂着它的建设进度。科技馆以"探索、发现、实验、求真"为理念,收藏并展示了丁肇中及相关科学家的科学文献和研究成果。丁肇中不仅把全球唯一一个全尺寸的"黑洞上的磁谱仪"模型赠送给了科技馆,而且把他所领导开展的"测量电子半径实验""发现 J 粒子实验"等著名实验的内容,大部分按 1:1 比例复原,在展厅里向世人展示。

矗立在故乡大地上的这座美丽的现代化建筑,是日照市的地标建筑之一。自 2017 年 7 月 21 日开工奠基,到 2019 年 10 月部分对外开放,再到 2020 年 6 月全面开放,它设计与建成的每一步,都凝聚着丁肇中的心血。

海天之间

赵德发

多年来，我痴迷于一个空间：海天之间。

去海边游逛，坐轮船涉海，乘飞机越洋，我都注意观察，浮想联翩。

我家离海有3公里远，不出门时经常去窗口瞅一瞅。写作累了，从书桌前站起来看看海，是我最好的休息方式。虽然城市的天际线日益增高，参差不齐的楼缝像那个空间的蓝牙，但我还是喜欢遥望海天想入非非。

这个城市的电视台善解人意，在海边安上了直播设备。无论我在哪里，往手机上轻轻一点，眼睛便与那儿的高清摄像头"并机"了。我近距离地注视着沙滩、大海、天空，心神激荡。

海是实的，天是虚的。真正的虚无缥缈，没有尽头。也许黑洞是它的尽头？平行宇宙是它的尽头？估计造物的那一位又在发笑，我便收回思绪，只盯着眼前的海与天。

海天一色。什么色？蓝。

天蓝，有它的道理；海蓝，也有它的道理，我早已被科普过了。然而，这些蓝为什么只出现在地球上？是必然，是偶然？道理何在？也有人科普，但我半信半疑，只觉得事情不那么简单，可谓玄之又玄。

其实，海天并非一色。蓝，只是笼统的判定，它分为天空蓝与海洋蓝。天空蓝，一碧如洗时才为正宗；海洋蓝则复杂多变，深蓝、浅蓝，有多个层次，过渡时让人难以觉察。只有在适度的光照之下，才有标准的海洋蓝。

用色彩学解释，天空蓝是高调蓝调子，传递平静、纯净、安详；海洋蓝是低调蓝调子，传递沉静、深邃、幽远。两种蓝，各有千秋，我都喜欢。

海与天的分界是海平线。世界上的几何线条有无数种，那是最长最直的了。但你无法靠近，即使乘船去寻，它也永远距你4.4公里左右。看着它，你耳边可能会响起塞壬的歌声，被吸引，被诱惑，一心趋前，不计风险。

海平线是一根漂在海上的纤细魔杖，会显示种种奇迹。日月，云雾，船只，飞鸟，均从那条线上诞生，生生不息，无休无止。

海平线当然是平的。这个平，发人沉思。我想到了八个字：天下为公，四海遂平。

海平线上最辉煌的景象是日出。"暾将出兮东方，照吾槛兮扶桑。"（屈原《九歌·东君》）我在家每天看到的"暾"出自东方之海，光芒照亮我的窗子、我的心房。

我居住的城市叫日照，因"日出初光先照"而得名。海边有古人祭日的遗迹，有今人在每年元旦举行迎日大典的场所。平时除了雨雪天气，早晨有很多人到海边观赏日出。

太阳每天照常升起，每天的景色却各有不同。天阴天晴，云多云少，画面不同，氛围不同。单说那朝霞，没有一天是相同的，其形其色，千变万化。在这个时刻，言语道尽，也无法描述，唯有默默静观，用心领会造化之神奇。

海天有情有义，想显示更多神奇给你看。你不经意间，云集东方，悄悄布阵。等到日上三竿，云彩突然出现若干缝隙，让阳光直射入海。一根根巨大光柱，一块块海上金斑。有人惊呼"丁达尔"，有人赞叹"云隙光"。

关注海天之间，可以开阔心胸。"乾坤浮一气，今古浸双丸"（清代诗人张照《观海》），充沛在海天之间的浩然之气，恒久不变的日月升落，能让你明白何为"天行健"，你是否要"自强不息"。

关注海天之间，可以调节心情。向后看，人事如麻，烦恼如烟。往前看，天宽海阔，一片澄明。我的一个堂弟曾在货轮上工作，他说他喜欢在船上看海看天，赏心悦目，一上岸就头疼，觉得陆地上的事太复杂，太难办。

有一种看不见的力，在海天之间拉扯，于是有了潮汐现象。

潮汐可见，惊心动魄。一些礁石，看着看着就没了，等着等着又有了。沙滩上，潮舌伸伸缩缩，似在表达对陆地的情意；潮间带干了湿了，无数小生灵在此觅食、求爱，繁衍生息。

我曾在夜晚来大潮时，立于海崖边看惊涛拍岸。轰然激溅，震耳欲聋。浪花飞起时反映着月光，像满天珍珠，晶莹剔透。我对着月亮双手合十，默默感佩它的神奇之力。

2024年5月11日，我女儿忽然发来几张照片。海天之间，一片紫红，繁星在其中闪闪发光。我觉得诡异，问她是怎么回事，她说，刚刚看到了极光。本来，只有在新西兰的南岛上才能偶尔看到，今天在北岛也看到了。我忽然想起来，前几天媒体上讲，二十年来最强的太阳磁暴将要发生。

太阳喷发，日冕熊熊，一次超强的磁场能量冲击地球，在南北两极引发大面积、大规模的辉煌，真是一幕罕见的奇美景观。

上网看看，世界上许多地方的人们都在欣赏这场"极光秀"。那些在海边拍摄的照片与视频最为迷人：极光高挂在天上，也倒映在海里，绚丽多变，如梦如幻。

海天之间，还有一种力，我们称之为风，这也由太阳传递的热量引起。

风在陆地，有许多羁绊，到了海上便畅行无阻。我们看不见它的真身，它就推动云朵给我们看，推动船帆给我们看，推动海水给我们看。

对海水的推动，最能显示风的手段。滚滚波涛，巍巍浪山，都由它造就。它甚至能制造渔民所说的"鬼潮"：潮水该来不来，让坐滩的船无法出海。那是来了特别猛烈的强风，让大片海水整体移动，拉开了与陆地的距离。

一个渔家姑娘的歌唱声从九十年前传来："早晨太阳里晒渔网，迎面吹过来大海风……"渔民对大海风的体会，最为真切。《渔光曲》的凄婉，打动了几代人的心。

风险，风险，因风而险。

这个词，也因海而生。"天下之险莫如海"，信然。

台风，是海天之间的巨无霸。每当一个台风生成，我都从天气预报上看它的位置，从卫星云图上看它的形状。它独眼向天，极其狰狞；它旋转着移动，强悍无比。

我居住的海边，偶尔有台风经过。我曾多次观察台风将至时的天象，只见远处海云如山，气势汹汹，近处有碎云飞跑，似野马奔腾。海鸟们懂得风险，纷纷从洋面上飞回来躲避，叫声中带着惊慌。

台风呼啸而至，所向披靡。天知道它怎有那么大的风力，在海上有十几级，到了陆地上有所减弱，却还能摧枯拉朽。天知道它怎会带来那么多的水，从太平洋深处一路泼洒，泼了几千里之后还是大雨如注。

我有一次飞越台风的经历。2013 年 7 月 12 日，我受邀到"深圳晚 8 点"活动上讲我的新书《乾道坤道》，次日坐飞机回山东。而这天，台风"苏力"即将在福建沿海登陆，我坐的飞机则沿着海岸线北上。经过那儿时，飞机处于万米左右的平流层，上面是蓝天与骄阳，下方是平平静静的云海。我知道，下面的对流层里正发生着强烈对流，风雨交加，电闪雷鸣。

我俯瞰着台风感叹：海天之间，何其玄妙！

海边，忽然有红红绿绿的圆球升腾、飞翔。那是一次庆祝活动结束时的情景，几千只气球被放飞。孩子们撒手之后，欢呼雀跃，目光追随它们渐高渐远。

气球会飞往何方？是逐日还是奔月？一架无人机想弄清楚，嗡嗡叫着跟踪而去。但是，时间不长它就回来了，听声音有点儿沮丧。因为它不敢脱离人类的控制，一旦脱离便是毁灭。

有一天，我看见无人机在海面上飞，下面是成排成行的圆球，或红或蓝。那不是庆祝活动上放飞的气球迷途知返，落到了海面，而是海洋牧场上固定的浮子。它腹中充了气，却无法飞起；它具有一定的浮力，能维系下面的养殖网兜。

但我知道，它如果有灵，是一心想飞上天空的，只是负担太重。就像我被肉身拖累，被责任感拴牢。

鸟儿，是海天之间的精灵。如果没有鸟，这个空间便会死气沉沉。

我经常在海边看鸟。那儿有留鸟，有候鸟，种类繁多。最常见的海鸥，红嘴、白身、黑翅尖，在碧海蓝天的背景上引人瞩目。每当渔船归来，它们必定扇动翅膀跟踪，希望分享渔获。岸边有人投喂，它更是欢叫着扑来，精准抢到食物。

还有一种鸥鸟，叫中华凤头燕鸥，是传说中的"神话之鸟"，世界级濒危鸟类，也在日照海边出现。它体呈白色，头上却顶着一撮黑毛，煞是可爱。其中有一只戴黄色脚环，当地一位摄影家拍下照片发到网上，被台湾一位学者看到，他说这只鸟在台湾出生，他认得由马祖列岛制的环志。

人有人路，鸟有鸟路。有一条鸟路，叫作东亚—澳大利西亚候鸟迁飞路线，每年有超过5000万只鸟经此南来北往。中途有一些地方是它们的驿站，如鸭绿江口、荣成湾、日照两城河口湿地、盐城滨海湿地等等，我都去过。有的时候，万鸟翔集，遮天蔽日，让我惊叹不已。

我还多次在海上看鸟。有一回坐船出海，有鸟群在天上飞过。我不认得它们是什么鸟，但知道它们正在迁徙，正往南飞。估计是东北亚天气变冷，它们要飞往大洋洲，被人类称作"澳大利西亚"的那些温暖之地。

我想，至少要飞一万公里，你们坚持得了吗？正在观望，突然有一只褐色小鸟落到了甲板上。它"叽叽"叫着，小胸脯急促起伏。我以为这个小可爱飞累了，不再走了，却见它抬头看看同伴，又鼓动翅膀，勇猛地冲上了蓝天。

那一刻，我心中充满了感动，目送它翩翩远去，融入鸟群，消失在海平线上。

那年夏天去汕头，北回归线上的太阳当空直射，溽热难耐。忽见海岛模糊，灯塔摇晃。细察之，原来是海中蒸汽升腾，袅袅而上，将我的视线扭曲。

有多少水，就这样悄无声息地升华，到了天上成为云朵，积为云山，铺作云层。

那些云朵，既点缀蓝天，又投下阴影。夏日行船，云影是水手的福地，可以擦擦汗，喘口气。云影也是某些鱼类的乐园，鲲鱼最喜，追逐不休。它们至此避开了阳光，兴奋地跳跃，让这片海水如雨点激溅。

云，忘不了它的出处，在天上飘悠一段时间便回归大海，回归方式或温柔，或粗暴。我见过海上的和风细雨，雨星儿微小，似有似无；见过风狂雨暴，雨区像巨大帷幕一样急促移动；我见过海上大雪纷飞，无声无息飘入浪波；见过冰雹大如乒乓球，落到海上砸起高高的水花。

云飞出海洋，雨雪冰雹便落于大地。即便如此，水滴还是汇成细流，汇成江河，奔赴汪洋大海。之后，一些水还要飞走，要升华。

海天之间的大循环，暗藏玄机，鬼斧神工。

海面上，银白色的"大风车"悠悠转动。有的海域"风车"如林，十分壮观。

风力发电机，八年前在我家乡出现，村子南面的山上立起一排。我第一次看到时很反感，称之为"南山长刺"，觉得有了它们，南山不再高大，天空不再完整。我的心，被它们深深刺痛。

但我也明白，这是感情作怪，感性作怪。我用理性说服自己，像咽下一些醋，让南山之刺在我心中变软。

我经历过前些年的一次次漫天雾霾。有一回在老家住着，突然来了大雾。但它与山里雾的清爽味道不同，难闻而呛人，便知道它来自远方，由 $PM_{2.5}$ 组成。我当时痛心疾首：乡下人为何也与城里人"同呼吸共命运"了？

还有一次我坐飞机南下，发现一座滨海城市上方多了个灰色"大锅盖"。"锅盖"的一部分罩在海上，改变了海的颜色，我心中的悲哀如同被雾霾遮盖的波涛，滚滚难平。

因此，当我看到"大风车"在海上出现，就不再反感，觉得喜欢，甚至领略到一种诗意。

清洁的风，清洁的电，让天更蓝，海更蓝，善哉善哉！

善的，便是美的。

海天之间，白帆点点。一场帆船赛事正在进行，给观望者制造出唯美的画面。

然而，这只是人类传统航海活动的最小规模延续，或者说，是对航海前辈们的怀想与纪念。

在机器船兴起之前，除了小舢板，别的船都要用帆。借助风力，辅之以人力，让船行进于江河湖海之上。

日照的渔民，为了避讳那个"翻"字，把帆叫"篷"。它用白布做成，再剥来槲树皮，煮汁染色。于是，那些船像长了一只只紫褐翅膀，在海上来来回回。

我曾在海边的山上找到一棵老槲树，抚摸着它身上的伤疤悄悄发问：告别了剥皮之苦，你是不是觉得幸福？见它不语，我便转过身，想象自己是过去的一棵槲树，遥望海上，想看看用自己的生命汁液染出的篷。然而我看不到，海上正跑着的船大多无篷，都在冒烟，心中有欣慰，也有失落。

看到媒体报道，航运界正尝试复兴古老的航海技术，给货轮装上风帆。全球商业船队共有 11.4 万艘船舶，目前有 100 艘左右安装了风帆助力系统。但它只是"助力"，船的主动力还是柴油发动机。有一艘 8 万吨级货轮，装上了两面巨大风帆，都是 37.5 米高，相当于 12 层楼，每天大约节省 3 吨燃料，减少 11.2 吨碳排放。当然，这种风帆不是布料做的，而是用特殊材料制成的可伸缩硬帆。我没见过这种船，但看看网上照片，便热切期盼。

我关注海天之间，非常希望能看到海市蜃楼。那是地球上最为玄虚的事物。本来空空如也的海上，为何突然出现山峦、树木、楼房、城市等等，空幽缥缈，恍若仙境？科普读物告诉我们，那是光学现象，由远方景物折射而成。问题是，人们看了海市蜃楼，想找它的原型，却没有一例能够成功找到。

于是有人猜测，那是"平行宇宙"的显影。这也不可信，我们这个宇宙包罗万象，"平行宇宙"难道只有那么几种东西？

越是虚幻越想看，越是想看越看不见。在我有生之年，大概此梦难圆。

"人间所得容力取，世外无物谁为雄？"想起苏东坡当年想看海市蜃楼，在登州蓬莱阁上发出追问，千年来一直没有答案，我只好放下执念。

关注海天之间，我还担忧这个空间变小。

它真的在变小，因为海平面正在抬升。我来日照三十多年，多次听到渔民说，水位越来越高，海边的房屋离水越来越近。

前年，我去青岛游览著名的中国水准原点景区。这个水准原点是我国 1987 年启用的，将青岛验潮站 1952 年 1 月 1 日至 1979 年 12 月 31 日所测定的黄海平均海平面作为全国高程的起算面。珠穆朗玛峰的海拔高度 8848.86 米，就是以此为基准计算出来的。但我发现，旱井里代表海拔 0 米的石球顶点，比旁边的海面要低。

我当时无法测量，但现在有了资料佐证：2024 年 4 月 22 日是第 55 个"世界地球日"，自然资源部海洋预警监测司发布《2023 中国海平面公报》指出，1980—2023 年，中国沿海海平面上升速率为 3.5 毫米 / 年；1993—2023 年，上升速率为 4.0 毫米 / 年。这就是说，黄海海平面实际上比位于青岛的水准零点高出至少 120 毫米，即 0.12 米。

目前，海平面还在上涨，而且速度越来越快，因为地球继续变暖，冰川继续融化。

所有的海边，波浪线在前推，潮间带在前移，人类只能后退，再后退……

古有杞人忧天，今有我辈忧海。

是无可奈何，还是奋力阻止？联合国主导的一次次气候行动峰会，反映了人类的共同心声。响应峰会提出的目标，中国人郑重做出"双碳"承诺，已经在方方面面行动起来。

愿地球清凉，人类吉祥，海天之间美景恒常！

行行复行行

朱以撒

在这个名为"日照"的滨海城市,阳光、沙滩、海浪、涛声,总是会让人想到漫长——漫长的时日,那么多的过往。海岸线在潮水的拍打中不断地向前延伸,一直到看不见的远方。漫长,会让我们想到许多事物,比如悠扬而辽远的长调、连属无端一笔尽兴的草书线条、无从拂开的袅袅情思,还有那些难以言说的期待。电视剧《大明宫词》里,太平公主请明清远给她看掌中纹路的走向,明清远说:"公主掌中纹路如凤尾,悠长婉转,再看公主,凤颜龙颈,真是伏羲之相。"这就调动了观众的想象——舒展的、蜿蜒的、细腻的、润泽的。

万平口从南到北展开的海岸线,使热爱徒步的人,有意施展自己的力量。这种原始的行走,要多久才能走到尽头?行走是人对大地的一种触摸,比安坐在车马上更为真切。早先的一段时日,我曾赤足而行,如此,与地面有一种实在的摩擦,能感受地面的平缓与崎岖,干燥与湿润。此刻,有人提着鞋子,在细密的沙子上走动。潮来潮去,沙滩洁净,双足在上,柔软如绵。此时是暮春,离旅游旺季还早,滋润中有一丁点儿凉意。人迹无多,会生起空旷岑寂的心思。海水盈满,不息地发出低沉的声响,从深处浮到海面上。细细倾听,涛声与涛声还是有差别的。我从东海来到黄海,对陌生之地生出了许多敏感和好奇,会将它和自己已经熟识的场景比较——海水拂面的刚柔、海水起伏的强弱,还有海岸线不同的弧度。当年读曹孟德的《观沧海》,觉得他有些急切了,他想把澎湃的情调塞入这短短的诗行里。现在我们沿海岸线行走,更多的是散漫、徐缓。人和自然是没有什么可比性的,大海、沙滩、海岸线,千万年后还是如此,而行于海边的早已是另一些人。

欧阳修曾说自己中年之前有许多艺文方面的爱好,后来都放弃了,只有写字被他保留下来。他认为写字可以"消日"。写字,给了人独立而为的机会——在书写中,自由、娴雅地任时日悄然滑过。许多文士喜于独自游历,独自书写,不管来日很多还是无多。欧阳修不在宋代大书家之列,但他的"消日"观还是给人很多启示——在徐缓中也能产生力度。人不是夸父,不必与日逐走而渴饮河、渭。太阳终究是追不上的,反而让自己憔悴。如果认同"消日"之说,心绪理所当然沉着下来,眼神看世相多了一缕深婉不迫,笔下也能够生出轻逸之迹,此时可以称"松弛"了。一些人在观光车上沿海岸线疾驰,一些人却不吝脚力,沿海岸线行走——前行速度不同,使得他们过后对海岸线进行的评说,也会有很大的差异。

到万平口看日出,是许多行者的愿望之一。尽管人们在故乡、异乡已经看过不少日出——山岭中的、乡野间的、平原上的,但是来到适宜观日出的地方,还是会早早起身,疾行至最佳的观赏点。"太阳每一天都是新的",这句话已经没什么新意了,却还是能激励人,让人静静等待。清晨的海边空气清新,昨夜的涛澜涌动,已经转为轻轻拍岸。远处水汽迷蒙,每一个缝隙都让潮气充满着,只等着红日初升时一举廓清。等待使人浮想,未露面的朝阳此时是什么样的一种状态,没有谁能说清。它被一方厚重的屏障阻隔了,光焰不曾泄漏。天色逐渐明朗起来,有鸟群拍翅掠过,时间又近一些了。爱看日出的人,心思或许是向上的、腾跃的、蓬勃的,他们及时赶到,就为了不负朝阳冲出地平线的一瞬。互不相识的人们,只因爱好相同,自觉地聚拢在一起。

万平口也是看日落上好的方位。看日出和看日落的通常是两拨人,心境不同,趣味有别。看日出可以感受一种激情,互相分享喜悦;看日落则静默无声,似乎无甚可说,自己有所感即可。午后的时光很是温暖,心弦渐渐松动起来。夕阳开始西颓,全然可以把握它的行踪,也就不必急切。看日落的人多半不是专程来的，他们正好在海岸线上行走，或者在沙滩上休憩，赶上了，就顺便看看，全然不费心力、脚力。看日出是有变数的，总会听说某人到了哪座名山未能如愿看到日出的愧惜，逢雨逢雾，缘由不少，由此引发人们对无常的思考。而能否看到日落，大抵可以预料，这也使行者感到安逸，或坐着，或倚栏，随意的，遣兴的，看日头渐渐消失，然后离开。日出有如一幕大戏开场，帷幕张开时，一切都才开始，让人心怀璀璨，踌躇满志。而日落则不同，虽然徐缓，终究是渐渐向下行走。海边，一位坐在轮椅上的老者由家人推着，好像在注视日落的轨迹，又好像视而不见。他更陶醉的似乎是拂过脸庞的那一缕缕风，这使他舒适之至。面对落日，最好什么都不想，只是单纯地欣赏，如此就简单轻松了许多，任暮色渐渐合拢过来。

后来，我们乘船，到海的另一边。人与巨大的船相比，自见渺小；而船比之于海，则又渺小之至。人不是飞鸟，无从掠过大海的浩渺，但人高于飞鸟的地方表现在善于制造工具。工具制成了，或腾空而起，或破浪前行，抵达辽阔与遥远。对于常人来说，海上时光只是人生的一点过渡，没有谁会在海上停留太久。这也使写陆地的人多，写大海的人少，没有谁像琢磨陆地那般地琢磨大海。在船这个浮荡的空间里，若论说起大海的深度、广度，真是苍白之至。记得《晋书·王羲之传》中说："与道士许迈共修服食，采药石不远千里，遍游东中诸郡，穷诸名山，泛沧海，叹曰：'我卒当以乐死。'"想当年王羲之陆上风光穷尽，浮槎泛海，感叹无限——一个人临海，会生出许多不同的思绪，哀乐、死生、有无。在海上，也可以窥见一个人的襟怀、风度。《世说新语》里写名士谢安和几位朋友于海上泛舟游玩，不料风浪骤起，众人神色慌乱。船越前行，风浪越大，众人惊惧，乱作一团。与之形成对比的是谢安，他安坐船中，视若等闲。后人以此观之，以为谢安"足以镇安朝野"。

海边有一座森林公园。正是海洋的吞吐、舒卷、开合，使树种有了更多竞争。这里树种繁多，可知的有刺槐、黑松、杨树、水杉、雪松，更有众多未知的。南朝梁的吴均曾这般描写："负势竞上，互相轩邈，争高直指，千百成峰。"我不知吴均描写的是哪一种树，但在这个森林公园里，以此来描写水杉，再恰当不过。水杉这种植物是有象征性的，正直、上行，有凌云摩天气象。一大片的水杉，给人的就是张放的气势，在半空中迸发出清洁的绿意。眼前这片巨大的森林，像一张绿色的大网，在高处延伸。其中的细节极有条理——每一株树本能地规划着，使每一枚叶片都有和阳光雨露碰触的机会。生存的智慧是千万年来渐渐积蓄起来的，不如此就要走向式微和消失。春日和煦、潮润，生者察觉到大自然的眷顾，一些新叶长出来了，一些枯枝掉落了。一些枝叶与母体紧密结合的同时，一些枝叶正脱离母体，再无关联。一切了无声息，合于生存就是天道，不必伪饰、雕琢。我认识不少能写一手锦绣文章的文士，写作功夫已经娴熟之至，如珠走盘，然而若要言说欠缺，或许是笔意达不到闲云出岫、归鸟入林那般自然——信手、信笔少了，有意为之多了。钱谦益说得好："天之生物也，松自然直，棘自然曲，鹤不浴而白，乌不黔而黑。"对于写作者来说，或许不是指腕间的问题，而是其他——随着年龄的增长，将名利看淡，不徇人矜己，笔下之痕有可能渐渐近于自然，如同这里的一株水杉。

一个城市以"日照"为名，大抵缘于与阳光的亲密。在阳光的照耀下，万物繁富，始终向上、向前。一座城市使行者留恋，并不是缘于那些字面上的指标、数字、百分比。行行复行行，沙滩、大海、日出、日落、森林，还有漫长的海岸线，都是充满诗意的所在。正是它们，使短暂的数日生出此行不虚的美好。

情满五莲山

李忠春

一

这方群山,景色如幻。龙甫抬头,帷幕打开,四幕大戏,便在上天安排下,依次上演!

春风轻轻掠过山野,迎春花是最称职的报春使者,但她的性格却是那么婉约,总是羞羞答答,爱在犄角旮旯里窃窃私语,躲躲闪闪;而桃花杏花梨花,还有数不清的杜鹃花,则是狂放不羁,一无遮拦,豪放着,蓬勃着,直到山花烂漫。

山坡上,田野里,无论是千年古树,还是青芽新枝,都一样爱岗敬业,在自己的岗位上,笑脸盈盈,举止友善,摇曳着款款身姿,吹动起温煦的山风,用力去抖落掉人们冬天的臃肿,或缓缓走来,和人们亲昵着,轻轻抚摸着人们的笑脸。

晚春的艳丽乍碾作尘埃,百花还来不及归去,夏天便迫不及待地献出似火热情,还有佳肴美馔。人们大快朵颐,笑谈畅饮;夏天的脾气也是够火爆的,山脚下刚刚还艳阳高照,忽然间滚滚雷声从山顶怒吼着,砸向山下,落在身边,不一会儿,便听到潺潺溪水,欢唱在小河边。

秋日的落霞，映照着山的脸庞。山林中，枝头挂满丰硕；田野里，那些触手可及、香味四溢的金黄，鼓胀在胸膛上；山便挺直了身姿，神采奕奕，笑望着那绚丽的彩霞，向着天边蔓延。

冬日里，山中万物归于沉寂，瑞雪在风中舞动，山石在晚风中私语，苍松在晨风中瑟缩。群山悄悄收敛起五光十色，为来年绘制着色彩斑斓。

这是大自然的鬼斧神工。泰沂山余脉在这里隆起，崂山山脉向这里伸延，造物主在这方圆不过百里的地方，托举起这错落有致、形态各异的3300多座山。作为当之无愧的主人，她们挤占着这方水土50%以上的地盘。这些山，峰峰各异，或五朵莲花相伴，或九位仙人携手，手挽手，肩并肩，难舍难分，顾盼流连。

苏东坡当年曾在山中驻足，对这里的景色，留下千年妙赞"压京东"，写下了诗句"奇秀不减雁荡"。这位大文豪为这方群山做了最好，也是最早的推介宣传！

这里因山而得名。这里的人们，自新中国成立以来几十年坚持不懈，植树造林，绿化荒山，如今森林覆盖率达32.18%，以"中国最美县域""全国休闲农业和乡村旅游示范县"而誉满华夏。一山四季，一树景色，一水冷热，年年如约。这方群山总是把每季景色更换，都当成首秀，精心打扮，浓墨重彩，用最美扮相向人们展现。

二

甲申初夏，我又一次回到了这里。五莲，是我的衣胞地，五莲的山，铸就我的人品骨骼，五莲的水，在我的血脉中流转！

五莲山，五莲的山，早早就高耸在那里，远远向我颔首致意，一如既往的慈祥和蔼，永不改变的智慧超然。

我的思绪也在群山中弥漫飘散。难忘少年时留在这里的万般情趣，更难忘留在少年味蕾中，那过于固执的贪馋！

当春风把纸鸢送上了天，我们的快乐也和这长长的风筝线一样，越拉越长，越飞越远，直冲进少年时甜甜的梦乡里，又飞回如今这洋洋洒洒的笔端！

秋风把天空吹高了，吹蓝了，也把山坡吹黄了，吹柔了，吹远了。到处都是平展展的游戏台，山路好像也格外友善，少了夏天的泥泞，也没有冬天的坚硬。我们便放肆地在田野上捉小鸟，在小河里逮泥鳅，或者百无聊赖，在山路上狂奔，在坡上撒欢，在山顶悠闲。

母亲用灵巧的双手和汗水，用从山野中采摘来的各种野果菜蔬，制作出让我们口水横流、肚子直叫唤的粗茶淡饭。还没有听到大人带着怒意的呼喊，刚刚还在野外疯跑着，鼻子像小狗一样灵敏，远远闻到香味，就屁颠儿屁颠儿地回家了，吃得肚子鼓鼓的，抹着小嘴，还舍不得离开饭桌前。

小麦刚刚灌浆，槐花还在飘香，满山的小樱桃在山坡上向我们招手，人们可随手采摘，山杏则在浓密的树叶后隐藏着青涩的身姿。醉人的山风，透亮的阳光，陪同我们饱览着这如屏风、似盆景的座座山峰，我好像又回到童年时光。难忘那金灿灿的麦浪，在东岭上翻滚，父辈的笑脸，迎着落日的余晖，在场院中舒展！

三

东坡居士在这方山水任知州的时光很短暂。这样一位暂栖高位、侧身朝堂的封建文人，留在这里的妇孺皆知的名篇，多是寄情山水，抒发情怀，意在排解宦海浮沉、政务倥偬而郁积在胸中的块垒，消除心中的忧烦。

在把余光瞥向民间的倏忽一瞬，他也为这方百姓留下了"余既乐其风俗之淳"的击节赞叹。至今读来，仍深感诗文的高度凝练，也钦敬大文豪的独具慧眼。

家乡就在马耳山脚下的诸城籍现代著名诗人臧克家老前辈，在写于20世纪40年代中期的著名诗篇《马耳山》中，开门见山写道："马耳山，我的对门。"读着这些娓娓道来的家常话，我非常理解诗人的心境。老先生刚拿起笔来，就想到了东邻的大娘，西屋的故事大王，更想到了少年时对门那位艰辛讨生的玩伴。诗文中饱含着作者对家乡山水和亲人的殷殷思念！

五莲山的主峰海拔只有515.7米，虽然还有30多座超过500米的山峰，但大部分都不是很高。与天下名山相比，她没有泰山的雄伟，也没有华山的险绝，更没有雁荡山的鲜嫩娇艳。但是，她的奇秀美丽，大都在平凡普通的外表里，在憨厚的形态中。她是那样经琢耐磨，不一样的别致，独特的造型，多是在游人们眼前一亮，忽发灵感的盘桓间。

一方山水养一方人，这是中华民族几千年来留下的颠扑不破的至理名言。人们生于斯长于斯，便注定了与这方群山的一生情缘。

同气连枝，同频共振，山便有了人的品格，人也有了山的特点。如果把山说成人的化身，那么人也就是山的子孙！与这方山水朝夕相处，耳鬓厮磨，耳濡目染，山里人就像这些山一样厚重如磐！

四

1947年的炎炎夏日，烽火连天，硝烟弥漫，刚刚建县的家乡人民，放下锄头，抛家舍业，投入推翻黑暗、迎接光明的洪流中去了。车轮滚滚，人潮涌涌，向着太阳，奔着希望。"红嫂"摊的煎饼，鼓舞着战士们勇敢战斗，"红哥"抬的担架，又抢救了多少伤员！每每想到这些父老乡亲，我便记起陈毅元帅当年对沂蒙人民的深情礼赞！

我的族兄、同村的忠正大哥，就赶上了那个改天换地、暴风骤雨的年代。老大哥高大魁梧，幽默风趣，性格开朗，是标准的山东大汉。他曾绘声绘色地向我讲述了自己的亲身经历。作为华东野战军的一名战士，他见证了孟良崮山顶上我军胜利的旗帜猎猎飘扬，近距离看到了陈毅司令员，听到了他爽朗的笑声。胜利后，他载誉回乡，作为村党支部成员，和乡亲们一起栉风沐雨，一起描绘着家乡的壮丽画卷！

最难忘的是20世纪六七十年代的火红记忆。才刚刚懂事，我就耳闻目睹了山乡巨变。

已是寒冬腊月，滴水成冰。东方刚刚亮出鱼肚白，在嘹亮的号声召唤下，大人们便冒着严寒，踏着积雪，成群结队，打着哈欠，来到兴修水利、建设梯田的工地上。旭日东升，红旗招展，人们的热情和汗水，也与太阳一样，在不断高涨升腾！父老前辈就是靠着满手的水泡，厚厚的老茧，硬是在山岭薄地上，开辟出了水浇地、丰产田，解决了从水库底部迁移到半山腰后缺田少地的局面。1965年10月，全国库区移民先进经验交流会，现场就摆在了我们村的小学操场前！

年复一年，日复一日，山里人一茬儿接着一茬儿干。经过艰苦努力，前辈们整治出了方方正正、星罗棋布的梯田，如今还定格在山岭上，山坡中，沟壑间。

小小县城当年不过是四周环山的一条南北长街，誉满齐鲁的十几棵"工业新树"，就生长在这个山沟里。如今，她们有的成了专精特新"小巨人"，有的则长成了参天大树，都在以不同的风姿，装点着这方群山。慢慢步行在小县城，我看到的是车水马龙、人声鼎沸，到了夜间，五彩霓虹照亮了城市夜空，也映红了周边的田原。

50万山里人就这样一路走来。前辈们累弯了腰，晒黑了脸。正是因为他们的铺垫，后辈才有了新的人生起点。

行走在山岭间，我举步沉重，思绪万千。回忆着75年来家乡父老的创业史，我又一次感悟着"自力更生，艰苦创业，绿山不止，拼命实干"这16个字，回味着"五莲精神"那沉甸甸的分量，也思考着其中蕴含着的丰富的精神实质，以及深刻的时代内涵。这种精神，曾激励着我们，更启迪着今人，也一定会昭示着明天！

五

三十多年前，头一次见到姜君卫东，我有些不太相信他的真实身份——从外表看，他就是一位普普通通的老大哥。20世纪50年代，他出生在这里，是名副其实的山里人。20世纪80年代，他到县拖拉机修配站工作，从最基层干起，凭着山里人不服输的劲头，历经几十年风雨，硬是把名不见经传的小企业，打造成了闻名全国的农业装备、环卫设施、汽车制造的龙头企业。如今，"五征"

牌农机产品正行驶在大漠戈壁，白山黑水，黄河南北，长江两岸。

姜卫东如今已连任四届全国人大代表，但仍然事事亲力亲为，每次出差都是一个人，从不搞前呼后拥，也不愿意人们叫他老板。在我看来，他还是当初我认识的那位兄长，还和普通百姓一样，衣着朴素，饮食简单。

我的小友于君祥军，就出生在山区最北端的一个叫杨家沟的小山村。小村位于与诸城市交界处，登上村的北岭，向北望去，便是一望无际的昌潍大平原，养育了众多文化名流的潍河，从村后流向东北方，一直流向了渤海湾。向南，则俯瞰着巍巍群山。

这个几百户人家的小山村，民风淳厚。因为岭多地少，土浅地薄，村民们致富无方，多年来都在温饱线上逡巡不前。

生于20世纪70年代的祥军，矮壮敦实，有着一股"饿死不弯腰，冻死迎风站"的倔强劲。看着村民们心里着急，他心中也燃起一团火，立下了"山不过来，我就过去"的誓言。

就是因为他有着这股劲，村民们便选他担任了村党支部书记。他也不负众望，把自己学习到的栽培技术，无偿传授给乡亲们。为了帮助大家，他把自家经营的大棚流转出去，腾出时间，集中精力，带着乡亲们办专业合作社，搞大棚种植。他亲自走出去找路子，想办法。近些年来，网上销售打开了市场，人们对这里农产品的口味纯正啧啧称赞。

如今，他领办的杨家沟恒祥林果种植专业合作社，2022年还荣获"山东省农民合作示范社"称号，村党支部已连续多年获得先进党支部称号，他本人也被评为"实诚日照人"的道德模范。

在这方群山中，有几百个这样的小山村，村村都有数不清的枵腹从公的"领头羊"，带领乡亲们创造着新的生活。正是他们的胸襟，宽广了乡亲们的致富路。他们用自己的奉献，使这里的山更绿，水更清，天更蓝！

六

这方群山生性合群，千百年来，始终团结友爱，亲密无间，从不孤立任何一位同伴。正如明代文人丁耀亢在《莲山十景诗并序》中所言,"庐岳飞来五老仙,峰头遥望各争先。居然扶杖行相顾,未肯离群断复连。"

当年听老辈人说,老家这个地方,就连外地的乞丐也愿意来,因为这里的人不管穷富,叫声大爷大娘,都会送你一碗热水、一点干粮。这里人的不"眼生人",对任何有求于己的人,都会伸出援手,古道热肠,乐善好施,扶危济难。如今,他们仍然与人为善,敦亲睦邻,本色不变。

这里是革命老区、艰苦地区、边远山区的"三区县"。20 世纪六七十年代,为了支援这里,济南、青岛、潍坊以及周边县市,一些正值青春年华的老师和医生,还有各类技术人员,响应党和政府的号召,报名来到这里,支援山区建设。就是这些优秀儿女,为我们这些山里人开智启蒙,为乡亲们解除病患,让这里的谷穗更沉实,水果更香甜。他们献了青春献子孙,成为地地道道的"新五莲人",也把自己的理想,写在了山水中,融进了五莲人民的心里边!

我们这些山里儿女,就是在这些来自四面八方的老师精心培育下,才茁壮成长,走出了大山,走向了天南海北,很多人还成了某个领域的专家权威。感恩前辈,感恩师长,感恩大山,我们永远铭记着老师们慈母般的关爱!

七

在齐鲁大地,人们经常这样说,这些山里人和别人不一样,无论做人还是干事,从不偷奸耍滑,质朴忠厚实干。对我们这些生活在外的五莲人来说,这个"人格品牌",是无价之宝,金光闪闪!是啊,五莲人的忠厚,名冠港城日照,更是誉满鲁东南!

我想,如果东坡居士生活在今天,他也会为这些山里人写下新的赞美:这里的人品,更压群山!

山高人为峰,人高山托举。在这里,山让人更亲切,人也让山更清秀。如今,家乡人民正在用汗水和智慧,在转型升级中,力争"弯道超车",用新质生产力,让"全域旅游""康养五莲"之花,更加绚丽地绽放在这山山岭岭,沟沟坎坎!

我们当年踏着坚实的山路，走出了这里，但永远牢记着大山的殷殷嘱托，脉搏与大山一同跳跃，热血与乡亲一起沸腾！人生路上，难免会暂时迷失方向。这没有关系，我们便悄悄来到山下，与山一番喁喁私语，又注满新能量，找回了正确方向，奋勇向前！

大道不孤，沧桑佑善。一个改变这方山水面貌和人们命运的机会不期而至，连接首都北京和经济中心上海的京沪高铁二线，将路过五莲，并在这里设立枢纽站，现已经开建。与青岛的联络线正在施工，未来港城日照也将接通这里。不远的将来，这里将北连京津冀、环渤海，南接长三角，西贯鲁中腹地，东通黄海边。

马耳山正侧耳倾听着不远处的机器轰鸣，九仙山正扶杖遥望着远处川流不息的施工车辆，七宝山正饶有兴致地观看着山下在建的高铁站现场。对即将实现的高铁梦，五莲的山，五莲的儿女，都在翘首企盼！

山喁喁，人喁喁！五莲的山，令游人趋之若鹜；五莲的人，更让外地人有口皆碑。五莲，五莲山，五莲的人，五莲的山，相映成趣，彼此欣赏，情意绵绵！

大树的礼物

乔 叶

走过很多地方，几乎每个地方都有让我印象深刻的树，我有几篇文章还以树作了篇名，如《在千岛湖，做一棵树》《平凉看树》《在槐园怀想》《香樟木少年》《对话，有关椰树和椰子》《苦楝树》等，但是我从没有见过这么大的一棵银杏树——这个初夏，在山东日照莒县浮来山的定林寺内，我看到了这棵巨大的树。眼前这大树，据说是现今世界上树龄最长的圆铃银杏树，被授予"大世界基尼斯之最"。

看到这棵树的一瞬间，我就想起长篇小说《宝水》第一章中的一个情节：女主人公地青萍在村里住下的第一天就去亲近了一棵国槐，它是村里最高龄的树，被村里人称为祖槐。某天，风水先生赵先儿谈起这祖槐，说树上有鬼。村支书大英路过，驳斥他，说不能说有鬼，应该说是有神。这话让赵先儿觉得拿住了个把柄，便找碴挑理儿，然后，在祖槐下，两人就封建迷信和传统文化的宏大话题有了一番争执：

大英道，那你跟我说说，封建迷信跟传统文化有啥区别？见赵先儿哑住，大英越发正了脸色说，我跟你说道说道。但凡是能往好处归拢的，那就是传统文化。往赖处归拢的，那就是封建迷信。神呀灵呀，咱们自古都有这些个说处，根子里的由头就是给人安心的。就好比说，求老天爷保佑今年有个好收成，磕罢了头，那就不去种地啦？该干的活儿一点儿不能少，不过是磕了头再去干活儿更踏实。意思就是这么个意思。你说是不是？赵先儿忙不迭点头道，是是是。

嗯，我至今都认为大英的这番回应接近完美。因此，以大英的逻辑来看，这近四千年的银杏树上，当然是有神灵的。

和很多人一样，起初我之所以喜欢银杏，就是觉得它很好看，尤其是深秋时节树树挂金，叶叶如画。后来就觉得它的一切都很好看：树形好看，果实好看，花朵也好看。它的花是一条条圆滚滚的淡黄色小花筒，乍一看如小毛虫似的，尤其是落到地上的时候。它初春刚萌出来的叶子也好看，扇形的树叶子刚长全时，从叶的背面迎着光瞧，娇娇翠翠，玲珑可爱。看此时的叶子，你就知道它在民间广为流传的昵称是多么形象了：鸭脚树。

从接地气的"鸭脚"到贵族风的"银杏"，一个流传甚广的缘由说是因为宋仁宗。据传北宋初年，银杏果成为贡品，宋仁宗见到后便给这莹白的小果子赐名"银杏"。且这事还入了文人墨客的诗文，愈发像是真的了。如欧阳修就有一首《和圣俞李侯家鸭脚子》，"鸭脚子"即鸭脚树的果子。诗还挺长，翻译出来就是一篇挺全面的小作文儿。开头几句回溯了树名源流："鸭脚生江南，名实未相浮。绛囊因入贡，银杏贵中州。"接下来是描述树慢慢长大，果子逐年丰硕："始摘才三四，金奁献凝脄……岁久子渐多，累累枝上稠。"

粗粗盘点一下，它的好名字还挺多。除了"鸭脚"和"银杏"，还有"白果"和"公孙"，此外，"佛指甲"和"菩提树"也是它。后两个名字可见它的佛缘。"佛指甲"是从资料里读来的，据《浙江通志》称，佛家用银杏木雕刻佛像，木质坚硬细腻，指甲虽薄，亦雕刻如真，不损不破不裂，各地千手佛皆以银杏木雕成，故有"佛指甲"之称。至于"菩提树"之名，据说是佛教传入中国后，那时的高僧也试图引进印度的菩提树，发现很难生长，于是就选定了银杏作为中国的菩提树。现在来看，这树还真是无比合适。这样洁净清秀的树，这样沉着雄伟的树，这样气度雍容的树，和寺庙的庄严宝相是多么相得益彰。

所以，定林寺中有这么一棵大树，是多么浑然天成的事。

身为最高龄的银杏，属于它的非物质的"累累枝上稠"自是难以尽数。比如《左传》就留下记录，鲁隐公八年，"九月辛卯，公及莒人盟于浮来"。其实会盟之地并未明示，但在此地代代相传的说法是：会盟就在这棵树下。莒鲁结盟修好，这是国之大事，人们把如此大事和这树联系起来的心思自是很好理解，好像这样更能印证树之大。但我窃以为，即便没有这样的所谓大事，也不妨碍树之大——这大树身上有一种力量。几千年来，在岁月和历史的浩荡中，在一年年的风霜雨雪中，它就这么稳稳地立着，长成了大树，长成了让那么多人不由自主要靠拢过来的大树。而在这大地上生活过和生活着的人们，一代代人、无数人：耕种的农夫、打柴的汉子、织布的妇人，甚至莒州博物馆中那个熨斗的主人……在比树叶子还稠的日子里，他们或许都认识这棵树，都被这树的怀抱拥亲过，也都被这树安抚过、护佑过，直至今天。正如在此时此刻，那两个围着树奔跑嬉戏的小小少年，那一群在树下欢笑合影的娇媚少女，还有那一对在树下沉吟观望的白发夫妇，他们来到这棵大树下的时候，都让自己还原成了一个孩子。

只因这样的树，是所有人的母亲。

而最为动人的是，这母亲树又是这么年轻。正因为她无比古老，所以她的年轻也是无比年轻——从来都是如此，就像树梢和树根本是一体，这树的古老和年轻也是一体。这既古老又年轻的大树，这将天真和沧桑、纯净和丰饶、艰辛和甘美等等，全都融为一体的大树，这恒定、恒久和恒常的大树，怎能不让人们信任和爱恋呢？

围绕大树走着时，我暗想或许能捡到一两片叶子，可是树下竟然片叶皆无。忽然听旁边有人闲话说，但凡有落叶就有人捡。我默默笑。想象着深秋时节，人们也一定会来这里捡拾白果。嗯，可不是吗？若是捡到了这树的叶子和果实，那其实就相当于收到了她给予的具象化的礼物。当然，若没有机缘收到这礼物也没关系，因她本身的存在就是巨大的礼物。只要想到她磐石般地立在浮来山定林寺，我就觉得是那么踏实和满足。

海边咖啡馆

陈　涛

　　在大多数人的一生中，都应有两次出行，一次进山野，一次则是到海边。两次出行的目的倒也简单，无非是放空，感受自我。有人会讲，这个目的在许多地方都可以达到，譬如清澈的小河边、阳光洒满的墙角或者是某个古色古香的茶馆等等，又何必跑去山野与海边。是啊，无从辩驳，那就权当我随口一说。

　　这些年，已记不清多少次在山野中行走，那高高低低曲曲折折的山路，那若隐若现的清澈的溪流，以及不时鸣叫着起落的叫不出名字的小鸟，都让我的内心愈发沉静，似乎只有在山野的行走中才能不断实现自我的确认。许多次，我置身于密林之中，与朋友聊天欢笑，没有外界的信息，只有此刻的时光。我想，此时的我，也并不仅仅是放空后的淡然与踏实，而是因为真正回到了自然之中，回到了人在自然万物原本固有的秩序之中。

　　这些年随着工作的增加，突然就忙碌了起来。山野少去，海边更是久未去过了。时时有出行的愿望，却又一次次无法脱身。日照的朋友邀约去海边，自是满口答应。日照的名字美，取自"日出初光先照"之义，它比别的地方更先迎接阳光，并且全天被太阳照射的时间也长。向着最初的阳光而去，无论如何都是一件美妙的事情。

　　五月的日照阳光柔和又清透，洁净的城市随处皆景致。在国家森林公园，我看到了历史悠久的杨树王，还看到了一片片高大肃立的池杉林，它们分列在一条条笔直的道路两侧，齐刷刷地延伸至远方。那一刻，我想到了淮安的金湖，那整片整片浸入水中的水杉，我们在水道划船而行，抬头望时，只见蓝天辽远，像极了两座山之间的一线天。对于这些水杉，有人讲像兵马俑，有人讲像列兵，它们和池杉林一样，肃然不语，一派庄严。

我们还在海边漫步。当地的朋友向我们一一讲解着身旁与远方，语气中满是自信与自豪。我惊讶于脚下的细密沙滩，它们在岁月的打磨下，逐渐圆润光滑，千百年来相依相伴。这是大海的深情馈赠，承载着雄浑海洋的无限温柔。同行的朋友脱掉鞋子，赤足欢笑。弯腰捧起，细腻的沙粒从指缝悠然而下。

当我站在起起伏伏的沙滩上四望，恍惚中，眼前的海水仿佛逐渐褪去，化作遥远的塔克拉玛干沙漠，那些同样细小，同样色泽的沙砾，如同失散在不同时空中的兄弟。它们一个由水浪淘洗，一个被狂风雕塑，它们轻微，游动着，飞舞着，上演着一幕幕的相遇离合。下午的阳光，少了些热烈，多了点柔和。远处海浪翻涌，日光倾洒，细碎的光芒不时闪现于沙滩，如无数微小的星辰坠落。也正是那个下午，光线洒向沙漠，而沙漠便化作了金色的海洋，荒芜而壮美。我想，在海边，在旷野，或许可以让我们更清晰地知道自身的所处与所在。

后来，我在海边看到了一座咖啡馆。是的，是离海边只有几十米的咖啡馆。这与在深山巧遇一家茶馆的心情相似。我固执地认为，茶馆是属于山野的，而咖啡则属于大海。为什么呢，前者含令人舒缓的静气，后者则多是激奋内心的生气。这是一座金属与木质组成的二层建筑，宽大的长形露台上，错落有致的桌椅前闪现着许多年轻的面孔，而旁边的玻璃房则被隔离成大小不一的房间，同样坐满了游人。咖啡馆与沙滩、海浪融合在一起，仿佛天然属于这里，服务员在吧台与餐桌之间不停往复，空气弥漫着海风与咖啡香的味道。

我们坐在高处的三面均可欣赏海景的玻璃房中，点咖啡来喝。茶，我略知一些，但是咖啡我是门外汉。不多时，一杯被奶白色泡沫覆盖的咖啡摆在了我的面前。看着细腻的泡沫，我抬头，海边层层叠叠涌来的浪花同样绵密。如此一来，大海也像一杯大大的咖啡了。一个涩，一个咸，一个涩有回甘，一个咸中内蕴丰富万千。

我们坐在咖啡馆，说笑着。此刻，说的内容已然不重要，重要的只是我在，我们都很难得地在感受着自己。阳光在海面上，随海浪起落。海鸥舒展着洁白的翅膀轻盈滑过，更远处的海天之间，隐现中的线条，隔开了浩渺的天地。

　　最热闹的还是海滩。孩童挥舞着塑料铲，兴奋地建造城堡；手牵手的情侣并肩而行，不时深情地对视，微笑；银发的老者安静地坐在长椅上，若有所思。他们，以及他们不远处的我，都与大海形成了某种象征性的隐喻关系。孩童在未来的人生旅途中将会一而再、再而三地构筑属于自己的"城堡"，有的会坚固辉煌，有的将轰然垮掉，结果重要，但是过程更重要，如同许多年前的那个自己，透着出于内心深处的喜悦；大海，让情侣的约会多了浪漫，但当他们真正携手开始共同的人生，就会迎来看似平静海面下的股股暗流；当我们经历过风雨，感受过风浪，并且能够坦然处之时，我们就会如同那位长椅上的老者，或者说，这位老者，就是此刻的尚还年轻的你与我。

　　时间点滴中过去，我们在时光中松弛，与此同时感觉到一种惬意。有时我会思考这份惬意的感受源自何方，是富足的物质，还是悠然的时间，是容易满足的人生态度，或者是骨子里偶尔散出的虚荣与矫情。后来我想我似乎明白了一点，以上都是，也都不是。那是什么呢？是热爱，是每个个体的心底对生活的炽热之爱，以及对自然万物的谦卑与敬畏。在漫长的历史长河中，我们不过是沧海一粟，虽然我们微小到不足道，但是谁又敢说我们的存在不具有独特的意义呢？

　　天色变淡，该起身离去了。边走边自责，喝杯咖啡非要搞得如此的貌似深刻。正走着，再次扭头望向海面，已是橙红一片了，一只海鸥从我的眼前飞速地滑过，再看时已不见了踪迹。

你的凝视

沈　念

"你凝视着她，她也在凝视你。"

站在万平口海滨的夜幕下，眼前的夜色，天地玄黑，逼近又撤离的潮声，发出有节奏的动颤。幽静的海域披上一层银纱，动颤的缝隙里，白色浪条浮现的瞬间，让你开始回想白昼的那一段凝视时刻。

凝视的起点和终点，都是那件黑色的陶杯，只有 22 克，一个无法想象的关于时间的重量，灌注在这黑如漆、亮如镜、薄如纸、硬如瓷、声如磬的黑陶之上。她被命名为蛋壳黑陶镂孔高柄杯，造型简洁流畅，细薄的陶壁，精巧的镂孔，高耸的柄身，透露着神秘的美感。长久凝视，你能看到杯身布满细密的凹弦纹，杯口外侈，仿佛几千年前的风，刚从口沿上呼啸而过。静静立在透明的展柜里，她等待着你的到来，你凝视她，她也不知与多少凝视的眼睛相遇，不知凝视过多少认真、讶异或惊喜的面庞与流连的身影。

你们相遇了，你们的凝视就是一场对话，说到久远历史与地方迁变，说的是时间里的寓言。今天的遇见得感谢 20 世纪的一次考古发掘。1936 年，梁启超之子、考古学家梁思永带领考古队前往日照两城镇遗址，发现了这件 4500 多年前的黑陶杯。又过了三十多年，日照东海峪遗址出土了两件黑陶杯，其中陈列于山东博物馆的那一件，是后来出土百余件同类器物中完美的代言。你一眼就看到展厅里的她，因为独特的造型而长久凝视，杯身直筒圈底，器柄中空，内含陶球，摇之有声，无釉而黑亮，胎薄却坚硬，器壁有细密的条形镂孔和陶土纹路，仿佛叙说着神圣的母语。

夜色打开想象。那个尚且没有文字记载的年代，当第一缕曙光从海上照射到这片古老的土地上时，陶器上残留着未干的黑色陶衣，在晨光中泛着幽亮的光泽。先民种植水稻和粟，饲养家畜，制陶、纺线、织布、雕琢玉器，一群手捧陶杯的先民，正绕着火堆欢歌舞蹈，在祭祀、庆典、宴饮中捧出的高柄杯不再是一件日常盛酒的用具，而是一种礼器，承载着礼仪与信仰。时间里的事物灰飞烟灭，只有那些陶器顽强艰难地留存下来，尘封在大地之下，造物主把她们交给这片永恒的故乡，成为历史长河的见证。

空气潮湿，海风带着几分咸湿的气息，吹拂过脸庞，仿佛能洗净一切尘埃与疲惫。黑陶，为何会呈现黑色？她与这茫茫海上夜色的黑是一样的，丘岗隆起，沟壑沉降，陶土就来自退潮之后的大地，她带着海的温度降临人间。遇到的一位陶艺大师，给你讲述黑陶制作的不易。选土、采土、晒土、舂土、筛土、羼料、和泥，要经过这些花费很长时间的工序后，然后用双手将陶泥揉捏成想要的形状。遥想匠人们在水边淘洗陶土，胎体的厚薄，考验手上功夫，你的耳际似乎听到匠人粗糙的手拍打陶土发出的声响，那是最早的礼乐之声。

你急切地想听讲述者说那最关键的一步——烧制黑陶需要非常高的温度控制技术。陶艺大师说，陶坯在烧制时要经历低温素烧、高温釉烧和熏烟渗碳等复杂的工序，尤其是在熏烟渗碳阶段，匠人们要选择合适的燃料和烟熏材料，通过控制烟熏的时间和温度，让烟中的碳粒均匀地渗透到陶坯的表面和内部，从而形成黑色的釉层。他讲述里掺杂的现代性名词被你忽略，你的心底涌动一个滚烫的声音：黑陶，是泥土与火焰的结晶，这个过程一定是千万次的实践，和此后留在匠人手上的经验包浆。火焰红灼，浓烟环绕，如果温度控制不当或者烟熏材料选择不合适，都会导致烧制失败。时间在某一刻凝固，也在某一刻新生，在经历泥土的温润、匠人的雕琢、烈火的焚烧之后，她最终涅槃为火中的凤凰。这过程，何尝不是一种生命的历练与升华？

"你凝视着她，她也在凝视你。"你所见到的黑陶杯的胎体有的地方非常薄，最薄处的口沿仅有 0.2 毫米，两页纸的厚度。你无从听到她被敲击的悦耳之音，想象着那些与她有过肌肤之亲的人，一定感受过她的高亢或低语。黑陶会说话，但不轻易开口，就像一部无声的历史长卷，记录着先民的悲喜哀乐，终由凝视的目光向世人传递。你没有想到，在日照这个日出初光之地，有 800 多处陶的遗址。那些陶土原本不会有具体的名字，但到达此地，你的目光必然被丰富多样的黑陶器型所吸引。人间烟火升腾，富家穷舍，摆放着那些鼎、壶、罐、杯、豆、盉、饮酒、吃食、盥洗，人的生活都分解进这些陶土器物的虚空之中。

面对这只黑陶杯，杯身上不易被察觉的茂密纹路，你似乎强烈地感受到生命的躁动。先民们的智慧和情感，让他们熟练地掌握了陶土配方和烧制温度，还能够在器物表面进行精细装饰和造型加工。太不可思议了，现代人拉出如此超薄的胎体都不会太顺利，但 4000 多年前的先民做到了。黑陶理所当然地成了日照的地理标志，高超的制陶技艺被看作龙山文化的精华，代表了陶器制造史的巅峰，也被后世誉为"4000 年前地球文明最精致之制作"。

你在朋友寄赠的一本黑陶画册中再次凝视她和她们，龟形陶响器、黑陶耳杯、黑陶甗等，有的造型古朴，有的纹饰精致，每一件都散发着时间沧桑的韵味。黑色釉面在光下泛着幽幽的光泽，仿佛能吸走人的魂魄，让人不由自主沉醉其中。画册里还有一件黑陶鬶尤其引人注目。鬶的造型非常奇特，整体呈鸟首形，喙部前伸，颈部微昂，仿佛一只正在引吭高歌的鸟。鬶的腹部微微鼓起，两侧还各有一只附耳，既增加了稳定性，又显得生动有趣。鬶的流口还巧妙地设计了一个小鸟形象，与整体的鸟首造型相呼应。这件炊具成为龙山文化的一件留存，是人对鸟类的崇拜和敬畏之情，也许与地域之上的图腾崇拜或神话传说有关。

当然，黑陶的故事还有很多，也永远不会结束。她像眼前的大海，是日照这片临水之地最具生命力的元素。尽管随着时代的变迁和科技的发展，黑陶的制作和用途也发生了很大的变化，但是在日照 100 多个制陶的村庄和街道，依然有许多非遗传承人坚守着这份古老的技艺。你无从一一走访，80 种工艺技法，镂、挑、雕、剔、压……在今天的匠人手里，黑陶依旧在生长变化，简洁中有繁复之美，繁复里藏着简洁之力。他们制作的黑陶艺术品不仅继承了传统的精髓特色，也在融入现代的审美设计后，有了新的形式转化。那些手揉捏着陶泥，感受着泥土的体温，是时间的裂变，也是时间在隐身。你慨叹地抚摸着册页上的黑陶图案，仿佛能感受到她们传递的温度，凝聚着匠人们的执着与坚韧，是穿越时空的浓烈情意。

夜色中的海面有着光影变化，水浪轻轻荡漾开，形成一道道曲折的波纹。黑陶身体上的每一道刻痕，每一处磨砺，变成海上层层叠叠的细浪，波纹在黑色的映照下变得耀眼，仿佛无数颗星辰跃动，天空弥漫着生命的叙说。每一件黑陶都是独一无二的，有着各自的形状、纹饰和色彩，如同一个个鲜活的生命，有着自己的性格与灵魂。她们诉说着生命的起伏与变迁，诉说着关于光辉与梦想的故事——那是属于遥远历史里先民的故事，也是属于每一个人的故事。

海潮声时而激昂澎湃，时而低沉悠长，海浪是大海对生命的呼唤，黑陶是大地对生命的呼唤。黑陶像穿越时空的使者，地理与时间交织的诗篇，成为联结过去与未来的纽带，将你与神秘的过去紧紧地联系在一起。当你们相互凝视时，时间变得缓慢而悠长，仿佛看到了自己内心的倒影。那是一个关于梦想的倒影，在告诉走过身旁的你：无论时代如何变迁、岁月如何流转，那份对美好生活的向往和追求、对传统文化的敬畏和传承、对这片土地的热爱和眷恋都永远不会改变。

"你凝视着她，她也在凝视你。"这样的凝视是泥土对火焰的凝视，是人对大地的凝视，也是生命在凝视着自身的深邃与广阔。离开日照那天，阳光正好，微风不燥，往后说起日照，你就会想起黑陶，隔着田野大地，夜晚的大海在那件黑陶杯的光芒后摇曳。黑陶诞生于且延展着一种真实的神秘，时间是唯一的回答者。

初光先照

陈 仓

起初把日照总结为三原色的不是我,而是前来火车站接我的张浩。他在一篇文章里写道:"在日照,我看到光的三原色——红、绿、蓝,这是所有色彩的底色,也是日照的底色。"他所说的"三原色",是指红色的太阳、绿色的森林、蓝色的大海。日照被称为东方太阳城,是一个崇拜太阳、要树有树、要海有海的地方。

听说要去日照,我的脑海里总是跳出李白的一句诗:"日照香炉生紫烟,遥看瀑布挂前川。"如果题目中没有"庐山"二字,说是写日照的也许能哄不少人。尤其站在浮来山下定林寺内,望着那棵"天下银杏第一树",枝枝丫丫,婆婆娑娑,遮天蔽日。随着初夏的风轻轻一吹,树丛之中叽叽喳喳一片,你却看不见一只鸟儿;有叶子与叶子耳鬓厮磨的沙沙声,你却看不见它们的摇晃。站在树下,你是看不到根的,更是看不到树梢的,让你以为它,穿透了大地,穿过了整个人间,长入了天庭神府。或者说,是从天上悬下来的一块幕布,不正是"飞流直下三千尺,疑是银河落九天"的意境吗?不过,这里的银河不是白色的,而是绿色的,据朋友介绍,到了秋天就会一片金黄。

我见到很多古树,让我久久不能忘记的,是甘肃天水的南郭寺,里边有一棵春秋古柏,大约2500年了。我原以为,此生见到的古树不过如此了,但是位于日照莒县的这棵银杏树，铭牌上明确标着"4000余年"。那么，到底先有寺还是先有树，自然是很清楚的了，因为定林寺始建于东晋，距今只有1500多年。这样一比，我们不难发现，定林寺修建的时候，这棵银杏树已经有2500年，妥妥的是一棵参天大树。很明显，定林寺是冲着这棵树来的。可谓是，此地本无神，是这棵树成了神。

天下的古树名木似乎多与寺庙相伴，陕西黄陵轩辕庙5000年的古柏，陕西汉中圣水寺2200年的桂花树，甘肃天水甘泉寺1200年的白玉兰，山西侯马普济寺千年的紫藤……可不可以换一句话，世上本没有神，有大树就有了神。树是唯一活着的神，是我们看得见的神，所以从日照回来的第二天，我就去花卉市场买了一棵桑树，栽在了我家楼下。我问爱人，这棵树能活多久？爱人回答，起码能活100年甚至更长，我们死了它肯定还活着。爱人说得真好，人生苦短，我每天从树下经过，看着它随风摇晃，想想它几百年后的样子，心里不免有了一些欣慰。我不禁发出一声感慨：朋友们，多种树吧！在房前屋后，在山上山下！只有树会陪着我们走到终点，并代替我们长长久久地活下去。

何况，万物之中，唯有树可以在天上、地下和人间任意行走，它的一枝一叶一花一果，像一根根天线一样，随着春夏秋冬的四季轮回，在不停接收着三界之中的信息，然后把人鬼神联系在一起，把历史、现在和未来联系在一起。我透过这棵古树的皮和肉，分明看到了几千年前那些先贤们，在那一圈一圈年轮里独行踽踽，看到了今日的众生们穿梭往来，还有几千年后的日月星辰起起落落。

定林寺内，除了这棵植物活化石之外，还值得一提的是校经楼。这是《文心雕龙》作者刘勰晚年著书校经之处。刘勰祖籍为东莞郡莒县（今日照市莒县东莞镇），据相关资料记载，南京天印山（方山）还有一个定林寺，刘勰曾在那里生活了不短的时间，跟随着律学大师僧祐研读佛卷经书，完成了中国第一部文学评论专著《文心雕龙》。刘勰很早就成了一个孤儿，因为家贫一直没有娶妻结婚，晚年的时候回到了故乡，隐居于浮来山定林寺，烧发明志，取法号慧地，最后圆寂于寺内。我站在先生的故居前，一千多年过去了，洗耳聆听，在袅袅的钟声里，依然有沙沙的书写声，那是先生著书校经的笔从纸上划过的声音，也是一颗虔诚之心从时光中穿过时的摩擦声。

其实，日照的历史比一树一寺一人更加悠久，在莒州博物馆里，我们看到了 20 多个象形文字，其中包括心、凡、丁、安、斤、封、享、旦、炅等，我们几位朋友，对其中的"🌅"字表示了极大的兴趣。大家一看，上边有一个太阳，下边是一片浮云，云下边是群山或者海浪，很明显是太阳浮在空中的画面。于是，有人说是"日"，有人说是"阳"，有人说是"照"，反正和太阳有关是不会差的。不过，据著名的古文字学家于省吾先生考证，将其解释为"旦"，《说文解字》解释为"明也"。不过，还有一个象形文字，是墓葬里出土的陶文，我们看上去，像花盆上边长着一株庄稼，所以更像是"丰"或者"禾"，但是有专家说，形态像在土堆上种树，古代有在封地的边界培土种树的习惯，可能墓主人生前主管农事，所以可以释为"封"字。

有几个字是从 1960 年莒县陵阳河遗址出土的大口尊上发现的，据说比甲骨文早了 1500 多年，被认为是最早的文字或者汉字的雏形。由此可见两点：第一，当时的人们已经有了丰富的思想和对美好生活的企盼，所以才有了寓意吉祥、平安等的文字；第二，这些字都是中国文字的始祖，日照也许是古汉字的发源地，起码可以说，日照很早就在使用和传播这些古汉字了。人类文明的历史是从创造文字和使用文字开始的，那么日照算不算是人类文明的发祥地之一呢？

人类最初的崇拜对象，主要是日月星辰以及风雨雷电等自然现象，尤其太阳，有很多名字，骄阳、白驹、金乌、扶桑，成了万物主宰。日照在西周到战国前期属莒国，秦朝属琅琊郡，西汉置海曲县，东汉更名为西海县，修修改改，分分合合，唐、宋属密州，元祐二年（1087 年）置日照镇，才有了"日照"之名，源于"日出初光先照"。日照是以太阳命名的地方，人物风情处处都透着太阳的气息。

不愧是"日照"，这里的太阳升起得早、落下得晚，真正的是早出晚归。以 2024 年 5 月 31 日日出日落时刻表为例。日照：日出 04:48，日落 19:11；天亮 04:18，天黑 19:40。我居住的上海市普陀区：日出 04:50，日落 18:53；天亮 04:23，天黑 19:20。我的老家陕西省商洛市丹凤县：日出 05:29，日落 19:43；天亮 05:00，天黑 20:12。我们可以看出，日照的太阳是勤劳的，日出比上海早了 2 分钟，天黑晚了 20 分钟，比秦岭南麓的丹凤县，日出早了 41 分钟，天黑只早了 32 分钟。

头一天晚上刚刚住下来，我们就去了两公里外的海边。我们踏着软绵绵的沙滩来到了大海的面前,夜色中的大海卧在那里,像卧在夜色中的一只萨摩耶犬,看似凶猛却无比温柔,顽皮地伸出它的爪子,不时地挠我们一下。这里的海是安静的,没有任何喧闹,只有隐隐约约的几对人影,相拥着坐在海边窃窃私语,因而波涛声是清脆悦耳的;也没有什么灯光,更是看不见对岸,只能借着背后的一座灯塔上的微弱的光,看到涌起的白色浪花。所以此时的大海什么都没有,只剩下波涛声和白色的浪花,让人一下子就跟着安静了下来。

第二天,大概是不到五点的时候吧,我就和叽叽喳喳的小麻雀一起醒了,本来想再去海边看看日出的,但是仔细想了想,不如看看烟火人间的太阳,于是我披衣而起,从酒店南门出来,走上了海滨六路,这是一条商业街,街道两边商铺林立,娱乐会所呀,了然居饭馆呀,临沂糁名吃呀,喜洋洋超市呀,铁观音茶铺呀,瑞泽琴行呀,卖什么的都有,可惜现在是凌晨,街上没有行人,也没有车辆,只有淡淡的梦乡。

不过,太阳出来了,阳光顺着屋顶照射而来,洒在光滑的石板路上。别小看日照的太阳早起了那么一点时间,你如果仔细去感受的话,就会发现这里的太阳软软的,太阳光嫩嫩的柔柔的,像鸽子刚刚生下来的蛋,带着母亲的体温,如果剥去外壳,不仅是冻状的半透明的,而且特别新鲜细腻。上海的太阳,尤其北方的太阳,却不一样了,是浑浊而毒辣的,有些像厚壳的鸡蛋,而且煮的时间太久了,剥掉壳以后差别就特别明显。

在日照这几天,我还发现,早晨的太阳和黄昏的太阳,给人的感觉是完全不同的。早晨的阳光颜色鲜艳一些,下午尤其黄昏的阳光颜色浑浊一点。也难怪,从东到西,煎熬了一整天,抛洒了那么多的光和热。太阳的一天像是一个人的一生,青春年少时候的目光自然是鲜艳的,苍老时候的目光自然是浑浊的。

离开日照时,朋友让写一句寄语,我毫不犹豫地写道:"日照是太阳的故乡,她照耀过的地方,根深叶茂,天高海阔。"我是喜欢日照的,因为红,因为绿,因为蓝。终究还是因为太阳,真可谓:"道生一,一生二,二生三,三生万物。万物负阴而抱阳,冲气以为和……"我还有一个喜欢日照的原因,我从小就特别喜欢晒太阳,我觉得静静地站在阳光下,像用温暖的火焰洗澡一样,人的骨头慢慢就熔化了,人的内心慢慢就干净了,整个前途一下子光芒万丈起来。

日照有很多树

庞余亮

日照有很多树。

见到的第一种树就不认识。在这种不认识的树边上是朴树。我不认识的是一棵棵开花的树。有点像栾树，但肯定不是栾树了，栾树还没有到开花的时候。

后来，我以为是苦楝树，但它的花形明显大了许多，颜色比苦楝又鲜艳点，树干比苦楝笔直，也许因为笔直，成了北方人一样的大个子树。

我在这一棵棵开花的树前站了很久。我和它彼此初见，我坚信它们是为了我开花的。这是一个喜欢树木的人的自我想象。我喜欢树木大于喜欢人群。树木能够赠予我足够的能量，而人群不会。因为这个偏爱，所以认识了很多树木。这一棵棵为了我怒放的陌生之树，究竟叫什么名字呢？

谁能想得到呢，这一棵棵开花的树，竟然是我年轻时念念不忘的花楸树，是诗人海子写过的花楸树：我无限地热爱着新的一日／今天的太阳　今天的马　今天的花楸树／使我健康　富足　拥有一生／从黎明到黄昏／阳光充足／胜过一切过去的诗。

日照的奇树实在太多了，浮来山上，那些树瘤像青筋毕露的、等待凤凰的梧桐树。还是浮来山上，像黑龙一样缠绕的老龙槐树。都是初见，满是喜悦。最让我喜悦的，还是银杏树。

其实，我对于北方的银杏树的阔大早就有了心理准备。因为真正的菩提树属于南方热带树种，所以佛祖就指明，北方的寺庙里，很多开花结果的树木也可以成为菩提。比如无患子，比如七叶树，耐寒的银杏到了寺庙里，也化成了菩提树。因为是菩提树，所以珍惜，北方寺庙里的银杏就特别阔大。

但没想到定林寺的银杏是那么阔大。还不仅仅是阔大，应该叫无限阔，无限大。4000年的"天下银杏第一树"，4000年的阴凉啊，属于刘勰的阴凉，也属于《文心雕龙》的阴凉。"振叶以寻根，观澜而索源。"我去过南京东郊的上定林寺，南京方山的下定林寺，还有浮来山的定林寺。三个定林寺，都有刘勰，也都有银杏树，但故乡的银杏最为阔大，是那个叫慧地的僧人和古银杏合二为一了。

因为写过很多年的诗歌，我很想见见在日照的老朋友们。一早醒来，我拨通了日照诗人上官的电话。他没接。

过了一会儿，上官的电话来了。诗人上官说了几个"想不到"。但让我更加想不到的是，因为是星期天，这天上官约了很多朋友，要回他出生的村子，商量为村里建设公路的事。听完这话，我心中一阵狂跳：这世上，再也没有跟着诗人回到他的衣胞地更有意义的事了。

我们很快会合了。车子出日照市区，往市郊的五莲山方向去。过了一会儿，我们就和五莲山平行了。

五莲山的样子，完全不像南方的山那样被植被遮蔽了的葱茏，石头与石头中间有着植物的间离和搀扶，就多了宋代山水画的味道。那是一些什么样的树、什么样的植被呢？

上官没回答我。他根本不需要回答我，就像路边那些开花的花楸树，就像浮来山那棵无限阔大的银杏树，反正，上官就是带着我走到山里的啊！

初夏的宋代山水画中间，想不到的红星闪烁。我看到了，路边全是樱桃树，结满了樱桃的故乡之行啊！

上官看出了我的羡慕，说，你的口水先给我留着。他们老家的樱桃可是五莲山最好的樱桃呢！当然，也必须把口水留着，上官带着我的目光离开了路边的樱桃，而是直接去了山顶的龙潭湖。

这是一座了不起的水库。哺育了樱桃之甜的水库。我和上官并肩俯视着龙潭湖，然后说着诗坛往事，说着彼此的童年。

往事如同蓬勃的树荫，一点点繁茂起来，比如西山的板栗树，正在开花的板栗树，那长长的花序收集起来，被童年的诗人搓成了夏天驱蚊的绳子。比如黄栌树下的"酸溜溜"，直接可以吃的野菜。比如正在路边怒放的像蒲公英一样但比蒲公英还瘦的苦菜花，冯德英的苦菜花。比如九仙山上的槐花群，就像初夏的香雪海，少年诗人坐在槐树的枝头，眺望带着槐花香上升的太阳。

离开龙潭湖，转了几条山路，到达落满槐花的九仙山的后山了。我觉得我是到了樱桃树的王国了。

上官不想让我沿着公路回去，而是带着我沿着小路往下滑，山的最下方就是诗人的故乡，全日照最好的樱桃的故乡。

都说下山不容易，其实下山又很容易。因为下山的路上全是正在成熟的樱桃树。上官说我的运气实在太好了，竟然在他故乡樱桃最好的一天，而且是他决定回故乡的这一天联系了他！

上官让我一边往山下滑行，一边吃樱桃——他代表他的乡亲们请客。

天下哪里有这样的初夏盛宴呢？鲜红的樱桃就在我们的头顶、我们的眼前、我们的嘴边，伸手，张口，一千颗小太阳般的樱桃，肯定不止一千颗，无数小太阳就这样进入了我的身体里。

吃人家的嘴软啊！在日照最幸运的一天，我悄悄向上官宣布：日照有很多树，最甜的树就在叫贺家店子的小山村。

日照观山海

尹 婕

从高空俯瞰，在中国大陆沿海中部、山东半岛东南部，有一座背山面海的城市——日照。山与海，是这座城市最鲜明的地理特征，也赋予它独特的气质。

日照很年轻，建市至今共 35 年，是山东省最年轻的地级市。日照又很古老，自北宋元祐二年（1087 年）置日照镇，便开启了此地以"日照"之名传天下的历史。

红日出海

万平口，第一缕阳光从海天相接处射向大地，仅一瞬，一轮红日跳出海面，日照新的一天开始了。

沙滩上等候已久的人们爆发出欢呼声。在万平口看海上日出，早已是到日照不可错过的体验项目，还有许多人将这里作为了解日照的第一站。事实上，早在古代，它就已经是日照的著名景观。

为了看海，远道而来的人们还走进日照海滨国家森林公园。他们来到海边，脱鞋赤脚踩在沙滩上，足底传来细腻的触感，蹲下身捧起沙，才发现这里的沙子竟"像面粉一样细"，还闪着银白色的光泽。

渔民们也正迎着初升的太阳，驾着渔船从渔港码头驶出，奔向"海上牧场"，进行新一天的"耕作"。此刻，海面上浮光跃金，海面下，各式鱼、虾、蟹、贝类等正在大海的喂养下渐渐长大。不久前，岚山海域，财金"海上粮仓壹号"首座网箱内，一尾尾肥硕的三文鱼，顺着吸鱼管道被传送至养殖工船加工车间，随后"游"上人们的餐桌，为今夏增添"又一鲜"。

日照地处黄海之滨，海水温度适宜，在距岸130海里处，分布有5000亿立方米的黄海冷水团，让三文鱼在这里安家有了可能。多年来，日照不停地探索，今年起，财金"海上粮仓壹号"系列网箱陆续下水，它包含6个单个有效水体约6万立方米的智能养殖网箱，抗风浪性能高，可有效降低人工喂养成本、提高养殖作业效率，全部投用后，这片海洋"沃土"可年产三文鱼6000余吨。三文鱼养殖成为日照海洋渔业养殖生产集约化、智能化的一个缩影。

渔业生产迈向现代化，传统"渔文化"也并未远去。

"哎哟，梳过来吧——"的曲调响起，杨洪永高亢的声音悠扬轻快，似是看见数不清的鱼虾已入网，即将提出水面装入船舱。他和同伴们喊起溜网号，尽情歌唱着丰收的喜悦。

成缆号、箍桩号、拿船号、推关号、张篷号、撑篙号、棹棹号、打护号、悬斗号、溜网号、掏鱼号、点水号，这是数百年来岚山渔民在耕海牧渔中创造出的劳动号子，也是渔民们的"信天游"。这些号子或欢快，或轻缓，或激昂，或低沉，时长时短，时紧时松，每一个音符都跳跃着搏击海洋的力量和对鱼儿满舱的憧憬。

如今，杨洪永带着岚山号子传承人的身份，和同伴们或在"山东手造·岚山风物"展示体验馆里，或走进学校，或登上舞台，再现岚山号子，让更多人借此了解日照海洋文化。

山孕灵秀

日照境内有4300多座大小山头，目力所及皆有山。浮来山，是其中几座名头较响的山之一。

浮来山位于莒县城西，又名浮丘，由飞来、佛来、浮来三峰鼎足而成，形似卧龙，清雅灵秀。山虽不大，却是当之无愧的名山。这份名气与撰写《文心雕龙》的刘勰有着莫大的关系。浮来山三峰环抱处有一座古刹，门额处悬有"定林寺"巨匾。在门左的石碑上，镌刻着"刘勰故居"四个字。《文心雕龙》是我国古代文学理论发展史上里程碑式的著作，自诞生以来，吸引了一批批研究者，并形成"龙学"。众多文人墨客因刘勰和《文心雕龙》之名来到浮来山，又为它的秀美风光与厚重人文所折服，在此留下诸多华美篇章。

在定林寺的前院，生长着一棵古老的银杏树，不久前，它以4000多年树龄被认定为"树龄最长的圆铃银杏树"。

入夏以来，这棵银杏树愈发枝繁叶茂，硕大的树冠覆盖数十米区域，树荫下，来自全国各地的游客驻足观赏，皆惊叹于它的壮观。大树前有一块立于清顺治甲午年（1654年）的石碑，据碑文记载，春秋时期，莒、鲁两国不和，纪国国君从中调解，莒、鲁两国国君于鲁隐公八年（前715年），会盟于这株大银杏树下——那时这株银杏便已是参天大树。莒州太守陈全国立此碑时，此树"至今三千余年"。当年，刘勰一定也曾无数次在这棵树下徘徊、思索过。

如今，这棵"4000年古树"还是莒县着力打造的城市品牌之一，成为这座城市历史和底蕴的鲜明符号。

山是厚重的，也是年轻的。在日照，大大小小的山头里孕育着勃勃的生机。开车沿着平坦的公路在山区穿行，路两侧的茶园一个接一个闪过。1956年，日照县被选为首批引种南茶试种基地县。"南茶北引"面临的最大困难是"冻害"和"干旱"。当地人想尽一切办法，在一次次实践中寻找应对方案。1966年，日照县试种茶田8.7亩，因冬季遇持续干旱和低温，翌年仅成活2.3亩。如今，日照茶园面积已达30万亩，年产干毛茶2.1万吨，总产值40亿元，日照已发展成为优质茶产区，日照绿茶是名副其实的日照"金名片"。越来越多的人到日照，不仅为看海，也为"来喝茶"。

惬意之城

夜抵日照，高铁站外仍旧热闹，一句句日照方言飘进耳朵，虽只能听懂大概，却让我感到几分熟悉和亲切。日照处在胶辽官话区、冀鲁官话区、中原官话区、江淮官话区的交界处，而我老家的方言正属于江淮官话。原来如此。当地一位朋友的比喻让我觉得颇为贴切与浪漫：当地人说话，"犹如舌尖上卷起浪花"。

卷起的浪花，多么惬意而有活力。可不是嘛，这里冬无严寒，夏无酷暑，空气清新，光照充足，2009年，便因在"改善居住和基础设施、建设绿色家园"方面成效卓著而获得"联合国人居奖"殊荣。在社交平台上，日照被称为"一座能让人获得松弛感"的城市：赶海的人，拎着小桶，握着铲子，带着孩子，在滩涂上寻"宝"而不在意收获多少；在阳光海岸绿道上骑行，可快可慢，一路与大海、绿树相伴。最不可错过的要数吃海鲜，无论你哪个季节到日照，日照人总能用时令海鲜做出美味，海沙子面、辣炒蛤蜊、煎饼卷黄尖子鱼、海凉粉、鲅鱼水饺……

逛海鲜市场能更好地体验"当一天日照人"。正值休渔期，虾类、贝壳类占据了市场的"半壁江山"。人们挤挤挨挨地在摊位间穿行，螃蟹、鲅鱼、黄尖子鱼、北美虾、海蛎子、西施舌……一一看过去，买到心仪食材后心满意足地拎回家，烹出一桌"海的味道"。

到了说再见的时候，再一次默念"日照"这个名字，那轮跳出海面的红日如在眼前。金色的光芒点亮大海、高山，温暖着奋斗的人们，也照耀着这座年轻城市的发展之路。

日照的蛋壳黑陶

铁 流

日照市其实不是很大，倚海而兴。沙滩是金黄色的，海水则是湛蓝的。从空中俯瞰，两条一黄一蓝的丝带簇拥着这座年轻的城市。很多远方的游客，每每打量着这座清新的城市时，还都以为它是没有历史底蕴的。实则不然，早在宋代，这里就设了"日照镇"。还据考证，日照是因"日出初光先照"获其名的，如此看来"日照"地名是先于"日照镇"的了。

顺着历史的纹理得知，这方土地在夏商时期属东夷，乃是"龙山文化"的发祥地之一。龙山文化自今上溯有4000余年，是诞生于黄河下游一带新石器时代晚期的文化。在莒州博物馆，陈列着一件"蛋壳黑陶镂空高柄杯"，就是龙山文化桂冠上的一颗明珠。1936年，著名的考古学家、梁启超的儿子梁思永和他的考古队，在日照两城遗址发掘出了一批陶器，以黑陶为多。梁思永喜出望外，肯定地说：这里将会有重大发现。古陶器据说有万年的历史，随着各地域的文化不同，陶器的形状和色彩也不一。比如，河姆渡文化的稻穗纹陶钵；仰韶文化的船型彩陶壶；红山文化的彩陶罐；大汶口文化的立鸟异形陶器；龙山文化的黑陶器。令人叹为观止的，应数龙山文化的蛋壳黑陶了。梁思永本打算将来再赴日照深度挖掘的，可因战乱最后没能成行。1973年，考古专家又在日照东海峪遗址发掘出了数件陶器，其中两件为蛋壳黑陶高柄杯，且完好无损。

该杯由底座、器柄、杯部、盘口四部分构成。高 26 厘米，口径 9.4 厘米，重仅 93 克。杯身上下漆黑闪亮，光彩照人。更为神奇的，中空的器柄里，内置一陶球，轻摇杯身，声声有应。从 4000 多年前走来，竟带着如此的神韵，不能不令人怦然心动。让人叹为观止的是，陶杯竟比鸡蛋壳还薄。人们知道，蛋壳的厚度大都为 0.3 到 0.5 毫米，而陶杯最薄的口沿处仅仅 0.2 毫米，最厚的地方也只是 0.35 毫米。说白了，这比 1 毫米厚度的一分钱硬币还薄了许多呢。如此的小巧玲珑，又如此的轻薄，上面竟还镂空密布，不禁令人心生只可远观、不敢有丝毫触碰之感。其实非也，该杯放在手中虽飘忽若无，可表如铁质，试着拿捏，犹如硬瓷，敲打几下，又声音铮铮。

我们不能不赞叹，远古的先辈是靠着什么样的智慧和巧手，才有了如此"神来之作"呢？！

山东省有 558 万余件可移动文物，文物专家在遴选山东文物标识实物原型的时候，都把目光落在了蛋壳黑陶高柄杯上，最终高柄杯成了凸显山东古文化底色的"齐鲁封面"。就在 2024 年秋季新学期，无数学子在全国统编七年级上册《中国历史》教科书中，一睹了蛋壳黑陶高柄杯的芳容。同学们对史前的"黑科技"无不击节叫好，也无不为中华民族的瑰宝所折服。著名考古学教授栾丰实对蛋壳黑陶高柄杯颇有研究，他说，蛋壳黑陶高柄杯在考古学界被认为是代表了中国乃至世界陶器制造史上的巅峰状态，其制作过程是非常严格的。第一是它的陶土要经过多次沉淀和过滤，一点杂质、沙子都没有；第二，拉坯过程要稳定，这需要经验特别丰富的陶工来做；第三，器物柄部雕刻的花纹特别复杂；第四是烧制过程中火候要特别地均匀。

"旧时王谢堂前燕，飞入寻常百姓家。"蛋壳黑陶高柄杯当年应是非富即贵人家才可使用的奢物，可现在不仅被一位又一位非遗传承人创新性地复活了，还摆在了寻常百姓家里。在日照，有一个外号叫"黑陶邢"的人。他原名邢葆东，自幼就对民间工艺情有独钟，后拜黑陶大师寇维军等人为师。早在他而立之年，就摸索出了一套"高温渗碳"的技法。可将陶胎拉到 0.2 到 0.35 毫米的厚度可不是易事，"黑陶邢"说，4000 多年前的祖宗做到了，现代人更应该做到。他在选土、采土、晒土、舂土等步骤上精之又精，不敢有丝毫差池。拉坯时他先预设在数毫米上，由厚及薄，反反复复。陶泥在"黑陶邢"那双粗壮的大手里，好似有了生命一样。他们相互依偎，又相互推动。人泥合一，你来我往，张弛有度。一日日下来，接近了目标，一天天过去，又达到了目标，最终复制了被中外考古专家视为"巅峰之作"的蛋壳黑陶高柄杯。

古人言：十步之内，必有芳草。在离日照不远的胶南，有一位外号叫"蛋壳刘"的刘锦波，也是黑陶非遗传承人。"蛋壳刘"个子不高，胖胖的身材，胖胖的脸。见到他的人总有些疑问，他那双胖胖的手，是如何把陶胎拉得比蛋壳还薄的。在传承上，"黑陶邢""蛋壳刘"等人，不仅做到了，还发扬光大了。《礼记·乐记》中说："比物以饰节，节奏合以成文"，古人善藏礼于器，"黑陶邢"举一反三，把书法、美术、人物融到了黑陶上，他的代表作有《刘勰瓶》《孔子竹简》《龙凤砚》。"蛋壳刘"则在装饰雕刻上下功夫，使黑陶面目更为赏心悦目。史前熄灭了多少年的炉火，又被"黑陶邢""蛋壳刘"等众多的民间大师们点燃了。各类大大小小风格迥异的黑陶器物，带着各自的神韵，迷人的风采，从红彤彤的炉火中走了出来，好似从历史的深处穿越到眼前一般。

在中国，那些少则上百年，多则数千年的各类文化瑰宝，之所以没有失传，是因为有着众多的非遗传承人。

他们在接续着历史，也在接续着文脉……

苏轼，在日照的历史深处走来

朱德泉

"我生本西南，为学慕齐鲁。"

生在眉山旁，学在蜀江边的苏轼苏辙兄弟，是在儒家思想的滋养下长大的，齐鲁之邦，一直是他们心驰神往的地方。

宝元元年（1038年），苏轼1岁那年，"泰山学派"创始人、徂徕先生石介代父石丙远官嘉树（今乐山）任军事判官，虽居蜀不长，但其学术思想还是通过何群、符正祥等川籍学者"开枝散叶"。苏轼6岁入乡校，诵读石介《庆历圣德颂》，韩琦、范仲淹、富弼、欧阳修等名臣成为他"奋厉有当世志"的人生榜样。在北宋儒学繁盛的西南重镇眉山，苏洵以"孔氏之遗法"，指导二子系统学习儒家典籍，期冀他们能"读是，内以治身，外以治人"。

正是"立德、立身、立言"的人生志向和"修齐治平"的家国情怀，为苏轼的从政路扣好了"第一粒扣子"。至嘉祐元年（1056年），19岁的苏轼和17岁的苏辙赴京应试前，他们已经饱读《尚书》《春秋》《论语》《诗经》《汉书》等典籍。礼乐诗书易，齐鲁圣贤地，成为这对眉山少年的精神原乡，及至苏轼先后知密州、登州，苏辙官齐州掌书记，这一切，都似有前缘定。

"莒事"瞩目：对人文地理，苏轼念兹在兹

日照是一座既年轻又古老的滨海之城。说年轻，1989年6月才升格为山东省地级市。说古老，其名之始可上溯至北宋元祐二年（1087年）；其建城史可追溯到夏商周，莒国都城是我国历史最悠久、山东省面积最大的古城，时代更替、版图数变，然数千年来，莒名始终未易，莒国古城一直是州、县治所；其人类史、文化史尤源远流长，东夷文化是中华文明的重要源头之一，在这里发现的陶文比甲骨文早1500多年，是中国文字的始祖……

据《日照县志》记载，日照周为莒地，秦属琅琊郡，宋属京东东路密州，仍并于莒县。元祐二年（1087年），于莒县置日照镇。

据《苏东坡全集》检索，苏轼一生中共在9篇诗文中提及"莒"，既有地理表实，又有人文表意，分布于青年、中年、老年各阶段，可谓念兹在兹。

苏轼在出川准备科举考试前，撰写过大量的政论和史论，其中在两篇史论中提到"莒"。在《论取郜大鼎于宋》中，他通过周朝衰落时，"齐、晋、秦、楚有吞诸侯之心"，而"邾、莒、滕、薛之君，惴惴焉保其首领之不暇"的情势分析，以鲁桓公从宋国取来郜国大鼎并安放太庙的非礼之举遭到鲁大夫力谏为例，对孔子为什么作《春秋》进行分析，得出"举三代全盛之法，以治侥幸苟且之风，而归之于至正而已矣"的结论。在《论黑肱以滥来奔》中，通过邾国大夫黑肱私下赠地投靠鲁国、晋侯使把鲁国汶阳田送给齐国、莒国大夫牟夷据"防、兹"二邑投鲁等案例，论证这种取不义之利的做法"皆不容于《春秋》者也"，并批评《穀梁传》不问责投敌者的看法"迂阔而不可用"。

从这两篇出仕前的习作看，青年苏轼对《春秋三传》皆烂熟于心，对齐鲁地理历史文化掌控亦游刃有余。

熙宁七年（1074年）十二月三日至熙宁九年十二月中旬，正值37岁到39岁"不惑"之年的苏轼，以"朝奉郎、尚书祠部员外郎、直史馆、知密州军州事、骑都尉"身份主政密州，时密州领诸城、安丘、高密、莒县、胶西五县，治所诸城。从现存其诗文看，这期间他三次提莒。

熙宁九年（1076年）四月，随着治蝗、抗旱、缉盗等取得阶段性胜利，苏

轼很高兴地参加盛大花会，在城北苏氏园中观赏硕大的白芍药，由俚入雅为之更名为"玉盘盂"。在两首赋诗的诗序中，苏轼透露："城北苏氏园"系"周宰相莒公之别业也"。苏氏即五代后汉时的中书侍郎平章事苏禹珪，后周世宗嗣位被封莒国公。由此也可以看出，苏轼对莒国历史人物之了解。熙宁九年（1076年）八月，苏轼以《赵郎中往莒县，逾月而归，复以一壶遗之，仍用前韵》为题，题诗送酒，彼此唱和。熙宁八年（1075年）至熙宁九年间，苏轼还率众僚属并以莒县百姓代表的名义给神宗皇帝写过一份请示，在这篇《密州请皋长老疏》中，苏轼请求神宗能批准沂州马鞍山福寿禅院的惠皋长老担任莒县石城院住持，为百姓开堂说法。元祐三年（1088年）闰十二月，在京师担任翰林学士、知制诰、兼侍读，权知礼部贡举的苏轼看到好友王诜所作的《烟江叠嶂图》，之前他俩曾为这幅画反复作诗唱和。这次，也许是想起王诜在乌台诗案中屡受牵连，被罚铜降职而无怨无悔，苏轼决定"不独纪其诗画之美"，直接在画后题诗并跋，乘醉挥毫中两次引用"毋忘在莒"典故，盛赞"契阔之故"，礼赞"而终之以不忘在莒之戒，亦朋友忠爱之义也"，并发出"愿君终不忘在莒，乐时更赋《囚山篇》"的约定。这也是苏轼为日照，即当时的莒县留下的墨宝。

此后，在至儋州定稿的《东坡书传》中，苏轼再次引用这一典故，称："文王出羑里之因，天命自是始顺。周公记之，谓之羑若。犹管仲、鲍叔愿齐桓公不忘在莒时也。"嘉祐六年（1061年）八月，经欧阳修推荐，24岁的苏轼与弟苏辙一起参加制科考试，考前献《进策》《进论》各二十五篇，系统提出了自己的革新主张。后来在儋州贬谪期间修订《论语说》中，他将贤良进卷之《既醉备五福论》作为对《论语》中"子夏为莒父宰，问政"时孔子"无欲速，无见小利。欲速则不达，见小利则大事不成"的解读，进一步阐释自己"以其功兴而民劳，与之同劳，功成而民乐，与之同乐"的民本思想和执政理念。

在《艾子杂说》的40篇寓言中，有4篇是讲"外患之忧"的。其中在《白起伐莒》中，"艾子为莒守"，苏轼把虚拟人物艾子"任命"为莒县太守并开启反讽模式。听说白起将要带兵伐莒，莒县百姓恐慌不已，纷纷欲出城逃难。艾子召集百姓，安慰人们说："你们先不要逃，白起很容易对付，况且他生性仁爱，之前在长平与赵军对战时兵不血刃而胜。"白起长平之战坑杀降众四十万，他唯恐战士面对国破家亡而心痛,所以统统斩首,这是何等的"仁爱",生怕兵刃沾血生锈变钝,所以直接坑杀活埋,真是"兵不血刃"。

"盐镇"以待:对经济民生,苏轼用心用情

苏轼是在熙宁七年(1074年)九月,自杭州通判任接令移任密州的,经金陵、扬州、常州,十一月十五日到达海州(今连云港),十一月下旬,自海州赴密州的濒海行中,在马背上作《沁园春》寄给弟弟子由,既让人感到"有笔头千字,胸中万卷;致君尧舜,此事何难"的政治抱负,也令人感受"孤馆灯青,野店鸡号"的萧瑟凄冷。笔者推断,此词很可能作于过江苏怀仁入鲁经日照岚山的那段时间。

苏轼到没到过日照?答案是肯定的。

要到达诸城治所赴任,必经日照无疑。看一下《山东省历史地图集(远古至清)·村镇》中北宋海州至诸城的局部地图一目了然。

地图中显示的涛雒镇就是密州著名的盐场和官道驿站。笔者认为,这应是苏轼上任的必经之地。关于苏轼入鲁后的行迹考,台湾地区学者李常生经实地考察认为:"苏轼自海州出发,多行沿海道路,或过今日照后往北行,循九仙山、五莲山向北行。据当地耆老言,五莲山北侧有一松月湖水库,水底原为一古驿道"。

《宋史·食货志》中记载了山东食盐产地:京东路为密州涛洛场与登州四场,河北路为滨州四场。作为京东地区最大的海盐生产基地,涛雒必设盐监、盐场、盐务等管理机构。苏轼在《上文侍中论榷盐书》中说:"轼在余杭时,见两浙之民以犯盐得罪者,一岁至万七千人而莫能止。"作为自任杭州通判起就始终关注榷盐政策之弊的苏轼,不可能路过涛雒不展开调研。事实上,苏轼是甫入辖区即边走边调研的,他于十二月三日到达诸城治所并旋即作《密州谢上表》,随后二十九天,一份高质量的调研报告就呈送给丞相韩绛。在这份《上韩丞相论灾伤手实书》中,苏轼称:"自入境,见民以蒿蔓裹蝗虫而瘗之道左,累累相望者,二百余里。"考虑到一入山东"民物椎鲁,过客稀少",由此推断,高质

量的调研当自涛雒开始，而涛雒至诸城治所，恰好二百余里路程！再看文中关于盐政的杭密比较："轼在钱塘，每执笔断犯盐者，未尝不流涕也。自到京东，见官不卖盐，狱中无盐囚，道上无迁乡配流之民，私窃喜幸。近者复得漕檄，令相度所谓王伯瑜者欲变京东、河北盐法置市易盐务利害，不觉慨然太息也。"随后，他政治账、经济账一起算："密州之盐，岁收税钱二千八百余万，为盐一百九十余万秤，此特一郡之数耳。所谓市易盐务者，度能尽买此乎？苟不能尽，民肯舍而不煎，煎而不私卖乎？顷者两浙之民，以盐得罪者，岁万七千人，终不能禁。京东之民，悍于两浙远甚，恐非独万七千人而已。纵使官能尽买，又须尽卖而后可，苟不能尽，其存者与粪土何异？其害又未可以一二言也。愿公救之于未行。若已行，其孰能已之？"

熙宁九年（1076年）二月，他又专门在《上文侍中论榷盐书》中建议考虑密州实际，施行王政，给民生路，不要因"陕西、淮、浙既未能罢"就搞一刀切，"又欲使京东、河北随之"榷盐以官营，他动情比喻道："此犹患风痹人曰：'吾左臂既病矣，右臂何为独完？'则以酒色伐之，可乎？"

石城开堂：对传灯布道，苏轼情有独钟

在熙宁八年（1075年）至熙宁九年间，苏轼给神宗皇帝上《密州请皋长老疏》。疏是古代文体的一种泛指，一般包括奏章、书信、佛教祈祷文、募化用的簿册，本文为奏疏。"安化军据霍郎中、陈郎中、褚郎中、宋驾部、傅虞部、乔太傅及莒县百姓侯方等状，乞请沂州马鞍山福寿禅院长老惠皋住持本县石城院开堂说法者。右伏以山东耆宿，言不足而道有余；胶西士民，信虽深而悟者少。当有达识，为开群迷。长老皋上人，德宇深醇，慧身清净。一瓶一钵，本来自在随缘；万水千山，所至皆非住处。愿体众心之切，毋辞数舍之遥。翻然肯来，慰此勤想。谨疏。"

这里透露了几个重要的信息：一是莒县建有石城院，这个禅院的名字与福寿等表意的禅院不同，故石城院极可能是在莒县一个叫石城的地方；二是既然住持人选需要向皇帝请示报告，说明整个禅院规格比较高；三是"毋辞数舍之

遥"，说明石城禅院，离沂州（临沂）马鞍山福寿禅院不太远。

据顾祖禹撰《读史方舆纪要·卷三十五·山东六》："夹仓镇，县南二十五里，有石城，置巡司于此。《志》云：县西七十里有刘三公庄，萧梁时刘勰所居，旧置巡司于此。洪武三年，移于夹仓镇。"据陈懋续修《日照县志·卷五·秩官志》："……三皇岭巡检一员，洪武间移夹仓镇"。

从以上两个记载结合来看，在刘三公庄置的巡司就是三皇岭巡检司，治所其实是在刘三公庄西的三合（河）岭，县志记音三皇岭，石城院，很有可能就在夹仓镇，距离巡检司不太远。

苏轼为地方延请新住持开堂说法写过多篇"请疏"，这仅是其中之一。熙宁八年（1075年）四月，为庆祝神宗皇帝生日，苏轼还写过一篇《同天节功德疏文》，供佛教道场诵扬。这两疏与石城院的关系，目前已不可考。

诸城学者郑和平认为，密州是北方佛教兴盛的地区。宋代以前，以在密州悟道的净土宗实际创始人善导大师为代表，重持戒苦修，而忽视明理参悟。用苏轼《密州请皋长老疏》中所说，就是"言不足而道有余""信虽深而悟者少"。宋代以后，宗风稍稍活泼。至明清之际，达到极盛。清代山东四大禅寺，日照有其二：五莲山光明寺、九仙山侔云寺。明理透彻、个性通脱的苏轼是慧根甚深的佛学家，自有传灯之功。

鹤舞九仙：对生态自然，苏轼乐此不疲

熙宁七年（1074年）十二月，到任不久的苏轼给吕惠卿写《密州到任谢执政启》，将密州称为"带山负海，号为持节之邦"，隐隐表露密州辖莒县、胶西等的海洋特色。熙宁八年八月，苏轼修葺城北旧台，苏辙作赋，建议命名为"超然台"，在赋正文起笔处，苏辙以"东海之滨，日气所先"，更直白点出超然台与日照的方位及日初先照的自然特点，接下来的"岿高台之陵空兮，溢晨景之洁鲜"，尽显这一带天高气清湿润的气象生态。从此，以超然台为文化坐标，五莲的九仙山、马耳山被频繁写入苏公诗词。

东坡文化与齐鲁文化是双向奔赴的动态交互感知。苏轼很欣赏乡人盖公

"贵清净而民自定"的黄老思想，经过一年多的治理，谷丰人和，夜不闭户，遂于熙宁九年（1076年）正月开始在密州署衙东侧黄堂之北修建盖公堂。九仙山之于盖公堂亦大有关系。"耽耽新堂作者谁，密州太守文章伯。太守高吟醉太白，年谷常丰无盗贼。三牛倒曳九仙木，大斤截落琅琊石……"毕仲游在《盖公堂歌》透露，修建盖公堂的木材多取自离此70里的九仙山，石材多取自胶西琅琊。苏轼在《盖公堂记》中把九仙山和崂山相提并论，盛赞山中有很多高人隐士，曰："胶西东并海，南放于九仙，北属之牢山，其中多隐君子，可闻而不可见，可见而不可致，安知盖公不往来其间乎？吾何足以见之！"

苏轼应该多次去过马耳山、九仙山。从超然台侧的州府官衙出发，骑马过扶淇河，前行60里，见马耳山，子瞻曾以诗句"试扫北台看马耳""孤云落日在马耳"诵之，登长城岭沿齐长城继续前行约10里，即到达九仙山，山峰奇耸竞秀，迤逦数十里。熙宁九年（1076年）冬，是时，苏轼密州任期届满，已被旨将赴河中府任职，好友浙江乐清县令周邠寄来《雁荡山图》并诗，于是苏轼登高望远，作《次韵周邠寄〈雁荡山图〉二首》。在第一首中，"二华行看雄陕右，九仙今已压京东"极其生动地描摹出他当时的心境。苏轼从来没去过雁荡山，看着雁荡山的图画，站在九仙山上眺望云海，想着到任河中后再去登太华、少华二山，情不自禁在这句诗后自注道："将赴河中，密迩太华。九仙在东武，奇秀不减雁荡也。"

苏轼游九仙山，当夜宿山上，信息藏在给周邠的第二首诗句中："东海独来看出日"，也藏在相传苏轼留题九仙山的"留月"石刻中。"岱以崇隆显，崂以幽育显，五莲以峭削显"。

九仙山"仙"在哪儿？

"仙"在独特自然环境。泰沂余脉与崂山支脉交汇于五莲，造就这里奇峰幽谷，步步生莲。这里离海很近，平地拔起的九仙山、五莲山系像一道屏障将吹向内陆的海洋暖风阻挡，形成丰沛地形雨、云雾绕山峦、日出红胜火、晚霞金漫天的奇特盛景。

"仙"在独特人文生态。熙宁九年（1076年）九月，苏轼登九仙山，在东南麓丁家楼子村西半山巨石之上，横书"白鹤楼"三字。在苏轼题名不远的一块巨石平台上，据 9 个凿空等遗迹考证，当建有一楼，苏轼榜书，很可能即为此楼题额。

"鹤鸣于九皋，声闻于天。"君子翩翩，飞鸿雪泥，苏轼喜鹤，铭之寄兴，念飞去来兮。后清代名士丁惟宁慕苏归隐，建丁公石祠，竖摹"白鹤楼"于旁，并化鹤寄情，建仰止坊以景苏，家族繁衍并最终子孙三代接续写成第一奇书《金瓶梅》。白鹤楼毁于清代的"郯庐大地震"，如今，这一区域巨石乱垒，已是独特地震遗址公园，而坡仙文化、金学文化交汇，"第一山""奇秀不减雁荡""饮马石"等石刻与"户部乡""叩官镇""槎河山庄"形成的名士遗存，给九仙自然之美铺染浓郁的人文底色。

景苏景行：对东坡文化，传承生生不息

熙宁九年（1076 年）十月的一个傍晚，即将离别密州的苏轼登上超然台，眺望马耳九仙山，恋恋不舍地以《江城子》抒怀："前瞻马耳九仙山，碧连天，晚云间。城上高台，真个是超然。莫使匆匆云雨散，今夜里，月婵娟。"

想到月有悲欢离合，人事易变如鸥鹭聚散，唯愿大家不要忘记有位苏公曾经来过、付出过："小溪鸥鹭静联拳。去翩翩，点轻烟。人事凄凉，回首便他年。莫忘使君歌笑处，垂柳下，矮槐前。"

政声人去后，百姓闲谈时。百姓谁不爱好官？

在金代日照立县后，苏轼即被列入日照名宦。明代大士厉愿补祀名宦乡贤作记建祠，将《文心雕龙》的作者、日照籍文艺评论家刘勰和苏轼补录进十大名宦乡贤，苏轼位居第一，一句"迄今泽流下邑，海曲桑麻，百世安堵皆其遗爱"，足见坡公政绩民心。厉愿还在日照城南建景苏台，作赞赋诗，与诸城超然台遥相呼应。厉愿诗曰："踵事成台接大苏，超然风味一时俱；当年独立纤筹策，此日多忝作远图……"日照举子李天相作《景苏台》，诗曰："海上谁高吊古台，层楼聘望思悠哉。青徐叠嶂空排出，吴楚孤帆带雨来。报国有心思屈贾，裁诗无力愧邹枚。折冲喜得刘公干，潦倒何妨浊酒杯。"

清代名臣刘墉家族也是景苏一族，他们被九仙盛景、东坡游踪深深吸引，

遂在五莲建别业"槎河山庄",并请名画家唐岱作画,一时王公巨卿争相题咏,此画并题诗跋,已成山东博物馆镇馆之宝。刘墉在题诗并序起首即开宗明义:"东坡诗中九仙山有二,其云在东武奇秀不减雁荡者,余家实依其麓……"

载于康熙《日照县志》里的一首《苏文忠公赞》,实为勾勒苏轼与日照的最好写照。赞曰:维此哲人,百代之望。忠言伟伦,建白岩廊。放浪古密,衮衣东方。弹丸海曲,沛泽同长。超然远兴,遗爱甘棠。下里仿佛,沐浴余芳。山峰出没,海波不扬。千载如故,风韵欲彰。

是的,千载如故,风韵欲彰。

如今的九仙山,情侣峰已成为年轻恋人的浪漫情感峰,云遮霞蔚中,眷侣如神仙打卡九仙,复去海边拍婚纱,领略蔚蓝色浪漫,已成婚庆产业海誓山盟新时尚。

如今的日照沿海,也不再是煮海卤盐,长达28公里的日照阳光海岸绿道通达五莲,骑行者可在"海鸥与山莺齐飞,山海共长天一色"中体验运动休闲,不亦乐乎。

如今的五莲,正以东坡文化加力赋能文旅深度融合。文化学者、县政协科教文史委主任李本亭说,九仙山下白鹤楼遗址,凝聚着苏轼故事;丁公石祠所在地丁家楼子村,蕴藏着文化密码。这是历史留给五莲的宝贵遗产,"让遗产变资产,生态变生意,我们有这个文化自信和行动自觉!"

如今的丁家楼子村,丁氏传人、年轻村支书丁超以抖音直播新农具,带领全村继续吃文化饭、生态饭,"留月"月饼、东坡酒、农家美食的吸引力越来越大,九仙美景中,乡村振兴的火热实践正不断破圈出彩……

海边的喧嚣与宁静

刘 君

一

大多数树木都会为了配合现实而折腰。如果它们住在路边,为了获得更多的阳光,就会努力倾斜着身子,把树枝像手臂一样伸出。或者,如果它们从土里探出头来,发现自己正被大风雪揉来揉去,就会调整一下对自己体型的期望值。期望太沉重了,只要能抓紧自己的灵魂,弯个腰也没什么吧?

日照万平口海边的黑松林,或许就是这样说服了自己。远远望去,是一道黑色的屏障,密不透风,但走近细瞧,树身大多弯曲变形,很少与地面垂直,这是和一场一场海风厮杀的结果,身上大大小小的伤疤,是一枚枚闪亮的勋章。

生活在海边的人都知道,冬天的海风有多厉害,能把树枝折断,让那些树梢上的宝贝们滚下去,但只会让黑松林轻轻摇摆,风声、海浪声里,集体跳一种扭扭舞,晃动着自己针一样的叶片,刺向寒冷。

即使风平浪静时经过,也能听到它们内心的喧嚣——与天斗、与地斗、与海风斗,其乐无穷。黑松是不会消亡的,它不存在终点。每一次风过,只不动声色换一种姿态,你说是妥协的姿态?那也是胜利者的姿态。

有多少名画是妥协的结果。意大利文艺复兴时期,画家首先要做的不是倾听出现于心中的灵感，而是满足订购者的愿望。他需要折中、平衡、妥协，并尽力施展自己的才华，才能成就一幅名画。

在我眼里，日照万平口的黑松林也是一幅名画。

午后的阳光穿过针叶，会在地上洒下无数的光斑。当海边的风吹向树林，又从树林间跑过来，捉迷藏一般绕着它们转圈，记忆就这样突然飞奔而来，似乎不可思议。想起半个多世纪以前，父亲去新疆工作，每年单位都会组织种树。在路边种，在河边种，在一些光秃秃的山上种。有时还要反复种，因为夏天好好的树，叶子绿油油的，冬天还是冻死了。

父亲还去石河子市种过苹果树。用苹果树做行道树，想一想都是甜美的。那秋天从树下经过时就可以吃到苹果了？父亲却说结不结出来苹果并不重要，要想法扎根下来。树能扎根下来，人也就能扎根下来。

二

但树也有叛逆的时候，比如日照海滨国家森林公园的水杉，可以不管不顾地一直长到几十米，同样在海边，它桀骜不驯得让人觉得内心有些疯狂。

"无论遇到什么都要向上长。"它开始一定是这样想的，但在长出第 1000 片叶子之后，它决定停止生长。因为低头看时才发现，"我怎么长得那么高啊？"我猜它一定吓坏了……

"够了。"它自言自语，"我要做一根结实的柱子，如果我能甩掉这些累赘的树枝。"然后便上下摇晃，剧烈扭动，成功扔掉的东西不太多，除了一些叶子和蝴蝶。它试着沉入泥土，但是铺展开来的根系只会让它长得更高，最终它就这样站在那里，筋疲力尽。旁边老树一声不响，它以前也做过这种事，当树渴望成为另一种"树"的时候。

记得 10 岁时舅舅对我说：做人啊，不要太循规蹈矩，但你是女孩子，还是循规蹈矩一些更好。他希望我和他一样读理科，但我后来选了文科；他叮嘱我一定不要找中文系的男孩子做男朋友，但我偏偏找了一个中文系的男孩子。

和水杉一样，我的每个细胞都只遵循自己，终将变成唯一的模样。它们的形态和叶片上的脉络也是一次性的，树梢上叶子的最微小的动静，树干上最微小的疤痕，都是一次性的。

我有些羡慕这些水杉。生活在日照，是有它特别的幸福感吧。这里是太阳的故乡，"日出初光先照"，它们不用靠弯曲变形来追逐太阳。相反，太阳仿佛被它们吸引，甚至迷恋着它们，洒下如此热烈的光。

在快节奏的城市待久了，饱含负氧离子的空气每一口都治愈，看到孩子们追逐笑闹，很容易想起爱丽丝漫游奇境的故事，不知道这郁郁葱葱的林中会不会也跑出一只兔子，带我们进入神秘的童话世界？

三

海鸥的使命是滑翔，野草的使命是摇摆，蜘蛛的使命是顺着一缕缕蛛丝荡向高空。可对于树木来说，它的使命是站立，莒县浮来山下的那棵银杏树，已经在悠悠岁月里站了4000多年。

每一位第一次见到它的人，都会惊讶于它那巨大的树冠。毫不夸张地说，站在树下，仿佛整座定林寺都被它遮天蔽日的树冠彻底覆盖住了。

4000多年前的树竟然能活到现在？这是我的第一反应。4000多年是什么感受呢？站在这棵巨树之下向上看，只觉得看不到天空，它隔绝了喧嚣，透过树叶洒下的，仿佛不是阳光，而是宁静和平和。

究竟需要经历多少风霜雨雪，才可以成就这样伟岸的生命，伟岸又谦虚？

它曾目睹了春秋时期，莒国国君莒子与鲁国国君隐公，在树下结盟修好。

它也目睹了带着一身失意和落魄的刘勰，将短暂的余生委身于校经楼这灰色青砖的二层小楼，在几多落寞中，与经书为伴，闲望天上云卷云舒，淡看门前草枯草荣。

它还目睹了浮来山下的我们来了又走了，倾听了宁静变为喧嚣又变回宁静，感受了疏离变为亲密又变回疏离，经历了萌发变为毁灭又变回萌发。在岁月的深处，我们成了"行走的树"，彼此的枝叶看到的风景不同，你看你的，我看我的。

在银杏巨树附近，有几棵已空心的树，顶端依然生出了嫩嫩的新枝干和几片新叶，那个瞬间，感动的情绪充盈了我的内心。原来树是这样在生活啊！即使受到了伤害，亦超级坚强，不言语不抱怨，只是把所有努力，用在"继续成长为自己本来的样子"上，一如最初的模样。

日照文脉的苏轼律动

柳 复

2022年6月,习近平总书记参观眉山三苏祠时说:"一滴水可以见太阳,一个三苏祠可以看出我们中华文化的博大精深。我们说要坚定文化自信,中国有'三苏',这就是一个重要例证。"朱德曾题诗赞扬"三苏":"一门三父子,都是大文豪。诗赋传千古,峨眉共比高。"苏轼和父亲苏洵、弟弟苏辙一生辗转,为文为官,留下丰厚著述,承前贤、启后学,写就中国历史上的一段文化传奇。苏轼因留有巨量作品被称为"苏海",游徜其中的仕者学人每每受教,普通百姓乐于传诵他的传奇故事,不经思索就能拈出他诗词文章中的佳句者比比皆是。"三苏"是中华优秀传统文化瀚海中的一座灯塔,其中苏轼影响最为普及和广泛,他三次进出朝廷,或升或谪十多个州府,所到处均留下深远影响。苏轼在山东两任知州,足迹布于今天的潍坊、日照、济南、烟台和鲁西南多处,这些地方的文脉千百年来呈现的苏轼律动,让人景仰,浸润心灵如饮甘露,沐浴其诗文若感夏雨雨人。

齐鲁缘自日照起

苏轼行走齐鲁大地的足迹,开端于日照。

北宋熙宁七年（1074年）九月，苏轼携妻王闰之、将雏苏迈、苏迨、苏过并后来继妻王朝云等，离开任通判已满三年的杭州，沿湖州、金陵、扬州、常州濒海通道一路北上，赴密州就任。十一月十五日到达海州，本欲由此就水路西行再转运河赴济南探望已三年多未能见面的胞弟苏辙。苏轼此番赴密州任职本是上表自请，"请郡东方，实欲弟昆之相近"，期望离上年被辟为齐州掌书记的苏辙路途近些，以便兄弟二人"可以时得沿牒相见，私愿甚便之"。无奈海州河道结冰航行不通而作罢，继续北上密州。在海州出发的晨曦中，思弟心切的苏轼写下一首《沁园春》："孤馆灯青，野店鸡号，旅枕梦残。渐月华收练，晨霜耿耿；云山摛锦，朝露漙漙。世路无穷，劳生有限，似此区区长鲜欢。微吟罢，凭征鞍无语，往事千端。当时共客长安，似二陆初来俱少年。有笔头千字，胸中万卷；致君尧舜，此事何难。用舍由时，行藏在我，袖手何妨闲处看。身长健，但优游卒岁，且斗尊前。"苏轼、苏辙兄友弟恭，感情深厚，同榜进士及第后异地为官，互相牵挂，留下二百多首酬和诗词，苏辙称苏轼"抚我则兄，诲我则师"，苏轼则说苏辙"岂独为吾弟，要是贤友生"。苏轼被絷"乌台"，自感绝命之际留给苏辙这样的话："与君世世为兄弟，又结来生未了因"。《宋史·苏辙传》说："辙与兄进退出处，无不相同，患难之中，友爱弥笃，无少怨尤"。这些诗句和记载，读来令人对苏轼、苏辙的兄弟之情异常感动。

　　第二天，苏轼进入现今的日照境内，开始他的京东东路之旅，满足年少读书时"我生本西南，为学慕齐鲁"的初愿，揭开一生北上南下宦游大半个中国形成的苏氏文脉的齐鲁篇章。北宋时期的现日照地区，属京东东路密州所辖。密州当时治所诸城，领诸城、莒县、安丘、高密、胶西五县。对照北宋时期历史地图可见，现在日照市所辖东港区、岚山区、莒县和五莲县南部、西部是当时的莒县地域，五莲县北部属诸城。日照作为地名要在苏轼离开密州十年后的元祐二年（1087年）才载入史册，始为镇；金军占据北方后设置日照县，则在金大定二十四年（1184年）。日照地名的由来，各版县志均称源自"日出初光先照"的俗语，其实苏辙在《超然台赋》中首句"东海之滨，日气所先"就揭示了日照的地理特点，"日气所先"之语似乎更具文采。无论区划如何配属，地名怎样变迁，现今的日照市全域均在当年苏轼这位"使君"的治下。

"名人托迹之地，江山千载犹香"。一个地区的历史文脉与活动于此的历史人物尤其是影响深远的名人紧密相关。文脉由一代代人特别是名人大家的各类活动形成和延续，名人大家诗文里的江山胜迹和精言名句，是人们寄托感情、凝聚认同的精神依凭，产生心理链接、心灵共鸣，时承代传，在不同人心中形成虽大小不一却同频共振的张力，让人为之自豪，受其激励。坚定文化自信，必然要深入挖掘优秀传统文化精华从而赓续历史文脉，才能谱写新时代华章，烙上新的印记，继续广远连传。苏轼是中华优秀传统文化中的巨擘，其诗词文章及其所载意蕴影响深远，注入每一个中国人心中，他兴之所至创造的诸多兼具天然淳朴和睿智的语言已经深植于很多人的日常语库，耳熟能详而又脍炙人口，用之不觉却汩然而至，使人谈吐增色，耀添文采。苏轼一生与齐鲁大地渊源深厚，今天回望观照历代造就的齐鲁优秀传统文化的博大内涵，苏轼既是弘扬者，也是丰富者。这位无出其右的文化巨人与山东的直接关联，从齐鲁大地的东南顶端启程，由日照的一角海隅发端，日照其幸乃尔！

两次行经日照

苏轼从海州动身继续北上，十二月初到达密州治所诸城，历时半月之久。苏轼经行的道路是连接齐鲁与吴越的古道。这条从古齐国腹地通向吴越的大道，由诸城向南，因五莲山脉的崛起从现今的许孟镇分为两支，东支向东南方向穿越五莲山隙径至日照，继续缘海岸南至海州，西支折向西南延至莒县北部，顺沭、沂两河河谷过沂州至彭城。两线自古均是昌潍、登莱通向吴越的重要商路和官道，在海州、沂州以北以马代步为主择，以南则以船行为首选。南下的主要商品乃来自齐地的桑麻和盐，尤以盐盛。在发达的高速公路网未形成之前，这两支商路在现代呈现为 204、206 两条国道，当地人形象地称之为"烟沪路"和"潍徐路"，这种称呼只是当地人熟知，其实两条国道的起讫点都要更远。我曾多年在两条路上奔波，直接感受物流、人流的繁盛，每每遥想起古时商贾宦游者络绎不绝于此道的情形。所能想到的商贾者首推范蠡，其能富甲天下，正是由此道自吴越至齐地再到中原，成就陶朱公的商神之尊。想到的宦游者唯有苏轼，想象他在沿海一线拖家带口迤逦而行，路上留下的诗句辞章不知凡几，散佚不传为之惋惜。

苏轼自海州北行走的是"烟沪路"，在五莲山麓西行转北到达密州治所，中途必经涛洛镇。涛洛作为镇村始于西汉，清代改为现今之名涛雒。涛，是大幅起伏的水；洛，是水流下的状貌。涛洛濒海，潮涨时波涛汹涌，潮水环绕，潮退则流水洛洛，"涛洛"之名源于此状。涛洛是北宋时期食盐重要产地。《宋史·食货志》记载山东食盐产地：在京东路为密州涛洛场与登州四场，河北路为滨州四场。日照沿海自先秦时期就是重要的产盐地，秦时置海曲县，西汉继之，均设海曲盐场。西汉末年吕母起义杀海曲县令，县治遂废，县域并入莒县。东汉时期海曲地名犹存，蒙难文人多来隐居，"初唐四杰"之一的王勃在《滕王阁序》中有"窜梁鸿于海曲，岂乏明时"之句。隋唐时期一直称此地为海曲，"四杰"中的骆宾王也曾出使到这里，写有《远使海曲春夜多怀》《海曲书情》两诗，有唐诗中极少见的直接描绘海景之句。以苏轼之博学，对海曲旧地的历史应十分熟识，途经产盐之地必然用心观察。在到任密州后二十余天即呈《上韩丞相论灾伤手实书》，其中对盐政论述尤为细致。"轼在钱塘，每执笔断犯盐者，未尝不流涕也。"因同情犯盐被囚之民，苏轼对盐政特别上心，"自到京东，见官不卖盐，狱中无盐囚，道上无迁乡配流之民，私窃喜幸。"对杭州、密州两地的犯盐者情状一悲一喜，足见其关心民瘼的情怀。他对王安石变法中的榷盐新务提出自己的政见："近者复得漕檄，令相度所谓王伯瑜者欲变京东、河北盐法，置市易盐务利害，不觉慨然太息也。密州之盐，岁收税钱二千八百余万，为盐一百九十余万秤，此特一郡之数耳。所谓市易盐务者，度能尽买此乎？苟不能尽，民肯舍而不煎，煎而不私卖乎？顷者两浙之民，以盐得罪者，岁万七千人，终不能禁。京东之民，悍于两浙远甚，恐非独万七千人而已。纵使官能尽买，又须尽卖而后可，苟不能尽，其存者与粪土何异？其害又未可以一二言也。愿公救之于未行。若已行，其孰能已之？"苏轼从实践得来的盐政见识，尽显他对新法在实际施行中出现的荒唐现象了如指掌，作为能吏的睿智一览无余，应与他在途经涛洛盐场的观察密不可分。

元丰八年（1085年）六月下旬，谪居黄州的苏轼被重新起用，诏令以朝奉郎起知登州军州事。在黄州过了五年多经常入不敷出却耕读自娱的生活，苏轼冠以东坡居士的雅号，一家人对从天而降的诏令几乎不敢相信，好友们也争相前来庆贺，"故人改观争来贺，小儿不信犹疑错。"长期被贬谪放置的时光被一纸诏令宣告结束，无论如何激动和喜悦，也无论如何留恋黄州的参悟和闲适，苏轼都要赴任登州。当年七月下旬启程，沿泰州、扬州、楚州一线北上，一路因访朋问友、游山赏水和天气骤变而延迟许多日子，到海州时已是十月。又是从海州进入山东境界，又途经现今日照的沿海，又看到涛洛的那片盐场和那些煮盐为生的灶户。穿过九仙山到诸城故地重游，在耽于行程中享受与新朋旧友再登超然台的愉悦。苏轼两次任职山东，都从日照踏入，是冥冥中的巧合，更是自吴越进齐鲁的最佳路线选择。首来山东被动选择现今的"烟沪线"，再来山东重复同一路径，这应是日照的又一次幸运。谈及幸运，不得不令人想到在苏轼宦游十数州的经历中，以汴京为坐标，只要北上就是美好和幸运的旅程，只要南下，大多是迈入委屈和困厄，越往南的地方，委屈度越高，被南驱儋州，更是他一生困苦至极的时段，只有小儿苏过和一条被命名为"乌嘴"的忠犬相伴。苏轼被驱赶到儋州时，苏辙被贬至雷州，苏轼字子瞻，苏辙字子由，儋、雷分别有二人字号的一半，这是陆游首先发现的。应该不是巧合，而是冤案主使者、与"二苏"同样进士出身的时任宰相章惇刻意而为的文字游戏，足见二人蒙冤之由的轻佻，章惇之流对"二苏"文采的隐隐妒忌因陆游这一发现而凸显。与南贬相比，苏轼两次入鲁都是幸福而愉悦的行走，齐鲁可以说是苏轼整个外放宦游的福地。福地之行均经由日照，是上天眷顾苏轼，更是日照与苏轼的情缘。日照与苏轼的两次邂逅，未被历来研究者留意，诚为憾事。

苏轼在密州诸城故地重游延宕一些时日，到登州治所已是十月十五日。五日之后旋接诏令，赴京城任朝廷礼部郎中，更不可思议的是苏轼还朝仅半月又迁为起居舍人，日日伴君，行走于决策中枢。苏轼接到离任登州的诏令后滞留十日才启程赴京，在登州的短短十五天时间里，苏轼调查政务民情，登上蓬莱阁并写下诗篇《登州海市》，发现登州盐务、军务弊病，赴京途中写下《乞罢登莱榷盐状》和《登州召还议水军状》。两状分析之实、论述之丰、言辞之恳切都体现了苏轼的能吏本色，读来让人慨叹、折服。前状指出官榷食盐有三害：灶户失业，渐渐逃亡；官盐价贵，百姓食淡；商贩少出，积盐难散。"官无一毫之利而民受三害"，主张"先罢登、莱两州榷盐"。后状指出"登州地近北虏，号为极边"，北宋立朝后这里常驻重兵，曾设四指挥，使登州成为京东路的重要屏障，契丹知此地有重要防备，故积年未曾有警。但此后一些官员"见其久安，便谓无事"，废弛了武备，还把本地军士派往外地屯守，建议朝廷明令加强这一带的边防。两状与十年前《上韩丞相论灾伤手实书》一脉相承，除重现对盐政新造成的民瘼关心外，又有对登州沿海防务废弛情形的担心，体现他一以贯之关心国事体恤民瘼的社稷忧患意识。而这些可能都与他初经涛洛盐场积累的对榷盐弊端的深刻洞察紧密相关。"苏轼真是一位名副其实的能吏，稍有机会就释放出那么多热能。"著有《斑斓志》的作家张炜这样评说。

与莒之诗和不忘在莒之念

对密州所辖的莒县，苏轼多次笔下着墨。熙宁九年（1076年）八月，赵明叔到莒县行医一月有余，回到诸城后苏轼为他摆酒洗尘，题诗唱和。"东邻主人游不归，悲歌夜夜闻春相。门前人闹马嘶急，一家喜气如春酿。王事何曾怨独贤，室人岂忍交谪谤。大儿踉跄越门限，小儿咿哑语绣帐。定教舞袖掣伊凉，更想夜庖鸣瓮盎。题诗送酒君勿消，免使退之嘲一饷。"赵明叔是胶西县人，家贫好学，以行医为业，家在诸城，苏轼与之交厚。诗前小序"赵郎中往莒县，逾月而归，复以一壶遗之，仍用前韵"，表明苏轼经常与赵明叔诗酒唱和，这次在赵明叔家中饮酒，家庭氛围在诗句中呼之欲出。此位赵郎中被人误为当时的密州通判赵成伯，其实不然，诗中所写赵氏家中"夜夜春相"、门前"人闹马嘶"的医所景象，可证非通判之家。清代雍正年间《莒州志》对此诗的注解亦表明，赵明叔乃医者而非通判这样的州守副职。

苏轼在密州拥有多位像赵明叔这样的民间朋友，乐于与之往来酬和。熙宁九年（1076年）春月，随着治蝗、抗旱、缉盗取得成效，苏轼受这些朋友的邀请在诸城苏氏园中观赏盛开的牡丹，在赋诗的诗序中说，"城北苏氏园"系"周宰相莒公之别业也"。苏氏即五代时期后汉的中书郎苏禹珪，莒县人，后周时被封为莒国公，彼时莒县已为密州所辖，苏禹珪在州治诸城置此别业。虽然没有典籍可查苏轼到过莒县当时的县治城阳，但由此亦可见苏轼熟知莒县人物典故。

莒县石城新建寺院，缺高僧住持，熙宁九年（1076年）苏轼应地方贤达和莒县百姓侯方所请，向宋神宗上书，请求派沂州知名和尚惠皋长老来石城院主持佛事，写下《密州请皋长老疏》："安化军据霍郎中、陈郎中、褚郎中、宋驾部、傅虞部、乔太傅及莒县百姓侯方等状，乞请沂州马鞍山福寿禅院长老惠皋住持本县石城院开堂说法者。右伏以山东耆宿，言不足而道有余；胶西士民，信虽深而悟者少。当有达识，为开群迷。长老皋上人，德宇深醇，慧身清净。一瓶一钵，本来自在随缘；万水千山，所至皆非住处。愿体众心之切，毋辞数舍之遥。翻然肯来，慰此勤想。谨疏。"苏轼一生事佛颇殷，深谙佛理而又出于释教，他与僧人的交往记述，后人津津乐道之事多在他于杭州、黄州、常州、惠州时，在山东与僧界的交往不多见于后世论者。其实苏轼与山东僧界颇有渊源。元丰八年（1085年）十一月，他从登州赴京途经济南时会见过长清僧人，到过章丘龙山镇与宋宝国交游。苏轼写有《真相院释迦舍利塔铭》，其叙言中说："八年，移守文登，召为尚书礼部郎。过济南长清真相院，僧法泰方为砖塔十有三层"，许诺将其弟苏辙所珍藏的释迦舍利相赠。宋宝国是宋祁之子，受王安石器重，苏轼在龙山镇见到宋氏，宋氏出示王安石的《华严经解》，苏轼因而写有《跋王氏〈华严经解〉》，跋文中记有"予过济南龙山镇，监税宋宝国出其所集王荆公《华严经解》相示"。苏轼知徐州首年抗洪功绩显著，抗洪过程十分辛苦，披蓑衣，穿草鞋，挂木杖往来险境，过家门而不入，住在城墙上。徐州洪患的解除，与东阿僧人应言反复向朝廷建议导黄河水流经废大清河道入海终被采纳有莫大关系，"众欲为请赏，言笑谢去。"苏轼对应言和尚的抗洪贡献和笑谢请赏激赞有加，与应言保持长期来往。八年后苏轼在宋州与应言相遇，为应言多方化缘在钱塘铸成五百罗汉像运回东阿荐诚禅院所感动，欣然为其写下《荐诚禅院五百罗汉记》。石城院疏、真相院铭、华严经跋、荐诚院记，可以说是苏轼与山东佛事的四篇重文，研究山东佛教文化不可不予瞩目。

"毋忘在莒"的典故源远流长，意蕴厚重，苏轼在莒地的上属密州任职两年，对这一典实应有更深理解。"乌台诗案"受牵连者之首的王诜在元祐三年

（1088年）曾作《烟江叠嶂图》送请苏轼题跋，二人为这幅画作反复唱和。王诜，字晋卿，北宋功臣王全斌后人，娶宋神宗之妹蜀国长公主，官驸马都尉，受苏轼牵连被降职，贬谪均州、颍州数年，却无怨于苏轼。苏轼很为感动，决定"不独纪其诗画之美"，在其画后题诗并跋，醉中挥毫两次引用"毋忘在莒"的典故，盛赞王诜"出处契阔"，而且"终之以不忘在莒之戒，亦朋友忠爱之义也"，感谢王诜"能令水石长在眼，非君好我当谁缘"，发自心底期望王诜"愿君终不忘在莒，乐时更赋《囚山篇》"。唐代永州被大山四围，城似被困其中，柳宗元写有《囚山赋》，抒泄其被贬永州时的悲凉心情。而苏轼则期望王诜不必像柳宗元那样看待贬谪之苦，而要以乐视之，保持心胸阔达。苏轼题跋的《烟江叠嶂图》现藏于上海博物馆，苏轼两题"毋忘在莒"的墨迹圆活秀媚，筋骨内含，行笔如水，美感若溢。"毋忘在莒"之典一直为莒地人们津言乐道，好事者期愿名人题写，甚至拓出金门岛刻石上虽工整却显呆板的题字而用之，就形神兼备的书法之美而言，用苏轼所写应属更佳。

在儋州定稿的《东坡书传》中，苏轼再次引用这一典故，写道："文王出羑里之囚，天命自是始顺。周公记之，谓之羑若。犹管仲、鲍叔愿齐桓公不忘在莒时也。"被贬黄州五年、儋州三年，是苏轼一生的"在莒"时段，两个时段初期苏轼都表达出愤恨和不满，但很快就随遇而安，写下大量诗文的同时，将更多时间用于完成父亲苏洵嘱托著述《论语》《易经》和《尚书》等大典的遗命。在黄州，苏轼潜心著述《东坡易传》《论语说》《东坡书传》，在儋州重拾这些著述并定稿，这是秉承苏洵遗命，更视为自己的重要事业，也是对生命中"在莒"时段的慰藉，认为是自己最重要的文字结晶。在《答苏伯固》的尺牍中，苏轼写道："某凡百如昨，但抚视《易》《书》《论语》三书，即觉此生不虚过。如来书所谕，其他何足道。"苏轼在《东坡书传》中写下文王囚羑里犹如齐桓公在莒不忘大图的这段评述时，可能想到的是自己被困厄在海南儋州，正是自己的"在莒"时段，发愤著述，定稿三书，"此生不虚过"。今天我们更多时候津津乐道他的诗词，而对"三书"漠然，与苏轼对自己著述的期许，似乎并不合拍。诚然，与苏轼"三书"合拍绝非易事，但研究不多，淘洗不足，反响寂寥，确是一大憾事。

九仙山中的超然鹤情

苏轼一生好山好水，每到一地必探访山水幽胜，密州境内区域性名山为数不应算少，苏轼到诸城登上常山绝顶广丽亭，写下"西望穆陵关，东望琅邪台。南望九仙山，北望空飞埃"的诗句。北宋时穆陵关和琅琊台都在密州境内，分属安丘县和胶西县，是传播更为彰显而广泛的名胜，但未见苏轼登临的记载，常山和九仙山在其密州任内的诗文中却屡屡出现，这可能与北宋时期对地方官的限制有关。北宋一朝禁止地方官横向往来，同时一旦被诏命为地方官即不得擅入京城。苏轼为密州知州，活动范围限于治所诸城县之境，不能随便到所领的其他诸县，琅琊台和穆陵关虽名气更大，苏轼也只能却步。

五莲山是五莲县名的源起。在宋代，五莲山却只是九仙山脉的五座陡峭的山峰之一，不独自称山。据《山东通志》载：汉明帝时有九位老人在山中万寿峰下同时坐化，遂名此山为九仙山。

苏轼在密州任时，九仙山属诸城县境，他当然要来此佳境。熙宁九年（1076年）秋高气爽时节，苏轼来到九仙山。当时山中建有白鹤楼，苏轼横书题额"白鹤楼"三字，并题款"熙宁九年九月"。清光绪《诸城县志》记载，"白鹤楼"题刻为苏轼知密州时所书。白鹤楼建于何年不可考，在清康熙年间的郯城大地震中颓塌无形。白鹤楼在明代后期仍然保存完整，苏轼题额为文人墨客所熟知。晚明诗人公鼐写有《诸城道中望九华不及游》："回首华楼海上开，春风忽送越王台。天边花雨空中落，河外炊烟树杪来。欲问卢敖无遁迹，曾留苏轼是仙才。山如雁荡空凝睇，奈何西归去路催。"诗中"曾留苏轼是仙才"一句显然是吟咏苏轼游九仙山和题写白鹤楼之事。比公鼐更晚一些的明代诗人王乘箓写有《雨后登白鹤楼》："岚结千峰霁，秋疏万木空。龙腥山雨后，蜃气海云中。倚剑岩高峙，奔雷壑递通。鹤楼迥自出，吟啸天下风。""鹤楼迥自出"一句证明那时白鹤楼完整存在。现今白鹤楼题字山岩下有一平整巨石，面积30多平方米，自成偌大平台。台面南侧有孔径约5厘米、等距离一线整齐排列的九个凿孔，东南侧残余石墙基础。据考证，此处即为白鹤楼遗址。从遗存痕迹推断，楼体并不大，那些凿孔可能为栏杆的安装点。楼体坍塌后，苏轼题额被摹写刻于山体巨石宽阔处，笔画圆润，字形工整，当是苏轼为此楼题额所书。题额横刻，题款却被竖刻，不知刻者故意为之还是另有所据。

　　鹤是超然物外、遗世高洁的象征。朝廷政争激烈，苏轼的改革意见不见采纳，被以王安石为首的变法派形成的新党排挤，他主动要求外放，本应任知州，新党却只予通判，乃高职低任，宋神宗从中调和，让苏轼到较富庶的杭州就职，通判职满又被派往当时较偏僻的密州。在密州虽然饮食等条件远不及杭州，政务民事治理难度远大于杭州，社会繁华程度与杭州差距更远，但与令人厌恶的党争相比，苏轼还是感觉要好得多。在寄给好友刘攽、李常的诗中描述了密州的政务和生活："何人劝我此间来？弦管生衣甑有埃。绿蚁沾唇无百斛，蝗虫扑面已三回。磨刀入谷追穷寇，洒涕循城拾弃孩。为郡鲜欢君莫叹，犹胜尘土走章台。"在这样的情形下苏轼重读《庄子》，有超然物外之心，整饬重建所居园北旧台，使之焕然一新。苏辙知兄长心意，作赋建议命名为"超然台"，苏轼欣然从之。苏轼写有《超然台记》，称"台高而安，深而明，夏凉而冬温。雨雪之朝，风月之夕，余未尝不在，客未尝不从。"他从感受超然台之乐写起，自叙由钱塘移守密州，物质生活虽陋而不改其乐的衷情，阐述他"游于物之外""无所往而不乐"超拔物欲的悟思。清代文坛圣手金圣叹在《天下才子必读书》中说："台名'超然'，看他下笔便直取'凡物'二字。只是此二字已中题之要害，便以下横说竖说，说自说他，无不纵心如意也。须知此文手法超妙，全从《庄子·达生》《至乐》等篇取气来。"苏轼仰慕汉代诸城乡贤盖公，在署衙之北建造盖公堂并作《盖公堂记》。汉初曹参为齐相国，使人请盖公出山，盖公向曹参建言："治道贵清净而民自定"，曹参"用其言而齐大治"。苏轼在记中说："吾为胶西守，知公为邦人也，求其坟墓、子孙而不可得，慨然怀之。"因怀念盖公这位密州先贤而建盖公堂，隐藏着苏轼对超然物外的追求。超然台、盖公堂两处建构及其记文，与苏轼题额白鹤楼于九仙山都有密切关系，其中密码就是"超然物外"。题额白鹤楼后不久苏轼就离任密州，此后在多地写有以鹤为题的诗文。在徐州时写有《放鹤亭记》，"鹤归来兮，东山之阴。其下有人兮，黄冠草履，葛衣而鼓琴。躬耕而食兮，其余以汝饱。归来归来兮，西山不可以久留"；

在黄州时的《后赤壁赋》,"时夜将半,四顾寂寥。适有孤鹤,横江东来。翅如车轮,玄裳缟衣,戛然长鸣,掠予舟而西也";在定州时的《鹤叹》,"园中有鹤驯可呼,我欲呼之立坐隅。鹤有难色侧睨予,岂欲臆对如鹏乎";在惠州时的《白鹤峰新居欲成夜过西邻翟秀才二首》,"佐卿恐是归来鹤,次律宁非过去僧。他日莫寻王粲宅,梦中来往本何曾。"这些诗句都记述了他借鹤寄慨的情思。

熙宁九年(1076年)冬,苏轼密州任期已满,接到诏令将赴河中府,好友浙南乐清县令周邠寄来《雁荡山图》并诗,苏轼仔细观赏,想到九仙山奇景与图中雁荡山有类,欣然命笔作《次韵周邠寄〈雁荡山图〉二首》,其一曰:"指点先凭采药翁,丹青化出大槐宫。眼明小阁浮烟翠,齿冷新诗嚼雪风。二华行看雄陕右,九仙今已压京东。此生的有寻山分,已觉温台落手中。"在"九仙今已压京东"一句下注:"将赴河中,密迩太华。九仙在东武,奇秀不减雁荡也。"这首诗中"九仙今已压京东"及其下注,是对九仙山景象最简洁而形神俱到的描述。北宋以降直至明清时期,描绘九仙山景象的诗词很多,都无法超越苏轼此句,反而让人有过多过滥之感。其二曰:"西湖三载与君同,马入尘埃鹤入笼。东海独来看出日,石桥先去踏长虹。遥知别后添华发,时向樽前说病翁。所恨蜀山君未见,他年携手醉郫筒。"诗中"东海独来看出日"是苏轼自请来鲁而得命知密州的自况,"石桥先去踏长虹"乃说周邠去乐清任职,而"马入尘埃鹤入笼"一句显然是以马喻周、以鹤自比。查苏轼写鹤的诗文,在密州任前极少,而密州任后渐多,羡鹤之超然自由,以鹤自况欲超拔于"尘土章台",是不是从他在九仙山中登临白鹤楼并为之题额开始的?

距白鹤楼刻字不远处的一卧石上刻有"留月"二字,篆楷相参,相传也是苏轼所写,清道光《诸城县续志》称"石刻'留月'二字亦类苏书"。字迹虽有剥蚀,线条仍清晰可辨。"月"在诗词中是仙境意象所指,李白得名"谪仙"与他写大量以月为题的诗歌不无关系。黄庭坚读了苏轼以月为题的诗词,称李白与苏轼是"两谪仙"。苏轼也设想自己前生是月中人,因而起"乘风归去"之想。苏轼的《水调歌头》是以月为题的千古名篇:"明月几时有?把酒问青天。不知天上宫阙,今夕是何年。我欲乘风归去,又恐琼楼玉宇,高处不胜寒。起舞弄清影,何似在人间。转朱阁,低绮户,照无眠。不应有恨,何事长向别时圆？人有悲欢离合，月有阴晴圆缺，此事古难全。但愿人长久，千里共婵娟。"上阕问月、登月、月下起舞，下阕望月、怨月、因月悟理，结于与月共存、享受人生。全词句句写月、借月抒怀。"天上宫阙"隐喻朝堂，"高处不胜寒"慨叹朝廷特别是皇帝也有难处。因思绪连绵，所以夜不成寐，圆月之下愈加惆怅，感慨殊深。转而想到人有离合，月有圆缺，自然规律从来如此，自然而然以旷达自适、乐以忘忧收结。全词既抒发远离朝廷之憾，又表达思念兄弟之情。胡仔《苕溪渔隐丛话》中说："中秋词自东坡《水调歌头》一出，余词尽废。"《坡仙集外纪》谓："神宗读至'琼楼玉宇'二句，乃叹云：'苏轼终是爱君。'即量移汝州。"苏轼写《水调歌头》后到九仙山游赏，题额白鹤楼并留款，同时写下"留月"并刻石，想来应是自然而然之事。

"留月"与"白鹤楼"的题刻，在九仙山的美丽风景中互相承映，是苏轼这位文学巨擘不经意间留给日照的莫大馈赠，是博大精深的"苏海"中的晶莹水滴，透过这滴水人们能够感受到苏轼艺术光芒的千年映照。白鹤楼颓废已久，仅存几处凿眼，石台在蔓芜的山间静默，近台的草木在疯长，迎风晃动的枝丫，似乎在为胜迹残存之象叹息，也似乎召唤有识之士尽快复建白鹤楼于新时代。

苏轼在日照的遗韵

"靖康之难"发生后，宋高宗赵构在"恐金症"的喘息中偏安于东南，淮河以北地区尽属完颜氏建立的金朝，北宋莒县所属沿海区域被析出设置日照县，苏轼即被列入日照名宦。明代大士厉愿作记建祠补祀日照县名宦乡贤，苏轼名列第一，并在日照城南仿超然台建景苏台，作诗曰："踵事成台接大苏，超然风味一时俱。当年独立纤筹策，此日多忿作远图。槛外山光环翠壁，几凭海曙亚冰壶。文条武畅古今同，攀跻追随兴不孤。"明代日照举人李天相作《景苏台》诗："海上谁高吊古台，层楼聘望思悠哉。青徐叠嶂空排出，吴楚孤帆带雨来。报国有心思屈贾，裁诗无力愧邹枚。折冲喜得刘公干，潦倒何妨浊酒杯。"清康熙《日照县志》录有《苏文忠公赞》："维此哲人，百代之望。忠言伟伦，建白岩廊。放浪古密，袞衣东方。弹丸海曲，沛泽同长。超然远兴，遗爱甘棠。下里仿佛，沐浴余芳。山峰出没，海波不扬。千载如故，风韵愈彰。"明清两代，地方修志之风盛行，对弘扬地方文化、彰显地方文脉功莫大焉。日照县与周边州县相比独立设置的时间晚了些，可资自彰的文化名人资源少了些，把苏轼这位与日照实有联系的中国文化史上峰岫独出的大家作为乡贤来景仰，而且诗文言辞诚恳，没有生拉硬扯，未见夸饰巧言，以今视之，其意义实乃丰厚，非种种借粉自妍者可比。

在九仙山下的白鹤楼旁，明代万历年间的一代鸿儒丁惟宁来到九仙山，看到苏轼题额的白鹤楼，写下《山中即事》："凤翮高骞侍从班，羽仪方仰忽投闲。削成丘壑疑天外，领就烟霞出世间。永誓自了高月旦，神游从此托仙山。独发千里瞻依在，遥见云头鹤往还。"丁惟宁远远望见的云端鹤舞，就是他心中的苏子瞻，遂然决意隐居于此，也就有了后来丁氏在此繁衍生息，造就丁家楼子村，村名的"楼"字即源于"白鹤楼"之楼。丁惟宁，字汝安，号少滨，明嘉靖四十四年（1565年）进士，曾授直隶清苑知县，升四川道监察御史，巡抚直隶。万历十四年（1586年）督饷陕西，授湖广郧襄兵备副使，次年遭受诬陷，辞官归乡。归来时随身物品仅图书衣被，别无长物。家中尚有西园土地数亩，丁惟宁亲自耕种，"圃蔬自食其力"。来到九仙山白鹤楼，看到苏轼题额，景仰苏轼遗风，带领家人在附近凿石为室，耕读传家。万历三十六年其长子丁耀斗在门前建石室三间。丁惟宁殁后敕授文林郎、诰授中宪大夫，丁耀斗将石室改为祠堂，奉祀其父。祠堂前又建一石坊，名之"仰止坊"，两侧石柱刻有"一咏一觞畅百年之逸兴，勿伐勿剪绵千载之遐思"楹联。其后三间石室连同仰止坊作为丁氏祠堂，一直存续至今，命名"丁公石祠"，作为历史文物得以妥善保存，丁家楼子村也作为历史文化名村成为九仙山风景区一处景点，惹人频来。

清代诸城逢戈庄刘墉家族累世显赫，曾祖父刘必显为顺治年间进士，祖父刘棨是康熙朝名臣，父亲刘统勋官至东阁大学士兼军机大臣，刘墉官至体仁阁大学士加太子少保、军机大臣。自刘必显开始，刘氏家族受苏轼题咏九仙山的影响，在九仙山东麓营造槎河山庄作为别业。别业初成后清代著名宫廷画家唐岱为之作画，纪昀、林则徐等二十四名王公巨卿争相为这幅《槎河山庄图》题跋，刘墉在题诗并序中说："东坡诗中九仙山有二，其云在东武奇秀不减雁荡者，余家实依其麓。"刘墉是清代名臣，诗文与书法俱名扬当时与后世，其自豪之事也依赖苏轼之作，可见苏轼游赏日照大好河山产生的遗韵多么淳厚深远。

日照沧海

安 宁

"我不是掌管海上巨轮的舵手,我是草原上驰骋骏马的骑手。"在日照浩荡无边的大海上,皮肤粗糙的年轻舵手,这样告诉我说。

隔着三百公里的距离,坐落于泰山脚下的故乡,借助地下纵横交错的城市管道,历经千年风雨的历史遗迹,生机勃勃的草木,以及永不停息的海风,将遥远的童年的气息,缓缓注入我的鼻腔。小城日照刚刚落下一场急雨,天空蓄满了乌云。花朵,树木,高楼,行人,尘埃,一切都湿漉漉的。人们走在雨后的巷子里,会想起这里历经的一切。比如曾经偶遇的某个人,与朋友饮过的一杯下午茶,洒满细碎阳光的花园,黄昏时海上吹来的风。因为这场突如其来的雨,记忆化作一粒深情的种子,在人生的路口,散发微芒。

这是我第二次抵达日照小城。二十年的光阴过去,它似乎并未发生太多的改变,仿佛一粒被遗忘在金色海滩的珍珠。从辽阔的海上吹来的风,依然是潮湿的,夹杂着海水腥咸的气息。伫立在这片安静的海域,我想起女孩依依,我们曾经在海边一栋白色的"城堡"里,共同度过一小段美妙的时光。那时我们都还年轻,我刚刚辞职读研,依依则在家备战考研。一场英语补习课,将来自不同境遇的我们,奇妙交织在一起。依依的父亲在海运公司担任部门经理,性情温和,气质儒雅。母亲则幽默风趣,有着海洋般开阔的心胸,能将一切世俗的烦恼，化为无足轻重的尘埃。这幸福的三口之家，犹如日照海滨国家森林公园中挺拔的水杉，以其强大的定力，面朝大海，静享海风吹过的每一段时光。

我在梦里经常返回那座潮湿的"城堡"，许多年过去，我已记不清它是白色石头砌成的房子，还是漫长的光阴悄无声息地做了篡改，将它涂抹成海盐一样闪亮的白。或许，它并非人工筑成，而是记忆在过往中层层筛选，帮我建造出一座可以临窗眺望整个大海的梦幻般的城堡。

此刻，我又重新回到这片金色的海滩，迎风眺望着苍茫无边的海面。那里什么也没有，海水向着天空不停地翻滚，涌动，仿佛那里才是它们奔赴的终点。偶尔，一两艘船只会出现在地平线上，被汹涌的浪涛席卷着，时隐时现。即便我所乘坐的巨轮，在汪洋中也只是一只小小的蚂蚁。风浪拍打着船舷，一下一下，永不停歇，犹如时间的沙漏。在断续的联系中，我得知依依研究生毕业后便离开了日照小城，追随父亲海上的理想，沿着上海、浙江、福建、广东，一路向南。有时，我们会借助网络问一声好，就像浪花与浪花相撞，发出短促的声响，随即便沿着各自的人生道路，风尘仆仆，继续向前。

这片我们曾经一起携手散步过的海滩，早已不是过去的那一片。二十年的浪涛拍打过来，卷走千千万万的沙子，又将新的海岸堆砌在这里。我不知道依依是否每年还会回来，这里是她的故乡。当她还是一个孩子的时候，就认识了这一片大海，湿软的沙滩上，留下她无数稚嫩的脚印。整个的童年，她都在注视父亲的离去，或翘首期盼着他的归来。她用海螺倾听海上汽笛的声响，她相信一去杳无音信的父亲，就在其中的某一艘船上。她用望远镜寻找父亲的身影，海面上出现的任何一个模糊的黑点，都会让她兴奋。她将一尾鱼、一支舟楫、一艘快艇、一位渔民，甚至落日与夕阳，都视为自己的亲人。它们散发的每一丝光芒，都构成与父亲相关的一切，是父亲这一词语，在依依心中全部意义的总和。

因常年风吹日晒而皮肤黝黑的年轻舵手，已经许久没有遇到人了，壮阔的大海将孤独注入他的血液。于是他跟海上遇到的任何事物对话：天空，云朵，飞鸟，群鱼，或者海草。他熟悉它们，犹如熟悉自己的亲人。他相信两个月前落在甲板上的某一只海鸥，就是此刻与轮船并肩翱翔的那一只。他记得每一片飘过窗前的云朵，它们会在第二天的黎明，重新诞生在海上。清幽的月光每晚都会洒落船舱，将隐匿的尘埃一一照亮。太阳也会如约而至，在起伏的浪涛中，画下波澜壮阔的作品。

年轻的舵手和海上萍水相逢的我，喋喋不休地说了许多的话。他向我介绍方向盘上的每一个开关、指针，告诉我舵叶、舵机、转舵机构、传动装置、操舵控制系统，它们究竟怎样合力控制一艘巨轮，在汪洋大海上勇往直前。他还告诉我哪儿潜伏着暗礁，哪儿将卷起一场风暴，要如何巧妙地躲过凶猛的浪涛。而在无数远离陆地又没有手机信号的日子，他只能仰望苍穹，与星空对话。夜晚的每一颗星星都是他的知己，隔着遥远的距离，他们深情地注视。而那些在陆地上日夜思念他的家人，他们相隔千里，却借助梦境，相逢于大海。

在海上勇敢对抗风暴的年轻舵手，让我再次想起了依依，和她已经去世的父亲——为祖国洒下血汗的曾经的年轻舵手。他们都已离开了这座海边的小城，但他们在梦里，却一次次相聚在这里——这永恒的故土与家园，古老的太阳女神羲和载着十个太阳行经的地方。无数的光洒落在海面，变成千千万万个太阳，包裹着海上驰骋的英雄般的舵手，温暖着远方的依依，也照耀着重返家园的我。

此刻，我们在黄海之滨的日照小城相聚，犹如一滴水，融入另一滴水。

日照祭海书

王　川

东南海之外，甘水之间，有羲和之国，有女子名曰羲和，方浴日于甘渊。羲和者，帝俊之妻，生十日。

——《山海经·大荒南经》

（帝尧）分命羲仲，居郁夷，曰旸谷。敬道日出，便程东作。

——《史记·五帝本纪》

一

睡眠中，似乎仍能听到大海的呼吸，海浪拍打礁石的声音，轻柔、缓慢，如母亲的手掌，节奏均匀地安抚着婴儿的梦乡，克制着困倦和停顿。早晨醒来，迷离中半睁眼，那起伏、单调的韵律却消失了，一片退潮后的空茫铺展在沙滩上，被残梦中清新的阳光覆盖。几乎同时，车流呼啸而过的闷响涌进窗户，直抵床边。

你住的地方离海边并不近，但在沿海城市居留的夜晚，总会产生置身大海之侧的幻觉。她在那幻觉的扩散中膨胀着身躯，显现着某种母性意志，弥补着你并不在场的缺失。或许，你也同样深信"大海对于所有人来说是最伟大、最持久的母性象征之一"。（加斯东·巴什拉《水与梦：论物质的想象》）虽然有时，"海是一位有点粗暴的母亲"（儒勒·米什莱《海》），但在最为安详和宁静的时刻，在薄纱般的晨光熹微里，她会轻轻触摸土地的摇篮，以慈爱、温柔的耐心将人们、也将你慢慢唤起。

恍惚中，你忆起早在数日前就接受的一份约定：今天是一个"奔向大海"的日子，一场宏大的祭海盛典即将启幕。这类陌生事物会令你产生解探之欲。你想，诸多史册、志书里记述的祭祀场面庄严而隆重，甚或神秘魔幻、光怪陆离，在暌隔久远的年代辐散过缤纷影像。如今，消匿甚久的记忆将再次被唤醒，于即将到来的时刻，一幕幕复活。

乘车往南，你奔向辽阔的海滩。这片东部沿海的"旸谷"日出之地，此刻晨雾弥漫，太阳隐迹，街道朦胧，高楼的顶端只漂浮着一座座虚影，如耸出地面的岛屿。你担心下雨。不过，要是祭海的时刻，海龙王因为感动而略洒甘霖，也是件寓意美好的事，亦可验证一下所谓"辰日称'雨师'者，龙也"（萧绎《金楼子》）的说法。

一片低矮的法桐和平展的草坪之间，万平口阔大的广场南端已经挤满了人。大红色的充气拱门彩虹般架在人群中，数个挂着条幅的气球在半空摆动。拱门之间一条红地毯，直直铺到同样是红色的舞台前。舞台后面，就是一望无际、被低垂的雾气笼罩的大海，因为光线暗弱，显得忧郁而沉寂。此刻，"他"又像一个历经沧桑、闷声不语的中年男人在静静等待一个开始——也许同样是他自己的："大海，大海啊永远在重新开始"（保尔·瓦雷里《海滨墓园》）。这种气场强大的神态大概影响到了身边的人群，你甚至没有听到一丝嘈杂之音，人们或在低语，或在安静地忙碌。

你不知道自己算不算是他们其中的一员。这下意识的自问似包含了对参与某一事件的不确定性，也包含了对身份与意义稍稍的疑虑。每每如此，在与一番纷纭热闹仍刻意保持着一段矜持的距离之际，在尚未参与进去之前，你很容易感觉到孤单与不安，那份犹疑不决的重量，总是莫名其妙地降临，很像渔民出海前面朝大海的揣摩与掂量——他们即将与汹涌的波涛展开较量的日子，或将决定之后的生活与命运。你当然没有他们的劳碌艰辛，隆起的浩渺只在很少时候会成为你意欲深入的远景。此时，这片略嫌辽阔与岑寂的空间，似乎同样包含了你对未来岁月的隐忧和祈愿。

也许是祭海大典给予了你什么暗示，让你终于决定"加入"他们。你觉得，"礼仪为舞　和谐为曲"的仪典主题，终究是对所有生存内容的"明亮"概括与切盼，祈愿与祝祷大概可以剥离掉其中占比更多的幽暗部分。你知道自己与渔民的期待不同，你不曾经历海上的风浪、搏斗、寂寥，甚至与死神的拼争，更不曾经历满仓收获的喜悦对恐惧、挣扎、绝望的抵消与淹没。你没有他们久浸盐水后对新鲜海货那独特甘甜的回味（记得莱州渔民对"鲜"的赞美，他们那带着兴奋的发音是——"暄"，莱州东海神庙是历代帝王祭海之地，莱州海域所产海鲜似更得海神厚爱，比如最享盛名、独领风骚的梭子蟹）、他们粗粝的手掌对日常器物细腻的触感、他们蓄积的钝力对不断扩张的阳亢与阴媚喧嚣的消解。你只想看到劳动者壮硕的仪表和欢歌，看到他们对生存劳作的信仰、护念和坚守——那些很多人越来越缺失的东西，那些不知不觉中已被慢慢丢弃的"深度价值"。他们的确需要一次积久操劳后的痛快释放，一次再度启航前的虔敬祈祷，一次对命运循环的领受、确认和感恩，在祭海的一刻，将生命的狂欢、恣意与庄严、神圣合二为一。"形式是内在的"（加斯东·巴什拉《水与梦：论物质的想象》），你始终相信。大海，对他们而言，既是依赖又是期待，既是被诅咒者又是被颂扬者；大海，既赐予他们生存的资本、生命的续延，又可以剥夺他们的所有，乃至生存本身——这般关系其实存在于每个人的生活，神秘莫测，只是在他们身上会展现得更为直接、痛彻，甚或一瞬间就能清晰明了。

回想起你对此类仪典曾有过说不清楚的痴迷，难道就是因为暗揣了对这种"清晰明了"的渴念抑或隐忧，好在以后的时光里找到一条既耽于尘世又朝向神明的救赎之路，好让你对自己的走向拥有明确的预感和把控，对岁月的期许尚存一丝接近预期的悸动和向往，如此刻的阳光，刚刚拨开一道晨雾的缝隙，恰好播撒到眼前的路面上。

在从前到今天的日子里，你没觉得自己走得太快，也没觉得自己走得更慢，而是始终处于一种迟疑的摆动中，你"浪费"了爱、经历和痛楚，在与它们擦肩而过后日渐麻木,甚至失去了身处尘世的笃定。你不曾真正靠近过什么,比如迟至今日,才第一次走近海边的渔民。你自觉他们对"历史记忆"的复现里包含了"时间的证词",会将你心中不断翻腾的"喧嚣自扰"验证为不实与虚幻,而那里面尚有你的"不舍"、你的迷恋、你的追悔。

你未曾料到,一幅奇妙的画卷会突然在你脑海里浮现。原来它并未失语,你也不曾失忆,只是在半生的时光里,你逃离或被迫丧失了应该身处其中的"生命逻辑",才成为一个渺小的、微不足道的、目无所视的游荡"分子"。然而他们没有。那幅画面似乎是在启发你停止那些茫然的、随波逐流的"摆动",再次进入能够上溯与前行的生命之河,要像在这里踏踏实实生活了无数代的渔民一样始终如一。

是的,在远古时期的嵎夷(郁夷)之地,这些渔民的祖先曾在这里留下过斑斓、迷幻的传奇,创造过日出的图腾。那个简单的图形在固定为一个汉字之后为后世学者研究不已,它出现在博物馆、装饰画、雕塑和诸多宣传册页里,你曾不止一次仔细端详过。你知道,那幅越来越清晰的画面,不仅仅与祭典引发的联想相关。

数千年前的一夜篝火在黎明前渐渐熄灭,收获的狂欢只留下一地鱼骨和陶罐里的残羹。赤裸上身的先民凝视着从幽暗海平面上渐渐上升、蔓延的微光,翘盼着黎明的太阳腾空跃起。不知过了多久,陡然一个瞬间,通红的朝暾露出了它的一段弧线。慢慢地,那颗质感柔软的、虚光中变形的果实,在与之粘连的海水里铺散了一片亮光,如金箔颤动、闪烁,并映照在低空的流云上。随之,哺育万物的火焰刹那间弹出水面,明亮的光芒喷薄而出,照耀并温暖了人间大地……一位目光炯炯的矍铄老者用手中的枯枝在湿润的沙滩上虔诚画出了他眼前的景象。简单、抽象的笔画,却是他琢磨、惦记了一生的大事。族人们围拢着他,不解地看着沙地上凹凸的图形,又抬头望向日出大海的一幕。一位聪慧的年轻人眼中突然流露出惊喜的光亮,双臂缓缓上扬,用手掌比画出一个大大的圆环,高高举起。老者颔首,微笑,长舒一口气,心满意足地丢下枯枝,穿过人群,消失在时间深处。他不曾言语,只将一个字留存在了宇宙、大海初创后的荒凉空间里。很快,沙地上的图形被人凿刻在山岩上,朝向大海的方向,被清晨的一缕初光照亮……

　　这奇特的联想与幻视，引领你不知不觉间绕行到了海边的沙滩上。接近与上古那个清晨重叠的时辰，老者瘦长的身躯刚刚离去。海浪抹去了追随者的足迹，昼夜不歇的奔涌却仍传递着来自远古的消息。多少代人的故乡就绵延至这块平展的沙岸上，并以最初诞生地和最终归宿地的身份养育、收留他们，让永恒的大海接纳、见证那不可预知的一切——丰饶、贫瘠、梦想、歌哭、祈祷交织成的喜悦和疼痛，甚至一个暂居海边的人漫无目的游荡和绵绵不尽的玄想。

　　你的确赶上了一个"意外"的节日，一个上午有了明确的目的地，如原本茫然飞行的鸥鸟突然遇见了轮船犁出的碎玉翻卷、食物泛起的航道。

　　海风淡淡的腥气灌入你的呼吸，令你头脑清醒，终于从漫漶的思绪中回过神来。你看见，广场东侧的小松林和附近飞鹤状的天幕下出现了几片阴影。阳光从灰云洞开的澄澈、湛蓝里泼洒下来，隆起的海洋露出了雾幔被剥离后的光洁质地。天，大晴了。

二

　　四周的空旷稀释了人声，没有拂面南风，听不见冲刷海滩的潮汐。几位身着红色唐装、腰缠红丝绦的男子，从小货车的拖斗里将齐整盛放着香蕉、馒头、黄花鱼的白色塑料方盘取下，小心翼翼地码排到石板地上。广场西南角，更多的人从几辆厢式货车里搬下缠着黄色胶带的塑料发泡箱，三排一组，在地上一字摆开。箱子里满是包裹海水的塑料袋，每个袋子装有两百尾刚孵化出的大菱鲆，这些比指甲盖大不了多少的，形状扁平、颜色深黑、后面拖着根短细尾巴的小家伙十分安静，像是在懵懂中等待未知命运的降临，又像是天生的潜伏者，隐藏着与幽暗的深海岩沙交换的接头暗语，以确定入海后不久便能找到属于自己的安全领地，然后袭击、掠食，供应长达两三年的持续成长，直到最终撞入渔民们布下的大网，以鲜美的口感摆上食客的餐桌。

　　车厢里卸下来的大菱鲆据说有四万尾，或者还多。起初，你以为这是一项"放生"活动，但他们说是"增殖放流"。尽管形式是一回事，你却更愿称之为

"放生",那是带着祝愿的对自由的"目送",是不求索取的单向度的"奉还",是虔诚的精神抚慰,至少是人与自然和谐共生的企盼和努力,与祭海的祈福一致;而"增殖放流"的归结点仍是"回报",迟早还要收回,海洋不过又当了一次大菱鲆的母亲,它们最终还要"反哺"人类,成为人类食欲的祭品;而且,所谓"增殖",也令人感到海洋资源日趋减少的担忧与不安——这令你想到,更多的渔船会驶入更远的海域,渔民们无可避免地要经历更多的风险。不过,"放生"也罢,"增殖放流"也罢,终归是项善举,至少是,人们已经开始着手解决自己面临的困境,无论是物质的,还是精神的。

这项活动人人可以参与,除了世代以捕鱼为生的裴家村村民,更多过路的市民也穿过马路,纷至沓来。人潮的汹涌与夏日持续的增温一样,让清凉舒爽的万平口携带着一个静谧的早晨向热烈的正午过渡。衣着光鲜的青年,如海神的使者,向每位来人发放着千百条杏黄色长丝巾,热情而恭敬。人们躬身探头,用脖颈擎过搭在对方双手上的丝巾,垂于胸前。丝巾微微拂动,像是温柔回应着海宽大的衣摆掠起的清风。透明的海站在浩渺的水面上,向岸边推送着一层层波浪,那波浪如绵密、游走的针脚,宣示着大海与土地不可拆解的连接,也仿佛昭示着海对人间接纳与抚育的承诺。

平坦而开阔的金沙滩。细腻的沙粒被潮水塑造了无数光滑的曲线,交织繁密的弧度与美妙的坑洼是潮汐冲荡后的短暂"遗迹"。螺、蛤、蟹、虾等幼小海物,在潮水退去后依然隐身于这沙地上的"城池",仿佛专为等待潮浪一次次周而复始的吞没与拍打,在母亲催眠般的节奏里一点点长大。赶海的人们短衣赤脚,手持水桶、竹篮、铁铲、耙钩,弓腰低头在沙滩上仔细寻找,捡拾海潮遗留的馈赠。一个泅湿的坑洼、一个豆粒大的圆孔、一个微微隆起的小丘,都可能是大海居民的藏匿之地。这番以繁衍不息的海潮为背景的场面持续了亿万年,而今更成为沿海居民和外来游客的消遣和乐趣方式。当然,沙滩,也是孤独的漫步者遐想的天堂,年深月久,大概总会有一位卢梭出现在这里。

此刻,"增殖放流"正在被称为"蓝天碧海金沙滩"的空间里举行,奔来奔去的人们兴奋而急迫。长长的蓝色塑料水槽伸进海水,塑料袋被一个个打开,鱼苗从水槽稍高的一端顺流而下,拥挤着、跌跌撞撞、不知所以地冲向大海,个别黏附在水槽上的，被人用手指捻起，小心翼翼地丢入浪花之中。各地来的摄影记者绕着水槽来回挤动、转圈、奔跑，争抢着寻找最佳拍摄角度，快门咔咔响成一片。小孩子兴奋地尖叫，大人拎了绿色塑料桶，将鱼苗倒进去，交到他们手中。很多年轻人光脚入水，直接将袋中的鱼苗倾入漾动的海水。人群中你看到作家李存葆、赵德发也兴致盎然地忙来忙去，脸上挂着憨憨的微笑，带着一种"有朋自远方来不亦乐乎"式的欢愉表情。他们都是本地人，对大海像对他们笔下的文字一样熟稔、深情，撒下一兜鱼苗，好似播下一片文字的谷种。

第一次体验海边"放生"，你拎了一袋子鱼苗走近海水，将塑料袋的封口打开，定睛看着最前排的水线涌至脚前，立即俯身把鱼苗倒出。令你惊讶的是，它们大都毫不犹豫地煽动小小的鳍翅直入大海，瞬间消失；有几尾没能赶上快速退去的潮水，黏附在金色的沙滩上，你用手轻轻地将它们捡起，张开手掌，探入水中，一一送入动荡的波澜和无边的浩渺。它们知道家园何在，它们"回家"了，回到一个藏于本能深处的"陌生"之家，真正属于它们的家。多么辽阔啊，即使深邃无底、幽暗无际、危机四伏，也是唯一的养育之地。你想，它们比人幸福，无尘劳，无妄念，生死之间，唯有畅游。

你目送着鱼苗远去、消失。许是太专注了，待站直身子，才注意到不远的海面上停着几艘白色的机动船和快艇。有人告诉你，为保证成活率，平时的"增殖"作业，是用船把鱼苗运送到深海，像大地上的耕作一样撒下种子。今天是海神节，为展示祭海盛况并让人们广泛参与，才改为海滩放流。那些靠近海岸的待命机动船和快艇，大概改做了安保之用。不过，也许是当地渔民正为新建成的渔船举行下海试航的"开光"仪式，你不清楚。虽然没有看到船上有飘扬的红旗，却发现沙滩上有烧纸的痕迹与一大片鞭炮通红的碎屑。

"增殖放流"是祭海的序幕，对节日而言，无疑是一个很好的创意。

祭海民俗体现的正是人与海洋的深层关系，不只是角力中滋生的敬畏，还有人与大海须臾不可分离的依赖与亲密——是的，"所有的生命都起源于大海"，作家周晓枫曾写道："人生诸味中，我们的肌体唯一离不开的是盐。味蕾上的盐，带来大海之味，让我们得以重返古老的家园。"人们选择了坚实的陆地，并未离弃柔软的海洋。土地与海洋提供的饲育与惩戒是并存的，因此，祈愿与敬畏也是并存的。生存的需求永远落实于心灵的安定与幸福，而安定与幸福，有一部分掌握在劳动者的手中，有一部分则掌握在自然之"神"的手中。那位自然之"神"，在渔民心中就是既能降福又能降灾的"海神"（海神与海妖其实是大海的一体两面）。祭祀海神的祈福免灾，便是对自然神灵的臣服、恭敬。如果更懂得对家园的反哺，人或许就不会失去盐、水和食物。说到底，祈愿与敬畏的标尺，衡量的还是人类的爱、理性与良知。祭祀不单是一种庄重、神圣的仪式，更与人的生活理念、生存信仰相表里。

这让你想起，除了文献记载的国家层面的"正祀"，在东部沿海，还有诸多的民间层次的祭祀内容与形式，比如对鱼神、盐神、船神、港神、礁神、潮神、各种灵怪的祭祀活动，尤其是海龙王祭祀声势最为浩大。尽管多属"淫祀"，但在汹涌的人潮和喧腾的烟火中，在边远的村落和冷寂的街巷里，那些盛大的场面、端肃的表情、虔敬的目光，拜跪的仪态、念叨的词语，都让隐匿于生存褶皱间的芸芸众生旺盛而蓬勃的活力得以生动彰显，他们是"神灵"的创造者，同时又企望着"神灵"的关照和护佑。在你看来，民间的祭祀比所谓的"正祀"更具备"人的立场"，在一方被神奇传说的磅礴光芒笼罩的大地上，旺盛的烟火、繁衍、正念、平安、慷慨，才是民间真切的意愿表述，"自然神""物神"的泛化即来源于此。而"江山永固"的帝王意志无非一己私欲的无限膨胀罢了。正因如此，从上古到今天，那些人们膜拜的传说、神灵才像"过龙兵"一样储存在一代代人的记忆深处，成为海洋之外的另一种生命背景，照亮了尘世沧桑，抵御着生之冷涩与凝重，葆有着任何苦难与孤绝都难以磨损的生的强悍、坚韧和喜乐。

那一刻，你居然产生了一个念想，沿着东部沿海来一次漫长而持久的跋涉，去找寻那些神秘传奇若隐若现的踪迹，那些岁月不曾磨灭的精神年轮。包括去追随今天撒入大海的鱼苗，等待它们"归来"的消息——当海面涌腾着盛大、奔跳的鱼群，你该不该将其视作除了鲸鱼穿过之外的另一场"过龙兵"呢。抑或还会遭遇大鲛鱼从秦汉的蜃影中穿越而来，在"浮天无岸"的浩渺中瞥见徐福、安期生、李少君、公孙卿等人的背影，看取一场场梦幻的真实、真实的梦幻在辽阔的海面上徐徐展现……

三

　　海边的节日总是与众不同，令人惊喜、迷恋。记得多年前到一座滨海县城，周边有不少渔村。晚饭后回宾馆，广场上忽然鞭炮齐鸣、烟花满天，同行的人都快速奔过去抬头观看，不时发出兴奋的呼喊，绚丽的光彩在他们面庞上闪烁，久久不息。在布满星光的天穹下伫立着，感觉像被一场从遥远之地飘来的梦幻笼罩，深广的黑暗中摇曳起明媚的花束，细碎、纷扬，清脆的爆破声一次次涌起又垂落，如团团奔散的萤火，令你激动不已，令你的心停驻在了那一刻。你凝望着夜空，如在无边荒寂的跋涉中遇见了故土和亲人。大海被闪烁的光焰照亮，然后复归黑暗，像一块只能反光却毫无表情的巨大黑铁，然后再次被光焰照亮……你知道，此刻，海面上的船舶正静静地泊在港湾里，那些不曾相识的渔民早已离开甲板，在陆地上的家园度过漫长的休渔期。劳作在这个季节休止，人们正以适度的克制换取海中生命短暂的繁殖与成长，以期不减收获，一如既往。

　　休渔成为固定规制由来已久。年日循环，他们就这样，于无所事事的等待与渴望中，创造了一个填补或打破寂寞的节日，好让体内迟缓的血液再次起伏如潮汐、汹涌如波涛，在安定稳固的土地上体验劈波斩浪的血脉偾张。

　　是的，那一天，你们赶上了当地的财神节。临近开海的日子，璀璨的夜空里有财神抛洒的彩色钱币，五颜六色地向天空绽放，预示着渔船入海后的第一网便能收获满仓。那哔哔啵啵的声音，好似打挺的鱼儿敲击着甲板、船帮。观看者、倾听者中，也许只有船老大和渔民兄弟能深解这绚烂花幕的美好寓意和期待，作为正准备拔锚远航的舵手和拉网人，他们深深沉浸在一个礼花编织的美丽愿景里——夜晚的绚烂光影将鼓荡起一面面待发的船帆，随着朝阳升起，财神已在辽阔的海洋上摊开了他握着黄金的手掌。于是，收获一如往昔，节日岁岁升起，没有什么可以阻挡家人的目光、温暖的日子……

　　正痴痴想着，一颗鞭炮窜来，打在身上，在你的 T 恤衫上烧开了一个小洞，皮肤突感一点稍稍的灼痛。"你被财神挑中了。"也许是朋友的玩笑话无意间让你产生了一丝对神的敬畏，你将那件 T 恤珍藏起来，作为财神的降福，保留至今；然而，也似乎是——为了一种说不清的久远纪念，那些当年相聚一起的人已渐渐离散。

还有一年夏天，去长岛，夜晚散步海边，周围忽地焰火腾空，如星若雨，照亮天地，"东风夜放花千树"的浮天烂漫，让你疑心岛上的渔民是把每个夜晚都当作节日来过的。当地朋友说，放焰火的是游客。那些来自异地的人，在孤岛的夜空恣意描绘绚丽的景象，在远方的远方，另一个陌生的地方，那跳脱了日常轨迹的短暂旅居，像一次意外且美好的邂逅，更容易被记忆收藏。靠海的街边，确实只有几位游客。你转头看着他们躬身，点火，抬眼眺望。烟花在漆黑中炸裂。他们跳跃，他们欢笑。你也抬眼，看向高空，看向远处，"灯火群星般璀璨的屋宇 / 静静地 / 在山上"（加里·斯奈德）。

那一刻留给你的印象（或错觉）始终未变——海边的人们，有着过不完的节日，在自家的窗边，围拥一桌海货，斟满一杯热酒，坐看烟花腾空，岁月不断地深下去，海风依旧在四季里吹拂。大抵这也是某种源自内心的幻想罢，人们对生存的听命或许不会如此单纯。不过，日照的海神节，却再一次加深了这种欣悦的印象。总会有几次遇见，如节日般照彻那些空茫、悲凉的幽暗地带。不必总依赖记忆在忽现的一刻跨越时间两端，仅让某个"美丽的过往"成为未来回望、追念的残余之物。然而，你担心这仍是一种虚妄，除了当下，谁都无法预知明天，任何绚丽都是不可留驻的情境乍现，这也许正是我们珍藏往昔的部分缘由。你由此想到渤海深处那些更为遥远的岛屿，庙岛群岛、车由岛、小高山岛、大钦岛、小钦岛……它们孤零零地被大水包围，夜幕四合中是否也能燃起奔腾的焰火，让梦游的鱼群逐光而至，让某个"美丽的未来"在那里等候你，让你携带着不会流动的时间去书写生命的最后一个寓言——一个美到难以表述的寓言。

头顶的无人机嗡嗡盘旋。你看到更远处，大海在水天交接处划出一条直线，沙滩与直线间，细浪层叠、翻卷、滚动，脚下的海水泛着碎玉般的泡沫。身边，人声鼎沸；远处，海天杳渺；不远不近处，海鸥在低空翩飞。

四

广场东侧的舞台前站着一排手持长龙的队伍。仪式尚未开始,他们在等待,有的悄声交谈,有的冲着举起的相机镜头粲然地笑、摆出可爱的 Pose。几条游龙在他们手中波浪起伏,像刚刚睡醒的宠物,弓缩着身子,安静地伏在主人身边。龙分五彩,华美艳丽,红的、金的、杏黄的;龙头张着大嘴,口含璀璨金球,凸透镜般能照出人影晃动;两根龙须各结着一颗糖葫芦般的绒球,似乎故意逗弄着自己那两颗圆睁的眼珠;颔下还有一丛浓密的金色胡须,样子很卡通。大概,这就是海龙王的化身了。舞龙者男女混杂,多为中老年人,身着丝绸质地的大红唐装,胸前、两肩、帽子上绣着纯黑或洁白的祥云图案,脖颈上同样系着杏黄丝带。一群准备演出的年轻人,在舞台东侧等候着。有人登上舞台,在用手指敲击扩音器,发出"砰砰"震响。孩子们还在周边追逐、欢闹。所有的人开始朝舞台这边聚拢。

铺着红地毯的舞台(祭台)两侧,整猪的祭牲早已摆好。台下,穿红色马甲的小伙子,高擎起圆顶垂幔的幡幢与云龙旗幡。

主持人高亢而兴奋的声音从扩音器里传来。掌声如风刮过夏日的杨树林。他介绍,祭海大典源于当地一个叫"裴家村"的海边渔村的古老习俗,其民俗样本极具代表性,已成为非物质文化遗产,是整座城市渔文化节的重要内容。当地县志记载,建于明洪武二年(1369 年)的裴家村,村民祖祖辈辈以打鱼为生。起初,几家人合养一条木帆船、几具大网,人工掌舵摇橹,出海讨取生活。漫长岁月里,不知有多少木船被飓风恶浪压垮、击碎,壮硕的汉子落入波谷深渊,被海流、鱼类、暗礁吞噬。大海的温情与残暴、慷慨与悭吝、恩赐与豪夺、饲育与戕害让这些渔民敬畏无比。于是,海龙王的祭祀在袅袅升腾的香火和布列齐备的祭品中升起了它的庄严与隆盛。周期性的祭祀,或能平复这位秉性直率却喜怒无常的"统治者"时常发作的乖戾和暴躁,让这位人格化的原始神灵感到被尊崇的满足,从而保佑安康、恩赐福祉。

在市里居住的第一个夜晚,去看"日出东方·海之秀"全彩激光 4D 动画高科技表演，你目睹了"海龙王"雷霆震怒导致的海啸山崩，他喷射的怒火灼热了所有观众的皮肤。即使隔着水雾和几十米的距离，那喷火管的热辐射也让你领略到龙王的不可一世和统御大海的绝对意志。只有在等量的对决中，他才会掂量得失、权衡利弊，最终与对手言和，进而皆大欢喜。

夜晚的全彩激光对大海意象的描绘与演绎，与上午的祭海大典形成奇妙的对称、呼应，夜与昼，雷雨交加与宽展如砥交替呈现的大海帷幕，始终是渔民生存的深阔背景，他们付出过的劳作、收获、牺牲，现在正以祭品、高香、跪拜的方式呈列，宏大的场面庄重、祥和，芬芳馥郁，流光溢彩。你能领会这华彩背后的密语，就像海风哗哗吹动旗幡传递给你的启示，就像潮汐涌动所蕴含的真意。作为精神的寄托，每年的祭祀，都表达着渔民对家园、海洋的守卫与呵护，那是诚敬、祈福的光芒才可以照耀的领地。

农历六月十三是海龙王生日，渔民们都杀猪宰羊赶到龙王庙里。船长们请来道士做法事，请来戏班子在庙门前扎起戏台唱三天大戏。附近村庄和几十里路以外的渔民也都纷纷前来祭拜。于是，这一天成为渔民们欢腾的节日。中间虽一度废弛，但深植于心的敬畏、崇拜和人福舟安、鱼儿满仓的祈愿，不会被遗忘或剔除殆尽。

"国之大事，在祀与戎。"民间祭祀，更贴近个体与群体的生存与文化经验，包含了人对自然更为直接的依存关系。因此，历经数次演变，当地渔民的祭海内容也更加丰富多彩，形成了一场声势浩大的文化盛典和民俗景观。其中的传统项目，除开光外，还有敬龙王、拿行、敬海神娘娘、跳水族舞等，不一而足。尤其"拿行"，最能体现类似"公约"的公平性：通过抓阄确定各家各户的渔场所在，不管距离陆地的远近或海物产出的多少，都会被看作获利的"宝地"，不分高下，并无差别。正如民谣里说的："拿了老虎头，吃喝都不愁；拿了金盒底，不种稻子也吃米；拿了下边外，潭漂（浮子）、蛏子一起卖。"这民谣里包含着天生的"乐观主义"和彼此平等、不计利益得失的民间契约精神。只有在此基础上，集体的狂欢才成为可能，宏大的祭祀才得以延续。有学者说，现在，日照的祭海盛典是对沿海渔民祭海习俗的传承与发扬，不仅具有历史价值，更有研究海洋文化和渔家风情等民俗学意义。

沿着历史上溯，隐约可以看到时空隧道里的模糊影像——在祭海仪式成型的明洪武至清光绪年间，该地石臼所、裴家村、涛雒镇、岚山头的一代代渔民那声势浩大的祭海场面：在海天浩渺与大地苍茫的无边岑寂中，他们望眼欲穿的点点帆影突然跃出了海平面，于是，撕心裂肺的呼喊划破了长空，欢呼、雀跃伴随着泪水长流，人们挥动着根本不会被船上的渔佬看到的丛林般的手臂，汇合成悲欣交集、疯狂涌动的另一片海洋……破嗓的呼喊与渺小的人群被死劲擂响的鼓声吞没，被腾起的焰火和鞭炮的烟雾吞没……那些生死未卜、"失踪"了十天半月甚至更长时间的亲人们，终于活着回来了，而且，一定是——海货满舱，鱼虾甚至还活蹦乱跳着。节日降临在欢悦、喧腾、奔忙的码头上、沙滩上。

五

突然安静下来。雨点般密集的鼓声骤然响起。

舞台上，八位头戴花饰、身着蓝色孔雀裙的姑娘分作两排，手持鼓槌，俯身击打起身前的花鼓，鼓上，鱼鳞状的浪花图案涌若泉喷。摇摆、俯仰的柔韧身姿，如水中跃出又沉没的美人鱼；美丽、白皙的容颜闪现，若甩动、飞扬的乌发间绽放的花瓣。青春律动的动感和色泽，是这座城市试图告诉你们的，它的现在与未来就在这里：旺盛的生命，蓬勃的生机，持续的成长，年轻、浪漫、奔放，青春的活力能超越历史，像大海一样可靠、永恒。

接着，十位头系杏黄色包巾、身着杏黄色马甲与灯笼裤的壮硕汉子微叉双腿，站稳脚跟，用力挥动击锤。锣鼓之音，震天撼地。古铜色赤膊上的条状肌肉像抖动的船索，松弛与紧绷之间带着摇橹般的柔韧力道。这是当地非物质文化遗产项目——锣鼓敲打乐《斤求两》的演绎。"斤""两"之间，大抵包含着收获的称量与计算。据说，这敲打的节奏就是按照传统的计量口诀进行的，繁复，密致，充满智慧。

你想象着那个曾无数次出现的场景：码头上，持续不断的锣鼓声，迎接着亲人和满载而归的渔船。一筐筐海货抬下来，堆在沙滩上。人海之中，买卖双方念动的口诀夹杂着锣鼓与海潮之音,分不清是锣鼓的节奏、潮汐的节奏,还是口诀的节奏,彼此吵嚷着、相和着、纠缠着、拆解着,形成了富于夸张的嘈杂场景,那混响的韵律带着一种与海浪搏击后胜利与满足的表情、一种财富"陡增"的豪爽与放任。夜里,避风而来的南方渔船,被这岸边的锣鼓吸引,他们停船靠岸,走上陆地,一边与当地渔民围坐渔火、开怀畅饮,一面用心倾听、观察、细数、分辨这锣鼓之声包含的秘密,将其默记于心。于是,不久之后,"斤求两"那悦耳、震撼的击打声流布东南,成为沿海一线渔家收获中最重要的"物质修辞"。年深月久,这修辞焕发出了独异的光芒,如被不停地摩挲包浆、玉化的"文玩";"斤""两"计算,逐渐褪去了实用功用,转化为节日欢悦的艺术美学,渔民们借此把来自生活深处的恣意欢悦洒满每一次归来的收获,鼓槌腾起的激越光芒,覆盖了磨难沉淀的幽幽黑色。

"人海和谐,兴我家邦。港城盛典,普天同庆。民众祭海,吉时已到。"音乐响起,祭海大典正式开始。身着渔家服饰的男女端着托盘,从台下缓缓走来。托盘上是丰厚的祭品:大肥猪、大鸡、大鱼、大坛的美酒、硕大的馒头,还有桃、杏、香蕉、苹果。各类祭品整齐地摆满铺着金色丝绸的长条桌案上,前面安放着一座鎏金香炉。

礼仪官开始诵读祭文。台下,十几位准备上香的汉子笔直站立,黑西裤、白衬衫,胸前搭着杏黄丝带。

在主持人的朗声宣告中,一位寸头、方脸的中年汉子登台,先上第一炷香。他是非物质文化遗产传承人。你想,大概更是一位资深船长。汉子将一炷高香插进了香炉。高香顶端,橘黄色火苗摇曳,蓝烟缕缕升腾。

紧接着,与"船长"并排的几位男人一起上台敬香。

随后,汉子们齐刷刷跪下,双手擎酒碗于胸前,颔首执礼,洒酒于前,伏地叩首,直身抱拳,如是三番。

又有20位裴家村船长依次上香。台下一片肃穆。香分五波,主持人过度高亢、激昂、夸张的语流里,汉子们恭行大礼。跪拜、叩首,亦如此三番。

你只凝视着船长们硬朗、利索、沉默的举动,抵制着那"明亮刺眼"的誉美、寄望之语。

"祭海大典，礼成！起——"好歹挨过最后一句。

周围鞭炮齐鸣，礼炮炸响，电光闪烁，淹没了所有声音。蓝、白、紫的条状彩焰腾跃而起，射入蓝天，颤动、扩散，在一团巨大的白烟之上，慢慢晕染成一片斑斓云霓。时间凝固在天空，人们伫立着仰头观望。广场上，已是群龙舞动，锣鼓喧天。姑娘们再次款款登台，舞姿翩然地跳起了《敖龙呈祥》舞……

如此辽阔的海域，被一场盛大的仪典照亮。华美的场面过后，你却感到一种不实的空荡。浴于"旸谷"的海神，是否会穿越荒旷，停于云端之上俯瞰、欣赏？《山海经》里说，东南西北四海之神皆"人面鸟身"。你想，那些长袖广舒的美女们便是吧，都有一双能凌空飞翔的隐形翩羽，她们缤纷如海鸟，从你眼前飘过，飞越高远的海天，又安静地栖落在舞台的一侧。

此刻，有数只海鸥在她们头顶盘旋、升降，在洁净的天空拍动翅膀，牵动你的视线，朝海面上那颗灼目的太阳飞去。你下意识走过去，"大海以其无意义的声音叫喊"（特德·休斯《风笛变奏曲》），正在不远处召唤你。

一层层海浪从远处涌来，在沙滩腾起洁白的曲线。沿着海水与沙滩的交接处缓缓行走，细碎的波涛声慢慢地浸入你尚未适应的寂寥、宁静。

那一夜，一直醒着，却仍听到了依稀拍打的潮声，仿佛一个梦幻者站立在甲板上，驶入了星空下平静如砥的汪洋。浩大的流星雨从天而降，如莹亮的钓丝，如垂散的焰火，照亮着船舷和你身后缓慢隆起的岁月。

潮音与朝夕

于潇湉

坐标：日照，深蓝一号

五月，我把一千个太阳给了一千片鳞，它们回赠我一条银镜般的大鱼。

鱼首在左，鱼尾在右，银灰色的大鱼鳞细细密密，覆我双手，滑溜溜的触感腻腻的，时刻脱离。

五月，在一座叫日照的城，我的眼睛盯住它、胳膊托举它、双腿走向它、唇齿渴望它、鼻息嗅探它，只因它把旦与夕收入骨肉，抵达我，以"头鱼"的形式。

那时我没想到，一尾尾只在挪威的寒冷水域生长的三文鱼，有朝一日会到日照黄海定居，直到我看到了"深蓝一号"。

巨大的姜黄色矩形网箱，有 40 个标准游泳池大小，是一个浮在海面上的放大版蜂巢。正如冰山只在水面露出三分之一，水下还有相当于 12 层楼高的部分，深深浸入冷水团，30 万尾三文鱼同时吐泡，发出抽条儿的哔哔啵啵声。

成长，对任何生命来说，都是残酷的巡礼。一尾鱼，从生到死，自行巡游，只能沿着既定路线。深度、盐度、广度，是大海的经纬，洋流、浪涌、水团，是大海操纵的木偶。一尾鱼就是一种人，只能被他家乡的食物，周边的环境 喂养。一片海就是一栋楼，若把海按深度切片，形似楼层，楼上的住户（海中居民）固定，上下迁移是危险的，因海水的压强，越往下，精致的骨骼越难承其重，因此它们绝不能随意串门，洄游变成某些鱼群的特权。

三文鱼是为数不多的洄游鱼种，剥除层层意义，它们的一生可浓缩成必须而悲壮的一跃。于淡水中繁育，赴大洋巡游成长，成熟后，再回到出生地产卵。洄游途中，猎人密布，熊群觊觎，三文鱼们用力摆动鱼腹（那是餐桌上饕餮之客重金购买的一块肉），让生死壮阔寄于这块肌肉的一跃又一跃。

跃升，是它们做得最多的动作。跃过逆流之河，跃过沟壑险滩，跃过道道瀑布，跃过熊齿鹤喙，它们是鱼儿中的骏马、脱兔、飞鹿，湿淋淋的鱼尾剪开丰沛的水汽，空中印下一道道抛物线。产卵后，目光再无着落，基因里再无任务，三文鱼默默死在出生的地方。

那是远方，先祖的一生。喜冷畏暖的三文鱼，在温暖的黄海水域安居，是因为冷水团。在水下，仅位于海面下二三十米的地方，有山东省那么大的冷水团，乃是巨大的洼地，冬季，冷水残留在那里。30万尾三文鱼苗，被怀抱于其中。

鱼苗像一根挑着灯笼的棍子，一根细长脊柱，一个硕大橘红色的肚子。这些自小在网箱中生长的小鱼，从此不必再洄游，终其一生，在黄海的冷水团里从生到死、度过一生。它们可有乡愁？无需拼命一跃，是否也觉遗憾？鱼儿们私语、吐泡、进食、眠去，我看到的是一个物种无知无畏的演化，是海无声无息的吐纳，是人类生产力的跨越。

当耕种鱼群的人们举起头鱼，银色的身体，宛如硬币拼起，亮而圆的鳞片，流动着光。一片鳞，就有一片浪的颠簸，有一艘艘渔船的穿梭，有一个个人的寄托，有一双双手日复一日选苗、投饵、分缸、下网。

被海风侵蚀的手，从船上来到岸上，于是有了街边随处可见的三文鱼专卖店。这怎么不能算日照特产之一呢？

坐标：日照，黄海西岸

七月，大暑。

海里不止有三文鱼，还有人鱼。

人们从各地而来，拿着铲子、戴着太阳帽，操着各地方言，在沙滩上挖掘，在浪里颠簸。

阳光在这里从无吝啬，自天空倾泻，注入沙滩，沙滩上覆盖细密的金粉，落在手心、覆盖脚心，也落在近千年的滔滔时光中。站在这时光之雨里，站在东夷小镇边的龙神庙前，我看到影影绰绰、刀光剑影，隔着介绍的木质展板，清晰的呼喊声、怦怦的心跳声，都仿佛来自遥远时空，来自那场发生在宋金之间的海战。

这座龙神庙，始建于宋代之前，最初叫龙祠、龙王庙。《齐乘》记载："石臼岛龙祠，胶州海边。宋绍兴三十一年封佑顺侯，赐（额）威济庙。完颜亮南侵，遣舟师由海道趋两浙，宋将李宝遇于胶西海口，祷于神祠，得风助顺，遂殪金师，故加封。"

宋绍兴三十一年、金正隆六年（1161年）九月，金国撕毁"绍兴和议"，60万大军分水陆四路南侵。宋军在陆战区一败再败，退守镇江，都城临安危在旦夕。

金国以600余艘战船、7万水军直取临安。紧要关头，岳飞原部将、浙西路马步军副总管李宝率120艘战船、3000水兵迎击金军。在北风正盛的十月下旬，李宝率抗金水军长途奔袭，抵达黄海石臼岛，欲通过火攻之策，打败金水军。李宝得知附近有一座石臼龙王庙，便前往祈祷，祈求改西北风为南风。

石臼龙王庙自古就是渔民避风、求雨、烧香、祈愿之地。天遂人愿，风向转换，三千宋军以霹雳炮、猛火油柜等火器，夜袭金军舰船。金国水军措手不及，葬身火海。

李宝在襟袍写血诗一首："茫茫黄海天未明，纵饮千杯梦全醒。待吾杀到海州时，强弩火箭烧连营。"

后来，宋朝廷加封石臼龙王为"佑顺侯"，赐匾额"威济庙"。自此，这座龙王庙更名为龙神庙。中国18000公里大陆海岸线，龙王庙很多，但被帝王赐封的，只有这一座。

鼻尖传来熟悉的腥味，也是千百年来海边同样的气息，阳光、海水、涌浪、船舶、铁锚、旗帜，一段历史被唤醒，同一片土地，船照旧来去，承托它们的，是承载着荣辱的汤汤时光之河。那场战役中，是否有古时的日照人在浴血奋战？3000人，歼灭7万敌军，他们是荣耀的，也是艰难的，从火弩射出的流火中回眸，炯炯目光，穿过了近千年的变迁、洪流，以及大地上的一切，看到了而今，人们在咫尺之外，安享太平，是否露出过欣慰笑容？

那笑容展现在他们后代的脸上，毋庸置疑，在日照这座城，"心满意足"四个字似乎写在每个人脸上。

下班高峰期，几个骑电动车的姑娘迎面而来。在其他城市里，这是怨声载道的时刻，是汽车尾气喷上大气层的时刻，但在日照不会。首先是马路宽阔，其次是拥堵情况不严重，半个多小时就结束堵车了。而电动车小巧灵活地在车道旁行驶，也无意争抢，似只做点缀。骑车的姑娘想到能早点到家，浮现出笑意。一个在笑，两个在笑，我遇到的每一个行路人都在笑。当时我正从另一个城市赶来，那个城市滚筒洗衣机般的噪声还挥之不去，在这里撞上无声笑容，令人心头一震。

我收藏他们的笑容，回到居住的公寓，用声音提取楼下的烟火气。晚上6点半左右，下边开席了。一个一个圆墩墩的小桌展开，随地放置，围几个马扎，周围的居民就聚餐了。酒水、茶水，滴答滴答灌注到他们的身体里，酒瓶子哗啦啦一响，满桌的鲜，鲳鱼、黄花、虾虎、蛤蜊、蟹子、八带，不需要过多烹饪，只要上锅蒸，锅盖上蒸汽分出鲜和美几条小径。主食是海蛳子面，一种来日照前，只耳闻过的美食。"海蛳子"是一种贼小的蛤，幼苗小得如同沙子，于沙中挖取，淘洗、下锅，熬卤汁，最后摘几片韭菜叶，汤汁滚烫而浓稠，用它下面，手擀面，粗而韧，一捞起来，汁水淋漓，吮吸进身体里，于是，海货的前世今生，全部系于此——是绿茶茶垄上的朝露，是竹洞天的清冽雾气，是樱桃苹果的酸甜，是黑陶于火中淬炼的地气，是饭菜，是母亲的手，是父亲呼出的烟草味，是公交车喊着"左（右）拐，请注意"，是孩童跑向家门，鞋子吧嗒吧嗒。一口海货，大约浓缩着日照人留恋的一切。

日照的朋友说，这不过是村里晚上出来消夏的升级版。以前家家户户吃完晚饭都要拿着马扎、蒲扇，出来唠唠家常，树下杀几盘棋，城市的楼房消解了乡土气息，但人和人的距离不能远。满街聚餐的餐桌，像是流水席，有时竟能将我看呆，从而升起一种想要加入的愿望。

让我们回到八百年前，那场海战结束后，一位士兵回到街头小酒馆，听见了风帆的震颤，那是炮舰在呼唤着他去征服星辰大海，可在家人邻里的招呼下，他折回了那个充斥着海腥味的小馆子，此后度过了悠然的一生，再无人看破他心中的英雄梦。

坐标：日照，山海海天

山在海之前，天在海之后。海是分割线，将雄浑的归于雄浑，轻盈的归于轻盈。

中国的四大海中，唯有黄海是用颜色命名的，可见黄河入海的影响。海洋教科书上说，黄海的色号是偏土色的，但日照的海经常呈现出一种翠绿，那是太平洋才会出现的颜色。

海的颜色与光线、气候、深度有关，沿着海漫步时，我思忖着，会不会也与浪遇到的阻碍物有关？

我所去过的大部分海滩，大约有两种，一种是嶙峋凌乱的石头滩涂，线条坚硬、边缘尖锐，像是用小刀在纸张上刮出来的。而另一种是面粉般细软的沙滩，海浪舔舐的地方，沾水的皮肤似的皱成一圈圈波纹。

海洋专家说，后者叫淤泥质沙滩，全国这类沙滩最好的在黄海，而踩上去脚感最好的沙滩，在日照。

森林公园的海滩一览无余，无一块岩石，无一处尖锐，连绵蜿蜒，宛如仙女巨大的裙摆，覆盖在此，拖曳不动，回旋一荡，美人优雅的眉弯状。而天海相接处，一道亮白的弧线，滚动着，宛如暴雪贴地。暴雪裹着盐粒子似的浪点儿，浪点儿携着足以破风的气，正面袭来。站立于岸边，倾覆感压迫而来。

我把那道白线，统称为"山海天"，那是一种时态。山赋予海拔，这种海拔也属于浪，天会升扬，而日在天，海分割上下、晨昏，因此，山海天也可以看作是日照的图腾"旦"字。

巨大的"旦"字，是这座崇拜太阳的城市的图腾。它从莒州博物馆走出，在天台山巅傲视尘寰，在太阳城感受四方通达，在日照这座城的名字镂刻绚烂。

无论是"旦"字，还是山海天，都令我想起《道德经》中的"万物负阴而抱阳"，也不禁令我吟诵泰戈尔的名句："海水啊，你说的是什么？是永恒的提问。天空呀，你回答的话是什么？是永恒的沉默。"

在海的面前，我经常感觉不到自身存在，又感觉到自身处处都在。记得小时候，我家住阁楼，楼下是海洋大学的标本室，长年锁着门，但是钥匙孔可以偷窥。

每次一把眼凑到那个钥匙孔里，大地就开始漂移。海水漫溢，从地砖缝里。我的眼睛看到的是海鸟、海龟、海马、鱼、贝，还有——鲸，而我脚下也有无数的眼睛在闪烁，三叶虫在我腿间涌动，鹦鹉螺卷曲着触手推动自己的壳……

泥盆纪、石炭纪、二叠纪、三叠纪、侏罗纪、白垩纪……又过了很久很久，人类出现了，再过了很久很久，我诞生了。

我的一次呼吸，空气中叠加了地球几十亿年的演化。我睁开眼望向海，就从自身的龟壳中伸出手，刺探更多的生活可能。面对海，就是面对了世界无可置疑的广袤、包容、上下求索；背对海，就是背对了生活的闭塞、单调、偏见和层层叠叠的疑问。每个人的生命之核，都藏在海里，因此看到海的每一瞬，都可称为魔幻时光。

我喜欢日照的海，它不曾被城市肢解，不曾被填海逼到角落，更不曾因人的紧张而改变一丝松弛。松弛灌注了这城市每一个毛孔，松弛搭建出诗一般的建筑，或黄或白或绿色主体的咖啡店，总用多巴胺配色，为海添花边，这使日照当得起"小巧精致"四字。

若你在夜晚离开这座城，悄悄告别沉默的海。漆黑的夜色，看不见的海风赶来相送，一条头鱼游弋在空中，一枚月亮映在头顶，我目光低垂，保持缄默，唯恐惊动它们，它们一个跋涉千万里，一个坚守千万光年。海浪在远方恣肆，挽着一城潮音，也挽着一个异乡人留给日照的乡愁。

在一棵朴树下大口呼吸

蒋 殊

说到对一座城市的守护,总会想到很多人,很多行业。

无意中,我们会忽略人以外的力量,比如山,比如水,比如花,比如草,比如朴树。

我没想到,有一种树,叫朴树。

更没想到,朴树的使命是对一座城市进行守护。

遇见它时,正行走在日照海滨国家森林公园内。作家庞余亮认真地指着一棵树说:"一定要记住这种树。"

细看眼前的树,外形颜色都很朴素,无任何奇特之处。不解间听到他说它的名字叫"朴树"。

朴树?反复确认几次后,他肯定地说,就是这两个字。说着随手摘下几片叶子,上面还带着几颗绿豆般大小的果子,与叶子同为绿色,以至于挂在叶片间极不醒目。世间怎么竟然有朴树这样名字的树?细看,它的叶子呈细长的椭圆形,表面布满一层密集的绒毛,由叶尖向叶根触摸的时候,有一种极大的阻力。茎秆也是,由上而下逆着摸下来会刺手。

带刺的朴树啊!

有了解的人说,朴树是一种吉祥树。在南方地区,人们会与榉树一起,分别种在房前屋后。之所以如此，是因为前榉后朴的谐音是"前举后仆"，寓意家中有人高中举人，后面有仆人跟随侍奉。

这个美好的习俗，注定朴树与榉树会成为文人喜欢的两种树。我是北方人，对榉树也极陌生，但一听名字就觉得它应该是一种树。但朴树不同。问过身边几个有南有北的同行者，大家几乎与我一样，对朴树这个树种闻所未闻。

当即就查，发现朴树是土生土长的中国树，它的历史至少超过3000年。

看，《诗经》中早已有它惊鸿的身影，"芃芃棫朴，薪之槱之；济济辟王，左右趣之；济济辟王，左右奉璋；奉璋峨峨，髦士攸宜；淠彼泾舟，烝徒楫之；周王于迈，六师及之；倬彼云汉，为章于天；周王寿考，遐不作人；追琢其章，金玉其相；勉勉我王，纲纪四方。"

诗中的棫朴，说的就是朴树。读到诗中第一句，突然就想到南方人的美好愿望——骄傲的举人在前，贴心的仆人紧紧跟随的场景。当然，诗中不是简单描写一个举人，而是辟王。郑玄笺对"辟王"的解释是："周文王"；庄严威风的周文王身后，跟随的也不是普通的仆人，而是一众气势威武的群臣。

这通篇赞美周文王的诗篇，却由朴素的朴树开头。砍掉茂盛的朴树，可作祭柴烧。

祭柴，是何意？为何是朴树？原来，我国最早的祭祀仪式就是柴祭。《说文》中有记载，"祡，烧祡焚燎以祭天神。"祡，就是柴。当时祭天，是通过焚烧木柴，依托燃烧出的烟气向天神传达敬畏与爱意。

既然是通过燃烧的烟气向天神传达心意，那么对木柴的选择一定有着极高的标准。木柴燃烧，烟气缓缓而上，敲开天神之门！这神圣的职责，岂是普通木柴能胜任？一轮又一轮筛选之后，朴树荣耀入选。

一种树，已经不再是树的身份。当它奔赴火海，并非死亡，而是涅槃重生，以烟气的形式连通仙界。

何其庄重，何其神圣！

也因此，诗中才会把茂盛的朴树喻为文王身边的仪仗队。

这不起眼的朴树！这被多少人忽略了的朴树啊！

朴树在日照这座海滨城市，随处可见，而且是当地的名树，备受重视。听说，日照五莲县某个村庄有一棵朴树，已经超过400年。当地人说，这树护佑过刘墉的成长。关于刘墉的籍贯，说法不一，但其中一种就是山东，说他当年跟着叔叔们来到日照，就生活在这棵朴树下。刘墉到底是不是日照人，并不重要，这棵朴树见证了历史的沧桑却毋庸置疑。

随着祭祀文化的发展，柴祭退出舞台，这样的朴树，便一路活过几百年。

在海水与太阳同样耀眼的日照，或许大多数人已经不了解朴树曾经的功勋之路。但我相信，一种树选择了一片土地，必然是一场双向奔赴。

从远古祭坛走下的朴树，在植物学上属蔷薇目，大麻科。大麻科又分为九个属，朴树属于其中之一——朴属。

但凡植物，大都有一定的药用价值，朴树也是，可消肿止痛，治疗烫伤、感冒与荨麻疹；木材不仅能制作家具，还能做人造棉与人造纤维，想必这也是当初其燃烧后的烟气可升往高空的原因。作为园林家族的重要成员，它常被用作景观树与行道树。

想象一下，春天来临，朴树绽放出一树一树黄绿色花瓣，点燃一座城市的生机；炎热夏季，树叶发出无限张力，遮天蔽日种下一片阴凉；秋风袭来，树叶泛出金黄，点缀出最动人的色泽；冬日雪落，其遒劲的枝丫冲破严寒，将苍凉与风骨写向天空。

朴树，还有一个特殊的功能，就是极强的抗毒性与吸粉尘能力。

朴树，竟是人类的清洁树。这样平凡的一种树，却对二氧化硫、氯气等多种有毒气体都有很强的吸附性，对粉尘也有较强的吸滞能力。因此，朴树常被种于城市、工矿区，还成为河网区的防风固堤树种。

瞬间就对朴树肃然起敬，它们打开呼吸道，将毒气吸入自己的身体，之后转化变成氧气，送给一座又一座城市，送给一代又一代人。

朴树奔赴一座又一座城市，一处又一处环境恶劣之所，竟然是责任的驱使。

无私的朴树，以俯首甘为孺子牛的胸怀与气魄，洁净着一座又一座城市。

突然想到朴树最初被选作祭柴，或许还因为它燃烧出的烟气较其他树木更为清洁吧？阵容强大的朴树分列道路两旁，瞬间又想到《诗经》中那句"芃芃械朴，薪之樲之；济济辟王，左右趣之。"

岁月流转，从古代到今天，从乡村到城市，朴树的担当从来没有消减。

眼前突然又出现一棵朴树，我竟然自己辨认出它。靠近它，不想说什么，只站在它的下面，大口呼吸。

阳光之下有片海

李康宁

风雨散尽之后,阳光照例抵达她的应许之地。

在这个普通的上午,阳光是殷勤的信使,叩响山、海、天的门户,让大家在同一时刻醒了过来。海浪似乎还带着点"起床气",泛白的浪花喊叫着跑到沙滩上,好像在床单上辗转反侧的男孩子。黑松林经过雨水的洗涤,翠意盎然,战天斗地的倨傲姿态反而减了几分。此时岚气氤氲,远处天海融在一处,讲着不为人知的喁喁耳语。其实,他们早已是心照不宣的邻居,在经年的岁月中共生相伴,形成了神秘的默契。

日照东岸,各种景致脱离了物性的参差,彼此之间浑然一体,是为"山海天"。

这里的金沙滩品质上乘,堪称整片亚欧大陆的宝贵细软。如果你赤足踏上去,脚可能会自己长出脑子,沉迷于这纯天然的温香软玉之中,不能自拔。海滩迤逦十里,若是体力充足,是可以好好徜徉一番的;要想走得快些,岸边的道路亦是骑行的佳处。行于天海间,如在图画中,逛上一逛,拍几张照片,确实是一件愉悦身心的美差。

与一些特色分明的海滨城市不同,日照是一座对全年龄段游人都很友好的城市。这里能为孩子们印下串串脚丫,也能以落日余晖照拂老人的童颜鹤发。年轻人可以在此尽享海味,或是隐身于海岸边的书肆茶馆,寻找喧嚣生活中的片刻安宁。日照似乎充满了耐心，不疾不徐地归置好家什，给所有的到访者都留下舒适的空间。

从城市地理的角度看，"山海天"共生相伴的架构，让日照的海景形成了鼎足其三、和光同尘的格调。这里的山不峭、海不狂、天不高，互相留着三分面子；又把最后一点颜色，留给了游人。所以日照的温和周到，是一种与生俱来的禀赋。

当然以"与生俱来"定义一座城市，大概属于一种缺少证据的主观臆测。但从人文风物着眼，日照这座城市在悠长历史的陶冶下，呈现了早慧、理性的特质。这是初光普照之地，诞生了充满原始美感的"旦"字。姜尚水边垂钓，安之若素；刘勰树下苦读，黄卷青灯。马放南山，人归山林，这里总有通达、圆融的智慧。就连"毋忘在莒"的故事，都洋溢着挚友之间的勉励和成全。虽然曾是莒国故都、海防重镇，但是在日照很难感受到哪怕一点点的拘束感或压迫感——这里似乎有意忽略曾经的霸业和雄心，让生活的本质，在茶香和潮声中安静地回归无风的港。

顺着岚山渔港向西走去，有一座独具风貌的"海上碑"。在波涛之中，数座巨石随着潮汐隐现，蔚为壮观。"星河影动""撼雪喷云""万斛明珠""砥柱狂澜"几行大字，据说是出自苏京、王铎的手笔。两人生于鼎革之世，互相引为知己。在饱经沧桑离乱、身世浮沉中临海畅谈，或许是折服于天高海阔的风景魅力，兴之所起留下了这几行字迹。

但能够真正道出两人心境的，反而是"海上碑"最下方，后在此任守备的阎毓秀所补白的三个字"难为水"。

因为位置的关系，这几个字常常隐在水中。从字形风格上看，跟王铎这样的顶流书家也有差距，看上去负重而收敛，并不见得洒脱。但这样独特的风格，却仿佛刻进了每一位观者心上。"曾经沧海难为水"，茫茫尘世中，命运的扁舟会将我们载往何处？好在这一刻，你我曾共有这片大海，所以此时此地此人，都是无可磨灭的生命永恒。

换个角度看，"难为水"也展现了日照对海洋的尊重与爱。挑一个晴好天气，从岚山渔港乘船出发，海的纵深便一点点地舒展开来。阵列整齐的浮筒在碧波浩荡的水面上微微起伏，水面之下是另一个丰饶多彩的水产世界。据当地渔政工作人员介绍，日照一直在积极推进海洋牧场建设，创建了多个国家级和省级海洋牧场，发展生态健康养殖。日照的"海洋牧场"不仅规模庞大，技术也相当先进，成为海洋科技创新研发和成果转化的试验场。近年来，由"深蓝一号"深远海大型智能网箱养殖的三文鱼，早已经成了深受欢迎的海鲜佳品。

让大海成为"牧场"，能够给海洋休养生息的空间，不仅有利于海岸线的保护与生态修复，更能推动海洋多种产业的均衡发展，实现海洋资源的可持续利用。祖祖辈辈在海上吃饭的人们，也用自身的改变，迎来了海的新生。

在一座渔村，我们听到了古朴嘹亮的渔歌号子。没有伴奏，没有歌词，只有简单的曲调；但在清越有力的合唱中，充满着渔家汉子的雄壮之风。据领唱人介绍，日照的渔歌号子是在艰苦劳作中，为了统一大家的动作节奏、抵御海上生活的单调枯燥，逐渐在劳动中形成并流传的。在今天，机械化捕捞和"海洋牧场"取代了以往的生产方式，号子的实用价值已经不存在了，却作为一种民俗艺术流传下来，成为一门"非遗"文化。而他本人，经常应邀参加表演，不仅多了不少外快，更成了远近闻名的"号子王"。

从靠海吃海的"渔人"，到与海共生的"牧民"，再到向海欢唱的"歌者"。时间的推移，让人与海的关系也发生着微妙的嬗变。也许，我们与海始终有着竞合不断的关系，也有着相依相生的命运。一路行至今天，又用新的方式，开启了新的章节。

阳光之下有片海，始终向着阳光，涌动不息。

日照的海

王 飞

在这个第一缕曙光照射的地方，无不彰显着美妙与神奇。这是世界上最为珍贵的初始的光亮，任何一个城市都没有这样的"礼遇"。那是大自然对于这座城万般的信任和喜悦。柔顺的阳光投射在城市身边的大海上，这片海便像金子一样荡漾在中国的半岛。

可能是阳光初照的缘故，大海显得含情脉脉。阳光、空气和那片广阔无垠蔚蓝色的"宝石"，简直是一种流动美与凝固美相融汇的乐章，更是一幅超越美国圣莫尼卡海滩的东方大美。

我可以自信地说，无论是谁，只要看见这片海，都会被它迷住。

美丽的大海就像是一片碧玉被日照这座城满含深情地吻着，细心地呵护着。海滩上的沙子表达着对海洋细细密密的情意，潮浪也时不时回应着自己的心声。海岸线广阔漫长，水质清透。人们在夏天与大海嬉戏，让自己的皮肤和日光亲密接触。

夏至前后，晨曦的霞光把海面的波涛映照得像一串串闪烁着彩色光泽的珍珠。一只只海鸟在上空不停地盘旋着、翱翔着、欢叫着，也似乎是迎接这一庄严的海上日出。每年的夏至节气，日照会迎来一年中太阳升起最早的时刻。宽阔的灯塔广场会聚集着无数来自海内外的人们。他们个个就像要完成一件人生伟大的事业一样，内心充满着追求光明与温暖的使命，把希冀的目光深深地投向海天相连的地方。按捺住激动的心情，屏住呼吸等待着令人神往的关键时刻。

几颗寥寥的星星，在晴朗的天空中把自己的光辉渐渐地淡了下去。天的东边晕染的粉红色的霞光把无垠的海，溶合在一起了，分不清界限，也看不见轮廓。只感到一种柔和明快的美。四周静极了。这时，东方现出一条红飘带，轻轻抚摸着大海和天空。很快光晕慢慢蔓延开来，如同一团浓雾中点燃的火把，迷蒙地散发着橘黄的微光。继而，这团黄流溢到了海面上，消融进青黛般的天空。"太阳出来了！"人群中不知是谁突然蹦出一句惊喜。唤醒了正在眺望天的尽头的人们，欢呼、拍手声片刻间在海滩上汇集成欢乐的浪潮。

一刹那，火红的霞光已经把天空渲染得披上了艳丽的锦缎。海水一浪翻过一浪，把澎湃的激情和兴奋不已的汹涌向海面迅速铺陈。太阳发出的光线照射在粼粼海波之上，涛声连连，湛蓝的海水从远处涌来，有节奏地拍击着海岸……

这时灯塔广场前面的大海和天空，像起了火似的，通红一片。就在此刻，水和天把苍茫的远方融为一体。一大片火焰似的波光从海里面散射出来，一轮红得耀眼光芒四射的太阳，冉冉地从焰光里升腾起来。刚开始，太阳升得极慢，一个圆形的轮廓露出了海面。霎时，红色的光立即蔓延扩散，辽阔无垠的天和海，一下子布满了耀眼的金光。在太阳刚跃出的海面上，金光特别强烈，仿佛是无数个火红的太阳，铺成了一条又宽又亮又红的海上之路。从太阳底下，一直伸展到海边。路，明晃晃红彤彤，又直又长，仿佛使人觉得：沿着这条金色的大路，就可以一直走进那太阳里去……

风和日丽的时候，海总是那么温顺。大一些的波浪是见不到的。徐徐的海风轻抚着在山海天阳光海岸漫步者的脸颊。轻微的带有暖意的海风掀起荡漾的波浪，似乎是无形的手指在海面上弹奏着跳动琴键。浪潮像小孩子一样一会儿跑上前拥抱着海滩，一会儿又松开双臂离开海滩，分明是在玩耍。这个时候，你就尽情享受海的魅力。如果阳光晒黑了你的脸庞，那么恭喜你，你被调皮的太阳深深地亲吻了，它非常喜欢你。可以尽管撒着脚丫子，任由冲上岸边的海水和你来一次"海脚之间的较量"。蹲在海边，撩起浪花，把脚下的沙子抛向任意想抛的地方，那是抛掉烦恼、彻底解压的绝佳办法。当然也可以静静地立在海边，任由湿润的风吹着我们孤独的心灵。来自大海的风会默默地倾听你真诚的诉说。倘若思想有了垢尘，奔跑的潮水会荡涤你的肌体，携带着回向的思索与自省，带给你新的变化和成长。是的，欣赏情侣结伴走在海边的浪漫和洒脱最是愉悦的，一对对彼此满怀着爱的人在这里吐露出自己的山海盟言，让大海见证并珍藏。

踏着脚下松软的细沙，碧绿的海面上绽开着一簇一簇盛开的白莲。海的远处仿佛有一片片洁白的翅膀，在那里扇动，扇动，一会儿那些翅膀又化成了一朵朵浪花。感觉这里的海到处是生机，到处都是活力，这片海岸成了欢乐的海洋。阳光在水面上投下梦幻般的光环，令人如同看见无数绚丽多姿的梦。宽阔、活跃的海把人的心撩拨得如醉如痴。

日照的海凝聚着一种无法言说的神秘的生命力，给人一种超越自然的深刻。太阳在这里不仅给予人类光明与温暖、滋养万物，更是一种神圣的图腾。日照的东夷先民历来对太阳极其崇拜。"祭太阳"的活动延续了几千年，留下了太阳神石、太阳神陵等诸多遗迹。太阳只有一个，博大、宽容、壮阔是它的品格。太阳在这里发出了第一道光芒，这里的海也紧跟其后，展示出壮美、宽阔、平等的气象。即便再沉闷的人看见这里的海也会放下过往的纠结，有了笑颜。宽容是日照的胸襟，更是海的气魄，海的灵魂。大海接纳了"山海雄观，代有伟人"，这座城多少的岁月人间、沧海桑田。海在远古时期是怎么养育先民的，到了新时代还是照旧滋养着人们。亿万年了，天空每天在变幻莫测，阴晴不定，大海却永恒不变地用一片平镜映照着上空，始终给人类传递着云起云落。这是一种辽远的舒畅，使人变得轻透、简单。海像是宝石，但又比宝石壮美且充满活力，像翡翠，但比翡翠更美妙雄浑。

到了涨潮的时季。大海雷霆万钧，放出了万马奔腾，翻山倒海之势汹涌威猛。看大海涨潮，人会有一种来自心间的豪情和自信，会感到天地间的生命个体突然很有力气，勇敢无比，好像能战胜一切！

潮涌过后，海归复于安静，展示出另外一种神姿，仙子出浴般的迷人。阳光下的海面像是一件铺天盖地的五彩霞衣。这个时候人们的心中就像没有一片云彩的天空，宽了、静了……

我喜欢站在任家台的礁石上，向海的尽头望去。大海深邃宽广的风度和恢宏灵动的气质在此地尽情发挥。起伏的波涛，挥动着潮起潮落，大海千古不变日夜流露着自己的激情。如此的激情，不能不让人心潮激荡。这里的海就像是一位已经等了我一万年的老友。它用广阔无边的胸怀，雄伟磅礴的气势，变化万千的景象，丰盈富饶的内涵，告诉我这个小朋友——和大海说说话，一切都会想明白的。面对智慧如海般深邃的启迪，我只想长啸一声，和礁石上的阵阵涛声形成呼应。在灯火阑珊的时候海又是温馨烂漫的。似乎，各地夜色里的大海基本不分伯仲。然而，当我来到日照，才发现，原来大海的夜晚，还可以这样呈现出来。夕照消散，夜深了。凭着上空所散发出的淡淡月光，走在万平口公园的木栈道上，夜里迷离恍惚的路延伸在前方，忽然感到不知是进还是退。不禁让自己想起漫漫的人生之路，我们总是在进退维谷间徘徊，在患得患失中挣扎。与其纠结这些，倒不如踏踏实实看准眼下的路，大胆走下去。侧耳倾听海浪拍打的声响，仰面感受海风拂过脸颊，心中的芥蒂果然还是需要大海来慰藉。此刻，放空自己，沉醉在这段仅属于我和万平口独处的时光。走下栈道，在海水浸过的沙滩踱步、驻足、回首，俯瞰来时的路，却不见我徜徉的痕迹。沿途的脚印已被海浪淘净，我好像不曾来过这片广袤无垠，夜沉沉的海滩，唯有鞋底的沙砾能证明我曾经的到来。人生确也如此。

　　白天的喧嚣和嚷闹全然不见了踪影。浩瀚的星辰与月亮映照着海边一位独行者的影子。夜里的海，像披上黑纱的娇羞少女在月下婆娑起舞，时而低眉垂眼，时而婀娜多姿，真可谓美在了骨子里，醉在了心窝底。大海的无际波涛，掀开古今历史上的一页又一页。在日照之夜的海边，不知为何，我总会如此这般地若有所思。

　　有人说，没有人文的风景是苍白的。大海正是因为有了厚重的人文积淀，才更让人神驰向往，叫人流连忘返。

　　日出海上，曙光先照。源起夏商，得名于宋的日照，在今天还遗存着太阳神祭坛。无数可辨器形的器物残片，证明着远古的太阳崇拜，与秘鲁的马丘比丘、印度的科纳拉克太阳神庙、埃及的阿布辛贝神庙、希腊的德尔菲—阿波罗圣殿比肩，同为世界太阳文化的起源。东夷古国的先民让大海和太阳成为共同的精神图腾。1500多年前的一个清晨，浮来山下的定林寺清幽得像一口古钟。悠远磬声丝毫没有让中年刘勰抬头分神。寺院就是自己的家，刘勰博览群书，精通经纶。32岁的好年纪，刘勰走向孤独的书案，心无旁骛地埋首在浩瀚的典籍里，青丝泛白发。

日出日落，昼夜交替，月盈月亏，斗转星移，寒来暑往，四时轮回，五年光阴，只在瞬息之间。

中国第一部系统文学理论巨著悄然诞生。10卷50篇，观照古今，纵论文学，才情横溢，真知灼见。体大而虑周、后人无从出其苑囿的皇皇篇章。

历史的天空，一只又一只风清骨高、光彩照人的鸣凤刚健高歌，飞遏行云。文章和天地一起产生。日月有如重叠的璧玉，显示高天的形象；山川好像灿烂的锦绣，显示大地的纹理。这些都是大自然的文章！仰望天空，日月耀眼；俯瞰大地，山川多彩。

人与天地相配，孕育天地的灵性，成为万物之灵，实为有思想的天地之心。有了思想，语言随之确立，语言确立，文章随之鲜明。

推及万物，龙凤以五彩显示祥瑞，虎豹以斑斓勾勒雄姿；云霞缤纷，胜过画工的巧妙；鲜花草木，不需工匠手艺的神奇；风吹山林，谐和有如吹竽鼓瑟的乐调；泉水击石，犹若叩磬鸣钟的和声；形体确立，声韵激发，文章自然出现。

让人最钟情的，依然是刘勰纪念馆。端庄肃穆的莒州博物馆，一进门就能感觉到斯人的脉息。

鲁东丘陵上的莒县东莞镇，为"莒国故郡"。在这里的大沈庄，栉风沐雨1300多年的银杏，依旧挺立远望，仿佛就是伟大的文学理论家的化身。我们可以发现，往往一座具有深厚历史的城市，基本与得天独厚的自然资源紧密联系。过去的日照还只是鲁东南一个偏远的小城。但还是时时刻刻陪伴在人们身边的大海让日照真正地光彩照人了。寻找新港口基地的专家们发现，东南几十里的海岸重镇石臼所就是一个绝佳的天然深水良港。港口、铁路、高速公路的兴建彻底改变了日照在中国交通版图上的地位。昔日的偏远小城一夜间焕发出强大的生命力，成为鲁豫陕甘宁内蒙古新疆各省区甚至中亚各国融入海洋的重要口岸！日照因海而兴，海因日照而活力澎湃！日照的阳光，因此而格外明亮。

  是的，我从海的身边走过去，我的双脚就可能会与一位先贤的脚印重叠。俯身抚摸一朵浪花，我的双手就可能触碰到阳光海岸，活力日照，一座城的指纹。这是我们的唯一选择。

天下银杏第一树

戴永夏

山东莒县是个不大的县城，县城周边有棵特大的银杏树，树龄在4000年以上。到莒县不看银杏，如同到济南不游趵突泉一样，会留下莫大遗憾。所以这次一到莒县，我便在第一时间去参拜了心仪已久的大银杏树……

这棵大银杏树生长在浮来山上的定林寺中，高26.7米，围粗15.7米。它形若山丘，冠似华盖，虎踞龙盘，气势巍峨。虽已"寿比南山"，但仍枝繁叶茂，生意盎然，硕果累累。有一首古诗这样称颂它："蓦看银杏势参天，阅尽沧桑不计年。汉柏秦松皆后辈，根蟠古佛未生前。"极言它的沧桑古意。当地还有一首民谣唱道："定林寺里大白果，树头安着八仙桌。八仙桌周坐八仙，八个道童来回窜。你奉茶，他端菜，来来去去互不碍。"这首通俗的民谣通过丰富想象，十分风趣地写出了大银杏树的雄伟壮阔，"有容乃大"。正因如此，它赢得了"天下银杏第一树"的美名，并有"银杏之祖""银杏王"之称。1982年，联合国教科文组织曾向全世界介绍它，使之名闻寰宇，誉满全球！

关于大银杏树的历史，《左传》中有这样的记载："九月辛卯，公及莒人盟于浮来"。文中说的是鲁隐公和莒国国王在这棵大银杏树下会盟修好之事。清顺治十一年（1654年），莒州太守陈全国又在银杏树下立碑刻石，说此树"盖至今三千余年"，并赋诗曰："大树龙蟠会鲁侯，烟云如盖笼浮丘。形分瓣瓣莲花座，质比层层螺髻头。史载皇王已廿代，人经仙释几多流。看来今古皆成幻，独子长生伴客游"。这首诗集咏史、写景、状物、抒情于一体，形象地写出了银杏树的巍巍风貌及其历经沧桑的身世。

古银杏树的粗大，令人惊叹，也让人好奇，于是便有了一个古人丈量树粗的传说：

从前有一书生赴京赶考，路经浮来山时，天忽然下起雨来。他赶忙躲到大银杏树下避雨。雨越下越大，一时难以停歇。书生在树下闲得无聊，便想丈量一下这树有多粗。于是他伸开双臂，围着大树一下一下地丈量起来。他这样量了七搂还没量完，又用手指拃了八拃仍没到头。他正想再向下量时，猛见在剩余的地方，站着一个同样也在避雨的小媳妇。他懂得男女授受不亲的规矩，不敢再往下量了。于是便得出树粗"七搂八拃一媳妇"的结论。他的这一说法迅速流传开来。至今一提这树有多粗，当地人仍会用此种说法回答你。

古银杏树之所以闻名，还与《文心雕龙》的作者、我国南北朝时的大文艺理论家刘勰有关。

刘勰（约465—约532）原籍东莞郡（今山东莒县），世居京口（今江苏镇江）。这位从年轻时就在建康（南京）定林寺皈依佛门的饱学之士，针对当时单纯追求形式的浮靡文风，写出了具有深远影响的文学理论巨著《文心雕龙》。全书37000余字，分10卷50篇，立论精到，见解独树一帜，不仅超越前人，而且对后世文坛具有重大影响，被后人视作"古代文学理论批评中内容最丰富、体系最完整的宝贵文献"。该书深受梁武帝之子、当时著名的文学家萧统的器重，刘勰遂被荐入仕途。然而他却不安职守，厌恶官场，要求重返佛门。为此，他甚至用火将头发、胡子全部烧光，以明心志，这才得到皇室应允。晚年，他又回到家乡莒县浮来山，在大银杏树边修建了一座佛寺，仍取名为定林寺。他虽身在佛门，但并不只是朝钟暮鼓地诵经念佛，而是专心研求学问，潜心著述，编撰了《众经要林》等书，终老寺中……

如今，刘勰潜心著述和校阅经卷的"校经楼"仍完好地保存着，楼中矗立着他的金身塑像，陈列着各种版本的《文心雕龙》及其研究著作……目睹这一切，我不禁浮想联翩。遥想当年，这位文坛巨子深居寺中，校经写作之余，一定常来银杏树下，或静思默想勾勒新篇，或向大树倾诉心曲，或与友人谈诗论文……银杏树以其博大精深和无私奉献精神，在潜移默化中影响着刘飖的学问人品；而刘飖则以其文学上的巨大成就，丰富着银杏树的文化内涵，增加着它的迷人风采……人文与自然，在这里得到巧妙结合。而大银杏树的魅力和人气，也通过这种完美结合得到了进一步加强……

梧桐树

刘加民

梧桐树是我老家的"家树",院子里边是梧桐树,院墙外边也是梧桐树,菜园子的周围也是梧桐树;在南岭的老家如此,到了村里的新家也是如此。凡是可以栽树的地方都栽上了梧桐树,凡有一块土地闲出来,父亲端详几分钟之后,总会神不知鬼不觉弄来一棵梧桐树栽上。别人问他为何独钟梧桐树,父亲笑而不答,仿佛心中有一个心愿不方便说出来。

父亲把满院子栽上梧桐树,在我童年记忆中是很平常的事情,那时候很多家长喜欢栽树。村子周围,零零散散栽种的,都是梧桐树。毛主席号召我们,植树造林绿化中国,各行各业各个层级,都有义务栽树种树。父亲去世二十多年之后,我忽然意识到,作为乡村教育者的父亲,喜欢栽树不是问题,问题是只喜欢栽种梧桐树,必有深意存焉。于是乎我想起了俗语"栽下梧桐树,引来金凤凰"。查阅资料后,恍然大悟。

梧桐树在中国传统文化中是一个非常重要的树种,内涵丰富,符号价值不可小觑。最早在《诗经》中就有记载,在《大雅·生民之什·卷阿》有"凤凰鸣矣,于彼高冈。梧桐生矣,于彼朝阳"之说,估计这应该是梧桐树引来凤凰的最早记载。五千年文明史一路走过来,梧桐树一直深受中国老百姓的喜爱,历代文人骚客也留下不少关于梧桐树的好诗句好文章。比如李贺《天上谣》:"秦妃卷帘北窗晓，窗前植桐青凤小。"又如在民间百姓家娶媳妇，常把"凤落梧桐梧落凤，珠联璧合璧联珠"作为喜联贴在大门上。

在古代传说中，梧桐分雄雌，梧为雄树，桐为雌树，梧和桐同长同老，同生同死。梧桐也被人们称为"树中之王"。在很多诗人的笔下，梧桐作为忠贞爱情的象征。也许正因为如此，民间一直以来都认为：家里如果栽有梧桐树的话，家里的男丁就会非常容易娶到媳妇，娶到贤良淑德的好媳妇。在《闻见录》中有这样一句话：梧桐百鸟不敢栖，止避凤凰也。相传梧桐树作为"树种之王"，能知时知令。而作为古代神鸟的凤凰，身怀宇宙，非梧桐不栖。百鸟之王的栖息之地，其他鸟儿怎么敢据为己有？所以，在古人眼里，凤凰不仅仅是象征美好姻缘的神鸟，它还能给人们带来福气、财运和吉祥。正因为凤凰只栖息在梧桐树上，所以，梧桐树就很容易引来凤凰，并得到凤凰之力的帮助，从此给整个家庭带来好运势。

谜底揭开了。父亲热衷于栽种梧桐树的真正原因，就是因为他有四个儿子，就是因为他是一个乡村教师，他希望所有的乡村孩子们有出息，能做好人，干好事，找到真正的爱情。

父亲是老家日照的一位乡村教师，希望贫寒子弟通过读书改变命运，是他发自肺腑的执念。对别人家的孩子如此要求，对自己家的孩子也是如此。他自己就是一个典范——通过读书成为教书先生，成为村子里几乎所有适龄孩子的老师。我自己考大学首选师范院校，毕业后首选师范学校当老师，毫无疑问受到了父亲的影响。有趣的是，我当老师的那所学校，就是父亲曾经就读的师范学校，跨越三十年时空，我们俩成了"生师关系"（我是老师，父亲是曾经的学生）。他常说，从实用的角度看，梧桐树属于速生树木，生长速度很快，三五年可以成栋梁，八九年可以做板材。我们这些出身乡村的孩子，就是田野里的一棵棵梧桐树。高大正直，善良纯洁。知书识礼、文雅谦卑的父亲，除了看重梧桐树在传统文化中有丰富的吉祥寓意，我觉得快速成才、报效乡梓，做廉价又实用的乡村建设者，也是一个方面。

我们家从南岭往村里搬迁的时候，父亲除了把三五年树龄的梧桐树做栋梁，还把能够做板材的梧桐做成家具。20世纪70年代中期，因为村领导的统一安排,零散居住在村子外边的东沙滩和南岭的十几户人家统一搬迁到了村里。我们家盖起了5间大瓦房,玻璃门窗,门板窗框都用的梧桐树。同一个时期,还用梧桐树板材请木匠到家里来加工制作了一对桐木箱子和组合柜。这些用父亲亲手种植的梧桐树加工制作出来的门窗、家具,至今还在正常使用中。屈指一数,也有四十多年了。

除了它的文化价值、实用价值,梧桐树的外形和性格,也很值得书写。梧桐树对土质和气候要求不高,贫瘠的、肥沃的都可以;南方北方,严寒酷暑,都能承受。人民的县委书记焦裕禄在河南兰考工作的时候,号召大家栽种的泡桐树,其实就是梧桐树。长得快,不怕盐碱,旱涝均可,所以被用来防风固沙,为兰考人民摆脱贫困争取幸福生活立下了汗马功劳。可以说,只要能扎得下根,梧桐就可以长成高大挺拔的身躯,五六米以内不会有枝条旁逸斜出。年轻的梧桐树树干比较光滑,有稀疏的大米粒大小的凸起物。有了一些树龄后,才会变得粗糙。树叶子很大,比成年人的手掌还要大一些。树冠很丰满壮实,夏天有效地遮住了太阳的暴晒,甚至来了小雨,都可以在梧桐树下遮挡一阵子。

父亲说,作为有文化的人,要了解基本的科学知识,比如,下雨不能在大树下避雨。我们偏不信,直到有一年东菜园的一棵梧桐树被雷电劈成了两半,父亲拽着我们的手亲临现场观察,讲了雷电如何形成,如何与大树接通,如何在强大的电流作用下将树劈成两半……我们被震撼了,吓住了,再也不敢在梧桐树下避雨。梧桐树的叶子比较大,所以微风吹来,会发出响亮的"呱嗒呱嗒"的声音,这让刚刚听完了鬼故事就上床睡觉的孩子们,有些担心。夏夜,月亮升起来,树叶的影子在玻璃窗上摇摇晃晃,的确有些吓人。父亲说,睡了就好了,明天上学别迟到。

梧桐树春天是开花的,但是开得不早。桃李杨柳都绿了,玉兰花也开了,他是到了玉兰花都要开败了后,才露出一点点嫩芽,然后大大咧咧绽开了紫色或者白色的花。莫非植物也有某种默契?这应该是清高的新类型。花型如大号的牵牛花,没有什么味道。如果能有点香气,那就会像玉兰一样赢得很多赞美。可是她很朴素,开了就开了,好看不好看由她去;美了就美了,有没有香气由她去。她只是做自己,仅此而已。树叶子又大又厚实,还不容易生虫,大大咧咧，简简单单，在大地上率性生长。一直到深秋，等到初冬的第一场小雪来了，梧桐树才彻底落光了叶子，连同陪伴她一个夏天的那些蝉，那些吊死鬼，一同消失于无形，只剩下高大又挺拔的树干和简单明快的树枝，在寒风中挺立——是的，梧桐树的枝条是不会摇曳的，她直直的，挺挺的，任凭风急雪大，丝毫都不会动摇。

父亲也是一个像梧桐树一样的高大挺拔的美男子，小时候没有给他测量，现在估算，应该有180厘米。父亲是爷爷唯一的儿子，天生比较娇惯。到了上学的年纪，爷爷就让他读书去了，基本上不用参加农业生产劳动。三夏、三秋特别忙碌的时候，爷爷宁可雇小时工帮忙干活，也不让父亲耽误一天功课。父亲说，中华民族有很多优秀传统，重视文化传承是最优秀的传统之一。父亲大长腿，面庞也清秀，又不怎么经手农业劳动，可以说是玉树临风、风流倜傥。如果穿上传统服装，那就是《西厢记》里的张生、《梁山伯与祝英台》里的梁山伯，就是《唐伯虎点秋香》里的唐伯虎，甚至是《红楼梦》里的贾宝玉。

是的，父亲读书跟吃饭一样，省心省力，不用督促。读完小学，就考上了中等师范学校。写得一手好字，会唱歌，会针灸，会维修缝纫机，还喜欢侍弄花草。在他四十年乡村教师生涯里，基本上是个全科教师。父亲的声乐是一绝，在我印象中他给所有的班级统一上音乐课的时候，声音高亢、嘹亮，音色很纯净，音域很宽广，跟后来才知道的李双江，毫无二致。电影《闪闪的红星》是我最爱看的电影，没有之一。我想，电影主题曲是声音很像我父亲的李双江唱的，是最主要的原因。后来见到了八十多岁的歌唱家李双江，还说到这段往事。

说父亲是一个才华横溢的全能型乡村教育家，一点都不夸张……

父亲是差3个月60岁时查出肺癌后去世的。父亲不抽烟不喝酒，竟然得了这种坏病。大家都说，他是让粉笔灰给呛出来的。想想看，一辈子站在讲台上，一板一板的粉笔字，擦了又写，写了又擦，反反复复四十年，得有多少粉笔灰钻进父亲的肺里啊。几十年后我去父亲曾经教书的小学，尽管已经闲置多年，门窗破败，遍地荒草，我奇迹一般找到了已经磨秃了的黑板擦。院子里也有很多梧桐树，已经伤痕累累了，有的树皮被刻上了字，隐约可见"振兴中华"，也有"某某是个大坏蛋"之类的。父亲带领学生诵读课文的声音，忽然涌进了我的耳朵,很近,又很遥远。

父亲去世前的那些年,村里村外的梧桐树基本上全部消失了,院子里也一棵不剩了。因为城镇化,因为兴建工业园区,因为合村并居住洋楼,几乎遍地都是水泥地和铁皮屋。梧桐树们,有的做了门窗,有的做了家具,还有的"尸"陈沟渠,任凭风吹雨打,长出木耳。那个年代,各种合成板材充斥着市场,塑料制品无处不在,原生的树木反而不受欢迎了。梧桐树的实用价值贬之又贬,卖不了几个钱……妈妈请来了打棺材的木匠,打开棚屋的门,里边整整齐齐堆放着两米多高的梧桐树板材。这是父亲给儿子们结婚时打家具用的,但是村子里早就没有了自己打家具的习惯。木匠说,就用这些现成的板子吧。

父亲的棺材半天就做好了。妈妈在梧桐树的棺椁里铺上崭新的被子,把父亲的骨灰撒成细长的一溜,大致有180厘米长度。然后在想象中的爸爸的胸前位置,"别上"用了四十年的黑色钢笔。妈妈知道,父亲一辈子喜欢把钢笔别在中山服左上角的衣兜上。从此,包含着承载着父亲的青春、审美、信念和心性的梧桐,就彻底告别了刘家大院,也告别了渐行渐远的乡村。梧桐树啊,父亲的梧桐树。

一棵树把一种美好安装在日照

冯金彦

一

银杏树 4000 个生命的年轮。

4000 岁的树，如果按人的辈分去划分该是一百多世祖，该是一百多世同堂的日子。日照的浮来山，我没有看到一百多世同堂的人间温馨，只是看到了几十世同堂的银杏树，彼此不认识似的站在浮来山，站在风里，站在雨里，站在岁月里，看不出什么激动，什么兴奋，仿佛什么事情都没有发生过。感觉银杏确实和人不一样，真正做到宠辱不惊。

4000 年，山坡上的小花，依旧开放，依旧是 4000 年前的色彩和芬芳，不叫美丽，叫返老还童。春天不老。银杏也不老。

每年见春天，无论是李树枝的眉，还是桃红的腮，都是去年的模样。银杏也是，每年都是绿意葱葱，仿佛是树中的仙，其实，4000 年的银杏该被我们称作仙了。仙和人最大的区别是，人跪下去只是为了让自己活得更好，仙不是，无论能不能做到，理论上，仙只是让别人活得更好。

做到了这一点，处处就不再是凡尘。银杏做到这一点，自然是仙风道骨。于是，不用举头就可以望到银杏，盈盈地绿着，把你的相思和乡愁一片一片地举起来，风一吹，你就不由得不被打湿。

湿就湿了，也不用晾晒，只是惊诧也是普通的泥土，怎么就会生出银杏惊世骇俗的美丽。只好自己慢慢地感悟。不用问。

问了，泥土也不说。问了，银杏也不说。

你什么也不用邀，索性打开一瓶酒，自斟自饮。银杏却静静地，静静地绿着。

树下的石碑只是一篇读后感，与树没有关系。

二

公元 6 世纪的某个秋天，一个孤独的身影从典籍中逃了出来，逃进浮来山。出家为僧的刘勰，在浮来山定林寺建了一座校经楼，潜心研读校订佛经。与寺相伴，与树相伴，银杏树下，他一边品茶，一边说经论道。一次相遇，名人与名树的相遇，是树的幸运，也是人的幸运。

浮来山，刘勰也长成一棵银杏树，只不过风一吹，掉了一地的是文字。

树很大。刘勰很小。

三

无论你是谁，走近银杏树，脚步一定要放轻，鸟儿怎么喊，你不用去管，山坡上的牛呀羊呀怎么叫，你也不要去管，你只是放慢自己的脚步。

从一个 4000 年的生命前走过，是从一段历史前走过，是从一个智慧的老人身边走过。不知道，树下面，在那些淡淡的浅浅的小花的下面，寂寞的泥土之中，睡了多少的名字，多少的故事。有些名字，在历史的天空上是耀眼的星星，随便喊醒一个就是一地月光。你知道，你喊不醒他们，谁也喊不醒。这是一种无奈。

叶掉了一地，果实掉了一地。叶是银杏的哭声，果实是银杏的笑声。能够捡起一枚叶子，也能够捡起一个果实，但是你却读不出银杏为什么笑，为什么哭。

银杏的快乐和痛苦，一定与我们不一样。

我们猜不出来无所谓，1500年的定林寺也没有猜出来。

银杏和梅花不一样。梅花喜欢报春，梅花总在枝头闹，梅花不知生命的意义所在，梅花认为红就红透，梅花追求轰轰烈烈，梅花期待掌声，梅花渴盼被人们关注。

银杏和荷也不一样。荷爱用淤泥来衬托自己。荷一生，只弹一支曲子，出淤泥而不染。荷不知道，使它美丽的不是泥而是水呀，靠水活下去的荷才美丽。

银杏似乎不懂这些，也不想懂这些，它似乎不谙世事，淡淡的生命依旧。

昨夜风雨声，叶落知多少。风也罢，雨也罢，银杏依旧美丽自己的。秋天与冬天的开阔地上，银杏没有在寒冷中低下头，反而用金黄成就一种独特的品格和味道，一种生命的惊喜与惊奇。这是银杏的一种生命高度，没有高度，就没有力量，比如瀑布，水就是从高处跳了下来，在低处流动的不叫瀑布，叫河流。

山坡上的那些树，三步一岗，五步一哨，哨兵似的守在这里，仿佛怕外面的喧闹转进来，怕这里的宁静逃出去。

一个人，想把自己埋在春天里不是一件容易的事情，可一个人却可以把自己埋在山的鸟鸣里。任飘舞的蝉鸣一层一层地落在肩上，此刻，你仿佛也成了一棵树，你也可以自豪地对浮来山用舒婷的诗句去表白：爱你，绝不是借你的高枝炫耀自己；爱你，就做一棵树和你厮守在一起。

四

银杏活成名树，成了世界之最，还能和平常的花呀草呀生活在一起，也不挑什么水土，也不要什么名分，这样的淡定，叫人不能不折腰。它活得自由自在，从来不谈什么寂寞孤独。

秋风一吹，叶便开始落了。叶一遇到寒冷就跑了。尽管这些叶子也是靠着银杏长大的，可是它们毕竟一岁一枯荣，没有银杏的阅历和淡定。

银杏树不走，4000年一动不动，20个朝代的更迭中，一棵树仿佛是一部史志的一枚书签。银杏不走，银杏也不想走。

一个不能与土地长相厮守的生命，叫什么知音。既然相遇了，就相伴，即便是叶落光了，伸向天空的枝干依旧是银杏的宣言。

从银杏有力的枝干，我们明白了一个道理。对付冬天有两种办法。

人把自己穿得越来越多。银杏，把自己脱得越来越少。无欲则刚，无叶之后，银杏也刚。为了安慰树的孤独，一只鸟在树上飞来飞去，把自己伪装成一片叶子。

浮来峰、佛来峰、飞来峰，被唐朝的月光雕刻成三枚闲章。

五

美国专栏作家泰德·拉尔提出一个观点，将每个人的收入与工作分离，给每个公民提供足够的生活保障支票。如果这个提议实现了，将真正改变人们的生活。如果真有这样的一天，工作不再是为了生存，如果劳动真的成为一种快乐的自由选择，我将会选择在银杏的身旁。一棵、一棵、一亩、一亩地种植银杏，让银杏把整个世界淹没，也把我淹没。

因为我明白，如果我能给浮来山留下一片银杏树，绝对会比我留下的这些文字，对日照更有意义，对世界更有意义。

在五莲遇见苏轼

李本亭

从五莲山北面烟雨涧（水帘烟雨景区）步行上山，会发现有一尊宽袍大袖、峨冠长髯的石像位于山道之侧卧石之上，半躺半坐，双目微合，似乎陶醉于这山间旖旎的美景里。很多游人经过，便说："看，太白醉酒！"其实，诗仙李白何曾来过这里，那是北宋大文豪"坡仙"苏轼。

2002年夏，我来到五莲山风景名胜区工作后，便经常与这苏轼像相遇。有时行个注目礼便匆匆而过，有时也会在此小坐片刻，听山涧溪水淙淙，看天上云卷云舒，与先生共享这山间清风和清幽佳绝的景致。

五莲山风景名胜区位于日照市五莲县境内，辖五莲山、九仙山两景区，濒临黄海，历史上享有"海右独秀""奇秀不减雁荡"的美誉。"奇秀不减雁荡"一语，就出自苏轼的笔下：

    指点先凭采药翁，丹青化出大槐宫。

    眼明小阁浮烟翠，齿冷新诗嚼雪风。

    二华行看雄陕右，九仙今已压京东。

    此生的有寻山分，已觉温台落手中。

在这首题为《次韵周邠寄〈雁荡山图〉二首》的诗后，苏轼注曰："将赴河中，密迩太华。九仙在东武，奇秀不减雁荡也。"河中，即河中府，治所在今山西省永济市；东武，即东武县，汉代因境内有东武山故名，治所在今山东诸城市，宋代为密州所辖，九仙山当时即在密州境内。据《山东通志》载："汉明帝时，有九老日饮酒万寿峰下。一日，同化去。人称仙人。"九仙山因此而得名，万寿峰为九仙山主峰。

九仙山山水奇秀，但因僻在海隅，少有人知。苏轼于熙宁七年（1074年）自杭州通判调任密州知州（治所在诸城，今五莲县域当时在其辖区内），与友人诗中言道："南山有佳色，无人空自奇。"（《和段屯田荆林馆》）这南山，即为九仙山。

熙宁九年（1076年）九月，苏轼得到消息将自密州移知河中府，于此时收到友人乐清令周邠寄来的诗文和《雁荡山图》。雁荡山位于浙江乐清，以山水之奇秀负有盛名。苏轼知密州期间曾数次登临九仙山，以为九仙山水之奇与雁荡山各擅胜场，于是赋诗盛赞"九仙今已压京东""奇秀不减雁荡"。苏轼《次韵周邠寄〈雁荡山图〉二首》问世后，九仙山始名闻天下。可以说，苏轼的这首诗极大地提升了九仙山的知名度，给五莲的这片山水增添了厚重的文化底蕴。

而今，"奇秀不减雁荡"，已成为五莲山乃至五莲县的金字招牌。五莲山与九仙山隔壑并峙，五莲山原为九仙山之五朵峰。明万历三十年（1602年）西蜀高僧明开云游至此，见五峰参天如青莲绽放，喜曰："缘在是矣！"遂至京请旨建寺，明神宗敕赐山曰"五莲"、寺曰"光明"。从此，便有了五莲山。1947年五莲建县，便以五莲山而得名。五莲山源出九仙山，早在明清时期，就有众多的文人逸士将苏轼对九仙山"奇秀不减雁荡"的赞誉，同样用在五莲山之上。"奇秀不减雁荡"一语，频频出现于历史典籍和诗文之中：

其一，明嘉靖《青州府志》卷六："（诸城）县南八十里为九仙山，山有九峰，高耸摩空，奇秀不减雁荡山……其他石峰十有一，磐石十有八，俱巍而丽。子瞻诗'九仙今已压京东'是也。"

其二，《五莲山光明寺碑记》："五莲山在诸城南，旧名五朵，苏文忠所云'奇秀不减雁宕'，即其地也。"文忠，苏轼的谥号；雁宕，即雁荡。此碑文载于清康熙《五莲山志》，为明万历进士、天启初礼部尚书翁正春撰书。

其三，《莲山十景诗（序）》："东武有九仙，东坡题曰：'九仙奇秀不减雁荡'。其东为五朵峰，青嶂壁立，其峰有五。明神宗时，蜀僧心空住锡于此，敕建为寺，改名'五莲'。其高足金公复创大之，遂为海上名山。"《莲山十景诗》作者为丁耀亢，诸城人，明末清初小说家、戏剧家，《续金瓶梅》作者，著名的九仙诗人。

……

"奇秀不减雁荡"苏体榜书，早已镌刻在五莲山主入口处望海峰下的石壁之上，向人们昭示着这座山的文化高度，也吸引更多的人走进五莲，探寻苏轼与五莲的故事。眼下，许多知名景区不惜重金征集宣传口号、聘请形象代言。无疑，对五莲山乃至五莲县来说，"奇秀不减雁荡"，是万金难买的宣传口号；苏轼，是最具说服力的形象代言。

"前瞻马耳九仙山，碧连天，晚云间。"（苏轼《江城子·前瞻马耳九仙山》）。在五莲，不经意间就能走进苏轼的诗词意境里。五莲山、九仙山上到处是郁郁的赤松林，每当走过五莲山光明寺北的松风径，耳畔松涛阵阵，苏轼的"明月夜，短松冈"之句便浮上心头。

作为王安石变法的反对派，苏轼上疏请求至地方任职实属无奈。如果说一开始从京师开封到杭州只是繁华都市间的转场，那么从杭州转任密州，对苏轼来说就是不小的挑战了。

余自钱塘移守胶西，释舟楫之安，而服车马之劳；去雕墙之美，而蔽采椽之居；背湖山之观，而适桑麻之野。始至之日，岁比不登，盗贼满野，狱讼充斥；而斋厨索然，日食杞菊……

从苏轼的《超然台记》中，我们可以想见其在密州时期处境之艰难。这种巨大的落差，让诗人不由得发出了"何人劝我此间来""寂寞山城人老也"的叹息。政治上的失意、思想上的苦闷和生活上的巨大落差叠加在一起，可以想见那时节的苏轼，心里肯定是百味杂陈，难以言说。人往往都是这样，在自己最落寞无助的时候，首先想到的肯定是自己最重要的人。于是，已经逝去十年的结发妻子王弗便浮现在苏轼眼前。

熙宁八年（1075年）正月，一个春寒料峭的清晨，苏轼对爱妻的思念溢于笔端，一首"有声当彻天，有泪当彻泉"的悼亡词——《江城子·乙卯正月二十日夜记梦》诞生了：

十年生死两茫茫，不思量，自难忘。千里孤坟，无处话凄凉。纵使相逢应不识，尘满面，鬓如霜。

夜来幽梦忽还乡，小轩窗，正梳妆。相顾无言，惟有泪千行。料得年年肠断处，明月夜，短松冈。

至和元年（1054年），17岁的苏轼与年方15的王弗结婚。王弗贤德温淑，侍亲甚孝，是苏轼的贤内助。王弗在治平二年（1065年）卒于京师开封，葬于眉州东北彭山县安镇乡可龙里，距苏洵夫妇墓西北八步。王弗去世对苏轼是巨大的打击，成为其一生之痛。

"老翁山下玉渊回，手植青松三万栽。"（苏轼《送贾讷倅眉二首》）为纪念亡妻，苏轼在墓地所在的老翁山上栽植松树三万株。"三万栽"虽是虚指，但也可见苏轼在山上栽植松树规模之大。青松郁郁满山岗，寄托着浓浓的哀思。

悼亡词可谓字字血泪，表现了绵绵不尽的哀伤和思念。亡妻孤单一人葬于老家眉山，苏轼则四处漂泊流浪，刚年届四十已鬓白如霜，即使彼此相见，恐怕也是"相逢应不识""相顾无言,惟有泪千行"。苏轼与亡妻之间的情真意切、灵犀相通，跃然纸上，催人泪下。其深情，于悼亡词中可见一斑。

在五莲群山里，马耳山海拔最高，也最早出现在苏轼的笔下。熙宁七年（1074年）苏轼到达密州治所时已进入腊月，一场大雪让来自南方的诗人领略了北方的严寒，也就有了《雪后书北台壁二首》：

黄昏犹作雨纤纤，夜静无风势转严。

但觉衾裯如泼水，不知庭院已堆盐。

五更晓色来书幌，半夜寒声落画檐。

试扫北台看马耳，未随埋没有双尖。

马耳山主峰在今五莲县北侧许孟镇境内，海拔706米，因主峰二巨石并举，远望状如马耳而得名，山脊处有横亘绵延的齐长城。北魏郦道元《水经注》记载："马耳山，山高百丈，上有二石并举，望其马耳，故世取名焉"；"（马耳）山上有长城，西接岱山，东连琅琊巨海"。

马耳山奇峰竞秀，山石嶙峋，自古有名。唐开元年间，官秘书正字、史馆待制的萧颖士曾登临马耳山,写下了《游马耳山》一诗。诗云:"兹山表东服,远近瞻其名。"

在萧颖士之后,马耳山寂寞了三百年,直到苏轼来到密州。打开《五莲名山古文献集》,首篇为萧颖士的《游马耳山》,次篇即是苏轼的《雪后书北台壁二首》。"江山如有待,此意陶潜解",马耳山昂首静默,仿佛也在等候苏轼这位山水知音的到来。

"试扫北台看马耳,未随埋没有双尖",这句诗形象刻画出了马耳山的风骨。是否可以这样理解,苏轼的风骨,就如同峭拔兀立的马耳山。积雪虽厚,但埋没不了马耳山的双尖;打击虽多,却去除不了苏轼的忧国忧民之心;岁月虽久,也消磨不了苏轼的文学地位和不朽功业。当然,苏轼并非马耳山,而应当是泰山、喜马拉雅山。"高山仰止,景行行止",在人们心目中,苏轼,就是这样一座仰之弥高的大山。

熙宁九年(1076年)十一月,苏轼即将移任河中府。在作别密州的前夕,苏轼再度登上超然台,远望马耳山、九仙山,触景生情,挥笔写下《江城子·前瞻马耳九仙山》:

前瞻马耳九仙山,碧连天,晚云间。城上高台,真个是超然。莫使匆匆云雨散,今夜里,月婵娟。

小溪鸥鹭静联拳。去翩翩,点轻烟。人事凄凉,回首便他年。莫忘使君歌笑处,垂柳下,矮槐前。

九年后,元丰八年(1085年)十月,在赴任登州途中,苏轼回到了密州故地重游。登上超然台,阔别多年的马耳、九仙等山峦,再次映入苏轼眼眸中。时任密州知州霍翔在超然台上设宴招待,苏轼乘兴即席赋诗《再过超然台赠太守霍翔》:

昔饮雩泉别常山,天寒岁在龙蛇间。
山中儿童拍手笑,问我西去何当还。
十年不赴竹马约,扁舟独与渔蓑闲。
重来父老喜我在,扶挈老幼相遮攀。

……

超然置酒寻旧迹，尚有诗赋镌坚顽。

孤云落日在马耳，照耀金碧开烟鬟。

……

"孤云落日在马耳，照耀金碧开烟鬟"，这是诗人对马耳山最后的眷顾。这一刻，南望马耳山，云气出没，山峦缥缈，在夕阳照耀之下，岩石闪着金光，愈加秀丽不可方物。此日一别，山高水长，相会无期，但诗人对马耳山的眷顾，成了马耳山最厚重的文化底蕴，千载之下，依然闪耀着不可磨灭的光辉。

纵观苏轼一生，跌宕起伏，萍踪无定，是一个名副其实的漂泊者。青年时代离开家乡进京应试出仕，后因母丧与父丧两次返蜀，那条"难于上青天"的蜀道，苏轼走过三次。一生历典八州，其中时间最长的是杭州，为五年半；次之为密州、徐州，均为两年多；时间最短的是登州，到任五天便奉命调离；三度被贬，在黄州、惠州和儋州度过了长达十年的贬谪生涯；偶然途经或短暂停留的地方，更是不可胜数。"人生到处知何似，应似飞鸿踏雪泥。泥上偶然留指爪，鸿飞那复计东西。"（《和子由渑池怀旧》）这首苏轼年轻时的名诗，堪称其漂泊人生的最佳描述。

"此生的有寻山分"。苏轼一生或主动或被迫行万里路，在辗转跋涉中饱览山水名胜，他与这些山水相晤，以山水洗困顿，亦将山水铺纸作文章。他以审美的心境与山水对话，在不经意间留下了许多千古流芳的名胜古迹和诗词华章。

近日，读《苏轼十讲》（朱刚著），在"庐山访禅"一讲中看到苏轼于元丰七年（1084年）四月由黄州安置汝州途中去筠州（今江西高安）看望苏辙，给筠州新昌县留下古迹"来苏渡"的记述。书中载有明代瑞州（高安古称）知府、诗人陶履中的《来苏古渡记》：

海内之以"来苏"名其地者，实不一处。盖以眉山兄弟频罹迁谪，凡僻瘠遐荒之乡，足迹几遍也。嗟乎！当日之忌之者，惟恐其逐之不远，而后人之慕之者，惟恐其招之不来，不大可感哉！且在他处，每得其一先生见过，即诧为不朽胜迹……山灵幸之，况人群乎？……因记以俟千秋之问津者。

苏轼知密州二年，留下了超然台、盖公堂、雩泉亭、苏轼出猎处等胜迹和

"密州三曲"（出猎词、悼亡词、中秋词）等传世名篇。五莲有幸，亦得旷世文豪眷顾，不仅留下了《雪后书北台壁二首》《次韵周邠寄〈雁荡山图〉二首》《江城子·前瞻马耳九仙山》等吟咏五莲山水的多首诗词，还题书"白鹤楼"，让九仙山白鹤楼得以名垂千古。时至今日，白鹤楼虽仅存遗址，但苏轼题刻历经沧桑仍保存完好，成为五莲一座厚重的文化地标，彰显着这一地域的历史文脉。

"南有黄鹤楼，北有白鹤楼"。黄鹤楼名闻天下，白鹤楼却知者不多。有一次央视《正大综艺》栏目曾出题目："黄鹤楼在武汉，白鹤楼在哪里？"在场人面面相觑，无人应答。这时一位学者揭秘：白鹤楼在山东五莲县九仙山。

在九仙山东南麓丁家楼子村西的半山坡上，有一块长方形平整的磐石，巨石东侧竖刻"白鹤楼"三字，长宽各40厘米，楷书，字遒劲有力，上款已剥蚀，下款为"熙宁九年九月轼"，"轼"字已模糊难以辨识。据清光绪《诸城县志》记载，"白鹤楼"题刻为苏轼知密州时所书。另据《山东省五莲县地名志》（1990年版）记载："石东侧摩崖上距地8米处，有宋代苏轼题刻的'白鹤楼'三个大字，左方有跋一行'熙宁九年九月轼'。"在这块巨石南侧，横刻"白鹤楼"三字，上款"宋熙宁九年苏轼书于石东"，下款"明万历四十年丁耀斗摹此"。另据《苏轼年谱》（孔凡礼著）"苏轼密州系年"："本年，制砚洗，为九仙山之白鹤楼题字。"这都是苏轼题书"白鹤楼"的有力佐证。

"白鹤楼"题刻，是苏轼在五莲留下的唯一手迹，其珍贵程度不言而喻。苏轼一生坎坷，颠沛流离，似飞鸿白鹤萍踪无定。极有可能，苏轼写的"白鹤楼"中的白鹤，其实就是他自己。"苏轼何尝不是一只白鹤？他多情，喜欢一切美好之物。……他轻盈洁净的灵魂，他赤子般的一生，多像一只体态优美的白鹤，在中国历史文化的天空中翩跹。"（江子《日照寻鹤》）这只中国文化中优美至极的白鹤，因为他与密州的缘分，也与五莲结下了不解之缘。

白鹤楼始建于何年，已无从考证，从苏轼题刻来推断，当建于宋熙宁九年（1076年）以前。白鹤石上部平整，为一个30多平方米的平台，台面南侧有孔径约5厘米、等距离一线整齐排列的9个凿孔，东南侧有残余石墙基础。据有关专家考证，此即为白鹤楼遗址。那9个凿孔，应为当年安装栏杆、凭栏远眺之处。从遗存的建筑痕迹推断，当年的白鹤楼体量并不大，或为亭阁一类建筑。

千年时光衔枚疾走，白鹤已杳，玉楼早颓，只有幽人自来去。

苏轼去后，白鹤楼沉寂了五百多个春秋，直到明代万历年间，高士丁惟宁追寻苏轼遗迹来到这里。在这里，丁氏父子和白鹤结下了不解之缘，在白鹤楼下建起了闻名遐迩的全石建筑——"柱史丁公祠"（亦称丁公石祠），留下了一段脍炙人口的佳话，让秀丽的九仙山更加迷人。

丁惟宁，字汝安，又字养静，号少滨，别署少滨主人，学识淹贯，工诗文、善书法，历任清苑知县、四川道监察御史、湖广郧襄兵备副使等官职，是明朝嘉靖、万历年间一代鸿儒、著名清官。丁惟宁秉性耿介，为官清正，在湖广郧襄兵备副使任上因受上司诬陷无辜遭贬，拂衣归里，隐居于九仙山下。

也许是因了白鹤楼的缘故，丁惟宁选择了在这里隐居，背倚九仙山结茅，"昼憩树下，夜宿草庐，扶杖逍遥于烟水之间"。后来，就有了丁家楼子村，村里的丁姓人家，皆为其后代子孙。丁家楼子，即因白鹤楼而得名。遥想那时，白鹤楼应该还风采卓然。

隔壑并峙的五莲山、九仙山，如一道天然的屏障，又如伸开的两臂，将白鹤楼、丁公石祠和丁家楼子村拥在怀中。九仙山四季分明，春来杜鹃满山，径幽而香远；秋至草木斑斓，天高而水清。丁家楼子村北面的万寿峰、老母阁、梳洗峰、观音峰等山峰峭拔嶙峋，烟云缥缈。万寿峰状若巨佛，是九仙山的主峰，峰下有宋代古刹侔云寺遗址。丁公石祠位于丁家楼子村前，依山傍水，风水绝佳。当年丁惟宁选择此处避世隐居，既因为白鹤楼，也因了这方幽静秀丽的山水。

白鹤归华表，青山做主人。官场失意的丁惟宁在九仙山找到了自己的桃花源，避世隐居二十余年，终老于此。万历三十六年（1608年），丁公长子耀斗得知父亲有去世后长眠于此地之意，于是伐石作室，建石室三间，以石之坚固，以期长存于天地之间。两年后，又于石室前建石牌坊"仰止坊"。万历三十九年丁惟宁去世，丁耀斗兄弟迎丁公神主于石室之内，石室自此辟为祠堂。从此，丁公石祠与白鹤楼一起，成了这方土地独特的文化符号。

"独发千里瞻依在，遥看云头鹤往还。"（丁惟宁《山中即事》）在丁惟宁的诗文中，多次出现"鹤"的踪迹。丁公祠中的明代碑刻诗文，也一再将丁惟宁比拟为《搜神后记》（陶渊明著）中化鹤归来的"丁令威"，或为与白鹤为友的世外高人。

唐文焕："白鹤归华表，青山做主人。"

徐升："令威翩翩一柱史，早薄荣名谢天子。"

王化贞："仙人乘鹤五云中，华表归来憩此宫。"

王稚登："昼眠梦晤安期语，翘首澹洲鹤使逢。"

吕一奏："花间鸟语连云落，天外鹤鸣带月还。"

张献之："来时如月去如烟，白鹤玄芝常作友。"

钱允汜："我欲吹箫乘鹤去，相期黄石白云间。"

……

追根溯源，白鹤楼，是这一切的源头。

高洁的白鹤，成了高士丁惟宁的化身，连同他的儿子，也与白鹤难解难分。丁耀斗，丁惟宁的长子，号白鹤楼居士，摹写了苏轼"白鹤楼"题刻；丁耀亢，丁惟宁的第五子，号野鹤，又号紫阳道人、木鸡道人，是著作等身的九仙诗人、著名文学家，《续金瓶梅》作者。2000年以来，据众多专家学者考证，明代四大奇书之首的《金瓶梅》是丁氏父子三代人的心血结晶，而主要撰写人则是丁惟宁化名的"兰陵笑笑生"。抛开这个话题不说，丁氏父子三代皆"鹤"缘深厚，足以令人叹为观止。

"《金瓶梅》作者丁惟宁说"一出，就引起国内金学界的广泛关注，得到王汝梅、王平等"金学"家和众多学者的赞同。2013年5月，第九届国际《金瓶梅》学术研讨会在五莲县召开，海内外学者130多人考察了九仙山白鹤楼遗址和丁公石祠，对"《金瓶梅》作者丁惟宁说"进行了研讨论证。作为组织者之一，我全程筹备、参与了会议，其间与中国《金瓶梅》研究会（筹）会长黄霖、副会长吴敢、王平和王汝梅、何香久等专家学者有了较为深入的接触交流，并参编了《金瓶梅与五莲》一书。在陪同专家学者考察九仙山白鹤楼和丁公石祠的过程中，我加深了对白鹤楼和丁公祠的认识，也深为自己的家乡有如此秀丽的景区和深厚的文化底蕴而自豪。

苏轼题书白鹤楼后，九仙山白鹤楼即声名远扬，历代文人墨客纷至沓来游览这一胜景，留下了许多吟咏白鹤楼的诗词佳句，著名的有明代九仙诗人王乘箓的《雨后登白鹤楼》，明万历进士、诸城名士王化贞题刻在白鹤楼山腰石壁上的《题白鹤楼》，以及明代诗人王开基的《留别白鹤楼》。

《雨后登白鹤楼》

王乘箓

岚结千峰霁，秋疏万木空。

龙腥山雨后，蜃气海云中。

倚剑岩高峙，奔雷壑递通。

鹤楼迥自出，吟啸天下风。

《题白鹤楼》

王化贞

四围山色碧嶙峋，树掩平台万绿匀。

麈尾一挥云尽散，此身已觉近星辰。

兴来不惜醉如泥，笑把山人铁笛吹。

我说是仙君不信，谁能海上觅村归。

《留别白鹤楼》

王开基

疏林黄叶澹斜晖，一夜西风促客归。

流水自随出山去，闲云不肯过溪飞。

藤思系马横拖径，石解留人暗挂衣。

无数峰峦齐拱揖，回头那得不依依。

从明代文人题刻、诗文等历史记载可以得知，白鹤楼当初是存有建筑的，究竟毁于何时，未见史料记载，令人叹惋。近年来，众多学者提出多种说法，以房文斋先生（已故）考证较为翔实。

房文斋，青岛即墨人，潍坊学院教授、作家，著有长篇小说《郑板桥》《辛弃疾》《仰止坊》《金瓶梅传奇》等，退休在九仙山下筑书屋"不厌斋"，对九仙山历史文化做了很多有价值的研究。2010年前后，笔者曾陪同近八十高龄的房教授多次登临九仙山寻觅苏轼遗迹，对"白鹤楼"等石刻反复探寻、考证，并在白鹤楼遗址西北百余米处一石洞顶上，发现了丁耀亢题书"乐山者寿"，诚为一大快事。在《揭秘九仙山白鹤楼》（载于《神州》2010年第6期）一文中，房文斋将白鹤楼"失踪"之谜，归于清初的郯城大地震，此说已成研究者共识。

据乾隆《诸城县志·总纪》记载："地震，声如迅雷。城郭庐舍尽坏，压死二千七百余人。地裂涌黑沙水，与树杪齐。震动数月不止。旋，大雨暴风，田禾覆没。"史载，康熙七年六月十七日（1668年7月25日），山东省南部的郯城县发生了8.5级地震，郯城、临沂和莒县一带受灾最为严重，造成约5万余人死亡，破坏面积涉及方圆近千平方公里。此次地震，历史上称为"郯城大地震"。五莲山区亦受灾严重，诗人丁耀亢在《自橡山入九仙山崩塞路峰石多裂同诸僧露宿山顶》诗中，对这次大地震作了真实的记录：

　　　　石壁纷如剪，灵峰势若翻。
　　　　阳鸟藏黑海，阴火战空原。
　　　　崖覆楼将坠，泉枯水亦浑。
　　　　地车鸣未已，三徙度朝昏。

石壁破碎，山峰翻倒，崖覆楼坠，泉枯水浑。这场大地震对建筑物的损毁达到了惊人的程度，据史料记载，莒县境内"官民房屋、学署、寺庙、监库、牌坊、城垣俱倒，周围百余里无一存屋"，位于山崖之上的白鹤楼也难幸免。实地考察发现，白鹤楼遗址附近山谷中遍布滚落的大大小小的石头，山坡上方亦有断裂倾覆的巨石，皆为地震遗迹。而在白鹤楼以东300米外的丁公石祠之所以完好无损，一来是远离山根，未被滚落的巨石砸到；二来是由于丁氏父子有远见，祠堂通体由巨石砌成，坚固异常，故幸免于难。

值得一提的是，在白鹤楼石刻上方石壁和北侧山涧卧石上，还有两处石刻，分别为"第一山"和"留月"。"第一山"石刻未见记载；"留月"石刻据清道光《诸城县续志》记载："石刻'留月'二字亦类苏书"。

这两处石刻是否为苏轼手迹，历来众说纷纭，莫衷一是。这和《金瓶梅》作者之谜一样，吸引着众多研究者和游人纷至沓来寻幽探秘，陶醉在这山光水色里。昔日僻在一隅的丁家楼子村，如今也成了历史文化古村落和网红打卡地，正在上演从乡村旅游走向乡村振兴的故事。

年少时在诗词里与苏轼相遇，喜欢他"会挽雕弓如满月，西北望，射天狼"，"大江东去，浪淘尽，千古风流人物"的豪放；成年后，喜欢他"但愿人长久，千里共婵娟"的深情与"且将新火试新茶，诗酒趁年华"的有趣；后来，在五莲山遇见苏轼，日子久了，更加喜欢他的"一蓑烟雨任平生""此心安处是吾乡"，也渐渐读懂了他豁达、乐观的精神内核。仕途的坎坷、生活的困苦都无法将苏轼打败，命运给了他无边的黑暗，他就把自己活成了光。

在四川眉山三苏祠博物馆，有一方镌刻着"守其初心"四个大字的刻石，"守其初心，始终不变"出自苏轼元祐六年（1091年）五月所写的《杭州召还乞郡状》。"去民之患，如除腹心之疾"，"苟非吾之所有，虽一毫而莫取"……追溯旷世文豪的人生轨迹，虽颠沛流离，饱经坎坷，但他为国为民的初心始终不改。

"一滴水可以见太阳，一个三苏祠可以看出我们中华文化的博大精深。我们说要坚定文化自信，中国有'三苏'，这就是一个重要例证。"2022年6月8日，习近平总书记视察眉山三苏祠时的重要讲话，唤起了深深积淀在民族记忆中的文化认同，也给予了"苏轼与五莲"研究以新的启迪。赓续历史文脉，谱写新时代华章，正当其时。

莲山秀色行将满，千古犹记颂子瞻。何其有幸，五莲的山水得到一代文豪的垂青。在五莲，不管是五莲山、九仙山上的"奇秀不减雁荡""白鹤楼"石刻，烟雨涧中的苏轼像，与苏轼有关的文创作品，还是九仙山下飞天宾馆的东坡肉，不经意间，你就会与苏轼相遇。苏轼与五莲，犹如一本厚重的大书，常读常新，在新时代锦绣五莲的大地上，散发出愈加璀璨夺目的光芒。

山中的"即兴判断"

赵方新

第一次到五莲，没想到五莲这么多山，没想到五莲的山这么耐看，更没想到还会在五莲的山中遇到一位熟人。

今年夏初，我正在日照采访，那里有个采风活动，最后一站去五莲县，我搭上了"末班车"。当时心里说，有什么好看的，莲花这时候也不开呀。

车窗外渐渐描出山的影子，三绕两绕，就钻进了山的肚子。山名九仙山。进山却需要先登船。一涧绿玉般温润亲切的水，着实赏心悦目，同行的朋友们纷纷凭窗眺望，惊叹这里竟藏着一方绝美的山水。

我走到船尾的平台上，吹着飒飒的风，看着游船拖曳出的雪浪花，听着脆生生的水声，真乃平生一大快事也。最醉人的还是这水色，翡翠一般，绿得深沉，又绿得灵动，仿佛这绿色是山水攒了亿万年的心里话，要在此刻对着懂她的人儿一股脑儿地倾吐出来。我侧目向着船行的方向看去，这绿涧很是绵长，曲折有致，一眼望不到头。再仰观两侧青山，林木蓊郁，犹如两面巨大的屏风，但它的绿色也不是单一的，深的，浅的；浓的，淡的；老的，嫩的；亮的，暗的。那么自然融为一体，你中有我，我中有你，即使是画家的笔再灵巧，恐怕也难为一二。我忽然憬悟：原来这一涧美水的墨绿，真的是大自然的妙手调和了山色的驳杂与水色的清纯而成的神品。

继续往里"钻"，愈走愈觉奇幽，仿若进了苍山老林。当年苏东坡做密州知州时，甚是钟情于此地的山光水色，写下了"前瞻马耳九仙山，碧连天，晚云间"的词句，多年后他仍念念不忘，对友人赞曰"奇秀不减雁荡"。马耳山也是五莲的山，此外尚有野虎山、大青山、珠宝山等。说五莲是海畔山国，应该没人反对吧。

突然眼前出现一座不很高的山峰，状似一朵含苞欲放的"花骨朵儿"，几瓣峭拔的"花瓣"都是整块的巨石。亿万年来它就这样含羞待绽，像是在等着什么。山脚下是一些灌木丛。忽听到有人在"栓儿——栓儿——"地呼唤。知情者告诉我，这里有二三十只野生猴，最著名的一只叫"栓儿"。果然没多久，一只只大大小小的猴子出现在小山脚下的草坪上，我的直觉是，它们就是从那个"花骨朵儿"里蹦出来的。有的自顾自地玩耍，有的径直跑到路上向游客讨要食品。

沿着苍松翠柏掩映的山径前行不远，一座石牌坊当路而立，上书"孙膑书院"。咦，怎么还遇见老熟人了？我便格外有兴趣地加快了脚步。

孙膑在我少年时是一个"神一般的存在"。应该是在《东周列国志》的小人书上，首先读到他的故事，当时给我的震撼太大了。一个没见过世面的乡村少年，每天憧憬着像传奇英雄一样风光一把，突然邂逅这么一位"残损的英雄"，一下就被他身上的悲剧色彩折服了，也隐约认识到英雄的无奈和苦处，英雄在命运面前也是无力的。小小深刻了一把。孙膑功成名就后去了哪里，一直是我心里的一个谜，——原来隐居到这里了。真有种跟多年失联的朋友又接上头的欣喜。

孙膑书院建在半山腰，前面是一个由极其陡峭的几十级台阶铺成的坡面，爬起来相当费劲。太简陋了，只是一排石房子，塑着孙膑的半身像，衣饰很朴素，甚至有点寒碜，两边的对联写着"围魏救赵千古高手，减灶添兵万世宗师"，横批"兵圣孙膑"，写得着实不算高明。香案左侧还摆着一幅孙膑坐在车子上的画像，旁书"天台山教主孙膑祖师"，真是恕我无知，竟不知故人已位列仙班了。

孙膑书院始创于何代，无考，现在的规制是近年复建的。徜徉在石屋前的平台上，一些关于孙膑的意念，像水底鱼儿吐出的泡泡儿，浮了出来。

孙膑来历不明，史迁公仅说"膑生阿、鄄之间，膑亦孙武之后世子孙也"，更多的早期情况是模糊的。他与庞涓一起习学兵法，照常规推断，他是想在乱世中有一番大作为的。建功立业，几乎是每个青年人的梦，这梦就像一座山稳稳地屹立在孙膑心间，日日仰观，心驰神往。这座山上，草木清华，最芬芳的花儿叫友谊。可以想见，他跟庞涓朝共砚，夕抵足，结下了不一般的情谊。庞涓到魏国后，邀他去"共谋富贵"。孙膑欣然前往，他以为这是他人生逆袭的开始，殊不知这是他人生至暗时刻的开启。接下来故事里，友情稀碎，阴谋凶悍，孙膑受了庞涓的"膑刑"——一种剔掉膝盖骨的酷刑。"膑"，一个生僻字，因为一个人的噩运而显耀了。他心头的那座山，轰然倒塌在人性黑暗的莽原。在牢狱般暗无天日的日子里，仇恨的山海拔渐升。后面的剧本，孙膑成了主角，直至他精心策划马陵之战，逼得庞涓智穷自刎。我大胆地推想，当他看到昔日兄弟横尸疆场时，心头掠过的不一定是复仇后的快感，很可能是一阵阵苍凉，是一阵阵茫然。此后他从齐国的朝堂隐退。退到了哪里，正史上没说，是不是九仙山，也没有确凿的证据，但九仙山上的孙膑书院，至少为我们提供了一个线索——或许他真的入此山来了。

说实话，清幽奇丽的九仙山确实是修行的好去处，我倒真希望他来到这里，对此青山绿水，宁静内心的波涛，平复精神的创痕。九仙山仪态丰饶，是很有治愈性的，不出意外的话，孙膑在这里寻到了真正属于自己的一座山，一座回归内心的性灵之山。这座山，葱郁着自由旷达的草木，流荡着圆融无碍的生命的岚霭。这也是我们每个人值得拥有的一座山。

中国人登山临水，并非单纯为了看风景，更多的是为了体悟风景背后的那个神秘的"道"，为了与山水形成精神的互动。这是文化传统使然，早已深深烙入我们的基因中。

或许，关于孙膑的联想，只是我的一厢情愿，只是我在九仙山里的"即兴判断"。

到日照去看海

牟海静

一

蓝色的水波动荡不安，不知深不可测的海水下面正在酝酿一场怎样的暴动。海浪一波又一波地翻滚过来。在远处，它不露行色，渐渐地近了，它变成一条银线，再近些，银线越滚越粗，你瞪大了双眼，期望分辨清它的纹理，它却摇身一变，成了浪花朵朵，迎着阳光，雪亮雪亮的，来到了你的脚边。你不忍心让凡俗的肉身碰触这些精灵们，你急忙躲闪，然，哪里躲得开？只能任它们碰触到你，亲吻到你，随性地包围了你的脚踝。你还未来得及欢呼、感慨，脚下的流沙已经在提示你，这些精灵们已经开始从你脚边退去。

随后，新的一波浪花又至……

它们这样无止息地涌动，到底是为了什么？

二

我此行到日照，直奔海滨国家森林公园。进了公园，便直奔海边，只为一睹黄海的尊容。事实证明，在此看海，感受海，的确是不二选择。

海潮渐渐退去了，湿漉漉的沙滩越来越宽阔，这可高兴坏了赶海的人们。提着小水桶，拿着小铲子，纷纷冲过去，恨不得一下子冲到大海的纵深处。蹲着，坐着，都希望能抠到几个小螃蟹、找到几个小海螺什么的。一只海蜇被留在了沙滩上，一大群人一拥而上，随后是一阵惊呼。但他们并不敢用手直接去拿活着的海蜇，而是站在那里，指指画画，有人收拢了手中的遮阳伞，用伞柄小心地去戳它。不一会儿，我看到海蜇被他们"五马分尸"，成为他们小水桶中的"猎物"。海滩上，有一个地方较洼，形成了一小片"水塘"，"水塘"里的小鱼儿成群结队的，几个小孩子攥着纱网捞鱼，动作可爱，笑声清脆，那些小鱼却四处逃窜，处处"碰壁"，怎么也逃不出那片"水塘"。

　　太阳当头照，天空中没有一丝云影。沙滩上，太阳伞和帐篷越来越多，扩展的范围也越来越大。我和朋友选择了靠近岸边的一处干沙滩，也支起了帐篷，吃点东西，再躺下休息休息，享受被海风吹拂的惬意。

　　这个公园是日照非常有名的景点，我们在此逗留半日，好好体验了"海滨"之乐，也总得照顾一下"海滨国家森林公园"中"森林"二字的感受吧。

　　于是，我向岸上走去。那些在树底下支帐篷的人们，在树荫下席地而坐看海的人们，也都不亦乐乎。森林小火车乘坐起来甚是方便，游客就在海水浴场旁边候车，坐上小火车围着公园转一大圈，虽是走马观花，但却能让大家花较少的时间就能了解森林的概况。这时代，很多事都讲究效率；有些老人、孩子来玩，走不了那么远，坐小火车，也省体力。20世纪五六十年代，为了防风栽种的黑松、刺槐等树木，现在已然蔚为壮观。公园里还有"情人岛"，环境也很优美，木桥雅致，秀竹苍翠，荷塘秀丽。好大一片荷塘！不知是海水还是淡水养活了这些碧叶红花。

　　逛完森林，我们又回到海边，望着翻滚的浪花，朋友忽然感叹："这拥有森林又靠近大海的公园，就是别有一番韵味啊！背靠森林看大海，一生又能有几回呢！"

　　人生不过百年，和大海相比，短暂得可怕，快乐要自寻，海边消夏便很怡人。我已是不惑之年，在人生旅途上还能走多久，我能估个大概。然而，海浪是从什么时候开始涌起的？什么时候结束？我怎么也想不出。

三

临街开放式的第三海水浴场则呈现出另一番景象。

人比浪花还多，人声比涛声还高。在这个浴场下海的人很多，男女老幼，可着劲儿地在海里欢腾。游泳的、说笑的、打水仗的、拍照的；捡贝壳的，捡鹅卵石的，捡海菜的；坐在水里的，躺在沙滩上的，挖沙子筑城堡的，用沙子埋起身子只露出脑袋的；凡所应有，无所不有。

我特别留意一个小男孩儿。他一个人和海浪嬉戏，光溜溜的，黑泥鳅一样。一会儿，他又斜坐在沙滩上，海水很浅，刚没过他的屁股和大腿。海浪来了，他便用两臂支起身子，迎着海浪向前一扑，像是在和那些顽皮的浪花做游戏，又像是要抓住那些雪白的小精灵。海浪退去了，他便坐下。海浪再来，他又重复同样的动作，乐此不疲。小男孩儿四五岁的样子，身边没有其他人，他独自和浪花玩了好长一段时间。我看得出了神。他岂不就是个小小的"弄潮儿"吗？真希望他将来能成为这个时代真正的弄潮儿。我已步入中年，这个新时代的发展需要一代新人。

"海水无风时，波涛安悠悠。"白居易有诗云。海浪依旧一波又一波地涌来，不大也不小，不急也不缓。不同的是，这是下午涨潮。我坐在岸上一边和朋友聊天，一边看海潮、看人潮，起初没觉出什么来。过了许久，当我偶然发现原本万里无云的天空不知什么时候点缀上了几朵白云时，再低头看海，海水离岸边已仅剩几步的距离。人们活动的地盘被迫缩小了很多，沙滩上显得格外拥挤。又过了一会儿，海水已经漫过沙滩，抵达石砌的岸边。许多人也随之转移到了岸上，岸边人头攒动，比刚才海滩上拥挤得多。

街上依旧车来车往，停车场依旧满满当当。依旧有刚换上游泳衣的人，挟着游泳圈儿，牵着孩子的手，直奔海边而来。这些来自全国各地的朋友们，操着不同的方言来到日照，只为了同一个目标，那就是看海，亲近海。

日照海滨，到底有怎样的魔力？除了欢愉，日照海滨一定还能赋予这些人什么。这么多孩子，将来都会成为拥挤的人群中的弄潮儿吗？

四

观察，寻觅，思索。再观察，再寻觅，再思索。生命中本来就少不了这样一个又一个循环往复的过程。生命中，总有一座灯塔在指引我们，驶出茫茫黑夜，到达希冀的彼岸。

石臼灯塔耸立在黄海岸边，指引着日照近海及进出日照港的船舶，也吸引着我这个远道而来的文艺女子。停下车，我看到灯塔周边远远近近的观瞻者络绎不绝，我混迹其中，挪移着脚步。灯塔高大挺拔，在苍茫无际的海上，丈量着海与天之间的距离。遗憾的是我到达此风景区时恰是白天，未能亲眼见到灯塔夜晚的辉耀。不过，我能想象得出，在万籁俱寂的深夜，它闪射出怎样的光芒，怎样指引了那些找不到方向的船只，怎样点燃了那些茫然之人的双眸。

灯塔南侧的浪涛看起来更猛烈，是因为重新燃起的奋进激情，还是因为岸边矗立的那些礁石？浪涛汹涌，呼啸而来，直冲向礁石，瞬间翻卷起几丈高的浪花。礁石依然沉默，且面无表情。浪涛继续冲过来，每一波都毫不示弱。

浪涛与礁石如此对峙，要持续到什么时候？

远处，蓝色的海面上，白帆点点。几只海鸥悠然地亮出优美的身姿。

五

我站在海边，久久地挪不动脚步，任凭海风撩起我的长发，任凭飞溅的浪花打湿我的衣裙……

哦，对了，是永恒！

波浪永无休止的澎湃是一种永恒！它们应该在人类出现以前，就如此澎湃了。不！甚至更早。亿万年了！它们一直这样不知疲倦地澎湃着……

潮涨潮落也是一种永恒。只要月球的吸引力在，潮涨潮落就在。生生不息啊！人类繁衍，也是。一代一代，无穷尽！

海潮来了，人们就退缩到一隅；海潮退了，人们就尽可能前进，去触摸大海深处的气息。此消彼长，维持着一种平衡，这也是一种永恒啊！万物一理。

对峙也是一种永恒。历朝历代，是与非，黑与白，多少事情说不清，但时代更替，人类依旧长足发展。动物界的争斗与厮杀，自然界的优胜劣汰，层出不穷的对峙也比比皆是，然而，生物的进化，大家有目共睹，在一种永恒的对峙中保持着生态平衡。

……

我站在沙滩上，又一波海浪涌来，滚到我脚边，紧接着退去。我感觉脚下的流沙在飞快地流走，流走……倏地，我感到只剩下前脚掌着地了。我就像站在了悬崖边儿上，身体微晃，双腿欲倾，我跌进了时空的漩涡，跌进了时间的流里……

石臼所看海

徐明祥

海潮奔腾，海歌雄放。天地都汇成大海，无边无际浩渺伸展……

"我们看海去——"

电影《城南旧事》中小姑娘天真的童音回荡起来，余音袅袅，不绝如缕。

黄海之滨的日照石臼所。北倚丝山，南傍奎山，恰如平放的笔架，中柱峰楔入海中，形成岬角。为抵御倭寇骚扰，明代于安东设卫，统辖军队五六千人，卫下设所，石臼属于安东卫的所，故称石臼所。

海很大很大，从来没有见过这么大的水面。傻话，海能不大吗？伫立岸边锥臼形的岩穴上，我没有像别人那样惊叫欢呼，手舞足蹈，而是出乎意料的平静，呆立着，甚至有点不好意思。19岁的大学生，第一次见海。

阳光灿烂。海鸥翔空，渔帆逐浪。浩渺无际，天水一色。我仿佛看到了天地凝结、水天相接的汇合处——那恢宏阔大、辽远深邃的地平线。屏住呼吸，接受着宇宙神秘的启示，被一种无形而又不可抗拒的力量推动，怀着与永恒融为一体的期待，眼光捕捉到一叶红色的三角帆，它渐渐浓缩为一个句号，消失了。

顿然醒悟，一个猛子投身波涛，与蓝滢滢醉人的海拥为一体。它不太友好，吻我一嘴腥咸，刚露出脑袋，抹一把脸，吹一口气，一排排浪头又毫不客气地压了过来，逆风，向远方，到中流击水，凌驾浪峰之巅，跌落波谷之内……啊！一首弄潮儿的歌。

遥望浅水中套着救生圈的"旱鸭子"，只能爱怜地祝福："好好练吧。"离岸愈远，海愈纯净、平静，那纯净、平静不能不令你想到少女的恬静温柔。仰泳，我就像躺在一片铺展开来的天鹅绒上，可天鹅绒又缺乏海韵……我有点乏，真想就这么舒心惬意地永远躺着，在这海的摇篮里，进入梦乡……

一屁股坐在海滩上。沙，如面，如粉；松软，细腻。侧着，跪着，仰着……浪花飞溅，抢镜头；五彩缤纷，捡贝壳；那鹅卵石也真讨人喜欢，像玉，像鸟，像山，像国画；礁石有如伏虎，有似斗狮，非大自然之鬼斧神工莫能为之。眺望远处那道约三四里长的由礁石组成的"天然栈桥"，潮涨潮落，时隐时现，我拍手叫绝，得意之余忘形，腿被划破，海水一浸，倒也疼得痛快，淋漓尽致，真是美得疼，疼得美！不知这几滴血可否染红一片贝壳、一块石子？

嬉笑打闹，撒娇耍赖，可以尽情。女孩子也不必顾忌，绝没有人来指责你笑时口型太大、眉毛要飞，你可以放肆地把压抑在心的磁带上的笑声统播放出来，海是你的听众啊！弯下腰，不要怕被潮水推倒，双手斜插进水底沙里，慢慢向前游动，你或许会觉得手指被什么夹住，惊慌中一甩手，一个大螃蟹！好，竟然还甩不掉，不由得叫唤起来，大家哈哈大笑，几只勇敢的手伸去，于是你脸上还挂着泪珠就笑了。回头一看，刚扔到海滩上的那只狡猾的螃蟹又不见了。一串串笑声溅起一簇簇雪白的浪花。

天暗，人渐少。抖落满身水珠，躺下，闭目，一只耳朵埋进沙里，听潮。此时此刻，"悠然心会，妙处难与君说"，人间哪会有什么烦恼？仆仆风尘，沉沉疲劳，一丝惆怅，几缕思绪，等等一切，鬼才知道为什么荡然无存。什么也不想，但好像比什么时候想得都深，但的的确确我没想。中国书画不是讲究一种空白艺术吗？抑或此乃大海赋予我的"空白"思维吧。

我的胸怀被无比深沉、壮阔的力量强烈地震撼着。

定睛一看，已是渔火点点。只一会儿工夫，狂风骤起，暴雨如注，雷电交加，天海相搏，好一个水的世界，疯狂的人间！惊涛骇浪无情地拍打着海岸，隆隆作响，似乎要把它撞得粉身碎骨。我想赋一首大海的诗，又尽在不言中，湿漉漉的太阳帽被扔到一边。我双臂抱在胸前，叉腿而立，任雨水浇，任潮水击，凝视着这一度温柔的海和那艘十万吨位的远航巨轮……别的不复记得了。

石臼所好友来信，书趣闻一则。言不久前一个暴风雨之夜，一位老渔民发现海边有个年纪轻轻的疯子，痴痴地站在海边，想拉他回去没拉动，天快亮时风平浪静，却又不见了。

老渔民的孙子却说那是一尊海神赐予的雕像，如何拉得动。也有人笑话祖孙俩大惊小怪，分明看花了眼，哪里有什么疯子、雕像。

那一缕暖暖的艾香

王力丽

七月,大暑小暑,上蒸下煮,热得一句话不想多说,赶紧驱车去日照,预订了海边的艾源小院。

小院不大,陈设了一些老物件,旧窗棂,黑泥罐,老树根以及过去打鱼用的玻璃浮子、抓八爪鱼的小罐子。院中的角角落落,布满了花花草草,紫色、粉蓝的绣球,黄色的菊花,红粉的月季,蓝青的蓝雪花,一串串开粉白花的黄精。一面墙下,是蓬勃健硕的艾草,小美笑着说:"小院,用艾叶水消毒了,别担心蚊子。"怪不得,小院有一种淡淡的药香味。

小美是小院的主人,中等个头,素花连衣裙,红扑扑的脸,满眼的笑意。

小美说,她喜欢有年代感的物件,婆婆家的旧木箱,奶奶辈常用的老瓷碗,村里三婶家的茶缸子、瓦罐子,她叔家准备烧柴的老松木,这些都有着生活的痕迹、人情世故。她说,公公生前看她喜欢这些,没少帮她淘。小美自己也找。在海边,一个拾荒人拖着一截老榆树根,她赶紧去讨要,回送了一箱牛奶和水果。

正说着,外面有人喊小美:"你叔那腿,让艾条燎了燎,不那么疼了,让我再来买两根。"小美急忙迎上前:"婶子,不用买,我给你拿两根。"

小美风风火火地忙前忙后,一会儿工夫,整了一桌子,"来海边就吃海鲜。"小美指着桌上的花蛤,"昨天退潮捡的。"又指着一拃来长的炸小鱼,"渔船捞的，这儿叫晃鱼，可鲜呢。"还有扇贝炒丝瓜，清蒸海蛎子和大仙，大仙就是海蛏子，个大体肥，壳薄味美，是日照海产四珍之一。小美指着一大盘辣椒黄瓜凉拌虾皮问我，知道虾皮怎么来的吗？她翻出手机让我看视频："日照毛虾，是渔民在海里踩着高跷、推着渔网捕获的，这种捕虾方法，已经申请非遗项目了。"

"我让你们尝尝日照特有的，你们绝对没有吃过的海蛳子面（当地也叫海沙子面）。"小美神秘兮兮地笑着。海蛳子，是一种叫樱蛤的、贝壳脆薄的蛤类，比小拇指盖还小，无从吐壳。日照人将它们整锅煮开，用笊篱轻轻一压，撇掉壳，留下肉和汤煮面条，这可是浓缩的鲜味炸弹。

"我手艺不好，你们别嫌乎。"忙活一身汗的小美，边说着边把一锅面端进屋，又转过来悄悄给我说，晚上来露台拉呱。

等火一样的太阳落山，四周便有了带咸味的海水气息。小美早早点上晒干的艾草，放在屋顶露台的搪瓷盆里。袅袅的青烟，弥漫着艾香。紫藤和凌霄花爬满了露台四周的栏杆，繁星点缀着夜空。我俩喝着茶，有一句没一句地闲聊着。

"我不是日照人。"小美突然说了一句。原来小美老家在莱芜山村，那座山叫艾山。"山上是不是有铺天盖地的艾草？"我想当然地插了一嘴。"当然有，也有很多的花花草草。我一直跟着奶奶生活，奶奶会一点医术，经常会用草药给村里人治病，从不收钱。端午节太阳没出来之前，奶奶割艾草，挂在门框、门边，一可以辟邪，二可以做艾条。谁磕着碰着，奶奶就用艾叶放上红糖水，打个荷包蛋，我可没少吃。"

我想象着一个精瘦且精力充沛的老人，健步走在郁郁葱葱的山间。小美像自由的小鸟在奶奶身边飞来飞去，在风中、在太阳下和林间。奶奶一边采着药，一边教给小美，艾草、蒲公英、苍耳、紫花地丁等名字。小美摘一朵蒲公英，吹一口气，白色的绒毛晃晃悠悠地飞上了天。它们结伴去亲戚家了吗？调皮的苍耳赖在了小美身上，好说歹说不下来。奶奶划拉着小美身上的苍耳，顺便叨叨，这个草治拉肚子，那个药消肿消炎。抱着一大捧艾草的小美有着最鲜嫩清新的"少艾"之美，像一株生机盎然的植物。想起《诗经·王风·采葛》里的

"彼采艾兮，一日不见，如三岁兮。"奶奶在那边是有位的人，做了一辈子好事，活到 88 岁，寿终正寝。

小美从小跟着奶奶下地、爬山，走街串巷为村里人治病。她不明白，为什么生长在山里的普通野草，在奶奶手里搓一搓、煮一煮，就会让疼得嗷嗷叫的大男人闭了嘴。奶奶因为常用艾草治病，大家都喊她艾奶奶。奶奶缝的小荷包，里面包着艾叶，像三角形的小粽子一样。据说村里的小娃娃戴上它能辟邪祈福。后来小美有了孩子，也学着奶奶的样子，做小荷包，送给周围的孩子。不同的生命走在同一条路，是一种递延的生生不息。那是奶奶的"艾"在流传，也是奶奶的爱在绵延。

大学毕业后的小美离开了艾山，来到济南打拼，开始并不顺利。后来，她遇到了一个家是日照的、能托付一辈子的男人。小美告诉我："冥冥中好像是上天早已安排好了似的。"小美神秘兮兮地说，"我一直有个梦想，就想住在海边。"

"每次命运的转角，我觉得奶奶都在暗中帮我、支持我。"小美看向我说。创业时赶上疫情，小美想到了奶奶常用的艾草，决定就做艾条营生。遇上钱不够、有困难的渔民，小美就送给他们。艾条就是艾叶晒干捣碎得的"艾绒"做的。她赶早市卖，出路边摊卖。小美还教授艾灸的方法，并送上"人体经络穴位图"。"这个艾条救了我们全家。""是不是奶奶在悄悄看着我，提示我做这个艾条？"小美略带迷茫地问我。

噢，我有点明白为什么叫"艾源小院"，艾是源头，也是爱的源头，奶奶爱她的小美，并没有走远。

小美有了自己的门头小店。她做真正的传统艾条，识货的顾客越来越多，还有韩国的客商来进货。小美不想把所有的时间用在生意上，她说："我来日照，是陪伴家人的，我想多一些时间，做些我喜欢的事。"她指着楼下的小院说，"屋里、院里的那些画都是我画的，画得不好。"刚来的第一天，我就注意到那些油画，《蓝天下风平浪静的海》《波浪上的一条小船》《沙滩上挖蛤的小女孩》，一系列和海有关的油画。

随着旅游事业的升温，小美把在村里的老房子拾掇出来。从 2016 年开始，她和丈夫粉刷、装修、置办家具、装饰物件，一点点地干。院靠北的一面墙，是大小不等、颜色各异的鹅卵石贴上去的。小美兴奋地比画着："这可是我们俩去海边一块一块挑选出来、背回来的，洗干净，又一块一块贴上去，贴了半个月。"小美有点害羞道，"我对象还起了名字，叫海誓山盟。"

我抬头看了看星空，满天繁星，如颗颗钻戒，这是送给有情人永恒不变的爱呀。

小美是村里第一家开民宿的。此后，村里不少有老房子的人找过来，想租给小美，让她扩大规模；也有自己想干，来咨询小美的。小美想把艾源小院好好打造成一个面向大海，可垂钓赶海、烧烤蒸煮的自由场所。

我当时感兴趣的是包院的形式："住一间，空两间，不是浪费嘛。"小美很认真道："一个院子住两家，不方便不说，体验感也不好。挣钱，不挣快钱，老家的话'甭慌，慢慢来'。"

小美积极帮助村里想做民宿的村民介绍客源，拉人送人。现在村里有八户人家干起了民宿。小村东有湿地，环境好，吸引了很多水鸟，最多的是海猫子，就是海鸥，听渔民的口气不太喜欢，原因是吃起鱼虾没完没了。更多的是白鹭，细长的腿、白色的毛，头上还顶着一撮毛。路边的渔民看我拍鸟，自豪地告诉我：冬天来的鸟就多了，灰鹭、白鹤、燕鸥、白天鹅、丹顶鹤，都跑来过冬。

小村的东面是国家森林公园，过去是大沙洼林场，主要栽抗碱的马尾松，用作防风。20世纪50年代，小美的公公曾经参加过栽树养树护树的一系列工作，当时种的不到一人高的小树苗，现在都耸入云端了。有黑松、雪松、刺槐、杨树、柞树、水杉等多个品种，吸引了众多的野生动物来此安家。这里于1992年成为日照海滨国家森林公园。我们黄昏去森林公园海水浴场游泳，沿途树木葱茏、蔚然成林。这可不是"前人种树后人乘凉"嘛？

森林的尽头是大海，我们踩着细润洁净的沙滩扑向大海的怀抱。这里的沙滩被诺贝尔物理学奖获得者丁肇中先生誉为"夏威夷所不及"。

小村在两大公园中间，可谓占尽天时地利。村里沿海修了一条红绿相间的阳光海岸骑行道，连接着景区和民俗村，离景区万平口和东夷小镇也不远。晚上，我们饭后常常沿着这条道走到海边，看映红了天的火烧云慢慢低垂收敛，看染红的海水渐渐变灰变黑。我们走了好远好远，像是走到了大海深处。

山 居

于 蓉

一

  天空与湖水一样澄澈。一种干净无瑕的蓝，映照着我幽微尘世的山野之梦，田园之梦，归家之梦。

  立冬之后的一场狂风骤雨驱散了多日来的雾霾。天空呈现一种澄澈透明的蓝。与之相互映照的是屋后的池塘。因着光线的缘故一半碧绿一半蔚蓝。岸畔的枯草被西落的阳光照射，泛着金色的光芒。世界变得如此不同，熠熠生辉，光芒万丈。远处的大石壁山金光闪烁，仿佛一个童话的世界。遥远的东海海面呈现一种蔚蓝，更远一些的董家口港都历历在目。这初冬的景色，让人心醉神迷。

  下午四点半左右还看到天上飞过一群大雁，自北向南，呈人字形状。

  五点多一点天空出现一弯细细的弯月，右下角是一颗异常明亮的星子。太阳已经落山了。天空褪去了深蓝，颜色一点点变浅，星月一点点变得明亮。夜幕拉开，黑夜笼罩山野。而天空正在上演一出星月神话。

二

太阳还没有升起。东边天上已经泛起了鱼鳞白，一会儿又出现了一丝绯红。湖水被风吹着，散开一万条涟漪。靠近团山的部分湖水是一种墨一样深的蓝，而在西岸，湖水呈现一种有质感的水银一样的银白色，宛如一面银色的镜子。

昨夜下了霜，岸畔的一切事物都被镀上一层美丽的银边。

月亮早已经隐落。东边的朝阳缓缓沿着团山山脊爬上来。绯红色调的天空变成橙红。团山里的一户人家缓缓升起炊烟。岸畔的芦苇丛中，苇莺一点也不怕人，成群结队地飞着唱着。一只白鹭沿着湖面飞了一圈，落在水中的一杆苇子上，苇子向着湖面深深折下了腰。

等到太阳爬上来，湖面色彩变得斑斓。湖畔一切的事物也都变得清晰。团山对面的丝山主峰西龙峰被初升的朝阳映照得一派金碧辉煌。

而岸畔的霜花一点点退却，仿佛从来没有出现过一样。

三

湖边的草大多已经干枯。只有商陆还倔强地举着紫色的果实。据说这是一种入侵植物，有毒。可我在山上亲眼看见它是鸟儿的美食。靠近池塘水的边沿荠菜长得肥大丰满，让我觉得有些奇怪。毕竟已经立冬了。狗尾草、红蓼都已经枯萎了，想起诗人顾城的诗：草在结它的种子，风在摇它的叶子，我们站着，不说话就十分美好。

阳光照在湖的东岸，暖洋洋的。在草地上坐了一会儿。对面的阳光耀目，让我微微眯起了眼睛。阳光打在湖面上，湖面上浮光跃金，静影沉璧。南岸在暗影之中，北岸的榆树啊，没落尽叶子的杨树啊，都被阳光照得闪闪发光。

湖里的小䴙䴘多日不见了，不知道它去了哪里。

四

小雪。降温了,天却异常晴朗。在院子里种下一棵梅花树。想象雪落,想象梅花初绽。想象踏雪而来的友人。炉火轰鸣,我们静静坐着。

一些事物还没有到来,单凭期待,就让这个世界很美了。

五

大雁飞回来了。一厢情愿地觉得还是去年的那一群。这是今年第一次在庙山水库见到它们。有种久别重逢的欢喜。

难得的冬日暖阳。天空湛蓝,湖水湛蓝。在湖边站着,没来由地就有一种深挚的感动。人一旦将视线投向自然,就会有一种开阔与疏朗跟随而至。这种感觉分解了世俗之中的琐屑与芜杂。田野浩荡,那里藏着我们的来源与归路。

六

晚年唯好静,万事不关心。自顾无长策,空知返旧林。松风吹解带,山月照弹琴,君问穷通理,渔歌入浦深。

——王维《酬张少府》

在山里,时间好像也比山外过得要快一些。太阳下山了,无尽的暮色蒙上来,每一分钟光影的变幻,都会让你真切感觉到时间的流逝与消失,让人觉得怅然若失。

初冬了,难得的几天都是暖洋洋的,好像春天又杀了个回马枪。然而一排南飞的大雁准确无疑告诉你,是冬天了。动物对于季候的感知比现代人要强得多。人整天蜗居在城市里,四季似乎也不是那么分明了。

离我最近的邻居在涵道的南头,大约一千米之外吧。他家的地势低,在路上可以看到他的院子。院子里有几棵桂花树,桂花树前边摆了一排菊花,各种品种的,都长得茁壮而高,花开得好,一派欣欣向荣。有时候会看到主人负手而立，站在菊花前边欣赏。看不到他的表情，想来是疏淡的吧。

世人皆爱陶潜，都艳羡过一种采菊东篱的生活，然而俗事缠身，能够做到的又有几人呢？想不到的是，在这山里，就有人如此这般地生活着。

七

在屋子里心无旁骛地写字，一只喜鹊在墙头上喳喳叫个不停。抬起头，目光就可以越过墙头看到远处大石壁山绵延起伏的山脊。山脊之上，天空很蓝。比最深邃的大海深处还要蓝。澄澈，通透，不染一尘。

住在西龙峰上的雀鹰飞过来了，它舒展双翼，不怒自威，天然带着一种王者之气。来这里这段时间大约摸清了它的出没规律，每天下午两三点钟都可以在空中寻到它们的身影，有时两只，有时三只，像今天这样孤单一只还不多见。

放下纸笔沿屋后的池塘转了一圈，闪闪发光的芒草，碧绿的塘水。极目东望，远处的大海依稀可见。

没来由地心里充满了一种喜悦感与幸福感。

昨晚看纪录片，讲到宇宙的起源与归处，一百万亿年之后，最后一颗恒星——红矮星也将熄灭，那时候宇宙又将重新回到黑暗回到混沌，日月星辉世界将永不再现。看着屏幕上渐行渐远渐渐熄灭的红矮星，不知为什么心里凄然。没有永恒，一切都是偶然，都将消逝。在一个无常的世界里，一个人能抓住什么呢？唯有把握当下，把握庸常世界里一点小小的欢愉。

八

没有风。薄霭笼罩。四野悄无声息。太阳在云层后面，时隐时现。光淡淡的。

从菏泽路一家店里买了奶茶，还热热的。坐在檐下慢慢喝。每喝一口就有一点小小的满足。好像对人世的需求越来越少了。新鲜的空气、干净的水、寂静的田野，都会让我感到由衷的欢喜。在虚无与虚无之间的这段有生，其实所求无多。

给老友打电话，有些日子没见了。

她说：我在北京。我说：去北京干什么？！

她说：陪我爸爸来看病。她说到爸爸这个词时我听到她的声音哽了一下。不知道为什么我也有些想哭。

我说，没什么事吧？有事说啊。她说，没事。声音喑哑。挂了电话。发了一会儿呆。一只喜鹊飞到墙头上，在枯萎的豆角秧子里蹦来蹦去，喳喳叫着。

九

作家傅菲在《野池塘》一文中说，野池塘是大地的蓝眼睛。它天真率性，眼睛里不容尘世污垢，它只收纳天空的蓝。在我山间的土屋后边也有这样的一汪野池塘。塘水碧绿，像一块翡翠。这也是大地上的一只纯洁的眼睛，但我的这汪野池塘不仅收纳蓝色天空，也收纳游云、星子、晚霞、朝阳、飞鸟掠过的影子以及四野的歌声、风声、雨声、山峦的倒影。有一个夜晚，我还亲眼看过一轮磨盘一样大的明月水淋淋地从野池塘升起来。那时的天空是一种墨蓝，墨蓝色天空中也有一轮明晃晃的月亮，四野寂静极了，一点声音也没有，我站在池塘的西岸，屏住呼吸，被这唯美的一刻深深震撼了。天地无言，而有大美。两个月亮升起来了！天上的月亮，水中的月亮它们互相交换了目光，彼此惺惺相惜。天空高广，月光盈满了尘世的殿堂。草木、山峦、野鸟都和我一样屏住呼吸。

在今天，野池塘还见证了几棵树的死亡，收藏了它们的悲伤。

忘了什么人曾经说过，不要在春天的时候杀死一棵树。可是，因为树太高了，遮住了南边茶园的光，房东要杀树。我无法阻止。住过来的半年时间，已经习惯了这几棵树的陪伴，秋天，无数萧萧落叶落满我的院子，那时在院子里站着，也会想起前人的诗句，无边落木萧萧下，想起秋风庭院藓侵阶，慨叹时间的消逝与人世的荒芜。冬天白杨树落尽了最后一片叶子，田野一片沉寂，大山也陷入长久的寂静，像入定的老僧，不问世事。只有北风肆虐的时候，不用出门就听到这屋后的几棵树在风里战栗着，它们东摇西晃，让人担心它们随时会被暴虐的北风连根拔起。然而，它们紧紧握住了脚下的一点点土，再凛冽的寒风也没有摧毁它们。每一场风过后，都会看到它们骄傲地挺立在那里，伸着笔直的枝干，骄傲地仰望蓝天，等待春天。春天，春天终于来了，看着它们一点点生发，鼓鼓涨涨等着抽出崭新的叶子，欣欣然。然而一切戛然而止了，在电锯刺耳的虐杀声里，几株大树轰然倒下，屋后一下变得空旷，几只喜鹊在空中踌躇，尖叫，它们找不到它们在这世上的家了。

十

阳春布德泽，万物生光辉。在三月的田野里锄草，原来也是一件如此幸福的事情。阳光布满尘世的殿堂，四野亮堂堂的，风也温柔，翻开的土地有一种新鲜的泥土气息。尘世间一切的苦厄远离。风，阳光，新鲜的空气，万物野蛮而自由地生长。

地头上的一株杏树快开花了。在杏树下站着，两只斑鸠忽略了我的存在，齐齐飞过来，停在其间的枝丫上，让我近距离观察了它们。旁边的白玉兰树终于开花了，好像一群随时振翅欲飞的和平鸽。洁白，纯洁，无辜。白玉兰与杏树上方的天空湛蓝，如深不可测的尘世之海。

这是北方三月的田野，保有世间最后的安静与纯粹，让人忘却世间一切的寒凉与苦痛。三月的风里还带着一些清寒，阳光却温暖，柔柔地照着这宽广的尘世。苇岸说，三月的土地像待嫁的姑娘，三月的村庄像装满阳光的提篮。

不知为什么最近常常会想起这个身材瘦小、清冷的男人，也会想到昌平。在三月昌平的田野上，一个孤独的人在田野里走来了，又消失。他那么纯粹。

苇岸的三月，是火焰一样熊熊燃烧的三月，理想的三月，充满了希望和光。

十一

晚间朋友来访。喝了酒。借着一点酒意，一行人沿着小路歪歪扭扭地爬上了半山腰。没有月亮。星星又大又亮。夜空湛蓝。远处的海在星空下闪烁着神秘的渔火。我们好像听到了宇宙深处的声音。

十二

下了一点雨。沾衣不湿的那种，杏花雨。一个人沿着山路，独自享受这一场盛大的花开与烟雨。因着雨，因着杏花，日照丝山山下这个小小的山沟恍若江南的柔媚。想起一阕词，千年之前的某一个春天，也是这样的微雨吧，杏花疏影下，一个横笛夜奏的白衣少年。乐音中，时间像杏花纷纷凋谢，雪花一样覆盖了他。

忆昔午桥桥上饮，坐中多是豪英。长沟流月去无声。杏花疏影里，吹笛到天明。

二十余年如一梦，此身虽在堪惊。闲登小阁看新晴。古今多少事，渔唱起三更。

——陈与义《临江仙》

时间过去了，吹笛少年杳然无踪。只有乐声执着，穿越千年时间之雾，抵达每一个杏花树下侧耳倾听的赏花人、听雨人。在漫长的时间长河里，唯一能与时间抗衡的，或者只有音乐、文字、艺术吧。

十三

桃花开了几朵，整个山里都亮了起来，那种妩媚、妖娆确实是别的花儿所无法比拟的。上山的小路上，一群年轻人，聚餐欢唱，在四月春风里翩翩起舞，让人想起两千年前那个久远的节日，恍惚上巳节又回来了，在溱洧水边，那些还未曾被层层规矩桎梏束缚的年轻的男女，他们沿着清澈的河流，踏歌而行，远山清新，河水映照他们清澈的眼神，一切都是新的，令人爱意萌生。

十四

刮了一天风。让人凌乱不堪的春风。黄昏时分才煞了风。一抬头，半月已经升至空中，正在我栗子树的上方。远山含雾，天空是一种淡淡的烟蓝。是一年中最好的时间了。吉野樱开得正盛。桃花、棠梨都美得不可方物。茶叶发芽了，小小的一簇，嫩嫩的，令人心生爱怜。早上浇了茶园，地里湿漉漉的。用不了多久，茶园里就会热闹起来。

网购了翟永明的《全沉浸末日脚本》。很久没有读到这样令人动容的诗歌了。也令人沉陷。沉陷。坐在孤独的旷野，星月下，难以遏止流泪的冲动。星月下，一树树花儿开得那么庄重。感觉到时间的无常与寂灭。

广袤星空，广袤荒漠，亿万年的爬行只是孤独一梦。

十五

远离尘世喧嚣，远离八卦绯闻。在山里，过一种接近土地接近自然的平和生活。让生活回归生活。让个体成为个体。让人回归"人"本身。既不追随什么，也不紧跟什么。潮流的归潮流，而我只想做一个在岸边看江水浩荡东流的人。然而在世事织就的天罗地网中，一个人真的能够独善其身吗？这个令人悲哀。然而也还好，灵魂是自由的。

傍晚，云霞烂漫，夏风漫卷，群山逶迤，漫山遍野的槐树开花了，一阵阵清香从四面八方向我袭来。在山里，语言也变得多余，一个懒散的低欲望的人。在树下，坐一整个下午。看着成群的喜鹊在地里翻卷着飞。七点多，绮云散去，金星在西龙峰上空升起。硕大，明亮，发出温暖的光芒。它的出现，好像推开了天空的一扇门，无数的星子蜂拥而至，深蓝的天幕上群星闪烁。若地上的人此时抬起头，会看到一个璀璨、华丽、流光溢彩的世界。这些天外来客给人间带来一些遥远的源自宇宙深处的讯息。它们闪烁的星光无时不在提醒人们，除了眼前的现世还有一个更宏大宽广不为世人所知的"神"性的世界。它离我们并不遥远，举头可见。在并不遥远的二三十万年前，第一位智人从遥远的东非大地站起来抬头望向天空，自那时起，人类对于天空的思索和探索就从来没有停止过。而自有文字甚至文字没有形成以来，人类对于天空对于星月的吟咏与歌唱，就如同天上的星子一样不可胜数。那些永恒的星月神话曾怎样吸引着一代又一代人前仆后继地探索。而如今，科学似乎解释了一切，神性的光芒消失或隐退，人们将目光从天空移回，当下的每一秒都被物质充斥，仰望星空又成了多么奢侈或可笑的事情啊。在欲望堆积的城市里，高楼林立，天空被切割成小块，楼底的人像身处深井，抬起头，只能看到这被切割后的一小片天空。而霓虹灯闪烁，在华丽的灯盏映照下，这一小片被分割了的天空也呈现灰蒙蒙的颜色，即使是像金星这样璀璨夺目的星子也被笼罩着一层薄薄的雾霭。而小些的星子，根本就不可能看见。这被遮蔽的天空，无端地将人与天空做了割裂。只有在山里，天空依然如亘古一样深蓝。星子璀璨，发出永恒的光芒。照着这黯淡的人间。

在院子里站着，中庭星光如水银一样洒满了院落和我身上。天空像水洗过一样澄澈，天幕深蓝，每一颗星子都熠熠生辉。夜色给石壁山和连绵的丝山山脉勾勒出优美的曲线。初夏时节，漫山葱绿，而此时山是漆黑的，只一派漆黑中闪现若有若无的白，那是山间成片的槐树林开花了。一场盛大的开放，连梦里都是槐花甜丝丝的香气。刚刚不久的过去，随着暮春的一场夜雨，门外的一排樱花树凋谢了，满地落红，春天就那么过去了，容不得叹息与挽留。而初夏根本不容人伤感，不管不顾地就给了漫山遍野的青绿和纯白。可以疗愈人间一切疾苦的新绿和雪白。一切都是新的。怎么能不令人爱意萌生？季候的来去之间，究竟有怎样的道理，或者是怎样的全无道理。在山里，不需要疑问，只需要依着季候，去生活就好。墙外的大栗子树，经过一冬一春的蓄势，树冠生发得庞大浓密，有几只白头鸭在树枝上做了窝，今夜星光明亮，惊扰了它们，此时还在树枝上盘旋着不肯歇息。

十六

等到采茶人都收工回家之后，这一片广阔的山野就都属于我自己了。四野寂静，唯有风声。能听到野草野蛮生长的声音。一只黑衣乌鸫从野地里飞过，发出清脆的叫声。

沿着野径上山，路两边蔷薇花开得天真烂漫。它们无所顾忌，既不必模仿谁也不必取悦谁。在山里，一朵蔷薇只要开成一朵蔷薇的样子就足够了。蔷薇是蔷薇的样子，稗草是稗草的样子，在大自然中，在时间的序列里，每一朵花每一株草只消做好自己就好。它们不必仰人鼻息，不必做出选择，既不屠戮也不伤害什么。在蔷薇与稗草之间，又能说谁比谁高贵或卑贱？照例爬到半山腰的小山坡上，视野开阔，远处的大海一览无余地呈现在面前。黄昏时分，暮色四起，暮云旖旎，天空变幻出一万种颜色，每一种都是无与伦比的美，令人深陷其间难以自拔的美。在那样的时刻，唯有敬畏，唯有臣服。一个内心骄傲的人，只有在自然的大美面前才会低下头来，发出一声叹息。在虚无与虚无之间的这段有生，我们，要怎样来度过？没有风的时候，海水远远看上去似乎是凝固的，一片缄默的深蓝，沿着海岸铺陈开来，直到遥远的天际，直到大洋的彼岸。这种缄默里带着一种吞噬一切的力量。无端令人感觉不安、战栗。在山上站着看海的人，陡然感觉一种无形的压力，更觉出自身的渺小，以及宇宙的辽阔。在无边沉沉的夜幕中，穹宇似乎弯下来一样，向着无边的夜海。等到夜幕降临，晚霞消散，天空从一片幽深的蓝变为一种灰蒙蒙的天幕，山里一点点暗下来。身后的树影摇曳，松涛阵阵，发出轰鸣。远处的海也起了波澜。这时候一轮明月从大海中缓缓升起，宽广孤独，挣脱了一切的束缚，月亮上升的速度很快，很快海面上就浮光跃金，天宇澄澈光明，月亮寂静地照着这人世。万物温柔，天空扬起嘴角。在这样的月光下，人们彼此宽宥、相爱、真诚以待，发誓不再相互猎杀、屠戮、宰割。

十七

空山新雨后。月静春山空。空山不见人。

不在山里住着不会了解这"空"，不是空无所有的空，不是空虚的空，而是一种澄明之境，略大于虚无。

收获了一沟土豆，满满的喜悦。感恩土地，滋养众生。洗了几只，放在锅里煮。很久没有吃过煮土豆了，煮好后放上点孜然应该味道很好。檐下坐着，昨天刚刚登过的大石壁山上青云缭绕。一场雨近在咫尺。风吹着墙外的树叶哗哗作响，天空一会儿掠过一只麻雀，一会儿一只喜鹊，一会儿一只野鸽子，刚刚还飞过去一只野鸭。天空什么也没有留下。但我知道，它们飞过。就像一些生命，来了又去。阴历十五，月圆之夜。早准备了清酒，准备夜中赏月。但看着这天，谁敢说呢？好吧，月亮出不出来，我都在这里。等雨，等风，等明月，或者什么也不等，就是像此时一样的当下，心里充满了平和与宁静。

十八

突如其来的暴雨袭击了山里。瓢泼大雨从天空倾泻而下，宇宙好像坍塌了一角。一个春天的雨集中在这一天一夜里倾泻。雨狂风骤，天空似带着雷霆之怒，所过之处，惊雷滚滚。阴霾的天空被闪电划开，狰狞，恐怖。自然之神以它不可遏止的威严给了地上的人们一个脸色或警告。在科技不发达的年代，人对于自然的敬畏并不是没有道理的。即使事到如今，对于一场突如其来的暴雨，除了提前一点预测，人们依然束手无策。暴雨袭击了南方，很多城市被洪水淹没。人们被困在高处，洪水滔天，似乎世界已经提前进入了方舟时代。山洪，暴雨，干旱，无一不是自然之神对人类的提醒，人类并非万能，更不必自诩万物之灵。自然才是这世界的万有之神。人类本身就是大自然孕育出来的孩子。科技的进步与自然的进程终归要有一个和解。

进山的路也遭受一点破坏，但还可以通车，村里正在组织抢修道路，疏通交通。路边的秀水河水面暴涨，挟泥带沙滚滚东去。路边被风吹倒的巨树已经被挪开，枝丫摊开了一地。屋后的池塘，干涸了一个春天的池塘一夜之间涨满了水，屋子前后的两条泄洪的山沟水声浩大，还没有走近，就可以听到轰鸣之声。可以想到的气势。几道水柱从山崖流下，造势成一个个小的瀑布。碧野如洗，蛙声一片，一个盛夏呼之欲出。

十九

几场暴雨过后，青山如洗，裸露出坚硬的骨骼，更显盛夏沉静庄严之美。被布谷鸟的鸣叫声叫醒，雾霭慢慢散开，青山露出秀丽的容颜。茶园里茶人一早就来了，在雨水反复洗涤过的茶园里采茶。繁忙的春茶采摘已经过去，夏季茶芽味道不足，采摘比春天时间隔长了一些。大丽花冒着雨怒放了，地头上的玉米已经吐出长长的须子。屋后池塘水暴涨，水面从桥下的涵道落下去，发出轰鸣的声音。蛙声鼓噪震耳欲聋。在夏日山溪中浣洗衣物是惬意的。听着溪水潺潺欢歌，林木荫翳，垂下巨大的阴凉。而溪水清澈，掬水可饮。蝉声从高处落下，西边的汪塘里蛙声一片。蜻蜓和蝴蝶飞来飞去，蔓草丛生，布谷鸟的叫声从更深的山野里传来。

二十

晚上，在一盏孤灯下读了一会儿书，夜色极好，田野似在呼唤我出去，索性扔了书，在廊檐下静立。夜空延续了黄昏时分的蓝，云不知疲倦地在天空穿行。大缸里的荷花开了几朵，亭亭玉立，夜色里清寂孤高。暮烟早已经散去，墙外青山像一堵黑黝黝的城墙，将城市灯火与我隔绝。思绪纷杂，各种奇思妙想涌入脑海，不及捉笔来记，又纷纷溜走，就在庭院里站着，忽喜忽悲，不知过了多久。想到天明还有许多工作要做，叹息一声，洗漱就寝。在百万夏虫的倾情合奏中入眠。小楫轻舟，梦入芙蓉浦。

清晨四点左右，天就微明了。起床，沿着翠湖转了两圈，湖水青碧，天空朝霞旖旎，东边海面上云霞万千，天空正在上演一场日出大戏。湖边小路两侧的商陆、艾蒿，在雨水滋润下长得一人多高。竹叶一样的节节草挂满了露水，在初光映照下如万斛珍珠。

在 莒

潘爱英

一

最先被太阳唤醒的黄海之滨,色彩一半靛蓝一半明黄,气息一半古雅一半现代。

日兰高速自东向西,与沭河编织成经纬线。在十字交叉的那个点,我溯水向北,朝两岸欣荣的乡村致意,巡弋河畔垂钓的身影,浪迹这片古老土地的街头巷尾,搜寻与生俱来的一种基因联系。

做买卖养不起家,便披一蓑烟雨,跪坐硕大嶙峋的岩石上,缓缓垂下短鱼竿,线很长,可及水面,拴着的钩却是直钩。青春的淡入又淡出,忽闪半生的光阴悠悠,他始终没有钓上来一尾鱼。人们如同看待"异类"一般指指点点,身边人也因生活穷困无法继续将就,就连路过的砍柴人都要训诫他一番,毫不留情地指出:有名有姓,已是高堂赐予之恩,啃老"躺平",怎配有堂堂正正的字号!贩夫走卒,渔樵燕雀,何必过多地反驳,望着苍茫的风涛,坚如磐石的云淡风轻。没人明白,他是想钓上一尾鱼,还是想钓走无边沧海,抑或是逆转社稷江山?

掰开莒县的深度之前,我早已邂逅了光影里的这个人。

二

沭河岸边斑驳的岩石裂隙挤出年年茵绿的苍苔，如同定林寺的银杏绿芽，见证过那杆简陋古朴的钓竿，握在一个胡子比头发还要浓密斑白、上知天文下知地理的男人手里，如戈如矛。

或许是千年前姑幕的阳光太滚烫，令男儿的热血一刻也没停止过沸腾；或许是周文王姬昌贤德明仁之誉的感召，他自故乡跋山涉水来到渭河边结庐。每天上班打卡一样准时，依旧是直钩，依旧是没能钓上一条鱼，改变的只有容颜古稀鬓发如雪。在那个信息不发达的历史年华，姜子牙更像是行为艺术的鼻祖。用垂钓的行为艺术养名，以日积月累的与众不同，不动声色地推销自己，让口口相传，将奇异之处传到有心之人那里，等待时机展示才能抱负。

平常到不能再平常的日子，他遇上了外出狩猎的真命天子周文王——这一切又何尝不是早在思想者预料之中的相逢。只是从青丝到白头的等待，初心常在的坚守，望穿秋水的相望，是不是也在他的预料中？定鼎西周王朝，激活齐莒文化，尊享"百家宗师"，终于世人皆知鸿鹄之志，终于渔樵对话可以励志一代又一代人。

流年太久，早已剥落千古往事的豆蔻；历史太长，模糊了二次定周的雄姿。姜子牙为西周长治久安、四海统一，运筹牧野之战、平叛三监的故事，附在各种版本的不同姿态深入人心。以"因俗简礼、尊贤尚功、崇商重工"的理念治世安邦，大力发展工商业，便渔盐之利，经济民生，使民心归齐，始创了泱泱大齐和遗风犹存的齐文化。原来，故乡一直都在，世界之大，不过一个莒县而已。

三

跨进古姑幕，触摸斜晖中的莒县，似乎仍有早古风起云涌的铿锵与浩瀚。那月是商周的清月，有繁星点点，有旌旗猎猎，那云朵似打铁花一样绚烂，浮来山仿若铭文饕餮的青铜鼎，沭河以婀娜的身姿，将刚与柔的古汉语韵律捡拾工整……才明白，姜子牙是远古时代最不想辜负这一片锦绣如画的人。从此他身后漫长坎坷的路上，立着一个个才高志大，梦想如姜子牙一样为生民立命、为万世开太平的身影。"为问芙蓉楼上客，何如东海表齐封"，一座灯塔的身姿照亮了历代想要以一腔热血报国的平常人，补白那些失意的人生，激励那些落后的向前。

童年时的我打开当时被小伙伴们称为"图书"的《封神演义》连环画。不懂兴衰更替，只知画面的风鸣马啸；不懂运筹帷幄，只知姜子牙冕服峨冠仙风道骨，上天入地斩魔除妖；不在意姜太公的年龄，只知他胸前的须髯丝丝团寰着正气；不明白姜太公生长何地，只知他是大人们口中时常念叨、似乎就在身边的朋友。

翻得有些褴褛的线描连环画《封神演义》中，姜太公安周伐纣，百战垂成后，奉元始天尊之命，登封神台手握打神鞭，为阵亡忠臣、遇劫神仙封尊，就连之前弃他而去的妻子也不计前嫌封了一个"扫把星"，唯独没有给自己封任何一个神号。诸神感佩，于是相约，无论往后姜太公到谁的管辖之地，一概退避三舍。

记得从前乡人们自建新房时的一个习俗，在上梁头一天，亲朋好友会将做好的一些小馍馍、包子和发糕等点心送到建房的主人家里。上梁当天，泥瓦匠和木匠师傅将小点心提到屋梁上，一边喝彩，一边向下抛撒，四面八方前来凑热闹的乡邻一边应彩，一边纷纷争抢如雨的馍馍、包子和发糕。在那个物质贫寒的年代，新房子刹那间便有了春夏秋冬的色彩和非同一般的热闹。一直不明白这个习俗从何而来，老一辈人同样语焉不详，便以为仅仅是为了崇敬匠人们的祖师鲁班。直到一次在火车上，听一个山东同行讲他们家乡也有相同的习俗时，令我这个江南人惊叹：原来南北的距离并不遥远，就在一个姜太公网格下的文化基因里。

拔出习俗的根底，原是古时的某个村庄，一户人家年年都在盖房子，耗费太多人力物力不算，全家人满面菜色，愁眉苦脸。姜太公云游时遇见便探问原因，主人家无可奈何地告之，不知为什么，每次房子刚造好便遭遇火灾，已连续几年了。姜太公听完之后便嘱咐主人家，此次上梁，做些小馍馍、包子和发糕类的点心，上梁时给匠人师傅于房梁上抛撒，敬请五谷神与火神会面打招呼，自己也会在一旁守护。火神无聊时的玩笑，这一次见到姜太公站在近旁，主人家又虔诚地请来五谷祭献，便没有继续泛滥，这家人的房子盖好后再也没被火烧。从此，建新房请匠人师傅在房梁上撒小馍馍、包子和发糕类点心的仪式，便以习俗的存在，一传十十传百一代代流传了下来。

我的乡邻们过去还总在自家谷仓、水缸或蚊帐处贴上"姜太公在此，百无禁忌"的红纸，似乎姜太公在的地方，就不会有鼠患、瘟疫，孩童睡眠自然安神，事事都不会不如意。江湖的传说如棋，他仿佛是一个无论大事小事都荫蔽身边的大树一样的长辈。千年来大江南北以传说的方式将一个人篆在口碑，或许是真正不寂不灭的千古流芳。

四

莒县与我的故乡一样，有一个古老到让很多人辨别不清读音的名字。站在莒国古城遗址前，我出神地想，一个字贯称五千年而不曾改变，这个字便堆积了浮来山一样厚重的分量。不来莒县，终究不算走进姑幕国，不知道一枚刻入陶器的文字，那横竖撇捺的初始第一笔，如同开启浩渺黄海的闸门，徐徐流淌出一枝独秀的文明；不来莒县，便不懂姜太公的鱼竿钓起的春秋，和他的衣袂飘飘、须发如雪，为何总是朴素温和地存在于百姓的想象中；不来莒县，无法亲见洛山樵牧胜景与新时代乡村振兴融合的五谷粮囤，泛着崭新的青绿与活力；不来莒县，便无法切身感受定林寺斯人依旧，风骨如银杏树一样枝繁叶茂，荡气回肠在时空；不来莒县，便难以真正从历史深处捧出一个坚定如青铜鼎的成语，为"毋忘在莒"作出新解。

当年曾有一位范大娘

李恒昌

在黄海之滨的山东省日照市奎山街道傅疃村,曾有一个远近闻名的"范大娘"。范大娘本姓李,出生在牟家小庄村,因为长大后嫁给傅疃村姓范的人家,所以大家都喊她"范大娘"。与"范大娘"相比,她还有一个更响亮的名号——"人民的母亲"。这个称号,并不是人们私下里的一种说法和称呼,而是当年沂蒙革命根据地滨海支前司令部、政治部和日照县评功委员会,经过集体研究授予她的光荣称号。

获得不凡的名号,必定有不凡的业绩;赢得非凡的爱戴,必定建立了不朽的功勋。范大娘就是这样一个人,一个既普通又不凡的人,一个为革命事业建立了不朽功勋的人。

我是在虎年阳春三月的一个晚上,随手翻看《日照市志·人物篇》时,无意中发现"范大娘"的名字。看到"人民的母亲"称号和她的事迹介绍,顿时感到似有一道光芒从眼前闪过,精神也随之为之一振。

直觉告诉我,这个被称为"人民的母亲"的人,一定是一个非常值得深度挖掘和大力书写的人,于是产生了要写写她的想法。利用休假时间,我踏上了开往日照的高铁。火车很快,但我的心却是慢慢向范大娘靠近。我要一步一个脚印地走向日照,走向奎山,走向傅疃村和牟家小庄,去了解她的历史,她的事迹;去感知她的初心,她的灵魂;去体味战争年代的历史风云和人间沧桑。

田间地头，是一个黄土堆。有人告诉我，那就是范大娘的坟。

一堆黄土，一块石碑，一段碑文，里面掩埋着"人民的母亲"的躯体和她那颗伟大而卑微、艰辛而不屈的心脏。望着这个小小的坟茔，我突然想起了诗人桑恒昌"怀亲诗"里写母亲坟墓的诗句：您的坟是圆的／像初升的太阳——／一半在地上／一半在地下。

大地平旷，麦苗青青，大雁在天空高翔，有人在远方耕种，一种如怨如痴的歌声从远方传来。穿过现实的街道和历史的深巷，听着人们的追忆和叙述，我一步一步向"人民的母亲"范大娘靠近。

范大娘出生于1895年，翻开历史，就会发现，那一年，有很多大事发生。那一年，中日签订《马关条约》，清政府割让台湾。那一年，中俄订立《四厘借款合同》，俄法集团通过这笔借款，得以插手中国的海关管理。那一年，康有为先后4次上书光绪帝，请求"变法"。

这些大事，看起来似乎与范大娘无关，但茫茫大地黑云压城城欲摧的严酷形势，又怎能不影响和决定着她的生存状况和人生走向？

范大娘是19岁那年嫁到范家的，和当时的绝大多数农村妇女一样，她的所谓"人生大事"不过是从一个贫困人家换到了另一个贫困人家。

那时，范家的生活状况，可以用两个成语来形容，一个是"家徒四壁"，一个是"一贫如洗"。她和丈夫只能依靠给地主打短工维持生计，范大娘不知道这样的日子，什么时候能熬到头。因为，从小心性要强的她，丝毫看不到生活有任何盼头。或许在她眼里，那时的日子根本就不叫日子，而是一种煎熬。

风一起，天气就凉了，范大娘更不愿看到的事情又发生了。那年秋天，日本鬼子开进了日照，烧杀抢掠。就在这年冬天，范大娘遇到了最揪心的事情——她的大儿子范崇仕突然失踪了。

儿子究竟去了哪里？问谁，谁也不知道。左等，不见踪影；右等，总也不见人。这让范大娘不知有多么心焦。她担心，她害怕，担心害怕儿子是不是被日本人害了，或者被抓去当了伪军！这可是她绝对不允许的事情。

范大娘躺在床上，翻来覆去，怎么也睡不着。干脆，她翻身起床，推开大门，"噶扭"着一双小脚，走向漆黑的远方。她发誓一定要将儿子找回来，无论他到了哪里，也无论发生了什么。

可以想见，她只身一人寻找儿子的辛苦。饿了，她沿路乞讨；渴了，掬一捧河沟里的水喝；困了，在柴火堆里睡觉。风雨无阻，风餐露宿，怎一个"辛苦"来形容。这是怎样一个执着的母亲，坚毅的母亲，充满爱心的母亲？

功夫不负有心人。经过多年寻找，范大娘终于得到了儿子的消息。原来，他的儿子瞒着家人，瞒着她，偷偷参加革命去了，打日本鬼子去了！

得知这一消息后，范大娘面临两种选择。一个是继续寻找，直到找到儿子，劝其回家。干革命，会掉脑袋。如此冒险的事情，咱不能干。另一个是默认和支持儿子的行为，让他继续干吧，赶快把日本鬼子都赶回去。

毫无疑问，范大娘选择的是后者。这看起来是一个很平常的举动，实际上并不平常。换作其他人，换作其他母亲，却未必一定这样做。范大娘知道，日本鬼子占我家乡，杀我百姓，是坏人。打鬼子，是应该，也是本分。儿子参加革命，打鬼子，是好事儿，就应该支持。

往回走的路上，范大娘是脚下生风的。她要赶紧赶回家去，将这一消息告诉自己的老伴和家人，让他们赶快放下心来。儿子参加革命了，自己也不能闲着，也不能落后。"千里寻儿"归来的范大娘，像换了一个人一样。她悄悄找到组织，向组织请求，自己也要为党、为革命、为抗日做些事情。她说，请组织一定相信俺，千万不要嫌弃俺！组织上见她如此诚恳，便答应了她的请求。但是，在究竟让她干些什么事情上，却一时没有主张。范大娘说，在大家的印象里，俺就是一个四里八乡要饭的老婆子。不如让俺以要饭打掩护，悄悄搜集敌人的情况，帮你们送信儿吧？

就这样，范大娘重新打扮成要饭者，拿起讨饭的碗，来往于敌占区和游击区之间，专门传送情报。谁也记不清了，范大娘唱着自编的"乞讨歌"走了多少街巷，传递了多少情报。那些日子里，有人冷眼，有狗追赶，有敌人盘查，有刺骨的寒风，但一想到自己是在为革命做事情，她的内心，就像不远处的傅疃河里的水一样波光荡漾。

1939 年，范大娘的二儿子范崇相长大成人了，范大娘又做出一个新的决定——送二儿子参加八路军。有人劝她，你大儿子已经参军闹革命了，没必要把老二也送上战场。可是，她不听，而是拍了拍儿子的肩膀，亲自给他穿上军装。1941 年冬天，寒风凛冽。在料峭的寒风中，坏消息传来了。范崇相在战斗中壮烈牺牲了。听了这个消息，范大娘如五雷轰顶，想到是自己亲自将二儿子送上战场的，她感到特别对不起儿子。但是，她并没有被这巨大的悲剧和伤痛所打倒：儿啊，这不能怪娘，要怪只能怪敌人太可恶了。你要相信，当娘的一定要给你报仇。

二儿子牺牲后，人们发现，范大娘比以前更积极了，更自觉了，更忙活了，工作也更有效了。由于她的忠诚，她的勤奋，她的努力，多次得到组织的表扬。没想到的是，5 年之后，灾难再次降临到范大娘身上。1946 年 7 月，大儿子范崇仕担任滨海区渔盐工会会长，领导广大渔盐民工开展增资减租和反霸斗争。在去开会途中，他被国民党反动派的特务暗杀了。这无疑对范大娘是更大的打击，然而，如此残酷的打击依然没有将她打倒。

这天，滨海区专门为范崇仕举行追悼大会。这对范大娘来说，是一个考验。因为，很多人担心她会悲痛欲绝，身体受不了，不可能参加。但是，她整理好衣服，擦干泪水，准时来到了会场。只见范大娘像一棵昂然而立的青松，站在了主席台上。当她义正词严地谴责敌人的暴行之后，把自己的第三个儿子范崇仁叫到台上，并且当众宣布送范崇仁参军。

"你要为两个哥哥报仇，不打垮反动派不要回家！"这是范大娘对儿子的唯一嘱托。也就在那一年，范大娘光荣加入了中国共产党。

新中国成立后，范大娘作为军烈属，作为"人民母亲"，依然在日照这片火热的土地上，为了革命而奔走，而忙碌。"一双小脚，走在前头"，带头搞合作化，带头参加劳动，多次被评为劳动模范，年高体弱时主动辞去领导和社会职务，直到 1961 年 9 月因病去世。临终前，她嘱咐四儿子范崇瑞："要教育下一代，听党的话，永远跟党走……"

离开范大娘坟墓时，我们向她深深地鞠了三个躬，算是表达对这位"人民的母亲"的一番敬意。

透过车窗，我看到远方的落日，硕大，赤红，圆润，慢慢落下，多像揣了一颗温暖的心，去慰问生活在黑暗中的人，也去慰藉长眠地下的人民母亲。

曙光初照黄海滨

孙继泉

一

黄海之滨的秋夜，凉爽、湿润，月明星稀，海波荡漾，风中裹挟着浓重的腥气。

曲曲折折的海岸上，有一所曙光小学，是日照创办最早的学堂之一，也是当地知名的学校。寂静的校园里，一方窗户里透出微弱的灯光，一两个人黑色的剪影不时映现在窗上。室内，一盏油灯，一张方桌，几条长凳，三五个人，小声地说着什么，其他人默默地听着。一会儿，一个人站起来，挥动右臂，快速地讲述着。一会儿，有人从内兜里抽出一卷报纸，摊在桌子上，有选择地读着……在这个秋天，这个窗口的灯光不断地闪耀着，像一粒粒萤火从低空划过。

这是近一百年前的黄海之滨，这是近一百年前的日照大地，这是一群最早觉醒的日照儿女。他们在精心策划一场深刻影响山东乃至中国革命的惊人举动——日照暴动。

1932年10月13日至25日，在山东日照，就是这群年轻人凭着一腔热血和义无反顾的豪情，在中国北方亮剑出击，用真枪实弹打破了沉闷的空气，发出了民众的声音。

日照暴动失败了，但是，它给当地土豪劣绅及反动统治阶级以沉重打击。是对南昌起义、秋收起义和广州起义的热情有力的回应，表明了全国人民同仇敌忾迎接胜利曙光的决心和信心。

甲辰初冬，风平浪静，海波不兴。我来到了这所著名的曙光小学。看了当年的实物以及图片和文字介绍，我来到宽敞的校园。如今，这所小学已经成了一处爱国主义教育基地。校园整洁安静，日暖树高，微风拂面，清新怡人。在校园东侧，有一尊白色塑像，基座上写着"郑天九"。郑天九是日照市东港区后村镇人，是当地的一位文化人和革命者，生于1905年，死于1933年，年仅28岁。20岁时，郑天九在济南正谊中学读书，结识了中国共产党一大、二大代表，中共山东省执委会书记邓恩铭，开始了自己的革命生涯。曾受委派赴武汉参加北伐，后回乡开展农运。1928年与革命志士安哲、牟春霆组建日照县委，他负责宣传工作。他办起"平民夜校"培养积极分子，先后发展党员50多名。日照暴动失败后郑天九辗转到了北平，开展地下工作，后不幸被捕，作为"要犯"被押往南京，在雨花台英勇就义。

当年的曙光小学，培养和造就了一大批像郑天九这样的革命英烈，他们前仆后继，为革命事业奉献了青春和生命，也奠定了共和国稳固的基石。而今，曙光小学虽然不再办学，但是每天前来参观和接受教育的人摩肩接踵，这所百年校园，继续为奋进新时代助力加油。

二

接下来的两天时间，我参观了附近好几个"亮点"，虽然内容千差万别，但却具有一脉相承的精神品质。东风爱国主义教育基地是一处颇具特色的学习实践展馆，在这个展馆里，与中央一号文件相关的文字、数字、图片、视频、实物一应俱全，且准确、生动、丰富，突出展示一号文件给日照农业生产和农民生活带来的实惠和福祉，看了让人振奋和鼓舞。

日照人民从新中国成立之初，就紧紧盯住制约农业发展的症结问题，从根本上加以改善和完备。从东风爱国主义教育基地出来，我乘车抵达日照水库。

日照水库是 1958 至 1959 年，日照举全县之力建设的一座集防洪、灌溉、供水、发电、养殖于一体的大型水利工程，它地处东港区西部，总库容 3.36 亿立方米，灌区经多年扩建配套，现已形成 4 条干渠、28 条支渠，总长度为 85.5 公里的渠系，最大实灌面积 10667 公顷。水利是农业的命脉。有了日照水库，就打好了农业发展的基础，也为工业用水和生活用水提供了保障。如今，环库路已经贯通，我沿路移步换景，欣赏着这座大型水库的旖旎景色，听着当年建水库的故事，不知不觉来到位于东岸的日照水库纪念碑。呈宝剑形状的纪念碑历经半个多世纪，依然威武峻拔，纪念碑顶端，时任省委第一书记舒同书写的"日照水库"四个红色大字，在阳光照耀下发出夺目的光芒。

日照是北方绿茶之乡，"日照绿茶"被誉为"中国北方第一茶"，与日本静冈、韩国宝城所产绿茶并称"世界三大海岸绿茶"。早在 1966 年，"南茶北引"就在日照获得成功，那时，仅有两个大队（村）8 亩 7 分地种茶。1980 年，在日照就有 333 个村种茶，茶园面积达到 10189 亩。到了 21 世纪，日照已有 30 万亩茶园，年产干毛茶 2.1 万吨，总产值 40 亿元，是山东省最大的绿茶生产基地，"日照绿茶"商标也在 2011 年被原国家工商总局认定为中国驰名商标。在南湖镇，我参观了茶园，主人给我沏上一杯"北叶春"，我细细地品着，那味道清香、绵软，饮后喉中有丝丝甘甜。主人说，日照绿茶有好多香型，譬如豆香、果香、兰花香、嫩香，希望你有空都尝一尝。

告别茶园，我来到涛雒镇东石梁头村的蔬菜大棚和红旗现代渔业产业园。现代渔业产业园"南鱼北育"养殖石斑鱼的有益尝试吸引了我的目光。在阔大的养鱼池里，一群群石斑鱼游来游去，给当地带来良好的经济效益，推动了水产养殖向环境友好型的智慧渔业转型升级。而在主要生产各类电容式触摸屏的山东凌越智能科技有限公司，其科技水平之高，经济效益之好着实令人瞠目。今天的日照，已然不同于百年前的日照；今天的日照，已经步入日新月异的新时代。在曙光小学的大半个校园里，赫然入目的是 1909 曙光里产业园，这里入驻了众多茶企、果蔬和旅游企业，还是一个电商孵化基地，现代元素与传统文化巧妙结合，创造了与众不同的效果。

方法千万条，百姓过得好不好？这是衡量政策因素和决策优劣的唯一标准。西湖镇荻竹涧一村是一个傍水的村庄，此时，荻花和芦花在风中摇曳，颇有一派水乡风姿。在乡村会客厅和星湖湾亲水露营地，我看到的是一张张幸福的笑脸，听到的是一声声对新生活的赞美。我们的车子穿过荻竹涧一村和二村，扫视左右，屋墙和院墙上，画满了绚丽的日照农民画，画作取材于地方风景风物、孝廉故事和丰收图景，这是当地农民心境的映现，是他们对当下生活的另一种言说。

三

从镇街和村居采风回来，日照一小正在排练文艺汇报演出的节目。音乐老师正指挥学生排练情景剧《可爱的中国》，我数了数，共21个孩子参加。老师说，这个节目他们已经排了一星期，不知道练了多少遍。他将一个十多岁的男孩子从舞台上带出来，反复地对他说着什么。一会儿，孩子的妈妈也凑上去，我也跟了过去。老师见家长来了，就转向家长交代，让家长带着孩子去各处看看，老师给列出的地方就包括我参观的曙光小学、东风爱国主义教育基地、下元一村党性教育基地、日照水库等地方，并说："我们决定排这个节目不是无缘无故的，是结合当地实际的，只有了解当地的历史和人文背景，才能把戏演好。"

第二天，活动正式开始了。我认真地看着《可爱的中国》，几分钟的节目让孩子们演绎得声情并茂、情景交融，好几处让人动容。我留意到昨天被老师特别叮嘱的孩子，发现他演得非常完美。演出之后，我找到他的妈妈，妈妈告诉我，昨天下午，她开车拉着孩子转了半天，老师说到的地方，娘俩都走到了，虽然有的地方之前去过，但这次去孩子看得格外用心。回来后，孩子一个人在房间里演练、背台词，弄到很晚。

活动结束，我想跟孩子再聊一聊，可是，合影完毕，孩子们如释重负似的一涌而出，很快就出了校园。我没有见到他。

那些灰尘（二章）

成 月

那些灰尘

在村子里常能闻见海味儿，却看不见海。爬上奎山就能看见海了，还能看见山上的海眼，柠说，海眼连着宇宙呢。

宇宙是什么样，它超出了我想象的范围，我无法在脑子里去创造一个具体的形象。抬头即见的奎山，已令我摸不着头脑——它东视如虎，西看如旗，南望如狮，北观宛如笔架。奎山已经很大了，随便一站，就能挡住大片的海和村庄以及田野，但它依然是宇宙落下的一粒灰尘。与这粒灰尘相连的这个小村庄，像一个摊开的包袱，房子、人、树、禽畜、池塘、路、田，都朝天裸露在外，经年累月接受日光月影，承受雨打风吹，而生生不息。我出生了，不知算不算一粒灰尘落地？和我一起出生的还有奎山上的一株野菊，东墙角的一窝蚂蚁，以及那颗具有特殊使命的红皮鸡蛋。它从母鸡的肚子出来，接着进入我母亲的肚子。

母亲难产。接生婆十奶奶让母亲反复跳床。母亲双手捧着大肚子从一米多高的床上跳下地，再爬上去，再跳下来，跳了一夜，精疲力尽，也没接到我要降生的通知。日上三竿的时候，十奶奶望望面无表情的天，用一种斗法失败的腔调说：等着吧。然后就回家睡觉了，是我破坏了她妙手接生的美誉。

一个生命不愿面对人间。我坚守在母亲的子宫。

母亲低下头，说：真是任性啊。这句话成为我以后人生中最熟悉最亲切的一句。我会在这句话面前自豪、羞愧、反省、沉思，或者一意孤行，抑或三思后行。

小孩子都喜欢玩具，我的玩具是奎山。母亲抱着我站在家门口，她指着东边的山告诉我最高处是莲花盆，莲花盆下面有石屋子，有聚奎庙、玉皇殿，有海眼，有九级楼台，有老母猪洞，有宝孤石、狗耳朵石……一景一个故事，我的人生就在这些神奇的讲述中展开了。

村里的庄稼就种在山坡上，人们管它叫石山子，那是奎山根脉破土的地方。父母在地里耕种、拔草、收割的时候，我就在旁边捉蚂蚁、赶蜻蜓、摘酸枣。我不断地发现着新事物懂得新知识，比如，蜥蜴断掉的尾巴不停地摆动，那是在给它的大舅写信，它大舅是蛇，收到信的蛇会火速赶来替外甥报一尾之仇；比如，彩色的蘑菇千万不能碰，越是红的绿的带花纹的毒性越大，容易让人歪鼻子斜眼；比如，覆盆子好吃但不要随便伸手摘，最好先用木棍打探一下，因为赤链蛇往往盘伏在里面等等。

对于地处日照东南海滨的奎山，我从不厌倦，我反复在他身上翻找、搜寻，有时候失望有时候惊喜。我把奎山的呈现自诩为我的发现，我就在这种自我激励下一天天成长起来。

我不断地长大，不断地抛弃曾经最喜爱的衣服鞋子，不断地跟昨天告别。可奎山，他并没有因为我的改变而有一丝一毫的变化，他的表情，他的眼神，始终如一。

我家隔壁住着同岁的柠，她总是不出屋，咳嗽哮喘，胸口里咝咝响。我从口袋掏出奎山上熟透的癞葡萄给她吃，她总是笑着接过去，剥开那黄皮，露出血红的籽肉，用整齐而雪白的门牙勾一粒到嘴里，一边咳一边吃。她的眼睛又深又黑，瞳仁里点燃两束火炬。她向东望望，说：真好啊，你们爬奎山。有一次她告诉我，奎山上有个海眼，趴在海眼上看，能看到宇宙。我说：大人们只说能看到海，没说能看到宇宙。宇宙是个啥？她咳嗽了半天，气喘吁吁地回答：

宇宙大得很，整个地球都包括在里边，那肯定也包括海。你去看一看到底啥样，回来告诉我。于是我就去看。海眼自然是找到了，可那只不过是一个被沙土填平了的圆坑，我用树枝子抠了半天，也没能抠出宇宙，只好放弃。

柠最终没能听到关于宇宙的消息，她永远住在奎山上了。

村里去世的人，都会住在奎山上。

奎山用无尽的怀抱，接纳着村里人祖祖辈辈生老更迭。

没有幼儿园，又不够上学的年龄，我四处游荡。大人们指着锦衣玉带的奎山告诫：不准进去，太危险。于是我更要跟着几个大孩子进去，他们点着自行车的废弃轮胎钻山洞，我不想钻，独自上了山顶，却就此走散。可那次登山是我第一次"开眼"。莲花盆太高，上不去，我站在旁边往东望，不料却是另一个世界——大海怒吼，耍杂技一样反复吞吐着"霸王鞭"，岩壁上翻起巨大的白色浪花，红爪子的海鸥成群结队，一边尖叫一边在脚下盘旋，蓝天上白云松软，绿色的风像穿过单薄的小树林一样穿过我的身体，我感觉自己海阔天空。

正当我在自己的身体里自由奔跑的时候，耳边忽然响起说话声：你这个小孩怎么在这里？我一回头，是二姑！两天前，她像烟雾一般莫名其妙地失踪，八奶奶一家子都找疯了。她说：抓紧下山，我送你，天黑就麻烦了。

山下，大人们焦急的吆喝声如在耳边，奎山帮着扩大了音量。我们顺着奎山的脖子、肩膀、肋骨、腰，一路往下，到了小腿肚子那地方，二姑停下了：你现在大声喊，说你在蛤蟆石这里等着，待会儿他们就找来了，等他们来你再说我在奎山顶上，别忘了啊。

终于和爹娘接上了头，他们还没来得及骂，我就把二姑教的话说了，结果大家激动不已，喊来八爷爷一起上山。果然，二姑和小杨哥在一起，他俩一起失踪到莲花盆上了。他们立着搂在一起，仿若迎风怒放的莲花里伸出的两根长蕊。二姑说：我们已经向奎山起誓了，就算死也死在一块儿。如果你们不同意，我们现在就从北边跳下去。八爷爷一头雾水：你和小杨很般配呀，我们为什么不同意？你说是不是老杨？他把脸对着身旁的老杨头。老杨头满脸怒气，胡子一撅一撅地，仰头朝着儿子：我说呢，怎么人家丢了闺女我紧跟着丢了儿，平日里一兜本事，关键时候来这么一出！他儿子说：要不是差辈儿，我哪会来这么一出？八爷爷哈哈笑了：到底是年轻了，咱两家差得什么辈儿，又不是一个姓。老杨头喝一声：你赶紧死下来回家结婚！住在石屋子里像个什么话！

世世代代桩桩件件，石屋子为很多人提供过帮助，帮了也就帮了，没什么稀奇，奎山忙得很，没空去记些这个，但人不会忘。后来二姑的儿子取名奎生。

致富是人类生存不变的主题。有头脑的外地人便来奎山上开了石子厂，放炮震得家家户户乱抖，奎山在炮声中飞沙走石。村民们带着铁锤去敲打碎石，敲成更碎的碎片，每天挣五分钱。如同用锤头去敲一块吃净肉的光滑猪骨，骨头放在门柱石上，一锤砸去，骨头碎裂成块成粉，喷香的骨髓就会被吸干咂净，骨渣喂了鸡，可补钙，以防鸡下软皮蛋，这时候的猪才真正地最大限度地发挥完了自身的价值。难道人对山也是这种想法？瘦弱的手臂抡起铁锤，好像打烂了贫穷的过去，再举起铁锨把石子装车，仿佛装满了幸福的未来。欢声笑语溢满了山谷，没人听见山的痛吟。这段日子孩子们不敢上山，怕不小心被石头崩着。奎山露出了大片白色骨茬。我清楚地看到奎山站不住了，他趴下了，他捂着肚子倒在地上，身子蜷缩，呼吸粗重。这呼吸升上天空又在村庄投下阴影。

不知道宇宙会不会在意一粒灰尘的身体状况。

几个土里刨食一生的老人靠墙坐着，他们对来自宇宙的阳光越来越亲。那曾经翻山越岭铁块一般的身体乱抖，在岁月的侵蚀下如同锈透了的一堆铁屑，仿佛风一吹就要飞散。他们敲敲腐朽的双腿，擦擦浑浊的眼睛，发出空洞洞的叹息，到底把话咽进肚子里。他们不是降落为尘，就是正走在化为另一种灰尘的路上。

石子厂终于被勒令停产，然而那块伤疤却永不愈合，它在告诉人们，有些失去终将失去。

十二岁的我挎一个竹篮，母亲装上米，让我步行送到七里之外的姨家去。去的时候很顺利，可回来却迷了路。我犹疑在岔路口不知要往哪里迈脚。路长得都差不多，喊一声也不会答应。于是有的人走错了路，越走越远。有的人无意中抄了近路。有的人无意间创造了新路。有的人原地转圈。而恐惧此时充斥着我的头脑，我只想回家。家好啊，家从来不嫌弃人，只有人嫌弃家，可很多努力挣脱老家的人漂泊半生住遍了高堂广厦，最后又回了老家。十二岁的孩子初在歧路，怎么去分辨那条回家的路呢？还好，我看到了奎山，就像西游取经遇难时总是会出现菩萨一样，他清晰地站在我的面前，这是对我的引领和召唤。我知道，奎山在哪里家就在哪里。

后来，我爬过很多山，它们都比奎山高，也比奎山有名，但那又怎么样呢，它们无法给我指引家的方向。

奎山，镇子因此而得名，有人经常问我老家哪里？我答奎山，他们就知道是奎山镇（现改为奎山街道），可我指的不是镇，而是山，它的身上有一个海眼，通往宇宙。我任性地坚信这一点。

一个人睡在旷野

夏天，夜晚，爹会带我到大地瓜窖子顶上睡。

窖子很大，已经废弃，之前用来存放整个村子（六个生产队）的地瓜种。它高高隆起在村前，对空旷的田野坦诚相待。人们来此乘凉，有些人就顺便住一夜。躺在宽阔的窖顶，各种口味儿的风就来了，有玉米味儿的、花生味儿的、黄豆味儿的、地瓜味儿的，每个人都像握着一根凉爽的冰棍儿了。以集团阵容展开的庄稼们，白天忙着配合人的劳动，又是喝水又是扎根，又是吃肥又是蹿个儿，到了晚上也想歇一歇，拉拉呱儿，松散松散筋骨，顺便讨论一下生与死、爱情与收获这些事儿。人和庄稼有了共同的话题，相互交流得亲切。繁星满天，水洗一般，纷纷跳进人间。人把自己从泥地里拔起，和庄稼一起晃晃悠悠晃晃悠悠就进入了彼此的梦乡。人味儿约着庄稼味儿在寂静的夜晚热闹地游逛在村子各个部位。

睡在旷野，如同尘埃落定。睡在旷野，就是睡在宇宙的天堂。

早晨醒来，爹不在身边，昨晚一排的人都不见了。我搓搓眼爬起来，四下里看看，到处都是静止的，一丝声音也没有。村子还在，奎山还在，昨晚的风不在了。我看到了村子最前面那户人家的黑色大木门，关得严丝合缝。老槐树的影子一声不吭，捂紧了自家门锁。

我是被扔在星光月影里睡着了？就像半截木头，不，一小段树枝，静静地躺在地球的表面。如同一颗灰尘抓住草叶，我紧紧抓住了地球的某根毫毛。我认真地睡觉，卖力地睡觉，调动浑身的能量来睡觉。我等待第一缕阳光翻过奎山来叫醒我。阳光从来不像风不像雨，更不像公鸡，咋咋呼呼。它默默地注视，让我身上越来越暖，让我眼前越来越亮，它用它的注视来撬动我的眼皮，让我睁眼打量这崭新的日子。

向远处望去，我家名下的那块责任田里，正晃动着爹的身影。庄稼也是他的孩子，他有责任把它们管好，就像有责任管我一样。我家是他的另一块责任田。我从来不关心这个忙碌的人每天都是什么时候起床的，什么时候睡着的。但我感觉得到他在头遍鸡鸣中起床时的小心翼翼，也感觉得到他在庄稼地里时刻对我的遥望。

我在窨顶转了转，发现了几截信纸卷的旱烟头，拾起了一块椭圆形褐色小石头，看见一丛车前草伸长了嫩绿的花梗，从土里抠出了一块璀璨的碎玻璃，捡到了昨晚谁遗落的一枚白色塑料纽扣。我始终低着头踢踢踏踏走来走去，把窨顶从头至尾检查了一遍，如同一丝不苟的老农来回耕耘着田地，我相信任何土里都孕育着宝藏。

我揉搓着小石头，它很像个鸡腰子。把碎玻璃对着太阳举起来，它的光彩是那么不平凡。这扣子小小的，圆圆的，滑滑的，似乎还带着人的体温，它一定被它的主人轻轻抚摸了很多年吧，它的主人此时一定在找它吧。扣子扣子你别难过，以后我就是你的主人。我小心翼翼地把这些宝贝装进口袋按一按，然后又去看那一览无余的田野。地瓜、玉米、黄豆，它们也都醒了，小脸儿被阳光擦得鲜亮，和我一样。我很喜欢这种站在高处的感觉，我期待着自己长得和玉米一样快。脚下的蚯蚓思索着，一刻不停地爬去，它在地球上留下了一道痕迹。

两块高高的玉米地之间的天光像挂起白白的幕布，柠的爹牵着黑牛出现在幕布上，他手里握着细长的鞭子，只是握着，他从来不打黑牛。他说，这鞭是黑牛的爹的皮做的，当爹的哪会舍得打自己的孩子。就像他从来都不舍得吵柠一声，更何况打呢。柠虽然生病不能下地也不能上学，但她把家里收拾得干干净净，村里没有谁家比她家更亮堂更整洁。柠爹比以前更老了，走得和黑牛一样慢了。他俩一步一步默契地走出了幕布，就像走进了剧终。

柠的娘经常会在夕阳似下非下的时候去到柠的坟前大哭，一直哭到天黑透了再挎着菜篮子回家。她总是自言自语，说：可怜……她一个人睡在野地里……一走到大窖子跟前她就不说了，这是进村的标志，她的话其实只想说给自己听。

柠没上过学，但她识字比我多，懂的也比我多。她说晚上睡觉不管被窝里多冷，都要把腿伸直，这样个子就高。她说奎山上有海眼，能看见宇宙。她还说奎安的娘好骂人，转世会托生成驴。

一个人睡在旷野，如同一棵草睡在旷野，如同一个知了猴睡在旷野，如同一只落单的燕子睡在旷野，如同一粒被遗落的纽扣睡在旷野。当夜深人静，月亮星星会看到，地球上横七竖八，所有的人都睡在旷野，所有的房子都睡在旷野，所有的山水都睡在旷野，所有的高楼大厦首饰汽车钞票，此时，都睡在旷野。都成了没人认领的孩子。此时，活人和死人是一样的了。那么其实，柠并不是一个人睡在旷野。

大地瓜窖子根本没料到自己老朽的怀抱竟然在多年以后重又为生命护佑，不是为地瓜，而是为人。一家四口的突然造访让这个废弃多年的大窖子变得不同寻常。一对夫妇带着一双十多岁的儿女，从外地逃荒至此。他们似乎过够了流浪的日子。一切流浪的事物都会有歇脚的时候，比如风，比如云，比如雨雪，比如灰尘。大窖子尽管破旧，但有门有窗，宽阔平整，有六个房间，每人住一间还有剩余，于是大窖子就承担起了为这一家子遮风挡雨的责任。

鸡圈里进了别的鸡，大家都会去啄它；驴圈里进了别的驴，大家都会去踢它。村书记去找这个擅闯大窖子的男人，屁股后面跟了一帮子村民。男人觍着脸一会儿摸头一会儿搓手，女人躺在一堆破棉絮里一心一意地喘气，两个孩子身上的土只怕是撒上种子就能发芽。大家谁能忍心赶他们呢。书记叮嘱：你们住这可以，但不准偷不准抢，歇好了抓紧走。

无地，无户口，一家子盲流，这很容易让人瞧不起这家的男人。因为他个头特别矮，姓张，所以村人都喊他"张大个子"。一个男人不可能实现的梦想往往就在别人的戏弄里被反复强调，一遍遍放大着这个人的无能与滑稽。

村人们夜晚照样会来大窖子顶乘凉，大家粗声大气地说笑打闹，从没看见张大个子一家有谁出来。窨子里总是黑灯瞎火，无声无色，他们就像一窝谨慎的老鼠，活得悄无声息。他们与这个村子格格不入，又与这个窨子融为一体。他们怯怯地呼吸着这个村子里别人吸剩下的一撮空气，小心翼翼走着这个村子里别人踩剩下的一两条路。

窨子的门在最西头，大家习惯站在最西头的窨顶往下撒尿和拉屎，不可能因为新住了一家人而改变多年形成的习惯，就像不可能因为住了一窝老鼠而改变习惯一样。大家踩在张大个子一家四口的头顶上，快活地说笑，快乐地奔跑，痛快地拉屎撒尿。连光棍汉五麻子都敢在人群里趾高气扬地喊"张大个子"这四个字，而张大个子却不敢提"五麻子"这个词。张大个子一家的到来莫名地提高了村民们的幸福指数。

没多久，张大个子那个病恹恹的老婆就死了，具体哪天死的没人知道，怎么处理的也没人过问。这让五麻子更幸福了。

张大个子天天带领儿女去很远的不知哪个地方捡破烂，白天出去捡黑天回来睡。捡着捡着，就把儿女捡大了，就把自己的腰捡弯了，头捡秃了。女儿在一个下着大雨的天突然不见了，后来听说是跟一个造假药的私奔了。紧接着，儿子也离家出走了，因为他知道再不走的话自己这辈子都别想娶上老婆了，不是担心没有女子愿意跟他住窨子，而是铁定没法用妹妹换老婆了。他们一如田里的庄稼，在某个季节忽然就长高长大了，不用人指点，就都看清了地瓜窨子里的未来。

张大个子是一个人了。他不再日日捡破烂，他爱捡的时候才去捡，不爱捡的时候就不捡，把捡的破烂随时换吃的，吃饱了就去睡觉，吃不饱也去睡觉。他是无论白天还是黑夜，都一个人睡在窨子里了。

有人下地干活儿路过大窨子，会特意去过问他的家庭情况，并好意劝道：你得想想办法呀。他只是不痛不痒地笑笑，说哪有什么办法。来人很气愤：你一个大男人你没有办法！你竟然允许自己没有办法！他反问：那我能怎么办？来人更气愤了：你怎么办你问我？你爱怎么办怎么办！然后扛着锄头走了，从此不再搭理他。

五麻子闲着去找过他几回，结论是：这是一个不可救药的人。五麻子说：

他不能和我比呀！我有地，我有屋，我有户口呀！我爹我爷爷我老爷爷老老爷爷，我们祖祖辈辈都是这个村的，我扎根在这个村呀！

张大个子不愁不忧，妻离子散竟然还照常活着，还活得这么没心没肺，这让很多人嗤之以鼻。现实如此残酷，他就算不上吊，那也应该难受得吃不下睡不着并从此得上一种令其瘦骨嶙峋苟延残喘的病，才算合理。更何况，他的儿子中间还回来过一次，要把老爹赶出去由自己来当大窨子的窨主，最后没打过老爹，只好大骂了一场又走了。如此看来，真应了那句老话——龙生龙，凤生凤，老鼠生儿会打洞，无能的张大个子必定养不出什么着调东西，无论走到哪里都不会发达的。

人人不认识他，张大个子彻底把自己过成了静音模式。

我偶尔会在溜达的时候看见张大个子坐在窨子前，正脱下他的烂鞋倒里面的沙子，用折断的草棍抠耳朵，或者吹着口哨用野麦秸编蚂蚱笼子，要么就是拿着一块木头用小刀子刻，不知道刻的什么。有时候他看见我，会笑着把手里的玩意儿伸过来，我不接，他就说：给你个好东西玩儿呀。我转身就跑，跑到路口的时候才回头大喊：我才不和你玩儿呢！他还是笑：那我和自己玩儿。

他会和自己玩儿。

冬天下大雪，整个大窨子像一座白色的小山包，门口完全被雪堵住了，张大个子好几天不见人影，门口的雪也好几天没变样儿。我想，他不会是冬眠了吧。可转天，我又看见他提着蛇皮袋子出去捡破烂了。门口堆一个又丑又大的雪人，朝外张开迎接的怀抱。夏天他就在门口的罐头瓶子里养蝌蚪，他说：嘎嘎豆子变小蛙儿，小蛙儿变小孩儿。小孩儿没变出来过，我只看见青蛙蹦进了黄豆地，瓶子里装满了黑色的小虫子，在积水里扭来扭去。

张大个子竟然嫌弃大窨子了。他有时坐在南墙根阳光下睡，有时躺在北墙根阴凉里睡，或者睡在东边玉米地，也许睡在西边地瓜沟。有窝不睡，还非得一个人睡在野地里，真是不知好歹。村人在窨顶上聊天时都这么说。

我问爹：既然他不喜欢大窨子，那他为什么不走呢？爹叹一口气说：谁知道，也许是在等儿女吧。

然而他终于没有等到儿女回来。大窨子拆了。张大个子一开始还是睡在野地里，后来不知什么时候去了哪里，就像一粒灰尘，消失得悄无声息，消失得无足轻重，消失得理所当然。一个没有家的人，一个把家随时揣在身上的人。

村里一共280户，人口896人，张大个子一家四口来了，村里成了279户，897人，因为一户老光棍去世了，还有两家生了两个娃。张大个子一家四口陆续不见了，村子繁衍成了290多户，因为几年内结婚的小伙子有好多家，人口倒又增加了不少。他一定还去过很多别的村子，但任何一个村子人口的增减都与他的来去无关，他生活在村外的天地。村外的天地，这无边的旷野，宇宙的门随时为所有灰尘打开。他习惯了一个人独睡，看起来是那样自由。他睡出一个个白日梦黑夜梦，又随手扔下。

一个人睡在旷野，后来的我可没有胆量那样做了。怕蛇怕蚊子怕蜘蛛怕老鼠怕夜露怕风怕雨怕受凉怕不卫生，总之我有许多的怕，它们随便哪一样都会轻易地击垮我脆弱的身体或敏感的神经。为什么人会越大越怕，越不堪一击呢？现在的席梦思又厚又软，空调令室内四季如春，可失眠者却越来越多，人类清醒的大脑到底在黑夜里等待什么呢？

无论如何，是等不来那个无畏的童年了。

吾乡京冬菜

林 丽

这个春天来得特别迅疾,不觉河边已是杂花生树,芳草萋萋,一别冬日的颓靡了。不仅春日苦短,人生好多年也是转瞬即逝。我一直生活在日照这个小城,住在这条河的不远处。我常在河边散步,看它从桃花流水到冰壶秋月,从沉静婉约到奔放旷达。自古以来它更是某种象征,时光也是这样滔滔汩汩、奔流向前,一去不返了。

也只有在春天,我才发现河边的植物有几十甚至上百种。河边种着大片的紫叶李和榆叶梅,我更喜欢冷清一点的紫叶李,小而白色的花朵像残雪一样,让世界变得如梦如幻。而对岸的榆叶梅则来得热闹,绚烂至极。让河的两岸变成一场虚实交错,冷暖交织的盛大对话。

我站在这汤汤逝水的河边,一阵一阵风起,很多味道与记忆也奔赴而来。每种味道都指向着一个时间或某个人,它在你生命里搭建起不同的时空,也在你的记忆与味觉里呼啸来去。它们是你人生在鸡声茅店、人迹板桥时的一个精神锚点;是大脑与口腔里的味觉产生的共鸣,发生时如同一次微小的地震;它们在一条看不见的绳索上来去往复,人生被打破了循序渐进的次序……于是这时,这个春天的一阵风里,小时候在姥姥家吃的地瓜饼子的香味,在味蕾的记忆里缓慢降临,蓦然重生。

姥姥家住营子河畔，它与我对面这条河，还有其他支流在城南汇入了湍流不息的傅疃河。这条大河每时每刻都有生物与微生物在交替生长与幻灭，河底也正在酝酿着暗合与涌动。每年春天，它们开启新一轮的回环往生，静默地加入这生命的巨大洪流。一些过往潜藏、缄默着，已然化成其中的一部分，随生命继续奔赴远方。

我在河边走着，味蕾的记忆延伸得更长。那是伴随着地瓜饼子的一种咸鲜而筋道的口感。每到孟春，冬天贮存的大白菜会剩余一些，它们随着天气转暖即将走向溃烂。这是春天里不多的走向生命终结的事物。这时，姥姥把它们拎到河边。河水还有些沁凉，三两只鸭子划出一道道水波荡漾到石阶上，它们都是一些时间的音符，推起一波未平一波又起的纹路，最终弥散开去。姥姥把白菜叶子片片剥下，它们最后一抹绿色在河水的洗涤下显得莹透好看，最后白菜被拎到晒场上。姥姥还穿着那件唯一的褪旧的碎花棉袄，她挽起袖子开始切菜。清风经扬，衣袂翻飞，切好的菜丝纷纷落下，像无数个纷披逝去的日子。

接着，菜丝被摊晾起来。这天最好微风不燥，阳光正好，有利于菜丝上的水分丝丝缕缕地消失殆尽。姥姥一边做针线，一边等着菜丝呈现出蜷缩的走势。阳光透过树枝细碎地洒在她的头发上，她仿佛顶着一群跳动的音符与节奏，环佩叮当，笙磬同谐。她手里的衣裳也在一点点长大，一寸寸延长。隔段时间，她才放下针线，对这些逐渐干瘪蜷缩的菜丝开始了一场伟大的"变形记"。菜丝要经过几次这样的晾晒与捻搓。这与绿茶炒制当中的"萎凋"和"揉捻"同义，是对纤维进行适当的打乱与调整，让原本脆弱的菜丝增加韧性和嚼劲。如此进行七天，方是做好了菜胚。

这时家里的菜坛虚位以待。它们日复一日地被花椒、八角、酱油、醋，还有盐腌渍着。装坛之前，菜胚先加入适量酱油、黄酒，再次被充分揉捻七天。据老人们说，"七"的数字诚心正意对应着"上弦""下弦"的天象，其中蕴含着浑然天成的玄机与奥妙。之后，酱油和酒的味道丝丝入扣渗入菜丝当中，再加入花椒等辅料，一并装坛。每个菜坛在被密封之后便形成一个乾坤与阴阳分割的世界，而在其中进行的发酵则是一个微妙与漫长的过程。它是一时兴起、一蹴而就、即兴式事物的逆向演绎，是候鸟漫长、翩跹而至的迁徙。

这时，姥爷会前来帮忙。在这之前他已经洗净了双手和一根木杵。他用这根木杵将菜丝层层捣实。装满后，再用整棵浸过酱油的干雪菜塞住坛口，将桑皮纸涂上猪血、石灰，同样刷七层。最后用细绳缠绕七道，扎紧。这样，意识与物质上的"七"发生了数次的暗合与重叠。坛内已然没有为空气留出过多空间，它们被密实地压缩到菜丝的缝隙当中。在层层杵实之时，它们将各种味道紧紧裹实、匝紧，万毫齐力奔赴一个开坛的日子。

开坛之前，坛内各种微生物开始了一段生长与变异。这种变化不易觉察，它是悄然发生的润物无声，藏踪蹑迹。同自然界的风雨潇潇相携相生，也同鸡鸣啾啾的日出劳作呼吸与共。漫长、逐渐的发酵让菜丝变得金黄，质地柔韧，焕发出独有的、悠长的脂香味道……终于等到开坛，坛内有形的、无形的、形而上的各种要义被释放之际，也是这几十棵白菜被封神之时。之后，白菜已然进入另一种长度的生命周期。

酿好的京冬菜，可以挎到东关大集上换几个零钱。此外，它还是日常上好的下饭菜。每次夹一点点佐食，味道轻巧、细致，恍恍惚惚，又力敌千钧。它不是四季三餐的主角，但滋味依旧不彷徨、不犹疑。它们独自，或与食物同食，在舌尖产生的微妙感受，无不漾起一道悠长的臻鲜滋味。可以说，食物是人类生命的方舟，而佐味之食则是拎起精神的导航，让各种味觉靠岸，或启航远洋。

营子河不舍昼夜地流淌，村民引流河水灌溉庄稼，河水也经由庄稼流淌进他们的身体。秋初，满坑满谷的地瓜秧起起伏伏回唱在田野上，风儿吹过幽幽绿野，像抚触着一丛丛旺盛的诗行。姥爷从田间地头，将一袋袋地瓜往复数次推回家中，姥姥则长年围着石磨一圈圈推着。最后，她从铁锅里拾出喷香、热气腾腾的地瓜饼子，递到一双双小手上。吃饱肚子他们才生出坚韧、饱满的力量，驰骋天下，志在四方。

人世间充满了不同苦难，贫穷是其中一种。在这种岁月里，姥爷与姥姥的婚姻也开始了缓慢的发酵。他们的勤俭持家，与彼此的相惜并行发生。每人内心都有自己的庙宇，但无法阐释生命中，谁与谁是最佳的遇见，包括人与人，食物与食物，人与食物，色与彩，味与道，来与去。各种相遇都隐喻着一场或长或短的发酵，孕育其中的变化才是造物者赋予人类的一段奇妙造化。

京冬菜原是流传于清代光绪年间日照当地的一种发酵酱菜，也是当时这里唯一的朝廷贡品，只不过姥姥用的是民间做法。而严格意义上作为贡品的京冬菜，其制作时间选在小雪节气后，要挑选心紧、叶嫩、新鲜的当季白菜。甚至选择原料的重要性在坊间还有这样一个传说：当时日照涛雒镇的"裕源酱园"是日照区域内制作京冬菜的"元老"，为保证大白菜的鲜脆，东家丁德臣专门雇人侍弄着一个占地30多亩的菜园，园内有一"甜水井"，井水甘洌清纯，一口难忘，灌溉种出的白菜劲头抖擞，形容可嘉；加之此地的温带海洋气候，拉长了白菜的生长时间，让滋味更多包藏于菜叶层层的紧实当中；随着酱园伙计功夫的长进，他们将菜丝切得细而匀称，晒出的菜胚袅娜纤巧，佐料精良，发酵充分而浑厚，出产的京冬菜不仅远销北京、上海，还出口到东南亚等地，名声大噪。

在冬天热气腾腾的餐桌，夹起一缕菜丝放在稀饭上，一大口啜进去，口腔就迎来了鲜咸的欢悦。这是日照人吃了上百年的一道佐食，一口菜丝足以让人意念飞腾。它更像一种血脉将日照人的精神共通起来，无论多远都能朝着故乡奔沓而来。所以至今，每年小雪后，很多日照人家还依旧延续着这道酱菜的制作。根据每人口味、手感不同，佐料或有变化，但一场场发酵依旧在这方土地连绵起伏着，它们更像是不同空间出发并次第进入同一时间的深海。

至此，京冬菜在日照的制作已有160多年的历史。它不仅是一个地方餐食的代表，且蕴含着一个普通寻常的意义：在平常、细碎的生活中，它用一个漫长发酵的蜕变，一个缄默的过程，让我们看到一个人在慢慢地行走、阅读和世事变迁里的变化；看到一座城市几百年，甚至几千年的文化与精神流觞，道阻且长……这是一场或者浩大，也或者微渺的精神延续，犹如海水翻涌，永不疲倦；犹如儿时那种味道在记忆里潮退潮涨，永不消逝。

齐长城上望东坡

张 浩

这个夏天，我终于登上了长城，不是在蜿蜒的八达岭或耸峻的雁门关，不是在澎湃的老龙头海岸或苍凉的嘉峪关沙漠，而是在山东日照五莲山区一块普通的岭地上，这是齐长城。从泰安济南市界600多米高的山顶高地，到齐鲁中央的穆陵关，只是几次邂逅的近观，一直到黄海近处的五莲，我终于登上了齐长城。虽然没有万里长城的名气和形貌，但登上它，也能让我迈进时光之门，走进时光深处，与一个伟大的灵魂相遇。

一

说是长城，它已经全无长城形貌，如今只剩一片丘脊，就像我看到的毁坏千年的山西晋阳城城墙，光秃秃的不生树木，荒草丛生。而这草，可能也是因为土壤中缺乏营养的原因，过早地发黄，也像极了秋日的草原，在这盛夏里没有一丝苍翠的样子，跟连接着的郁郁葱葱的青山格格不入。也正是因为这样，说明了这草立足的脚下不是一片寻常的土地。这泥土夯实了2300多年岁月，未被风雨彻底洗刷冲垮，未被树木侵占，连有着征服岩石力量的青松都无法扎根其中，依然突兀地立在山岭之上，那坚毅而倔强的样子，仿佛文人的风骨。

从五莲山区中的松柏镇驻地向北，过松月湖，下了大坝，便到前长城岭村，这是一个年龄近乎与齐长城一样悠久的村子。齐长城遗址便东西方向横亘在村后的岭地上，这片岭地被称为"长城岭"。村子中央的马路，切开长城岭，不知是古道关隘，还是今人劈开的道路，豁然开朗，顺着涓河水流淌的方向，远处渡槽飞架，周遭是一马平川低缓的丘陵，再往北就进入茫茫胶莱平原。其实那松月湖，也以长城为名，称作"长城岭水库"，依偎着马耳山，哺育着涓河，在千万年的岁月里守望日月轮回花开花谢人来人往，等来湖水的上涨丰盈和人间的繁华富庶。

我顺着岭南侧的小路登上岭去，近处是一座褐色石碑，曾刻有"长城"两字，石碑脆弱得不及脚下的夯土城墙，没几年就已经被风雨层层剥落，只剩下半个"长"字，供来客凭吊，在半个字里辨识"长城"，一如在荒草残垣中辨识长城。石碑下的城墙已经趋于平缓，大约是几千年来附近的人们生活耕耘开挖取土所致，如今，咫尺处已是一畦畦花生。西北方向的城墙依然挺拔高耸，一条小径曲折地通向顶部，小径的存在，说明古城墙并不寂寞。我循着小径快步奔向岭顶，小径很短，岭也不高，但仿佛这几步就能穿越时空。

行至长城岭上，熏风猎猎，这是来自五莲群山满含负氧离子的风，越过松月湖的山谷，被湖水湿润后，奔跑而来。这长城岭，是分流山和马耳山间的山谷，或许是古关隘（曾传是黄草关），却也是风口。它拦得住楚国的千军万马，却拦不住南方的风，反而让风在这里汇聚成一股力量，两千多年来，南来北往，吹蚀着城墙，流走了岁月。

在猎猎的风中，闭上眼，仿佛历史也在这里汇聚。驻足在这城墙之上，遐思蜿蜒的长城，东接连绵群山直到鲁东南第一高峰马耳山，然后蜿蜒折转东北奔向胶州湾；西探涓河水连接分流山，然后深入齐鲁大地深处。

回望 2600 年前，从诸侯纷争的春秋到七雄争霸的战国，中原大地处处是兵燹，生灵涂炭，偏居海岱的齐国，坐拥千里平原沃土，凭借着黄河与大海之险，依托着强盛的国力，又陆续修筑起了这西起黄河南岸，东达大海的长城，或夯土，或垒石，从鲁中山地盘桓而过 600 多公里，阻隔了中原的战乱纷争，阻挡了北上称霸的越王勾践的野心，也阻滞了北上攻城略地的楚国春申君黄歇的兵马，守护了一方土地的安宁。战国时期，郑氏离开大梁新城（今河南省新郑市），寻到这处太平地，落足安居，便有了前长城岭村，繁衍生息，直至今日。这齐长城的修筑，也开启了筑城守疆的时代，其他国家纷纷模仿在边疆修筑起长城，一直延续到明朝用青砖砌起的雄伟的万里长城。

虽然据山河之险，守长城之固，但齐国依然没阻挡住北面来袭的秦国大军，没能阻挡住统一的历史车轮。敌人再次越过黄河天险，王贲率领的秦国大军灭掉了齐国。随着大秦帝国一统华夏，这段长城再无用处，被岁月和风雨侵蚀，从一面牢固的城墙，倾圮成为一段沧桑的历史，一段齐鲁界限的记忆，成为历史的凭吊。这逐渐冷寂的城墙，也因着华夏的统一，守望着这片土地日益的繁荣，任由野草爬上身躯，一些顽强的树木种子，也试图冲破并撕裂这片坚固的夯土。随着无数草木在它身上扎下根，它的记忆也愈发丰满，沉淀了无数的故事。

在这长城之上，风吹着衣服猎猎舞动，像城墙上飞舞的军旗。我睁开双眼，倏然有些眩晕。遂背着太阳，向着风奔跑的方向望去，寻望一个身影。

二

是的，循着涓河远去的方向，在潍水折转处南岸平原的一座高台之上，一个频频向这遥望的身影——"前瞻马耳九仙山，碧连天，晚云间。城上高台，真个是超然。"那就是苏轼。

北宋熙宁七年（1074年）秋天，在他初到密州的时候，也是我这般意气风发的年纪，却自嘲"老夫"，仿佛这脚下的荒草，初夏里却有一番萋萋的感觉。念及他的人生，在这岁月涤荡的荒城之上，不禁让人有一番悲凉的感怀。

"释舟楫之安，而服车马之劳"，他从富庶美丽的人间天堂迤逦千里回到北国，赴任密州知州。过了江北，或舟或马，茫茫平原，景色单调。时值秋日，越往北去，越是萧条。只在将要到达朐山县时才望见高耸的石棚山和浮于东海之上的苍梧山。见山之喜不啻见到久未谋面的挚友，遂流连数日。"郁郁苍梧海上山，蓬莱方丈有无间。"那蓬莱方丈，或许就是海州湾北岸、密州南界的阿掖山，那更远处是给旅途带来无限风景、给人生绽放精彩的新天地。

沿着秦始皇东巡的足迹，绕过海州湾曲折的海岸线，便迈入了齐鲁大地，在"孤馆灯青，野店鸡号，旅枕梦残"中进入密州。在途中考察盐场，了解民情的同时，步入深山之中，遇见"奇秀不减雁荡"的九仙山和巍然耸立的马耳山。经松月湖畔的古驿道（经考证，在今松月湖畔有宋代古驿站遗址）上，从这长城岭古隘间走出群山，时时频回望地走进了密州城。

路途艰辛，幸在终途遇到最美的山川。与那摘锦云山不同，密州大地，却满是入冬的萧瑟、饥饿、贫穷和荒芜，民不聊生。然而，他的人生停留在这片"岁比不登，盗贼满野，狱讼充斥"的土地上，面对着"斋厨索然，日食杞菊"的生活时，却走向繁茂，如这走向盛夏的6月。

为父守孝完还朝，已是而立之年的苏轼，续写人生的春天。然而王安石变法像他人生的倒春寒，因为直言政见，他无奈只能选择离开想施展抱负、致君尧舜的皇都，远去杭州。在杭州，他初步展示了自己的基层治理才能，小有作为，也度过了三年的舒适时光。在密州，他的生活与在杭州的落差是极大的——"去雕墙之美，而蔽采椽之居；背湖山之观，而适桑麻之野。"但在困境中，他自得其乐，也找到发挥能力的舞台。他努力改变这片土地，疾风知劲草，再次展示了自己的治理才能，让这片土地，变得一片清明，逐渐殷实富足，凭一己之力，突破了密州的困境，把勾践和黄歇的武功都未能征服的土地，通过文治达成一片清明。

仓廪实而知礼节。随后，苏轼又组织人们整饬修葺了密州城北的旧台，取《道德经》"虽有荣观，燕处超然"之义名"超然台"，成为密州人的，也是他自己的精神堡垒。密州太平，人民安宁，才能让他放下对百姓生存的担忧和惦念，才有了"为报倾城随太守"，也才能让他真的有一颗"超然"之心。否则，人民群众在水深火热之中，他怎么允许自己独身"超然"？一颗心逐渐豁达，于是，"老夫聊发少年狂，左牵黄，右擎苍，锦帽貂裘，千骑卷平冈"，有了密州出猎的豪放。在这台上，也有了"明月几时有？把酒问青天"的醉吟，更有了"前瞻马耳九仙山，碧连天，晚云间。城上高台，真个是超然"的留恋。他的文才也开始怒放。

在这里，除了治理密州的政绩斐然，他也突破了自己，在这片山水中，用诗词改变了自己的心境，让逆境成为人生最宝贵的经历，让心态超然而变，诗词创作进入顶峰，写出了这些最好的诗词，有了脍炙人口、传颂千年经久不衰的密州三曲：《水调歌头·明月几时有》《江城子·密州出猎》《江城子·乙卯正月二十日夜记梦》。

密州之后，不惑之年，他的人生也开始颠沛流离。但是在密州期间经历的磨难和矛盾挣扎，以及治理土地的历练，通过复杂的心路历程，让自己的心态逐渐趋于平和、超然，让他找到另一个自己，一个让未来的半生安然的自己，塑造了日后恬淡从容、风雨不惊、宠辱皆忘的伟大人格，也有了后来的"一蓑烟雨任平生"的豁达。

改变他性格的，并让他文思泉涌的，不仅仅是一颗勇于面对磨难、坚毅而聪慧的心灵，也应该是这里的山水。

三

大约山对所有有情怀的人都是一种诱惑，尤其是文人。落足密州，几乎是广袤的平原，只在南方——从杭州来的方向，是连绵的群山，以马耳山为首，充满"山居"的诱惑。在密州短暂的两年时光里，苏轼要么是在遥望这群山，要么是在这群山之中。在他的诗词里，能看到他对这片山的情怀。在《超然台记》里，他更是道出了这片山对自己的诱惑："南望马耳、常山，出没隐见，若近若远，庶几有隐君子乎！"

登上近处的常山，他是为了靠近神灵；而走进远处马耳山、九仙山，他是为了找寻自己。

超然台上独自凭栏，看无限江山。向着原野望去，马耳山巍然耸立，青山连绵叠翠。南来的风，吹起了他的衣襟，仿佛也是山的呼唤，无数次撩动他的心。他循着那山水的呼唤，向着风来的方向，策马驱驰，再次经过这长城岭，回到群山之中。此时，这片土地，已然一片生机勃勃，长城岭村的人们闻知知州的到来，夹道欢迎，感念他改变了这片土地，改善了他们的生活。

那时候，这段长城，大概还比较完整吧，或者还有城墙的痕迹，没有这茂密的荒草包裹。在苏轼的人生足迹里，这里是唯一一次与长城的相遇。那时候，他或许也停下了脚步，踏上这长城，怀古凝思。

此时的马耳山，已在他的东侧。或许他就沿着长城，一直向东，迤逦走向马耳山。在密州大地最高的地方，可以俯瞰整个密州，初有了"寄蜉蝣于天地，渺沧海之一粟"之感。立足马耳山上，向南是密州南部的连绵群山，"东武望余杭，云海天涯两渺茫"，怀想繁华杭州的空蒙山色；向东，是渺茫的大海，遥望琅琊台，继续找寻着"蓬莱方丈有无间"；向西，近处瞰昆山故城，远处怀望弟弟子由，也期盼着兄弟同心"致君尧舜"。

离开长城岭，漫步长城岭南的水潭边，一泓碧水映衬着马耳山，明艳动人，徜徉其间。直走进青山深处，踏入苍翠的九仙山中，竹杖芒鞋轻胜马。

"九仙今已压京东""奇秀不减雁荡"，道出了他对这片山的熟悉和盛誉，在清秀的山水中，享受几日山居时光，与友人对饮白鹤楼中。日观会稽山，回想越王勾践故事；夜望明月，把酒问天，感怀人生；清晨登山，欣赏仙境流云。如今，白鹤已去，青山悠悠，只留下苏子手书的"白鹤楼"于巨石之上，把他对这片山的情怀雕刻在历史的记忆里。

这青山绿水，在他心中留下美丽的记忆，也改变了心境，融释了官场的失意，抚慰了对弟弟的怀思。在回密州城的时候，心境已然旷达。再从这长城岭走过，弃马乘舟，漾波涓河，顺水而下，回到超然台。

在他即将离开密州的时候，多次在诗词中提到马耳山、九仙山，足见他对这片山的眷恋情怀，如同拜别故友。启程离去时，定是不舍地回首怀望这片青山。

熙宁九年（1076年）秋天，苏轼从密州离任之际，再次登临常山，写下了《登常山绝顶广丽亭》，"西望穆陵关，东望琅邪台。南望九仙山，北望空飞埃……"又望九仙山。他登上超然台，再望马耳山、九仙山，作《江城子·前瞻马耳九仙山》：

前瞻马耳九仙山，碧连天，晚云间。城上高台，真个是超然。莫使匆匆云雨散，今夜里，月婵娟。

小溪鸥鹭静联拳。去翩翩，点轻烟。人事凄凉，回首便他年。莫忘使君歌笑处，垂柳下，矮槐前。

这也是苏轼少有的婉约之风的词作，满是对这片土地的深情，尽诉了依依不舍之情。

四

苏轼难以忘怀的是这片山水，难以忘怀的是他一蓑烟雨任平生的身影。这片山有幸遇见他，在文学史上留名——"前瞻马耳九仙山"，在万山丛中扬名——"九仙今已压京东""奇秀不减雁荡"；这片土地有幸遇到他，诞生了无数脍炙人口的诗篇，也转而安宁富足。1087年，在去县十年后，古海曲县地域又置日照镇，说明了这片土地生产复苏、人口增长，这不无受益于苏轼治理密州。

时光已经匆匆走过了近千年。不变的是山，不变的是水，变化的是人间。二十几代人从世间匆匆经过来去无痕，苏轼却被深刻地记录在这片山水中。在这千年里，也有无数人踏着他的足迹，为了民生福祉，呕心沥血治理这片土地，垦荒山，育良田，战天斗地，守护绿水青山，让这片土地有了今日的富饶美丽。

岁月不断剥落了长城上的泥土，却沉淀丰厚了历史的记忆，无数的故事，见证着这片土地换了人间。战争、匪盗、贫穷、饥饿早已成为记忆，只能在史书里寻找。人们曾经忙碌着生存，如今，人们享受着生活。繁华的都市生活中，无数人也艳羡青山，居在高楼之上，看山望水，就像站在超然台上的苏轼，希冀着走进田园，返璞归真，徜徉于山水之间。文人的诗意，走进寻常百姓家。

在这山岭间，道路纵横，环绕松月湖到长城岭近前的齐鲁风情5号路，像一根珍珠项链，串联了这片山区无数美丽的风景；龙潭湖水库下，红色的步道身姿曼妙，轻盈地穿行在潮河水上，萦绕在五莲山、九仙山脚下，沿着潮河水波，直去向阳光海岸，折转进繁华都市中。苏轼的山水，成为百姓的山水，苏轼笔下的诗意，成为百姓生活的诗意。如果他在此，不知会如何去赞叹这盛世。

我一直认为，很多步入仕途的文人贤达，心怀"为天地立心，为生民立命，为往圣继绝学，为万世开太平"之志，是真正心怀百姓、惠泽民生的，正如苏轼所敬重爱戴的范仲淹，"居庙堂之高则忧其民"。所以苏轼敢于站在百姓的角度向神宗上书谈论新法的弊病，诉说百姓的疾苦，为民请命，以至于被排挤到杭州，也让密州这片土地有幸遇到他。曾经，这样的人寥若晨星。如今，中华大地上，却是灿若繁星，无数人的坚守，共同撑起了文人先贤追求的大同盛世。

是的，这脚下是倾圮的城墙，低头是凄凄的荒草，但历史沧桑埋入尘土，抬头是满目青山，生机勃勃的原野，鳞次栉比的农民新居，未来满怀希望蓬勃生长，这是换了人间的盛世，谱写了新的诗篇。

我又怀想，如若那时，苏轼真的登上这长城岭，迎着萧瑟的北风，或许更是踌躇满志，意气风发，亦有"诗酒趁年华"之感慨，奋进当此时之斗志，让人生从这里开启新的征程，让这片土地和自己人生去完成新的蜕变。

在日照，与阳光共舞

王　涛

阳光透过窗帘的缝隙，洒在我的脸上，我慵懒地翻了个身，却再也睡不着了。这是一座靠海的城市，日照，一个名字里就带着光芒的地方。在这里，阳光仿佛成了最寻常也最珍贵的礼物，每一天都慷慨地赠予着每一个醒来的人。

我起身走到窗边，拉开窗帘，眼前的景象让我瞬间清醒。远处的海面上，金色的阳光跳跃着，波光粼粼，像是无数颗钻石在闪耀。海浪轻轻拍打着岸边，发出悦耳的声响，那是大海独有的旋律。我不由自主地深吸一口气，空气中弥漫着海水和阳光混合的味道，清新而又略带咸涩。

此时，已经有人开始在沙滩上漫步，或是沿着海岸线慢跑了，他们用脚步丈量着这片土地，也用心灵感受着这份宁静的美好。海浪轻轻拍打着岸边，像是在为这新的一天奏响序曲。

日照，这座小城，没有大城市的喧嚣和繁华，却有着它独特的韵味和风情。走在街道上，两旁是郁郁葱葱的树木和五彩斑斓的花朵，它们似乎也在享受着这难得的阳光。偶尔有几只小鸟飞过，留下几声清脆的鸣叫，为这宁静的早晨增添了几分生机。

我漫步在海边的栈道上，脚下是坚实的木板，两旁是波光粼粼的海水。海风轻轻拂过我的脸庞，带着一丝凉意，却也让人感到无比舒适。远处的帆船在海面上缓缓移动，像是一幅流动的画卷。我不禁想起一句诗："白帆点点破长天，渔歌阵阵入云端。"或许，这就是日照最美的写照吧。

在这里，时间仿佛变得缓慢而悠长。我坐在海边的礁石上，静静地望着海面，思绪飘向了远方。日照，这座小城，见证了无数人的悲欢离合，也承载了无数人的梦想和希望。它像一位慈祥的母亲，用她那温暖的怀抱，抚慰着每一个疲惫的心灵。

我遇见过一位老人，他每天都会来到海边，静静地坐着，望着海面，仿佛在回忆着过去的岁月。有一次，我忍不住好奇，上前和他攀谈起来。老人告诉我，他曾经是一名海军战士，在这里度过了他人生中最难忘的时光。现在退休了，他每天都会来这里看看海，听听海浪的声音，感受那份曾经的荣耀和激情。老人的眼神里充满了对过去的怀念和对未来的憧憬，那一刻，我仿佛看到了日照的灵魂。

在日照，时间仿佛被赋予了更多的意义。它不仅仅是流逝的岁月，更是人们心中那份永恒的记忆和感动。每一个在这里留下足迹的人，都会带着一份独特的情感离开，那份情感就像阳光一样，温暖而明亮，照亮他们未来的路。

我继续在海边漫步，脚下的沙滩软绵绵的，像是踩在云端上。海浪一次次地涌来，又一次次地退去，带走了我的烦恼和忧愁，只留下内心的平静和喜悦。我闭上眼睛，深深地吸了一口气，仿佛要把这份美好永远地留在心底。

不知过了多久，太阳已经高悬在天空中，阳光变得炽热而强烈。我走到一处阴凉的地方，坐下来休息。此时的海面上，一艘艘渔船正在忙碌地捕捞着海鲜，那是日照人最引以为傲的财富。渔民们脸上洋溢着丰收的喜悦，他们的笑声和欢呼声此起彼伏，仿佛在为这片海域唱响一曲赞歌。

我看着渔民们忙碌的身影，心中涌起一股莫名的感动。他们在这片海域辛勤劳作，用汗水和智慧创造着美好的生活。他们的笑容和汗水，就像是这片海域最美丽的风景，让人心生敬意。

傍晚时分，我再次来到海边。此时的海面已经变得平静而温柔，夕阳的余晖洒在海面上，像是给大海披上了一层金色的纱衣。海鸥在海面上盘旋着，发出悦耳的叫声，它们仿佛也在为这美好的一天欢呼和庆祝。

当夜幕降临，日照的另一番景象便呈现在眼前。灯火通明的街道上，人们或是在夜市中品尝着地道的海鲜美食，或是坐在海边的咖啡馆里，享受着海风带来的凉爽。夜晚的海更加宁静，月光洒在波光粼粼的海面上，如同银河倒映其中，美得令人心醉。此时此刻，日照仿佛变成了一个梦幻的世界，让人忘却了尘世的烦恼，只想沉浸在这份美好之中。

在日照的这几天里，我仿佛经历了一场心灵的洗礼。这里的阳光、海水、沙滩、渔民和每一个在这里留下足迹的人，都给了我无尽的感动和启示。我明白了，生活不仅仅是为了奔波和忙碌，更是为了寻找那些能够触动我们内心的美好和感动。

在日照的日子里，我还学会了许多生活的小技巧。比如，在海边晒太阳时，要涂抹防晒霜，以免被紫外线灼伤；在品尝海鲜时，要注意食材的新鲜程度和烹饪方式，以免食物中毒；在游览景点时，要遵守景区的规定，保护环境和文物。这些小技巧虽然看似微不足道，但却让我更加深入地了解了日照的生活方式和文化习惯。

随着时间的推移，我对日照的了解越来越深，对这座城市的热爱也越来越浓。日照，一座用日光写成的城市，她以一种独特的方式诠释了自然与生命的和谐共生。在这里，我看到了日出江花红胜火的壮丽，感受到了春来江水绿如蓝的静谧。这座城市教会了我，生活中并不缺少美，只是缺少发现美的眼睛。而我，在日照的每一刻，都在用心去感受这份美好。

离开日照的那天，我再次站在海边，望着这片熟悉而又陌生的海域。我知道，我已经爱上了这座小城，爱上了这里的阳光、海水和每一个在这里生活的人。我深深地吸了一口气，仿佛要把这份美好永远地留在心底。

日照，这座美丽的小城，用它那独特的韵味和风情，深深地打动了我。日照，这座美丽的海滨城市，已经深深地烙印在我的心中。对我来说，她不仅是一段美好的回忆，更是一种永恒的情感。我会将这份情感珍藏在心底，让它成为我人生旅途中最璀璨的明珠。

我相信，在未来的日子里，无论我走到哪里，都会带着这份美好和感动，继续前行。因为我知道，在日照这片海域，有一份属于我的记忆和感动，它将永远照亮我前行的路。

碧波潮起满天涯

黄鹂鸟

仿佛有一段莫名的往事，遗落在日照的沙滩；仿佛有一场期冀的等待，在洁白的灯塔下守候。

走在咸腥味的轻柔海风里，走在波涛汹涌的肆意喧哗中，走进碧波潮起满天涯的日照风景里，不知道还能不能走出来。

一

日照的一天是从红日初升开始的，当初夏灿烂夺目的朝霞染红了微波荡漾的海面，当城市的第一班公交车意气风发地出行在大街小巷，太阳与日照便有了明媚光艳的交集。

万平口广场，一排排遮阳伞齐刷刷排开，组成一道休闲长廊，等候游客的到来。吹着慵懒的海风，坐在伞下与辽远壮阔的大海相对，纵使风浪不能吹去凡尘，置身在浩天远水之间，亦是一种别样闲情。

抬首仰望浩荡天宇，不由得惊叹世界何等广大，造物者以恢宏开阔的气魄，塑造出如此广大灵动的空间。

白云软软地飘浮在上，那般洁净，那般纯粹，那般轻柔，仿佛待在尘世之外，它一再悄悄提醒我，在这儿，所有的浮华会被拒绝。

有海鸥自远方飞来，它借给我轻盈的翅膀，让我以飞翔的姿态，拨去天光云影，掠过徐徐海风，像落花一样悄然降落。

静观大海，阳光倾泻在一望无际的宽波碧涛，随澹澹水波轻轻荡漾，那耀眼的光芒刺痛我的眼睛。有人说，凡是接受阳光洗礼的人，可以满足很多愿望。那就让我的生命在阳光的沐浴中轻盈起跳，跟随每一次的日出焕然一新。

二

站在细软的沙滩上，对着扑上岸的浪花呼唤一声大海，空远的视野传不来任何回声，遥远的海面似乎在流向天的尽头，而这尽头，无限迢远，可以舒展狭窄的心灵，足以让你放下所有的逼仄，所有的烦躁不安，所有的繁重琐碎，和所有的追迫沉重。

我知道这是红尘中没有的仙境，让我不愿仓促地返回尘世间，更不愿重新淹没在拥挤的人流里。

涨潮的海水声响喧哗，不知疲倦地拍打海岸，一遍遍抚平游客的脚印，它好像是一种召唤，荡涤着尘埃，以水的形式。

"涛之起也，随月盛衰。"洪波涌起，浪花翻滚，追随着月圆月缺的脚步，追云逐月的距离虽然遥不可及，却始终在相伴相随。

这种滋味，我不能，你亦不能。

脱掉鞋子，踩着绵软圆滑的海沙，回应着海浪的呼喊，向沙滩的远处走去，向生命的更远处走去。

抵达既定的目标，似乎只有一步之遥，然而踏了上去，踩下脚步，才知道湛湛青天、蔚蓝大海，乃渊渊其渊，浩浩其天，博远浩瀚难测，广袤深奥难寻，一个人，不过空空宇宙间微微尘埃。

丢下怅然，继续行走，穿行在水与岸的交界，愤怒与平静的边缘。

三

我知道，倘若丢下无常的悲喜，必定可以寻回永恒的安宁，万物自有定数，我亦有我的宿命。

轻轻放下，徒留一声叹息，不知浪花是否听得见。

抬眼望去，洁白的灯塔闯入我的眼帘，像是突然闯进一段陈年往事。

灯塔已有一段历史，如今成了岁月的旧人，静静地屹立在砂石海岸，像是静默在时光的深处。不知它到底落满了多少岁月的尘埃，不知到底见证了多少海风猛浪的狂烈，不知又听取了多少对情人在它脚下海誓山盟。

倚着灯塔，我眺望远方，我喜欢坐在一隅静静地观望，发呆，愣神，让灵魂出窍，在一个无聊的下午，在浪花轻涌的岸边，感受海风吹动我的黑发，迷醉我的情感。纵有千般意难平，那开阔宽广的海平面，总能治愈我的焦躁不安。

渐渐黄昏来临，夕阳如火，此刻的灯塔拖下长长的影子，融入落日的色彩，一瞬间惆怅变得明净温暖，一瞬间疲倦的往事被忘却，不再担心日子会悄悄溜走。

风景总是为懂得的人而生，把这个瞬间装入时光的魔镜，待在里面再也不走出来。

四

夜晚，天空转为蓝黑色，潮水悄悄退去，已经把灯塔的风景下载保存的我，来到海边沿岸的网红打卡地——东夷小镇，这里灯火辉煌，正上演着人间烟火的热闹气息。

炒酸奶的摊位排起长队，奶油果酱混合，芒果蓝莓搭配，口感赛过冰激凌。铁板鱿鱼红酥焦脆，香辣诱人，嚼到嘴里嘎嘎香。刚出锅的烤青虾红亮嫩滑，再浇上一层辣椒香葱，瞬时满口爆香。

另一边的一溜小铺子挂满了各类民族风物。产自大海的珍珠贝壳项链晶莹透亮，编排精巧，谐趣丛生。来自云南大理的蓝染手工布艺头花发绳缤纷多彩，让人眼花缭乱。虎皮檀木花梨木各类木制手镯纹理清晰，养眼尊贵，充溢着浓郁的边疆色彩。

亦有怀旧茶馆，以古朴的棕黑色，展开沉寂娴静的韵致，于是在怀旧的氛围里，我且品一壶清爽的日照绿茶，一边看门外游客摩肩接踵熙熙攘攘，一边等待滚烫的茶水将时光散淡，把光阴温润。

如此，做一个晏然自若的闲人，可好？

这一件件、一桩桩牵动着难以言传的情结，带给我别样的惊喜，惊喜之外，还有多少风景我不曾抵达，需要我将余生做注，跋山涉水，乐此不疲地寻找？

五

穿过东夷小镇而出，正是海岸软沙。

夜已经深了，一轮明月高悬海上，清亮明和，圆润饱满，赐给我美丽的邂逅。夜幕星辉点点，银光璀璨，装饰硕大无边的穹庐，又似倒映在暗波微澜的海面。

"日月之行，若出其中；星汉灿烂，若出其里。"自曹操书一首前无古人后无来者的《观沧海》，我们便记住了瀚海吞吐日月、包蕴万千的壮丽，它孕大含深，又动荡不安，宛如彼时的中原，幅员辽阔，却又三分天下未定，激励着满怀壮志的乱世豪杰面临浩荡的海风，一抒胸臆，豪气纵横，旷达雄远。

大海给了人无穷尽的遐想，不但让我们胸襟宽阔豪情万丈，也可以相看无言，思愁婉转。无论是李白的"但见宵从海上来，宁知晓向云间没"，还是张九龄的"海上生明月，天涯共此时"，看那洪波涌起的大海托举着一轮明泽圆润的满月，永远是一帧沉醉神往、华美永恒的画面。

今晚的大海可还有梦？放下怀古思今的愁绪，放下世间的羁绊束缚，听浪花轻喧，吹悠悠海风，只想将一切情怀交付于万顷碧波，把这具皮囊骨骸融于苍茫巨海。

惜乎我不能如李杜吟诗作赋光焰万丈，惜乎今天日照一行也不会留下任何痕迹，但眼前这无尽的苍茫，无边的辽阔，已让我的心透彻明亮，洒脱豁达。

　　明日我将轻轻离开，不会对美景纠结难舍，因为它们清除了无用的缓存，在我的内存里深深扎根，任凭时光如何变换，永远不会褪色改变。所以我的离开将淡然轻灵，所以我的离开，将会是另一种期待。

日照纪行

马亭华

日照，又名"东方太阳城""水上运动之都"，的确是个诗情画意、避暑消夏的好去处。

今年暑假，正好利用年休假时间，与家人得以成行。迎着夏天的晨曦，踏着海浪与日照来了个亲密接触，那些海浪声拍打着礁石，大海汹涌着带着一种神秘感，仿佛被黎明的螺号一再吹响，充满了胜利的凯歌和风的语言。日照大美，在海浪的诉说中，显现出了现代感十足的美丽腰身。

观海而居，临海而行，亲海而游。正是这次日照之行的主题。

到了日照泻湖，孩子们就开始撒起欢来，而我则喜欢静静地观看，让大美在眺望之上，辽阔之上闪耀，那些神秘的声音，被晚霞镀成金色，消失在海风中——仿佛从明月里走下来的女子，卧听涛声，神圣的共鸣依旧，而日照，则披上了黄昏神性的面纱。浪漫主义的天空……悠闲漫游的云朵，是女神干净的手帕，占据着大海的上空，然后融合、聚集，缠绕成美丽缱绻的风暴，冲击着我们眺望的瞳孔，于潮起潮落之间，呈现芸芸众生之美和久违的渴望。

我的一位诗人朋友曾在日照写下这样的诗篇："我立于风帆之上，瞭望远方或大海，互文的修辞里，锻造一册鎏金或丰茂的图志，在玲珑的撰述里抵达这一方幽深。那感喟于古雅或现代的雕饰里，我何曾忘怀语言的功效，或那高亢之中婉转的羽翼，慢慢飞翔，飞过一阙不可窥尽的舞台，那一朵朵爱之花，或沾染了大地气韵与海水蕴藉的梦之花。"这一次，我终于有了更深的理解。

大美日照城，千里海天路。像一堂爱的启蒙课、一部美的修辞学，日照吸引着一批批慕名而来的游客，来此卸下行囊，卸下疲惫，终于可以拥有自我。然后，让一颗自由之心，浩瀚之心，领取美学的馈赠，日照神性的诗画之美占据了我们的意志和心房。我们牵手，在海边走一走，曾经指月的手，弹琴的手，交织的手，咫尺天涯，在群星璀璨的夜晚越发迷人，让人屏住了呼吸，蔚蓝的苍穹之下，日照，正引领新的境界——

在日照，就应该为爱醉一次，于大海神秘的眼眸深处，燃烧出千万霞光，用心灵的彼岸与此岸，编织一条永恒的璀璨项链，带上生活的梦想，奔赴未来。到万平口赶海、垂钓，到九仙山登山抒怀、畅游花海，到刘家湾或者奥林匹克水上公园燃烧卡路里、激活荷尔蒙，在日照海滨国家森林公园醉倒在爱的倒影里，与浪漫主义的设计者们，灵魂贴合。

阅读日照，在波涛席之中。带我入座，聆听天籁，我冥想，一个崭新的世界正在朝尘世走来。如一把沉睡的钥匙打开蓝色的乐章，聆听，梦境中最轻的那部分。在日照，读一部浩瀚之书，与海交换蔚蓝的思想，与太阳交换地平线上的起跳。日照，是一部蔚蓝色的灵魂之书，我爱她，书中激情澎湃的朗诵，爱她凌乱的句子，意识流的诗在大风中飘荡，从星空，传来了诸神的回响。

日照的浪漫之旅，也是人性之美，仿佛体验人生穿越荒芜的流浪。去赶海，去奔赴一场爱或美的邀约。仿佛一望无垠的海岸，做你清纯的恋人，做一朵沁心的小花，在晚风中拂动长长的秀发，砂砾有些苦涩，充满魅惑和野性之美。我又一次在星光中品读日照，缀满了仙气和丰沛的润泽，我只愿作千里海天路上一只沉思的海螺，暗暗积蓄夏天的力量……在海天之间翻阅《山海经》，遍寻神性的踪迹和命名，仿佛第一次跟神坐得这么近，伸手可触得光亮和温暖，以蔚蓝的思想和犀利的闪电，完成人生对本性本源哲学的窥视。神游八荒，思接千载，你从内心深处会发出"一半是火焰，一半是海水"的喟叹，大海演奏，海鸥翔集……去放飞禁锢的灵魂，去体验内心的涌动，见证原始的角力。你会发现一个不一样的日照，它单纯、透明、纯净、温暖、浪漫、神性、圣洁，这绝非虚妄，也无意代言，一切自然而然。我们会在沙滩上，奔跑、拥抱、相吻，也会写生、寻梦、探幽，然后在柔软的沙滩上刻画下一对爱侣的形象，或飞翔的翅膀，或欢腾的手臂，皆是发自肺腑，表达出内心的一丝丝感动。

尤其在夜晚，海风的吹拂下，我们打开手电筒去海边寻找小螃蟹，收获满满。坐在海边的沙滩椅上，我们统统把手电筒打开，射向天空，祈福、许愿……我相信神就在我们中间，在苍穹之下，在海浪之巅，安详地看着众生。排除了心中的杂念，于是心灵得到了最大程度的净化，这是一种深刻的体验，仿佛第一次近距离接近神和神秘感，有一种感觉从苍穹深处提炼星辉，提纯一簇簇动人魂魄的蓝火苗，我知道是神性的光辉引领芸芸众生来此，接受时间和露珠的抚摸。如一杯天上的水，照亮了人世间……

在辽阔的海岸线上，感受那广袤的浸润，层叠而来的激情，那些自如的心灵，雀跃的初恋的底色，这蔚蓝色的渲染，让恋人更加亲密无间、相知相爱，相濡以沫。于是，我会由衷地从心底涌出一股暖流，大爱日照，大美日照，海天之间，都是对心灵的疗愈。大海激活了脑垂体和灵感的源泉。太阳城，仿佛打开了一本散落于海滩的诗集，或者札记，册页瑰美，卷帙辽阔，一层层洁净的浪花高高掀起，犹如神翻动的诗页，那一行行充满灵气的诗句，那是大自然的诗，让人得到了一次洗礼。在灵魂舒展的瞬间，沉重的肉身渐渐轻盈且润朗起来，放下疲惫与桀骜，放下固执与偏见，放下一切可以放下的心事。一瞬间，仿佛一条清亮的小溪，从心头荡涤而过，真实而又缥缈……

日照聚天地之灵气、集日月之精华、解众生之心结。爱上日照是一场莫大的幸福，如爱上古老旋转的唱片唤醒我们的青春回忆。大善大美的日照，照见爱情的真谛，这苍茫中的云海，照出我们相见恨晚的容颜，爱情在此发出伟大的共鸣，携带着山的巍峨坚毅，海的澎湃迂回，诉说心底的山海之恋，爱情的冶金学……我爱日照，日照之美是我心中矗立的女神，让我重新做回一个诗人，爱自然、爱生活，爱神性和宇宙的意识，每一滴海水都在歌唱，每一粒沙都在重塑时间。海上生明月，天涯共此时……都是传世的声音，这一刻让人分外珍惜，深深体味这一青铜般经典的诗句给予的光泽与荣耀。

　　客居日照的几天，看潮起潮落，卧听夜的涛声，探寻海枯石烂之中的诗画美学，然后爱上深邃的大海美学，缱绻美意，如苏醒的蝴蝶，一瞬间，找到了幸福感和归属感。

　　大美日照，我只想做一个诗人，想就这样陪着你，一起虚度时光。

向阳而上

冯爱霞

海上观日出，瑰丽；高山观日出，壮阔。

初夏的一日，启程，向着初光的方向。

一

清晨，一抹红晕浸染天空，曙光穿透薄雾，太阳从大海深处冉冉升起。海水如镜，倒映着斑斓的云彩，波光粼粼中，一颗颗水珠凝聚成灿烂的光点，弹跳、飞越。一只只海鸥在浪尖翱翔，一声声汽笛在码头拉响，满载着希望的货轮驶向远方。

金辉之处，灿若锦绣。在日照万平口，一张张笑脸荡漾成一片欢乐的海洋，孩子们挥舞着鲜艳的红旗；恋人双手比心，许下山盟海誓；人们纷纷拿出手机，记录着、分享着。

日照大海，浪涛拍岸，沙滩如雪，游人宛若在画中徜徉。一条28公里的阳光海岸绿道，如蜿蜒的长龙，将山海之美、田园之情、运动之景连为一体，万平口、海洋公园、海洋美学馆、桃花岛等景点，如颗颗珍珠镶嵌其中。蓝天、碧海、金沙滩。灯塔高耸、孩童挖沙、婚纱摄影、健身运动，像一幅随着光线变幻的油画，瑰丽、温馨、祥和。

我们又一路向阳，驶向与海相望的天台山，去观山上日出。天空一片浅蓝，依稀的星辰，朦胧的月娥，伴随着我们前行。薄雾缭绕中，太阳神殿矗立山端，气势雄伟，云梯高耸，直通天宇。巨大的立体圆环，威严、圣洁，像一轮初升的太阳悬挂于天地、山川之间。

登上山顶，太阳正从云海里出浴，云蒸霞蔚间如女神高擎着太阳神灯，光芒万丈，山川万物，都沐浴其中。我站在高高的太阳石上，极目远眺，天海一色，森林与大海相拥，梯田层层，楼房掩映，锦绣如画，顿觉心胸开阔。我张开双臂，仰望苍穹，不敢高声语，恐惊天上人，似与上古邂逅，聆听历史回音。每年元旦，时有"云"端直播，将民间活动的迎日庆典盛况传递给世界，让观众领略到华夏始祖和太阳神的传奇故事，祈福国泰民安，风调雨顺。

殿堂中的《拜日图》，以壁画形式呈现，神秘且深邃，古老的东方民族以太阳神和太阳鸟为图腾，创造了世界五大太阳文化之一。日照区域，曾是新石器时代东夷人的家园，山河相拥，水网密织。大自然的神奇造化，造就了得天独厚的文化富集地，太阳文化、东夷文化、尧王文化、海洋文化、莒文化，在此交相辉映，推陈出新。

如今，每当夏阳照耀在农历六月十九的太阳节上，人们会将新收获的麦子制成太阳形状的饼，以此向太阳致敬，感激它给予大地的温暖与恩泽，带来的丰收与喜悦。

"天台山"名字最早出现在《山海经》中，有章节记载："大荒之中有山曰天台（高）山，海水入焉。"天台山又称扶桑山，"汤谷上有扶桑，十日所浴"，是东夷人祖先羲和祭祀太阳神的圣地，是太阳文化发祥地之一，也是先民们向神明致敬的圣洁之地。天台山不远处，有东方最大的古城遗址——尧王城，出土的代表作蛋壳黑陶镂空杯，其壁最薄处仅 0.2 毫米，以"黑如漆、声如磬、明如镜、薄如纸、硬如瓷"闻名于世，见证了古代文明的辉煌。

漫步于天台山中，可以探访到汤谷的遗迹，那里有太阳神石、太阳神陵、秦始皇赐名的望仙涧、石砌的图腾柱、石头房基等古老遗迹，还有类似天书的摩崖石刻，呈现了古人对太阳的敬仰和对光明的追求。

二

正午，阳光温暖惬意，我们行驶在日照北京路上，远远看到一座太阳鸟的雕像，昂首向天，热烈而雄壮。

相传，太阳也是一只神鸟，远古时，十个太阳炙烤大地，为了拯救人类，后羿张弓射日，射下九个太阳，最后一个太阳鸟受伤落入人间。为了寻求光明，凤凰承担起了拯救人类的使命，她扯下自己的五彩祥羽盖在太阳身上，为他疗伤。当太阳鸟康复后，凤鸟将他带上天空，太阳不知道只有凤凰涅槃的能量才能把他送向天，当太阳鸟跃出海平面时，凤凰鸟口出烈火，火光瞬间燃遍全身。太阳鸟冲进火海想拯救凤凰，但火势的反弹力，把太阳托起，太阳只能向上升起……烈焰灰烬，灵魂重生。太阳始终不忘自己的使命，清晨的第一缕曙光照耀的正是凤凰涅槃的地方，他要带给人类光明、吉祥和希望。这里，就是我们的家园，是长着翅膀的东方太阳城。又因"日出初光先照"而得名"日照"。

在这片古老而神秘的土壤中，陶文古字，古树古城，古今之人，文理之学……一个个高峰，向阳而立。

在莒州博物馆的怀抱中，莒县陵阳河出土的黑陶与牛角号，诉说着祖先们智慧和文明的回响。5000 年前，一双双黝黑的巧手将泥土化为陶器，并在大口尊上刻画下"旦"的图形"日云山"，见证了华夏大地上最初的象形文字的诞生。这些陶文，比甲骨文还要早 1500 年，它们孕育的莒文化连同齐文化、鲁文化被誉为山东三大文化瑰宝。

阳光洒在莒国古城的银辉之上，拱辰门楼巍峨壮观，犹如穿越时空的纽带，连接着古今。一串串大红灯笼犹如璀璨的繁星，点亮了古城的每一个角落。我怀着敬畏之心，踏上楼梯，步入时光记忆的廊道，古城的前世今生展现开来。我漫步在"毋忘在莒"典故的壁画之间，仿佛与古人对话。"莒"最早属于东夷古国，莒氏部落先民在此繁衍生息，古城历经为国、为州、为县，已有 3000 年历史，春秋时期更是鼎立齐鲁。拱辰门的"拱辰"取自《论语·为政》，子曰："为政以德，譬如北辰，居其所而众星共之。"寓意着只有以德治国，才能得到老百姓的拥护和爱戴。东眺，高高的古城墙历经 3000 年沧桑，依然坚守着这片故土，见证着岁月变迁。俯瞰，古城楼群错落有致，石拱桥、文昌阁、石牌坊，楼亭轩榭、主街巷道、摇橹木船、古韵悠悠，仿佛梦回春秋。

从莒国古城出发，一路向西，就进入了古韵悠悠的腹地。在 4000 年前的浮来山上，一棵银杏树幼苗破土而出，其根系植于这片土地的灵魂深处，历经沧海桑田，见证了朝代的兴衰更迭，终成"天下银杏第一树"。树身如层峦叠嶂的奇伟山峰，挺直的脊梁，嶙峋的树干，伸展的巨臂，向阳而生。古树长的是筋骨，活的是精神，它目睹过刀光剑影，亲历过莒鲁会盟，跨越过千年的风云变幻，如今走进了新时代的盛世，依然枝繁叶茂。每当微风拂过，树叶便翻起波澜，如同大海的涟漪。

遥想当年，狼烟四起，诸侯纷争，一株银杏树苗根植莒地，以钢铁般的意志，根扎沂蒙大地，倔强生长，吸天地灵气，纳自然神秘力量，获得恒久定力，怀着梦想追求，与大山融为一体，与烽烟血火抗衡，与衰老疾病抗争，与生死较量。

4000 岁银杏树铭记多少是非成败，洞悉多少善恶兴亡，几经历史云烟，故人驾鹤而去，唯有古树仍执着坚守着故土，一年四季由绿转黄，有千金散尽还复来的自信，周而往复，生生不息。如今树下，有书童琅琅诵读国学经典；有古风乐舞演绎家国情怀；有"莒"姓后代，不远千里，跪拜归宗，寻根问祖，成为传承民族血脉的图腾树，中华文明的活化石。每个人心里都有一棵大树，在这片红色文化的热土上，一代代有名或无名的英雄们，用不屈的脊梁撑起了民族的魂魄。

"登山则情满于山，观海则意溢于海。"古树根深扎大地，延展到后面几十米的地方，伫立着一座校经楼，楼内正面的铜像为南朝梁时期文学巨匠，祖籍莒之刘勰，其著作《文心雕龙》开创了文学理论先河，书香弥漫千余载。"文心"是文章的用心、立意。"雕龙"，是指所有美好的文章，都要像刻龙纹那样，细腻地雕刻。鲁迅曾赞赏刘勰写文心雕龙，可与亚里士多德的《诗学》相媲美，"解析神质，包举洪纤，开源发流，为世楷式。"

树高千尺不忘根，人行千里不忘祖。诺贝尔物理学奖得主丁肇中，他的故乡是日照。他以其先驱性的科学研究向太空进发，但他的心永远属于祖国。在领奖时，他坚持用中文演说，成为诺贝尔奖颁奖典礼历史上第一位使用中文致辞的人。丁肇中对随行的儿子说："你的根在这儿！"在美丽的日照，日照科技馆生动展示了丁肇中教授五大著名实验原理和科研成就。

三

午后，我们又向灯塔广场奔去，人流正从四面八方涌来，道路两旁的车辆排成数公里的长龙，一眼望不到头。海风轻抚，海浪拍岸，大海敞开博大的胸怀，接纳着四方来客。

长长的堤坝坐满了人，站台上、沙滩上、礁石上站满了人。老人带着板凳，青年人支起三脚架，孩子们一边扒沙一边兴高采烈地等待那神圣的时刻。临近16时，海边人山人海，摩肩接踵，大家都面向大海，像等待大片的开演。海在阳光照耀下，像层层鳞甲铺在水面，又像顽皮的孩童向岸边跳跃。放眼望去，大海风平浪静，不见白浪滔天，但见一艘发射船承载着耸立的火箭威武壮观，外围有游艇、帆船守护。人们紧紧盯着发射点，目不转睛，屏住呼吸，一分一秒不敢错过。16时12分，突然，一声巨响，火箭底座爆发出一团耀眼的火光和白色的云烟，火箭震撼发射，腾空而起，拉着长长的白烟尾焰，如同火龙，带着科技使命，直冲云霄。人群不约而同发出惊呼声，随即又安静屏息，照相机、录像机、望远镜、手机，一直对焦着火箭直至消失在苍穹。我也禁不住大喊："太激动人心了！"人们爆发出雷鸣般的掌声，欢呼雀跃，有的中学生举起红旗摇摆，有的青年拉起条幅庆贺，有的孩子把手中的气球放飞，有的人唱起激昂的祖国赞歌，日照海岸成了一片沸腾的海洋。

这是一个载入史册的时刻，北京时间2024年5月29日16时12分，我国太原卫星发射中心在日照黄海海域成功发射了谷神星一号海射型遥二运载火箭，搭载发射的天启星座25星—28星顺利进入预定轨道，飞行试验任务获得圆满成功。这不仅是一次航天壮举，更是无数人心中的自豪与梦想。整座城市的心跳仿佛都与火箭的脉动同步，太阳城也汲取着源源不断的力量，脚步在时空中穿梭，速度在阳光中丈量。

海上的浓烟如云团，翻滚着，绽放着。一箭四星首次在日照海域发射，这怎能不令人欢欣鼓舞和振奋？

我望着高高的灯塔，思绪万千，日照从古朴的村居到摩天大楼的壮丽蜕变；从煤炭堆场到旖旎的海岸线；从荒芜的盐碱地到阳光海岸绿道。这里不仅有辽阔的大海，还有苏轼赞誉"奇秀不减雁荡"的九仙山，有集大海、林海、花海于一体的国家森林公园，有穿越时空的东夷小镇、莒国古城、齐长城遗址，更有传承红色精神与淳朴民风的齐鲁风情5号线……

日照，正张开太阳鸟飞翔的翅膀，涌动无限潜能。创新高地，也如雨后春笋般崛起。日照港，既是新亚欧大陆桥经济走廊的主要节点，也是"一带一路"的重要枢纽，港口秉持"智慧"与"绿色"，向世界一流海洋强港不断迈进。日照大地，山海相依，美丽乡村，茶园梯田，如诗如画，新兴产业蓬勃发展，创新种子生根发芽，直至长成参天大树。每年，上百场体育赛事精彩纷呈，水上运动之都的美名享誉中外。在这里，时尚与生活气息交织，每个人都能找到属于自己的快乐和方向。每当节假日，游客络绎不绝，从"四海"奔赴"山海"。

这座荣获联合国人居奖、全国文明城市、中国十大最美海滨城市等美誉的城市，正以其独特的魅力，描摹着壮丽的海景图。

追梦星辰与大海，太阳每天都是新的。每一次远航，都留下扬帆的搏击，每一次攀登，都留下跋涉的足迹。日照人，向海而生，向阳而上，将大海与高峰绘成经山历海的坐标。

腾飞，向着太阳的方向。

悠悠盐茶道

秦绪开

岁月如尘,吹散的是眼中花、水中月,踏在脚下的才是心中路、人间道……

海风沿着咸腥的记忆,想细绎往昔的曲折,不意通途畅路,直抵这座小小的村庄。这座名叫陈家官庄的小村庄,安然憩卧在微微南向掌斜的山坡上,在春光烂漫中,被深烙记忆中的那丝熟悉的咸腥唤醒,眼光明亮,打量着眼前这条崭新的盐茶道。这条蜿蜒南去的道路,犹如天地在这片山林峻岭中突然押宽的一道心思,振去过往的岁月蒙尘,鼓跃新生、抃舞春光!其南端垂络的那座叫后崖下的村庄,正在懒洋洋的睡梦中恍醒。梦中人影散乱,骡马蹄敲铃响,驮着袋袋海盐,在胧星寒月下,踏霜北去……

站在"海盐古寨茶香小镇"的巨幅竖匾下,远眺东南,紫陌红尘,树碧笼烟,杂花星缀,杳杳光霞明灭处,乃临海涛雒镇。涛雒古盐场,便是此条盐茶古道之薮始了。北向前行,路圈山抱谷,紧束山沿若墨带。春草青碧,花碎香乱,松黑针刺,风过沙沙婆舞,虽风小春嫩,然抬眼深林晕青,已是满目春光、韶华稚起了。山凹南面处,一土坪缀路屿突,大可盈亩,石磊垣墙半圈,东南翼抱,其外一青石嵌路,拟作一盐旅山行。四人二马,沿路踽行,色苍然有古意。最前一人挑担,最后一人肩扛,皆卷裤绾袖、弯腰偻背,芒鞋苍髯,满目蒿艰,又髻发荆簪,全不似另两人光额长辫、斜襟马褂,许是拟作者故意为之,以显时空交错、岁月叠尘吧。前马昂首奋蹄，鬃鬣戟张而尾翘，肌肉筋突若出；后马低首嘶鼻，努脊弓腰，若不胜重。其前一掌柜模样者，辫长绕肩，右手后背，握一长杆烟袋，似有烟火闪烁，鼻挺深目，耳阔唇紧而满目荆棘。余一人敞怀推车，车为真铁，然古道狭仄峭岩，必不能推车而上，只是今人的一种臆想悬揣罢了。路西山坡有标语"环境就是民生，青山就是美丽，蓝天也是幸福"，字皆斗大红色，在晨光中熠熠闪耀。

看着这队拟作盐旅，不禁心思恍惚。我恍然看到一队队骡马人旅，披星戴月，践霜履雪，一次次走在错叠的时光中，一次次走在这盐茶古道的四季中，也一次次走在四季中的盐茶古道上。这约五公里的盐茶道，密林幽壑，断崖残谷，其险莫名。他们的脚板掌印着道上的每一块青石，这光滑青石中的每一粒石花都是他们的汗水浸染。他们丈量这山道的每一寸青石，也丈量他们心中的每一道纹理，他们丈量月落风霜、岁月苍黄，也丈量春光鸟啼、人间韶华。他们的骡马驮着辛苦，也驮着幸福，驮着叠朽的岁月，也驮着人间百味。这线咸腥，从涛雒古盐场一路迤逦到莒地以及广大的泰沂地区。在东夷大地的逶迤群山中，每一粒盐花都是一个生命的泛漾，每一粒雪白都是一片生机的鼓动。有了这条盐茶道，辽阔的泰沂大地上，才流淌涌动着一丝大海的咸腥与律动。人间况味，如果没有了盐咸，又将是怎样的荒凉与薄残呢？

俯仰天地，其感莫名，我觉得风是我的呼吸，嘘吸着这山道的每一个四季轮回；我目光落寞，如冬日的月光，在这山道的每一块青石上氲泛成霜；我的思绪抚摸过这山道的每一缕时光，那么，我的脚步也丈量过这片天地的每一寸悲欢吧……而我的脚下是一条崭新的大道，阳光明亮，放目四顾，山河寥廓而天高云淡。我心眼通明，继续前行。路蛇行龙走，一里一凹，半里一弯，忽斩落山脊，顿显空阔。路西山坡高台上，一屋蹲踞，所谓"一碗茶，一个家"。路东平台砥荡，石砌三垣高低错立，其前塑有一马一驴，又有一人提壶倒水，皆栩然若真。再北，路西石墙上作雉堞，略具古寨形制，象思悬臆而已。路东亦作城墙状，墙北有一巨石，蹲伏若兽。墙东一山涧溪流，隐然有声，此即为"唐子沟"。十多年前曾走过此涧，其时夏日憕恅，万木争秀，百花吐芳，山顶林杪风过如涛，而涧底幽静能闻蝶动。涧曲折宕宕，水流激激，鸟鸣声远，不能坦行，时跃石跳涧，攀枝爬坡，幽深萦折若人心曲构，蜿蜒曲跌，似进还退。今已荒落，又逢枯春，虽万物蒙茸而溪涧薄流，不能盈谷。水寒澹清洌，石下多扁虾，浮游倏忽，动憩自若。二哥把动石复位，意为复归自然，我不禁莞尔。二哥慧中淳外，性似圆实方，砥砥荡荡若此坦宽新道；我心略曲折，又有山林之思，间能不著于物而知今昔动静无非自然，故我动石不复而二哥觉不复不快。风过水动，石静山空，不禁相视一笑，天青日明。此亦素物与点盐，又如此盐茶古道今昔之变，感慨良多，不免唏嘘……

遮目北望，红楼隐隐，风动林梢，松针乱舞。驱车登顶，名为"唐子顶"。路口一巨大横匾，上书"盐茶古道"，此即为盐茶古道南去入口。路东一小屋，屋东坡陡落成坑，中间一路分为上下两塘，塘中水清浅见底。路尽触石墙，叠错梯落，最北一墙高约数丈，其上嵌"千年银杏"斗大红字。拾级而上，见红楼尖顶，小窗长门，南北迤逦连错，颇具异乡风情。院内多巨石，院北一巨大银杏蓬笼冲起，粗有两人合抱，干柱米半处分枝粗壮七出，若人手掌而多歧；树冠蓬蓬落落荫能数围；树纹若龙鳞，层层皆右旋，天左旋地右转，此可为天地大道之一征蕴。临树巨笼内一孔雀，翠羽长垂，眼目其上，睒睒若有光，冠翎尖喙，颈腹蓝羽，见人不惊，神态自若，可能在其眼中，我辈凡俗，不足一惊吧。

小屋旁一巨石横置，上书"遐迩"，小字书某摄影基地，不知取意为何，询之屋中大叔。大叔硕语爽谈，言此"遐迩"自是此盐茶古道之闻名遐迩。大叔为本村人，祖上几辈亦为盐旅商，望着脚下宽阔的盐茶道，不免连连慨叹，言今昔生活不啻云泥。这条古道曾洒满他先辈的汗水盐渍，先辈的脚印如落叶，满山叠影，在月明霜落的夜晚，他总能听到盐旅马队的蹄音铃声悠悠缈缈……在日照城市风景的标签名片上，这条崭新坦阔的盐茶古道早已蜿蜒成一道靓丽的风景了，当然，在这许久之前，它也早就成为大叔的心中路、梦中道了。看着大叔幸福自豪的神色，我望一眼远处的那棵巨大的银杏树，虽因其为雄树不能结果而备受冷落，但看着簇簇如枚枚小小团扇的碧叶，在这明媚的春光中，总能扇却人间悲凉与欢喜，而自落一季晴凉吧……

大叔说这棵银杏虽不能结果，但其叶炒茶则香气弥厚，若作药茶，其效亦高，乃知天地大道无私有缺，唯其有缺，才能生万物。若大道无缺，则虚静不动，不动则不生，则历历有情、森森万物何由来，大千世界何由在？此树有性，而此盐茶道亦自有情，既自运盐素物点万味，亦自应有茶香清凉人间、刮垢悲欢吧？

再一次立在"海盐古寨茶香小镇"的竖匾下南望，巨峰镇万亩茶园尽收眼底。茶为南方嘉木，而其性寡淡清刚，故能迁地为良，在这片土地上生根孕香。远望巨峰水库澹澹波渺，烟柳画桥，远处一线山黛，彩霞明灭，鸟鹊翩飞，令人荡荡胸阔，嘬声欲啸。近处平畴沃野，茶亩梯田层递若螺纹聚丝，风过碧痕匝乱，籁籁有声。春风三月，茶嫩叶碧，紫茎羽衣，含露凝香，逐光抱暖，盈盈暗香至。西望北垛山两尖峰捧抱，其内凹地坦落，中间一凸，如茶芽含苞，欲出未露，似地根天芯，颇有玄意。西行路折，路边"途中相见一碗茶"镂空标语，在阳光中炫人眼目，一路风华物语，餍目饫心，忽见此温暖可人语，令人倍觉亲切。其东一株水杉独标高矗，树冠呈一锥形，似一危杆大纛，擎举着氤氲茶香与这片山凹的莫名灵韵。

忽至小茶山，其上一亭四角，春阳屡停而和风多驻，最是春光可人处。梅花海棠，争妍共香，这一茶香神韵的小小山顶，置身其间，竟有飘然欲举之意了。西下一爿小村庄，名为后山旺，村东有"停云""求茶问舍"餐厅民宿，又有两松亭亭若盖，其下小楼两轩，面东箕踞，名为"观湖茶馆"。楼中间西向一斜竖楼梯，右手一屋为品茶室，门前石围土方，中植翠竹，临风摇影，外墙涂写诗句，茶香诗韵相和，大可相宜。楼东一小湖，有连栈曲廊，亭影山痕，随风澹荡，惜无垂柳一二，有茶香清淡人心，而无此物随风拂影，似为一憾。然小楼月明，煮茶品茗，抬眼便能抱容此一小小山水，也便能拟有一襟胸次悠然了。村屋随坡势，难可稠密，村后有径斜引，杂石轮基，曲折通山。小村静而闲，细路杂花可赏，篱边有茶可品，远山青黛盈目，惠风拂面动发，若长此安好，又何起桃源之思呢？这片富庶丰茂而又生机勃勃的土地，正在阳光中心满意足地伸展成幸福安然。有风从身后的盐茶道上吹来，隐隐有马铃声幽渺，透过岁月的叠纹，行走在时光与风霜中的盐旅，在不经意的回首中，他们搐鼻而嗅的究竟是浸满盐腥的林间花香，还是不知多少年后的今日的茶香呢？

《诗》曰："蔽芾甘棠，勿剪勿伐，召伯所茇。"棠棣一树如雪，藏风憩香，坠露成韵，不免神思悠然。望着眼前的这条盐茶大道，我轻捏起一缕细茶，用天地万物的姿势，泡一盏茶香灵韵、眼波明瞳，冲一杯四季轮转、山光水色，闷一壶春花秋月、夏风冬雪，然后用一粒雪花盐，轻点一盏万古悲欢、人间百味……

在 莒

周亦凡

为了日出而早起付出的那一天是我绞尽精力算出的代价,和山海天盘算讨价还价:我们定好闹钟支出了额外的四个小时。我小心翼翼地问四个小时是否足以换来一种真正"日照"之名的海上日出,然后海拒绝了。自东夷古国时期起海就已经在这里,真正的沧海一粟。

日照的马路街头,红色 led 打出的轮换标识:金榜题名、禁止酒驾、礼让外地车。在彻底掩盖日出的云雾决定散去以后,太阳居中地昂居于既白早空,海面上条条金色,深紫色的贝壳被永远留在岸上。只有这样的时刻描绘了路牌上的沟壑:标准受光面和海涛一样金色,方正字体:海天一路。

海天一路是一条路。被我们错误且浪漫地误解成一个成语,处于海天一线和海天一色的同义词之间——沿着某一条路你可以走到历史最遥远的地方,背靠大海,所有语义鲜明的地标全都杂糅成一束清晨晨曦。

你说你曾经做梦,或者是宣称自己小时候做梦——梦到自己站在历史的末尾看到粗犷的金戈铁马,你好像有一种不受束缚的自由:去历史的另外一段看到那里的某种东西。或许你会在日照某个干燥的街头看到一段历史,或者拥有一段历史。这是某一个天下银杏第一树底下的千般荒凉,四十个世纪以外莒鲁华夷。

人类好像更愿意相信日光投射的角度会带来时空上某种异样的联系。无论黄昏，还是日出初光先照的名目：我们最终没能看到海上日出的第一束光，因为这束光先我们一步前往了一个视域以外的无法企及的地方。某一刹那日照作为莒的荒野和千年成县的历史被叠加着送往当下，再慢慢弥漫到未来广阔无垠的永恒——你在其中读到了四个振聋发聩的字，一种掷地有声的沉默。一个人历史的疤痕。

毋忘在莒。可能只有曾经和死亡擦肩而过的人拥有一种否定戛然而止的权利。这种戛然而止已经存在于世千万亿年，从第一个生命体引来死亡的那一刻。生命终其一生都在为下一秒忙碌，积攒着无数未来的积蓄和预警。死亡抹杀了一切未来的意义：滞留于此，教训每一个个体，转瞬与永恒同义。

箭镞从一种蹩脚的角度饶过了公子的生命，自此这种戛然而止网开一面地把一段未来留在莒国：一个人的过去，举国长梦的未来。

于是在海天终于交接的地方，雾起而散。我看到一种灰暗的天光：一个死过一次的人，死而后生地彻彻底底成为一个莒人。从这一刻起一个在未来必将磨灭的国度从并没能破开伤口的箭镞里进入血脉，成为恨意的祝福。

去临淄，颠簸漫远，和我们路程相悖。我不知道你在这里看到了什么，在某一瞬间里你和熙熙攘攘的历史大纷争交融在一起，身影很快分开。你好像看到了一个复仇式的君王大梦，梦的内容并不清晰，他落魄到了沾染一身他乡的魂灵，但你无可避免地从车轮印前折返。那是一条王脉。

我们的路线和公子小白迎面相撞，你坚信在时间那一头有一个声音告诉你幸会——在一切尘埃都已经不是尘埃以后，在历史的未来也早已变成历史的以后。

沿海城市有一种特有的朦胧感：几个关键词——咸，盐分，干燥又潮湿，海沙子面，海鲜礼包，海面浓雾。还有城市范围小，连续住三到四天以后这里就变成一块奇特的熟悉区域：这辈子可能都不会再次回到这里，但它最后会变成你对"海"这个词印象的总和。

把春秋战国地图打印出来就能发现莒国的渺小。齐站鸥头，莒在鸥腹下某一个转折处的位置，小得像一块斑。莒拥有一片海岸：光滑，密集，深紫色贝壳交杂着某种蚝类被海浪粉碎着带上岸边，随后折返。我们看到这里唯一的真正的灯塔，两侧一路往下的台阶慷慨互送一条水流在栏杆某一侧前往不知道在哪里的远方，玻璃门里已经成为记载历史对面的某种科普。我从不知道灯塔可以在距离岸边如此遥远的地方——久远到船未成船，路不在路的过去，海岸是不是贪肆着更加广阔的陆地，又或者万里暗室里只有它是千载长明的永恒。

灯塔把某一种艰难可恨的过往分散成光明，某种意义上充满魄力和幸运地播种了一整片海岸，现在灯火通明。海洋托举过多少行船的船底，行船至今又有多少得以心满意足地、毫无顾虑地靠岸。

玫红天空里冰蓝色的软丝驶向远霞，五只黑白不均的幼猫跑过乌黑的苔藓。泰迪狗耳朵被染成亮橙色。退潮以后海滩上出现零零星星细碎的小孔，更多的是早已失去一切生命体征，纯白或是青花瓷配色的海贝，偶尔被藤壶覆盖到触目惊心。你沿着盐的痕迹一路追捕，在孔洞尽头发现另外一个坍塌的孔洞或者是死路一条，坍塌的粗沙砾下面冒出一只直径两厘米的蟹。

海永远作为一个巨大的生命体独立地活着。它先是包容，而后溶解，勾连，我们清点着可以用蚝壳计量的财富——某种幻想，幻想借此再次和大海和谈，幻想证明海洋是一种固执的无可剥离的生物，日照的海因此在途经这片土地的每条血管里流淌：不留痕迹，但也并不介意我们在沙滩上用奇怪的耙状物留下一米见方的字迹。

终于你突然说我们好像忘记了去什么地方。

什么地方。莒县？

你真正忘记的一瞥：那个在历史另一端与你擦肩而过的人他在历史上唯独是一个曼妙的名字，更多的一瞥里能留下的只有剪辑过后的人生。一道箭痕。

我们不是为了那一个故事而来的，只是那个故事恰好找上了你。我们不是为了一个浓缩的刻意的地名，甚至不是人名。你说所有过往都被更宏观的事实遣散，不管是此刻在日照，还是任何其他地方。山海没有办法挽留它们见证的一切，把一种好客的本能在大地上铺散，四海皆客。我们在夏天还未席卷的犹疑本能里质疑生命的到来和消失。

那个在莒的故事很简单：人的常态永远都只有淡忘和突发的铭记。如果人的常态是遗忘——我们当然会包容未来，期待未来长过一切可以铭记的过往——如果人的常态是遗忘，那么人是不是在无数个自我切片中褪去了过往的全部特质，在某个无意的时刻完完全全成为一个崭新却又盲目的自我。一个染上莒国气息的生命不会远离东夷，一个苦难在其中诞生而后被埋葬，再被挖掘，毋忘出奔在于莒也。某一段记忆不需要直接的固体存在来进行传承，莒国流亡的一国之子早已成君，又早已被历史掩埋成为山海天外一段注记。但故事还是延络着，从一种漫长的尺度变成了虚实交幻的过往：人依然能听见那里的余响。

　　人在现实的纬度里是单薄的，分割成无数过往。这座城在无数过往的切片里留存了很多名字，直到现在被称为日照。

　　所以这里有一片海，你幻想海里全是被日出初光封存的故事，人的砥砺，所有悲哀和喜乐共存，所有苦难和恩赐同在。海把生命再度奉出，从那个遥远的古国再次出发。

　　人类还没有熟悉的一种逻辑：刹那结束的内涵。明天永远存在，积累的过往永远在翘首以盼，怀念过往是因为下意识觉得尚未结束，经历或者人生。正因如此戛然而止是一种令人慌张无措的事故，意味着所有的未来都被抛弃，我们不曾留给那里的信心。我不知道人是不是应该允许自己用过往支撑起一生，但它至少存在着，在某个尚未被喜悦填满的国度。

　　有一种过往极为不堪，但同时饱含热泪和教训，留住它是为了铭记。个人尺度上的铭记，山海共见的铭记。你在山海里，它赋予你。

　　某些在山和海浪以上的东西知道它是爱你的，尽管它的时间跨度实在过长。在这样的尺度上，爱与不爱没有分别，唯独爱恨纠葛能留下一点什么。

　　或者是在飘雾翻腾，海岸迥异感获得的历史既视里留下某一种教训的永恒：来告诉你一世以外可能还有一世，生命的外在里全是生命。

海曲梁鸿的高台

张西洪

要问王勃在《滕王阁序》里言及的海曲在何方？在日照。《古文观止》是中国文学史的一个妥妥的检阅场，所收入的作品，代表了每个朝代的扛鼎之作。《滕王阁序》赫然入列，其详尽注释，证实不是海曲日照人的多情。《日照县志》的记录，更不是今人杜撰。梁鸿与鲁仲连的交情，给我的表述以有力佐证。在潍河上游，日北的高崗下建梁鸿台，谁的主意不得而知，后人一直都在称道，故事世代流传。我常常想，王勃对海曲是情有独钟的。这里的人向真、向善、向美，成为一个真实的映照。

海曲县置于西汉，属琅琊郡。彼时的海曲恐是个海角天涯。幼时常听祖父辈讲梁鸿的故事，长大后，"举案齐眉"这个成语典故，让我加深了对梁鸿的印象。后又在五莲高泽西北齐长城之侧，找到了梁鸿台的准确位置。窜海曲是否梁鸿的选择不重要，来的都是客，山里人热情好客，更相信缘分。

查阅《中华历史大辞典》得知：梁鸿，东汉扶风平陵（今陕西咸阳西北）人，字伯鸾。家贫好学。娶同县丑女孟光为妻，共入霸陵山中，以耕织为业。曾作《五噫之歌》，讥刺洛阳宫室奢华，章帝使人捕之，乃变名姓匿于齐、鲁之间。又至吴，为人赁舂佣作，而夫妇相敬如宾。妻每进食，举案齐眉，后世传为佳话。后疾困而死。清光绪《日照县志·卷十二·掇余》载："高泽水北流，将入莒界，石峀高起，俗名鸿台。相传为梁鸿旧游处。按梁鸿曾居齐鲁之间，王勃《滕王阁序》'窜梁鸿于海曲'，似实指其地。后人景仰，因于台下立梁鸿祠，久圮，有断碑沉埋荒野。"

我生活的县城驻地在洪凝，洪凝河水北去十里入高泽（故称膏泽）河，即从梁鸿台下入了潍河，为潍河南源头水。小时候在河里洗澡，我们都不敢往河里撒尿，生怕脏了河水，亵渎了纯情，伤害了天理。年轻人和媳妇拌嘴吵架，本为常事，"离婚"二字偶尔也挂在嘴边，只是过过嘴瘾，验证了夫妻相互尊重的习俗，得出了"怕媳妇有好饭吃"的结论，梁鸿知道了也会露出微笑的。梁鸿台及梁鸿的故事，让我们这些鼠目寸光的山里娃茅塞顿开，醍醐灌顶，怕老婆不丢人。

每次赏读《滕王阁序》，倍感亲切，自豪，庆幸自己是海曲人。有人说，夫妻和睦，家庭稳定，家族、民族和谐有望，人类和谐才有基础。梁孟所为，堪称永世楷模。初唐四杰之首王勃的杰构，为海曲呐喊，与梁鸿台呼应，石破天惊，先声夺人，余音恒久。

王勃为梁鸿来海曲用的是个"窜"字，这个"窜"字，说明了来者不善，是个曾经出过动静的人，为百姓发声，值得称道。要是兴高采烈地跑来，就不一样了，这个"窜"，是无可奈何的。有发配的感觉。一个"窜"字，道出了人生的悲凉，仕途的艰辛，良知的宝贵。可巧，梁鸿经山历海，选择昆山侧、齐长城下，背齐面鲁的潍河上游暂住。

那年的王勃，风华正茂，在旅途中经过刚修葺一新的滕王阁，巧遇阁都督宴请文化名流，饮酒唱和。他不顾旅途劳顿，全然不晓阁公为其婿蓄意设局，众目睽睽之下，挥毫泼墨，临场急就，梁鸿和海曲显列其中。序通篇回望人生百味，感慨世间万象，773个字，囊括40多个成语，37个典故，喷涌如泉，一气呵成。字字珠玑，句句经典，他的肚子里到底装着多少干货，让四座俱惊？有意路过，无意留痕，有人说，才华横溢、饱读诗书就是最好的备课。彼时的海曲，荒蛮闭塞，贫穷落后，民不聊生。梁鸿在此学会了捕鱼晒盐，织网修船，本来发誓在这里度过一生的。只因海曲的百姓厚道包容，乐于助人，尊重喝墨水的人。

一年后，见过父亲的王勃悄无声息地走了，身后的《滕王阁序》成为绝笔，是他短暂人生才华的精彩绽放。文怕影响，武怕习练。山海间，不时地有巨响迸发，有巨子翘楚诞生。

梁鸿的到来，开一邑文明先河，引领时尚。齐长城之阳，梁鸿台下的汉墓群里，出土了一件文物，是一个铁制的鏊子，为西汉时期制造，证明煎饼在那个时候就盛行了。今天，很多山东人每餐不可或缺的煎饼、大葱、虾酱，已经流传了两千多年。梁鸿一定喜食煎饼，孟女的手艺不会差。孟女给女性树立了典范。文明和习俗，精华和糟粕是并存的，把孟氏看作是封建社会的牺牲品，显然有些偏颇，人类文明的进程，就有继承、反思、批判、抛弃的全套功能，存在的就是合理的。对女性的苛刻要求，是人类社会进步的陋习，本身就有自私的成分。历史上的名人如星河浩繁，缘何只是梁孟的故事得到推崇，在翻脸易于翻掌的当下，这里的人还坚守着相濡以沫，难能可贵。

无独有偶，梁鸿化作了白鹤，在梁鸿台和海曲中间盘桓。九仙山之阳，同为白鹤的苏轼建了一座白鹤楼，并于磐石一侧勒石纪念。如今，有人遗憾地认为，白鹤楼未列入四大名楼，不然就与滕王阁齐名了。其实，抛去个人情绪，排名第几不重要，苏子的楼，有苏子代言，已经列入第五大名楼。

陆续到来的高士有葛洪、萧颖士、苏轼、张氏四逸，当代就有王乐平、王尽美、军旅作家李存葆等不同凡响之士。党的创始人之一王尽美出生在鸿台下，也是二十七岁人生。他把短暂的人生献给了百姓，献给了壮丽的共产主义事业。梁鸿台在历史的风口里消失，梁鸿的故事却越刮越远，与鲁仲连的交情乃见，齐鲁大地上，留下了一座祠堂，留下了一个梁鸿与鲁仲连的故事。特别是"举案齐眉"，让后世百姓的小日子越发温馨。当离婚率上升，甚至在个别城市高于结婚率时，我不好妄加评论，只是为他们没有好好地理解"举案齐眉"而深感遗憾，亵渎了梁鸿。如今的山海间，往返朝拜者络绎不绝，王勃和滕王阁，苏轼和白鹤楼，梁鸿和梁鸿台，偶然也罢，巧合也好，毕竟是默契的。那是物理的地标，文学的地标，心灵的地标。

今人对婚姻的轻率直接影响到了信用和契约，山盟海誓已经有了保质期，婚姻二字显得轻率、轻飘，基本的仪式感也被忽略。究其原因，当今年轻人的生存压力不小，传统观念淡薄，"躺平"二字不再是网络专用词，想想都害怕。梁鸿当年选择了海曲，绝不是偶然，梁鸿台和梁鸿祠的形成，代表了我们的祖先对梁鸿的敬仰。举案齐眉的故事世代流传，不是一时的作秀，更不是文人的杜撰，是一种文化的传承，文明的演化。互敬和互爱，成为人们的行为准则，道德规范。

北去的水，入潍河，去了渤海；南去的水，入傅疃河，去了黄海。五莲的山，成了分水岭，充当缔结两水两海的使者。山不转，水奔流，流过山外的山，到达海外的海，还是见面，融为一体，俨然一幅太极图。

今天的日照，已经成为一座现代化的港口城市，任王勃如何思接千万里，也会目瞪口呆。港口亲吻大海，巨轮飞渡全球，飞机翱翔，高铁呼啸，用得最多的词是人杰地灵，这是最恰当的表达，也是对王勃最深切的纪念。有了导航，梁鸿的海曲极易找到，梁鸿的脚印可以寻得，但身临其境，难以相信自己的眼睛。会改"窜"为"游"，沐阳光，观日出，撑帆船，住民宿，品海鲜，吃美味，洗海澡。王勃重温《滕王阁序》，定心生惊叹，后悔当初用笔墨少了些。

今天的高泽湖，平静、浩渺，把来自大山的一片深情汇聚，慷慨地奉献给下游百姓，滋养了昌潍大地，彰显大慈大悲、道法自然、大义博爱，苏轼、板桥都赞不绝口。

今天的梁鸿台，已经烙印在百姓的心底。王勃遥看海曲和梁鸿，绿水青山，碧波荡漾，峰岭叠彩，游人如织，当会展纸挥毫，添续华章。梁鸿的后人，会乘坐飞机、高铁，或自驾，纷至沓来，享受日照之美，回味海曲之情。

我们拱手相迎。

大海本纪

苏　扬

海洋之曲

此刻，虚空烟雾弥漫，只有大海湛蓝湛蓝。

深邃的蓝，浩荡的蓝，澎湃的蓝，令黑夜恐惧的蓝。

一切梦魇和魅影都被俘虏，被俘者惊慌、焦躁、癫狂、绝望。

海浪喜欢把俘虏反复地揉碎、整合、再揉碎，做成宴会上的馅饼。

充满血腥的吞食后，黑夜湮灭，虚空烟雾渐淡。

黎明准时到来，大海像刚刚分娩的产妇，柔情地托起一轮红彤彤的太阳。

霎时，海上彩霞璀璨，波光粼粼，盛大的歌舞开始了。

天高任鸟飞——

急不可耐的海鸟炫耀着斑斓的翅膀，忽而盘旋，忽而俯冲，忽而升腾，忽而滑翔，把精彩绝伦的舞姿献给第一缕曙光。

海阔凭鱼跃——

一群勇敢的大海之子伺机跃出海面，争分夺秒画出生命的弧线，洒下朵朵闪亮的金花，又迅捷隐入海里。

金木水火土——

一批批体型庞大的生灵排列成神秘的几何图形，变化自如，上下翻腾，卷起千层浪花。

东西南北风——

无数披着迷彩服的小演员狂热地追随在庞然大物的身侧和身后，惬意地东西南北洄游。

欢乐的舞曲无前无后，无左无右，在日照黄海的海波上荡漾。

悠远壮美的海平面犹如展开的波澜壮阔的诗史，礼赞光辉灿烂的太阳。

戴上金冠的生灵们倘佯在蓝色的深宅大院，谁也不愿意散场，舞会无限延长。

中午，灼热、潮湿的海滩被阳光蒸晒释放出咸味的水汽。

清新，明亮。

蓝色之恋

月亮产生了幻觉。

月亮已经度过了很多寂寥的虚空，虚空无涯无际，月亮既忧虑又恐惧，忽然看到大海的奇景，就想从大海那里得到施舍。

比如：声音、色彩、气味、爱情……

于是，月亮向大海不分昼夜地诱引，热烈的海浪克制不住了，一次次撞击出交欢之声，掀起爱的高潮。

喷涌的潮水激情地翻滚着、碰撞着、挤压着、咆哮着，汹涌澎湃，声势浩大，几乎倾满虚空。

白色泡沫荡涤情欲，荒蛮的灵魂被圣光照亮，把月亮装点得分外华美。

月亮有多幸运，很多婉约的故事演化为浪漫的传说。

澄明的星球洒满爱的清辉。

但磅礴的潮汐有严格的规律，它们不过是大海的梦中表演。

大海醒来后就不再沉迷于月亮的诱引，海啸与火山爆发就是大海企图摆脱束缚的超现象。

海啸与火山爆发时，轰鸣声摧枯拉朽，月亮的感知分崩离析，白昼与黑夜皆落入虚无，漫天盖地的洪流喷射出金灿灿的光。

痴情的月亮并不明白大海有意识的发泄，或许它敬畏大海雄浑激越的生命力。

生命之源

该如何揭开你的蓝色面纱？

生命的乐章源源不断汇聚大海，一切胚胎都在蔚蓝的王国找到了归宿。

这已不是视觉上的震撼，覆盖地球四分之三的大海，这个创造亿万生物的超级产妇，生殖能力超级旺盛。

啊！地球上所有生物都该叫你母亲。

大大小小、形形色色的生灵共享辽阔的海域，连绵不绝地繁衍生息。

它们有的喜欢成群结队，有的喜欢踽踽独行。胆壮者优哉游哉地玩耍嬉戏，幼弱者在你无私的母爱中隐藏起身体。

你用神奇的魔力，为亿万生灵储备了无穷无尽的能量和资源。

该如何礼赞你有秩序的生命世界？

所有生灵所拥有的快乐与所承受的痛苦都会在生命循环生克中得到超越。

捕食者说，它们各取所需，又相互依存，保持着绝妙的物种平衡。

它们永远随心所欲，并享有自主的择偶权和交配权，无需构筑生命物种生存与融合的海洋法则。

这是万物生灵的至高荣耀！

大海啊，人类谈论生命之源，似乎太过轻描淡写了！

万物之灵

一切都是从好奇开始的。

大海每次发生潮汐后，总有一些对地球充满好奇的生灵乘机上岸。

它们经过漫长的进化过程，有的变成了两栖动物，有的变成了奇形怪状的飞禽走兽。

生生精气为地球创造了万物生机，并给予人类高度智慧。

人类为打败其他竞争者，夺得食物和有限的土地，不得不学会直立行走和制造工具。

人类还学会了耕作，学会了建筑，学会了纺织，又发明了武器，发明了文字。

啊，人类是万物之灵吗？

大海见证，人类用智商和情商称霸地球，还给宇宙万物起了各种各样的名字，这是非常值得骄傲的。

大海明白，人类在陆地繁衍了几百万年，依然需要盐和水维持生命，依然喜欢吃鱼、虾、海藻等生物，人类的汗液有海水的咸味。

人类始终是大海之子！

文明之歌

文明之舟出发了，人类利用造船技术，将历史推进大航海时代。

政治利益和商业利益的驱动，新航路的发现，海上丝绸之路的开辟，跨越大陆和海洋的商贸交易。

古老的中国崛起，街道、会馆、房屋、港口、商铺林立，丝绸、珠宝、铜器、瓷器、香料堆积成山，无数商人驾驶着大航船，漂洋过海。

金发碧眼的航海家纷纷来探寻东方的繁荣神话，学习东方的先进文化，带走东方的宝藏。

很多世纪过去了，大海见证了无数海上贸易，也见证了无数海洋战争。

不得不提，一方面，人类科技迅猛发展，大量化工污水排入海中；另一方面，很多生物经过亿万年的进化，或濒临灭绝，或已消失。

环境污染也严重威胁到人类本身。

瘟疫、病毒在全球蔓延，文明世界灾害不断。

地球家园经历一次次毁坏，又经历一次次重建。

但每一次重建，都是人类文明史上的一次飞跃。

海洋也迎来了它的一个个巅峰之作。比如，中国最美海滨城市日照享有"东方太阳城"之美誉，获"联合国人居奖"；规模宏大的高科技跨海工程——中国的港珠澳大桥被誉为现代世界奇迹。

涛声喧哗，几个渔民的孩子正在阳光海岸嬉戏。

啊！他们仿佛置身于无边无际的海洋画卷中，沐浴着日照初光。

日光流彩，照晚霞归

关鹿鹿

我的祖母去世前跟我说起她的老家，是一座海边小城，太阳从海上升起的时候，日光像渔网一样落撒下来。祖母出生在东北，有关老家的一切她都是听她母亲说的，直到生命的最后，她都没能回去看看。

我是祖母带大的，祖母去世后，我做了一个有些疯狂的决定，带她的骨灰回一趟她的老家。我背着装有一部分祖母骨灰的白瓷罐子上了路。在飞驰的高铁上，我突然想起来要联系一下祖母老家那边的亲戚。

她叫李爱芳，是祖母表舅家的女儿，也是目前唯一能联系上的老家亲戚。我在微信上告诉她我已经坐上高铁了，她答：我去车站接你。打发无聊时间，我随手翻了翻李爱芳的朋友圈，都是一些色彩鲜艳的画，她画的，有些还拿了奖，在做展览。

在东北见惯了寒冷漫长的冬天，一出车站就觉出这座小城的不同，东北还在乍暖还寒，这里已经有春天的感觉。我在人群里寻找李爱芳。这时，有人跟我说话："你是刘素清的孙女吗？"我听见祖母的名字，迅速回头，一个不太像老太太的老太太，穿着薄羽绒服，烫了头发，都是小卷，整个人看上去干净利索。

见我点头，她顺手接过我的行李箱，我注意到她的袖子上有油彩。她对我说:"车在停车场。"我说:"你会开车?"她回头看我一眼,"怎么,坐我车不放心?"我赶紧摆手,笑容有点尴尬。上了车,李爱芳告诉我,她60岁才拿了驾照,"我搬到东港了,去哪儿都开车,方便!"说完,像是突然想起来什么,"之前你说想去老家看看,我没来得及跟你说,老家那一块儿都拆了,什么都没留下。"

我有些失望,不自觉地搂紧了怀里的书包。李爱芳看了书包一眼,对我说:"我们去海边。"我说:"我听奶奶说过,太阳从海上升起来,很好看。"她笑笑,"今天晚了点,只能看晚霞。"我的目光落到她扶着方向盘的双手,"是农民画吗?"

她局促地看了一眼袖子上的油彩,说:"你知道?"我点点头:"以前听说过。"她不好意思地笑了:"我们这儿的农民画可有名了,是中国三大农民画乡之一。我也是退休之后才开始学的,给我们上课的老师都是非遗传承人!"见我不排斥这个话题,她乐呵呵地继续说:"其实农民画前身是抹画,抹画历史可长喽,要是咱家老房子还在,炕头上就有。"

"能送我一幅吗?"说完我就后悔了,第一次见面就要东西。她看了我一眼,她眼睛真年轻,"看,"她说,"海。"我扭头往远处看去,海水的蓝深浅不一,一直蔓延到天边,在近处和黄色的沙滩衔接。她为我放下车窗,春天的清冷里,海风还真猛,硬得像山东人的性格,带一些爽朗。

"你不知道,一到夏天,海滩上的人多了。就跟下饺子似的,还是鲅鱼馅儿的!"我笑了起来。"咱们去前面,我带你去我常去的礁石滩。"李爱芳来了劲头,车速起来了,大海向后延伸,可不管我们速度有多快,它一直都在旁边。

"我听我爸说,那时候闹蝗灾,粮食都被蝗虫吃光了,就这么,他表姐一家逃荒去了东北。"她说,"我爷爷不敢走,怕死路上。"

"我奶奶说,她妈妈的一个弟弟就是饿死在路上了。"

她露出一个笑,有些苦在里面,"我一直希望你奶奶能回来看看。"

"现在也不晚。"我说。

她说的礁石滩是个公园,她停好车,带我走进去。没想到春天也有赶海的人,三三两两聚一起,时不时传出笑声和说话声。我一下子就想起李爱芳曾经画过这样的场面，好像沿途看见的风景，我都曾经在她的农民画里看到过。

她带我走上一块礁石，海水可真蓝，蓝得很梦幻，和刚才看见的不一样。有的礁石上用白色的漆画着可爱小猪，旁边有个小孩子，撂起一撂石头，玩得不亦乐乎。海水与礁石，周而复始地重逢，一次次溅起小小的浪花。远处有个石头灯塔，厚重得像个碉堡，有好看的年轻人在那儿拍照。

"都说日照是太阳城，朝阳很美，日落也很美。"她说，敏捷地跳上旁边一块礁石。礁石在她的脚下延伸，很有层次，往更深的海里走。"我没事就来这儿走走，也不热。"她把"热"说成"夜"，东北话也把"热"说成"夜"。

李爱芳开始絮絮叨叨地说起来。她二十几岁的时候结过婚，后来离了，没有孩子，也不想再婚，就这样过了一辈子。之前有班上，日子忙忙活活就这样过了。后来退休，生活一下子冷了起来，她像个溺水的人一样寻找救命稻草，喜欢上了画画，市里办的老年大学里设农民画课，她就入了门，越画越好，得了奖，还办了展览。她说，得不得奖、办不办展览都无所谓，她只是想把现在的美好生活以这样的方式保存下来。

"现在农民画不好卖，"她说，"我们老师可厉害了，她把我们画的画绣在抱枕上，绣成纱巾、披肩，这叫旧物焕发新光彩，叫文创。"她从衣服兜里掏出手机，让我看她的手机壳，还真是，手机壳上都是农民画。

这时候，太阳西沉，霞光果然像渔网一样落撒下来，李爱芳站在我前面那块礁石上，在阳光的照耀下，留给我一个剪影。我在心里感叹这样的美景，打开书包，从里面小心翼翼拿出白瓷罐子，我没对任何人说起我此行的真正目的，这时候，李爱芳突然回过头看着我，我一愣，捧着罐子不知所措。

她甚至都没有一丝好奇的表情，自顾自地说："听说她去世的消息之后，我画了一幅画，你回东北的时候带上，算我送你的礼物。"

我茫然地点点头，李爱芳转回头继续看着夕阳。我慢慢蹲下来，打开白瓷罐子，将里面灰白色的物质一点点倒进脚边的大海里。我在心里说："奶奶，咱们到家了。"

宛如咸蛋黄一般的落日，在此刻，终于全部隐没在大海的怀抱里。祖母没有骗我，她故乡的太阳和大海真的很美。

往停车场走的路上，李爱芳告诉我，完成画作的那天，也是一个傍晚，落日的余晖洒在她家的客厅里，如同生命一般宽广而热烈。我提出想看看那幅画，她没说话，来到车旁，打开后备厢。

生动，热烈，繁复，艳丽。像海上的朝阳，像活泼好动的孩子发出的笑声，像赶海时收获满满，像深浅不一的海的清冷，像历史镌刻在生活上的线条，像满腹无从说起的思念，像人生初识的美好和最后的话别。

画上的一个角落，工工整整写着八个字：日光流彩，照晚霞归。

大　河

董伟伟

一

天阴沉着，看不见太阳、月亮和星星。那个世界也许就是这个样子吧。除了我能想象过了奈河桥，再也不识人间事；想象那个世界不曾有亮光，除此之外一无所知。

这是父亲离开我的第一个清明。

我把斟满酒的杯盏举向明月，待明月转达我的思念，告诉他，我不习惯这座城市没有了我的父亲。

倚窗凝望，目光落在那棵大树上。夜的深处，早樱如雪花纷纷而落。这飘落的巨大的花朵能为我传递信息吗？我想让我的老父亲在那个世界也能看到满树满树的花开。

一直想带他来日照看看大海，他说我半生都漂在海上，海能有什么好看的。是的，当海军的父亲不稀罕海的。

父亲有一段在海上工作的经历，一周甚至更长的时间漂在海上。当他回家，把大盖帽戴在我小小脑袋上，张开手臂要抱我时，我总是躲在妈妈身后，怯怯地看着这个连头发丝都散发着咸鲜海水味的男人。我不喜欢父亲抱我，却喜欢掏他军裤上宽大的口袋，那口袋可以变魔术，能找到我喜欢的糖和压缩饼干，但多数都会令我失望，因为口袋里的沙砾比糖多。能寻到糖果显然是开心的，而父亲比我还开心，他获得了把我高高一举，举过头顶的快乐。

有一次我在他的口袋里找到一只海螺，那是一只非常漂亮的螺纹螺，干净、光滑、表面是白褐色还带有赭色斑点。螺内很深，呈现出一层一层螺旋线，一直旋到顶尖。父亲说，放到耳朵边，你听听是什么声音。我贴在耳朵上，听见"呼呼"的声音，吓了一跳。父亲说这是大海的涛声。那时，我还没见过大海，不知道大海长什么样子。可那声音令人恐怖，充满神秘。父亲找人在螺尖端凿了一个小小的孔，穿上红线戴在我脖子上。父亲说，我想他的时候，放在耳朵上听一听，就能感知大海旁边的父亲也在想我。

这是我唯一保存完整的物件。如今，我在大海边，时时能感受到海的壮阔和波涛汹涌，而这只海螺沉寂一隅，但它却拥有最深的回声。我不敢触碰它，怕触碰到栖居在记忆深处，某个遥远的角落里更深的痛。

从小到大，我是他的焦点，他为我担心最多。只要我在他身边，他会一直叮嘱，这种叮嘱形成了我对他的条件反射，每一言一语，只要他以特定的口吻对我说教，我便在心里极力对抗，表面上还要"嗯啊"地应付着。我理解不了他为什么对我有如此的耐心和持续不断的担心，有时一件事情他要反复说反复强调，话语结束时还要拽上一句：记住了？我很少回答三个字，只用一个"嗯"字来敷衍他。倘若父亲还能和我对话，我一定要请父亲放宽心，我没有他想得那么脆弱，他对我说的每一句话我都会记得的。我还会对他说，我喜欢他的说教，那是最温柔的低音炮。

父亲不当兵的话，他一定是好歌手。满山的羊群在他的吆喊声下，再遥远山坳里的羊也能听到呼唤回到他的身边。在那个世界，我没有给他送羊过去，我不想让他再放羊。我想让他享清福。

可是，父亲说他享不了清福。

二

父亲出生的村庄有一个很拗口的名字，至今我还是羞于提及。

我的祖先不知有没有文化，其实这个村北有一座凸起的小山，老辈叫它"凤窝山"（是不是这三个字有待考究）。村子被山围着，却取名"泥沟子"。叫"凤窝山"多好，为什么不叫呢。我很想知道泥沟子村的来龙去脉，可从哪儿去追根溯源呢。祖先来过的足迹，早已被时光之河刷去了记忆。也许，祖先游离至此，觉得这地方有山有水风景尚可，便在河沟之上扒拉了一个窝安顿下来。之后，才为周边的山、河命了具有美好寓意的名字。

土得掉渣的村名常使我难堪。在我上学乃至工作，需要填写各种表格时，籍贯那一栏，始终填写到县。而我的父亲，却一直没有嫌弃这块生他养他，给予他全部生命与归宿的地方。

因为祖籍，我与村子有了不可分割的血缘关系，靠着这层关系，促使我和村庄越走越近越走越亲，也越走越远了。

村子里有个很气派的祠堂，把村子南北分开。前村大户人家较多，比较富庶，门口的过道能跑过一群羊，屋檐上翘着一枚脊兽。后村门楼低矮，小家小户贫困潦倒，过道也很窄，人挑着筐头要窄着身子才能过，屋檐上只有上翘没有脊兽。

上中学时跟着父亲回老家看望奶奶，第一次进了祠堂。祠堂高大宽敞的门框很威武地立在当街，虽然只剩下门框和半截墙栅。父亲说这祠堂被烧掉快二十年了，一直闲置。我扶着乌黑的门框走进大敞四亮的祠堂，从烂椽破瓦间穿过。

里面除了一堆堆泥块、一根根木头，陈旧腐朽的空气，什么都没有了。但有些东西忽隐忽现，譬如权力和威严，这些颓败的存在仿佛是写给后世的生命遗书。父亲不止一次提醒我，不要忘本啊，你是它第十七世子孙。那天，我穿堂而过，在故乡四季轮回、寒暑易序的无数岁月里，找到了自己的位置，我是它第十七世子孙。

我们家的老宅在村子的最北段，基本属于最穷的人家，穷人辈大，村里最年长的人都管父亲叫老爷爷。自老宅家后往北往东,凤窝山延绵横亘数十公里,它像凤凰的尾巴铺展在岭上。西边有一条南北走向的小河沟自凤窝山流下。

老宅在东,小河沟在西,毗邻而建。

河沟狭长,像一条很长很长的即将愈合的伤疤,上游被流动的水咬蚀严重,河底呈现出高低不平的青褐色的石头。中游流经村子,沉淀着黄褐色的泥巴。再往南,河道两边长满水生灌木,一群鸟惊起落下,落下惊起。出了村,河道分出弯弯曲曲的小岔,像弯弯曲曲的小蛇。不知流多远,分出来的河又聚到一起,流进沭河。这条河沟的形成,是地质构造上发生巨大变化而产生的裂痕。我总觉得这条河沟是这块版图上的败笔之作,但它的生命之源却汩汩不竭。它是我见到的最丑陋的河沟。祖先为村命名泥沟子村,想必就是因了这条河。

父亲那么在意它,管它叫大河。

丑陋的河沟,水质清澈,终年不急不缓地流淌着,极像父亲的性格。河底沉淀着很黏很黏的黄泥,村里有手艺人用它来烧陶陶罐罐,小孩子则用它摔泥宝,做泥哨。

正是这条丑陋的河沟,救了父亲一家人的性命。

三

在并不遥远的 20 世纪 50 年代,新中国大地上经历了怎样的贫苦与饥饿,我永远体会不到了。父亲说,记不得是哪一年,从春天起,龙王爷就睡着了,大地上没下过一滴雨,土地龟裂,凤窝山的薄板台被太阳晒得嘶嘶拉拉冒着热气,树的叶子、野蒿、荠荠牙、麦苗还没伸展就枯干了。为了寻找到能填进肚子里的东西,我大伯领着年少的父亲漫山遍野寻找吃食,能吃的树皮和野菜、野果早已不复存在。

一个雾气充盈的早晨,他们起早走进凤窝山深处,缄默的林子里,连鸟儿都饿得没了声息。而父亲和大伯,幸运地采回一篮子鲜蘑菇。饥不择食的一家人哪顾得上蘑菇里有没有毒蘑菇啊,一锅鲜香的汤汁,很快进了饱受饥饿的一家人的胃里。年仅十岁的小姑哑巴着嘴巴,继续喊饿,奶奶又把自己那一口汤汁给了小姑。

时间和食物在胃里交换着信息，不到半个小时，四个孩子口吐白沫直挺挺地倒在地上。奶奶顿时慌了神，哭天抢地的惨叫引来前院三爷爷，三爷爷不顾年迈，翻下墙头用河沟里的黄泥调成稠汁灌进孩子们嘴里。

在三爷爷不间断的催吐下，大伯、大姑和我的父亲呕吐后醒来，只有小姑还在昏迷中。三爷爷继续为小姑催吐，许是黄泥水的味道和三爷爷的不放弃，让小姑吐出所有残余，睁开了眼。

父亲体会到了生命游走在生死线上那种失而复得的惊悚与喜悦，在生死未卜的一瞬间，他跋涉在光明与黑暗的交替中，无比坚强地选择了光明。

一家人经历的这场劫难深深烙在父亲心上，他擦擦嘴角的黄泥水，泪流满面地抱起了瘫倒在地的奶奶。望着三爷爷那张皱纹密布的脸，奶奶连同家中死里逃生的四个孩子，齐刷刷地跪下，三爷爷指着墙外的那条泥沟河说，是它救了你们啊。父亲扭头看向墙外，墙外那条泥沟河里的水，不卑不亢在河道里翻转着身体，无声地流向远方。

泥沟河，生命之大河。

山岭薄地上的麦子黄了的时候，父亲赶来一群羊。村里富农家的羊，交公归了大队，再由大队分给每家每户，年少的父亲把每家每户的羊拢过来当起了羊倌。

四

藜—茬—茬枯萎又重生。

满是石头坷垃子的凤窝山，除了蒺藜和贴在薄板台上的地皮菜占据半壁山岭外，长不出像样的植物。稀缺的土地被村民充分利用了，种上了地瓜、玉豆什么的，这些庄稼浇不上水，施不上肥，苗稀秧小耷拉着脑袋趴在地上，紧紧抓住了寸土，即使不成气候也给这片山岭增添了一抹活的气息。野生的蒺藜不挑环境，一星半点儿的土或者石缝都能让种子落地生根，很快它拖着长长的秧，成片成片长满凤窝山。

父亲赶着羊群尽量往远处跑，他想看看河水流向哪里，能流多远。他到底没有跑到河汊口，那双玉米皮编成的鞋子早已磨穿，露出的脚底被蒺藜扎得血肉模糊。

秋后蒺藜坚硬无比，扎在羊蹄子的肉垫上，羊都会疼得蹦跳。扎在人的皮肉上该是什么感觉？饥饿控制了父亲的神经，他的痛感麻木了，石头、蒺藜、喧土在他的脚底下没有两样。

穷日子也过得飞快，当松针从雪里露出头来，父亲穿着补丁摞补丁的衣服，趿拉着象征性的鞋子跟着队伍上了山。他的眼里噙满泪水，但目光坚毅，他不肯和大伯一起去要饭，只能跟着民兵去山里采石挖矿大炼钢铁去了。身材瘦小，面黄肌瘦的父亲哪有力气挥动锤头？为了能体面地吃上一口饭，他豁上了。

捶捶打打的日子除了灰白，几乎看不到任何希望。夜里，父亲躺在冰凉的石板上数着满天星星饥肠辘辘。这宁寂的深山，锁住了父亲的身体，锁不住他心里闪烁着的光芒。他摸摸破棉袄里的那块硬邦邦的窝窝头咽下一口唾沫，蜘蛛在松枝间编织着梦想，父亲的梦想，只有在沉沉的睡梦中寻找。

夜色掩盖了白天所有的喧哗，陷入寂静中的大山鼾声四起。

父亲梦见半山腰里垂下一根绳索，他正欲抓紧绳索攀上高山。一阵抖动把梦中的父亲摇醒，有人附在他的耳边说你娘傍黑晕倒了，快去看看是怎么回事，快去快回哈。父亲一激灵，来不及和民兵连长打招呼，趁着夜色翻山越岭跑了二十多公里路闯进家门，喊醒昏睡中的奶奶，奶奶睁开眼说了一声饿，头一歪又迷糊过去。父亲从怀里掏出硬邦邦的窝窝头，用水泡着一点一点喂进奶奶嘴里。

这次回来，父亲再也没有走进大山，他不顾奶奶的阻拦，拜别凤窝山那条救过命的泥沟河离家出走。从此他告别了贫苦、告别了饥饿，也告别大字不识的无知和愚昧，走向新生活。

五

手机云相册，珍藏着很多父亲日常生活照，这些照片是近几年来我为他拍的。有这些照片在，父亲仿佛并没有离开我，没有离开这有血有肉有光明有空气有温度的空间。这些相片我不会随意去看，只有在夜深人静月光微熹，有风来了又去的时候，也只有这样的环境才能遮住孤独，静静思念。

一张印着向阳照相馆1977的照片，是我最为珍贵的照片。我很骄傲地坐在父亲边，妹妹坐在母亲边，弟弟坐在中间。父亲穿着洁白的海军服，头戴大盖帽，目光炯炯英姿飒爽。这情景我依稀记着，作为一年级的新生，我穿着新衣服去学校报到后，妈妈提议去照相馆拍了这张全家福。

清冷的月光铺满一地，我再一次在深夜立于窗前。火红色的石榴花在暗夜里流动，在欢笑，在不停地生长。

父亲引以为傲的那条大河不完全是原来的样子了，它拓宽了河道，清理了沟渠，接纳天水也接纳了我的眼泪。那天我在河西岸，在新建的老年房里长跪不起，长哭不止。我的老父亲离乡65载，又回归故里。

到现在，我还是无法走出对父亲的眷恋和怀念，会有一些琐碎的往事不经意间游在心谷，让我的心隐隐作痛。我成家后，父亲喜欢和我聊天了，有时候我们会聊得很深很远。我惊叹于父亲的学识和高超的记忆，他总是有条不紊地讲述着，语速不急不缓，像家乡的那条泥沟河。

诚实善良和苦难深重促成父亲特有的品质。1960年北海舰队初建之始的那个春天，22岁的他幸运地成为第一批海军战士。22岁之前，父亲走得最远的距离就是那座采石的大山。22岁之后，父亲抛别故乡，沿着那条泥沟河，向南向西走出河汊，泥沟的河水拐弯流进沭河，父亲确定了自己的目标，向县城的方向，于黎明时分站在县武装部门口。一张入伍通知书递到他手里的时候，父亲的眼泪流到胸口。

那一年，父亲穿着崭新的军装，坐在解放牌卡车上到了另一个城市。他还不知道，这座城市将会成为他安身立命的地方。

没见过世面的父亲，第一次看到大海惊呆了，他说从来没见过这么大的大河，竟然和天相接，没头没尾。

横无际涯的大海，打开父亲的新世界，在这个世界里，他开始了平淡无奇，却熠熠生辉的一生。

父亲说他当兵三年没回过家，奶奶想他，去部队探望。父亲和几名战友穿着军装，神采奕奕地站在奶奶面前，奶奶摸摸这个脸蛋，摸摸那个脸蛋，硬是没有认出自己儿子来。三年里，父亲的身体长高了一截，腰板挺拔英俊洒脱，简直是换了一个人，奶奶哪能认得出来呢。

作为一名新兵，父亲无疑是幸运的。他从"一群新兵"里，成为为数不多的"那个兵"。父亲深知没有学问的痛苦，空闲时间奔波于各类补习班，恶补文化知识。在首长家里当勤务员期间，他依旧勤奋好学，诚实本分，又敢于不耻下问，很快他便有了勇气和胆识，承担起有分量的责任和义务。

六

"在中国近代海军史上，有这么一位不可磨灭的传奇人物。他 11 岁考入海军学校到 83 岁从人民海军副司令员的位置上退出现役。他在海军服役 70 余年，堪称世界海军之'最'。他历经北洋海军、国民党海军、人民海军三个时期，干过鱼雷、枪炮、航海等多个专业，任过部门长、副舰长、舰长以及基地、舰队、海军的指挥员，驾驭过从小型快艇、实习船到大型护卫舰、巡洋舰的各类军舰。""1949 年 2 月 25 日，他与国民党爱国官兵在吴淞口举行了震惊中外的'重庆号起义'，于 2 月 26 日清晨顺利驶抵解放区烟台港，加入了中国人民解放军海军行列，为中国人民海军的建设作出突出贡献。""1960 年北海舰队成立时，他担任副司令员。"他就是开国海军少将邓兆祥！

之所以引用这段话，就是想表达我对将军传奇人生的崇拜，更多是感激他对父亲的知遇之恩。

幸运不是凭空而来的，只有当你足够努力，才会遇到足够的幸运。父亲成为一名海军战士之后，在新兵连里接受各种训练，他凭借着自己的努力和吃苦耐劳的劲头，很快得到领导认可。新兵连训练结束后，父亲从成千上万的新兵里脱颖而出，接受新的培训，8 月份便调到邓将军身边，成为将军的勤务员。一个营养不良、身材矮小、没进过一天学堂的放羊娃，能得到领导赏识肯定有他过人的一面。

父亲在将军身边工作的时间里，耳濡目染了将军高尚的人格、严谨的工作态度和艰苦朴素的优良作风。眼明手快、老实厚道的父亲没有让将军失望。

父亲对我说，将军的一日三餐极为简朴，克勤克俭，有时候实在看不下去，想给他加点餐都不行。有一次看到将军家里的床单中间破了，成了絮状，便去商店买了一个新床单给换上，将军看到后给他上了一堂政治课，狠狠地批评了他一顿。父亲记得将军说，现在国家正是困难期，节约要从小事情做起，床单中间不能用了，把中间剪开放在两头，两头缝起来放在中间还能用，饭菜温饱就可以了。随后他让父亲把新买的床单给退了。

父亲没有文化，将军教他从零起步，一步一个脚印，踏踏实实地学，父亲的成长离不开将军的谆谆教导。三年后父亲光荣地加入中国共产党，文化知识达到高中水平，被送到司务长培训班继续学习。父亲说这三年时间让他终生受益，一件小事可以改变一个人的一生。

家里还保留着父亲几本笔记本，里面用深蓝色的钢笔水记录着一些笔记和学习心得，密密麻麻的蝇头小楷规整漂亮。父亲有一条军用毛毯，都磨得透气了，也舍不得丢弃，让母亲用被套缝起来继续用。

父亲从泥沟子村旁的那条小河边走出来，走到浩渺无垠的大海边。从一个放羊娃到一个副营级干部，他用"向下"的脚步，走出"向上"的人生。

七

"大河有水小河满。"父亲说泥沟河虽不是大河，但它是一条独立的河，始终流水淙淙，没有断流过。

司务长培训结束后，父亲被分配到潍坊干休所当了所长，正是在那个时候我来到人间。我是他第一个孩子，是个不足五斤的小女孩，已过而立之年的父亲欣喜若狂，无论他怎样摩拳擦掌就是不敢去触摸那个猫一般大的我。我是在父亲的臂弯里独享宠爱的那个孩子。

后来，父亲提了干，调回青岛担任军人看守所所长，妹妹和弟弟也相继出生。这也改变不了我在父亲眼里的位置，他依旧视我为掌上明珠。从小体弱多病的我，打针吃药占据一年三分之二时间。每次生病发烧，无论父亲多么忙，总是快速回家背着我往卫生院跑。

父亲宽大结实的背，构成我童年乃至少年时期的幻想和满足。以至于每次累了抑或不想上学了，就渴望生一场大病，趴在父亲脊梁上。父亲的脊梁有独特的味道。那是父亲的味道。

一年前的夏天，我在天将黑未黑时回到家。母亲正在给父亲头上涂抹药膏，看见我回来，父亲赶紧起身踉跄着要给我热饭。我对父亲说，不要管我，饿了我自己会找吃的。父亲不高兴又吩咐母亲，母亲没有听父亲的话，把父亲按在沙发上继续在父亲的头皮上画圈圈，为此遭到责备。我听到后，心里有点坏笑，都这么大岁数了，我在父亲面前还是那个被宠坏了的小女孩。

父亲视我为掌上明珠，在母亲那里有了另一种表述。她甚至觉得父亲宠我宠得有点过分。

母亲用蘸着药膏的棉球戳着父亲的头皮对我发开了牢骚：你一回来，你爸什么都不顾了；我伺候他这么多年，他没说句软乎话给我听。又把父亲使了手段，隐瞒岁数，欺骗了她等等对我倾诉了一遍。

母亲虽然满腹怨言，但话里话外多是疼惜。我知道母亲比父亲小8岁，却没有因小而受到特别待遇，反而担起家里的重担。我们都成家立业，羽翼丰满地飞走了。母亲随即当起了保姆，更加细心呵护，照顾着父亲的饮食起居。父亲患糖尿病二十多年来，皮肤经常溃疡，母亲又学会了为父亲打针抹药。母亲向父亲讨一句熨帖的话，厚道的父亲不会说，他也觉得没必要把熨帖的话挂在嘴上，心到神知就行了。母亲说她不是神，她想知道父亲不说熨帖的话，到底安的什么心。我又有了笑意，他们都走过了一个甲子，父亲能安什么心呢。

母亲和父亲打着嘴官司，手也闲不住，药膏抹在父亲头上，父亲的光头在明亮的灯光下，一下子提亮了许多。母亲扑哧笑了，父亲也跟着不明就里地笑了，我按下手机的快门。

岁月的年轮，是一圈圈往事的堆积，父亲的音容笑貌刻在我的脑海里，是我一生都抹不去的记忆。

父亲一辈子好脾气，轻易不会和人发火，连红脸的时候都很难找到。却因为我，几次三番与人怒目嗔视，大发雷霆甚至不管不顾痛哭流涕。我在反复回忆，试图在疲惫的时光与无声的悲痛中重建此事。但此时泪水止不住地流了下来。

12岁那年，当树叶开始变色，城里仅有的一条柏油马路上躺着满地的玉米、大豆。城四周的村民把自己地里的产粮，摊到马路上晾晒。马路成了晒粮场，给路人造成负担，时常有路人滑倒、骑车摔倒。

还没有自行车高的我，刚刚学会骑车，便逞能借了一辆破旧的大金鹿自行车歪歪斜斜地抖在马路上，迎面一辆高耸的大家伙也颤颤悠悠地向我开过来。幸亏我刹车及时，左腿稳稳地站在地上，右腿担在自行车的大梁上。大家伙缓缓地停住时，我瘦弱的右腿被它的轮胎友好了一下，造成右小腿粉碎性骨折。我被司机急匆匆地送到县医院，医生捏了捏腿骨，就用石膏固定起来。三个月后，我的腿肿得吓人，父亲到医院与医生发了一通脾气，随即联系到文登骨科医院。

暑假过去了，夏天过去了，而热浪在知了的叫声中持续延伸。我没有去学校，而是被转到文登医院。医生撬开石膏，在精密仪器检测下，清晰地看到小腿的骨头长出新的骨痂，但是骨头都错了位，必须重新正骨，且在无麻药的状态下进行。父亲得知后脸色煞白，表情立刻变得严肃起来，他知道小小的我难以承受这种生生折骨的痛，但他爱莫能助，只能听从医生的意见。

五六个军医来到我的病床前，床边一边站两个，一个医生拿着仪器，一个医生按着我的小脑袋。母亲按着我的左腿，父亲在我的左边握着我的手。正骨开始的一刹那，我撕心裂肺的哭声充斥着整间病房，我扭头寻找父亲，希望他能救我，却看见父亲的眼睛红得如血，泪水形成瀑布流到我的脸上，之后我什么都不知道了。母亲说，你疼得截了气，你爸为了配合医生实施抢救，鼻涕眼泪都顾不上擦了。醒来后，我的小腿固定了几块夹板，疼痛虽没消失，但我不再哭泣。我看见父亲在那一刻苍老了许多。

在这个地球上，父亲给我的爱无人能比，像星光，像月光，像温暖的太阳光。我努力记住这每时每刻，记着他的眼神扫过所有的阴霾给了我无穷的力量。

八

对于父亲的为人，母亲最有发言权。如今，母亲每一次叹息，都会让往事陷入美好的回忆之中。然而，有件事情母亲耿耿于怀。

含着石头蛋出生的父亲，苦难给他上了人生第一课。父亲说，缺乏苦难，人生将剥离全部光彩，幸福更无从谈起。

父亲虽然当了兵提了干，但因奶奶家太穷，没有谁家的姑娘愿意掉进穷窝里。小姑和母亲是同学，母亲大方、开朗的性格时常感染周围的人，高小一毕业，便成为村里的团支部书记。小姑看在眼里，瞅准机会，把一张穿着军装的男人照片递到母亲手里。年仅 19 岁的母亲，被父亲那双干净、含笑的眼神吸引，不顾姥姥的反对勇敢地嫁给了父亲。母亲说奶奶家穷不要紧，可以节省着过。但她受不了父亲隐瞒了真实年龄。隐瞒年龄在母亲这里是一道过不去的坎，是不可饶恕的欺骗行为。

父亲善意的谎言，着实让母亲数落了一辈子。

母亲是智慧的，无论她有怎样的怨言，嫁给了父亲才是最正确的选择。

父亲是军人，1963 年光荣加入中国共产党，在二十多年的军旅生涯和十多年的从警生涯中，他恪尽职守，兢兢业业，多次立功受奖。虽然没有经历过真正的战争，但他每一天都像在战场上一样意气风发，精神抖擞。

然而，在晚年他卷进一场场没有硝烟的战争。我在反复追问反复自责，假如不这样，假如不那样，老父亲这会儿是不是还在与我一起回忆那些甜蜜而又年轻的岁月？会不会坐在我给他买的轮椅上嚷嚷着不舒服？会不会说数你最皮，最不让我省心？可是这一切永远成为不可能了。

那夜我在医院里握着父亲的手坐了一宿，微暗的月亮把苍白的光洒在我和父亲的身上，又弹在半旧不新的被子上，让整个房间笼罩在淡青色的光晕里。父亲的手温暖又柔和，我让他使劲握，他便使劲握。我知道他的力气是有限的，我想让他用尽全力来证明自己是最棒的。他把手伸向空中，仿佛要抓住垂下来的绳索，可是他太累了，无法完成这个动作，慢慢垂了下来。我想了无数遍那个永不再回来的夜晚，为什么不让父亲一直握着我的手，握着我的手走进这个春天？

　　终于，我明白了。所有的一切都是注定而不是选择。一切被预先告知了结果的战斗都是极其悲痛的，一向都很坚强的父亲，他挺过最为艰难的两年，在这最后一搏中没能让奇迹出现，他输给了长期以来侵蚀他身体的那些基础病，他的脚步停在从冬天迈进春天的路上。

九

　　岁月不老，泥沟河也不老，而我亦是沧桑覆面，年少不再。

　　时间就是这条永不停息的大河。我们被它确认又淘漉，被它爱抚又抛弃，被它接纳又被它遗忘。我们在它面前只是一道过往的云烟。

　　20世纪80年代初，父亲带着我们从青岛回到这座小城。父亲转业后本该留在青岛，可他执意要回到小城，他说这座小城里有他最牵挂的两位老人。在这座小城里父亲履行自己应尽的职责和义务，每周末风雨无阻回乡下探望奶奶，把独居多年的姥姥接到我们家，让奶奶和姥姥度过晚年的幸福时光。

　　退休的父亲该享受自己晚年生活的时候，却患上了糖尿病。他从吃糠咽菜的年代走过，又回归吃糠咽菜的生活。父亲说他享不了清福啊。

　　在麦穗拔节的时候，我走进泥沟子村。凤窝山最高处，有座隆起的坟茔，那里成为父亲永久的家。给父亲上完坟后，我没有打算离开，而是站在凤窝山延绵的岭上俯瞰，老村、老宅、老街，连同祠堂，它们即将被岁月掩埋，埋进土中，又被土磨碎变成尘埃。

　　父亲眼中的那条大河，成为新村和老街的分水岭。新村在河西岸拔地而起，一排排整齐的村居，在另一片土地上燃起了新的希望。

　　新村建成之时，我们都希望父亲能回来看看，甚至能回来小住几日。走一走蜿蜒崎岖的山路，喝一口清凉甘甜的自来水，闻一闻乡村独有的气息，看一看那条终日流淌着的救命河。父亲摇摇头说，以后再说吧。

　　我咀嚼着父亲的话，泪水再一次决堤。

　　那天，天气很冷，麦苗虽然还没返青，但脚底土地不再坚硬，这是春天将至的标志，是山川融雪的信号。这个冬天即将结束，我的父亲回家了。

作为女儿，我为父亲在那个世界里送去了所有生活必需品，他一定是需要的。有科学家探究，如果平行世界确实存在，它们将与我们自己的世界非常相似，只有细微的差别。对此我深信不疑。

每年的父亲节，我们都会回家探望老父亲。然而今年的父亲节，却只有我和母亲在家。我满怀伤感地对母亲说道："真想老爸啊，我还没来得及好好尽孝，怎么说分开就分开了呢？"母亲安慰我："别想他了，你父亲就像老家那条泥沟河，流走了便再也回不来了。"

初光·大树·巨星

徐广征

一

大自然有神奇的创造,人间有绝美的风景。

这是一座怎样的城市?名字里满是太阳光的温煦。是的,这是山东日照,一个初光先照的城市,一个山东最年轻的地级市,一个山海拥抱的宠儿。日照的海岸线这么长,仿佛幸福的日子也这么长。海浪天天激扬飞溅,好像在歌唱这悠长又优美的时光。海风浩荡,那是不是日照壮健的呼吸和心跳?

一个把阳光写进名字的城市,能不灿烂吗?一个获联合国人居奖的城市,能不魅力无限吗?

人们赞美山东,说她"一山一水一圣人",其实山东的海岸线那么长,给山东带来更多生机和活力的还有大海。比如日照,有山有海,风景这边独好,远胜梦里江南。

日照是个很古老的地方。日照的传说丰富多彩,涵盖了自然现象、历史人物。这里有大汶口文化、龙山文化,陵阳河出土的原始陶文比甲骨文早了1500多年,莒文化与齐文化、鲁文化并称山东三大文化。这里还是姜子牙、刘勰的故里,文化底蕴颇为深厚。日照因"日出初光先照"而得名,反映了对太阳的崇拜和敬仰。日照是太阳文化的发源地之一，有太阳崇拜习俗和相关遗迹，天台山上有太阳神石、太阳神陵。莒国古城，东夷小镇，人文传说，历史源远流长，流淌着日照向光向善、向美向前的文化血脉。

日出景象最令人心驰神往。徐志摩写泰山日出，生发不少浪漫欲飞的想象，可谓美不胜收；巴金写海上的日出，感受那么真切，对光明的渴望呼之欲出；刘白羽写飞机上的日出，有无与伦比的瑰丽辉煌。而日照海滨的日出，更富有动人的魅力：有婉约有豪放，有羞涩的脸庞，有壮美的姿容，有绚丽的色彩，有宏阔的场面，展现出一种超然的壮观。海浪层层叠叠，浪花被染上迷人的颜色，一轮红日从海平面冉冉升起，跃出云层，唤醒城市，打开一幅壮阔的画卷。

最向往的是日照夏至的日出。早起到海边，天色和意识尚在朦胧状态，海浪抚摸着沙滩，发出温存的问候。海的远处，影影绰绰，像是山峦起伏和丛楼林立的影子。天光逐渐亮了，苍茫云海向沙滩缓缓靠拢。5时左右，第一缕曙光从东方升起，朝霞满天，清风从远方殷勤吹来。旭日破云而出，染红天际，在跳出海面的瞬间，云雾隐遁，金光普照。鲜红的太阳被海水托举着升起来，脸庞像仙女出浴，红彤彤的，嫩鲜鲜的，神采奕奕。随着太阳逐渐升起，天空的色彩也变得越来越丰富，从深蓝逐渐过渡到橙红，再到金黄，海面被染上美幻的色彩。那光芒仿佛照亮了内心，欣欣然，飘飘然，人与大海、与天空融为一体，尽显造化的壮丽和亲切，生命的幸福和美好。沐浴着朝阳，在沙滩上散散步，饱吸空气的清新；或者轻轻地踩着浪花，享受一份诗意的清凉。看看大海，仰望长空，你一定宠辱皆忘，收获一种超脱物外的宁静和安适。

无论老少，无论得意失意，伴随着烂漫的绯红，人们无不沉醉于日照的万丈光芒。年轻的恋人欢呼起来，跳起来，拥抱这日出的壮美，讴歌这大海的力量，感动这美丽的相遇。所有的等待在这一刻都变得如此值得。我们也在这良辰美景中感受到生命的起伏，时光的流转，日照特有的旺盛活力。

二

日照的魅力，还来自一棵阅尽沧桑的大树。

浮来山上生长着一棵约 4000 年树龄的银杏，被誉为"天下银杏第一树"。参天而立，形如山丘，龙盘虎踞，气势如虹。树荫里一块石碑题刻着清代莒州太守陈全国的记述："浮来山银杏树一株，相传鲁公莒子会盟处，盖至今三千余年。树叶扶苏，繁荫数亩，自干至枝并无枯朽，可为奇观。"太守推断了银杏树的年龄，这是一株阅读过漫长光阴的大树。岁月的风雨，从枝叶间落下，而它依然从容如斯。树高 26.7 米，树围 15.7 米，树冠遮地 660 多平方米。树根蜿蜒裸露，每天需吸收 2 吨的水分。远远望去，那是一尊树中的神仙，巍巍然而神秘，苍苍然而葳蕤。

这棵银杏树被誉为植物"活化石"，成为自然界中的珍贵遗产。它的存在展示了自然的鬼斧神工，展示了美和生命力。春天的浮来山是一幅风景画，山花烂漫，古藤缠绕，松柏滴翠，群鸟嘤嘤。千年银杏树披上了翠绿的新装，生机勃发，枝繁叶茂。每年的深秋时节，这棵银杏树会迎来一年中最惊艳的时刻，片片金黄的扇形树叶在阳光下熠熠生辉，形成了一道绝佳的风景线。落叶随风飞舞，落在地面，铺成一条金黄色的路毯，浮来山成了一片"金色海洋"。游人喜出望外，争相打卡拍照。

这棵"银杏之王"是自然的奇观，也是文化和历史的见证者。它在南北朝时期曾为著名文学批评家刘勰提供庇护，于佛国禅境、晨钟暮鼓中，成就了一段脍炙人口的佳话。

银杏树象征着和平与友好。传说鲁隐公与莒子曾在此树下会盟修好，促成鲁国与莒国的和平。银杏树还被视为佛教圣树，象征着美好、长寿、永恒。它好像一位慈眉善目的老人，家族庞大，阅历丰厚，春华秋实，不仅为人们提供了美的享受，还承载着人们对美好生活的憧憬，展现了日照绵厚的文化积淀。

三

定林寺的银杏树让人肃然起敬，思接千载，神游八方，想起历史上那些彪炳千秋的文化巨匠。

刘勰也是日照文化史上的一棵大树。

看，刘勰纪念馆，一个高束发冠、容颜沉静的学者，正端坐在纪念馆的入口处。左手握卷，右手持笔，抚案沉思，有佛家的清癯，有学者的笃定。

莒县东莞镇，为"莒国故郡"。刘勰的祖籍，在这里的大沈庄。4000 岁的银杏，沐雨栉风，依旧挺立远望。

遥想当年，刘勰奉梁武帝萧衍之命，在南京钟山的定林寺整理编撰佛经，任务完成后，他上书请辞出家。皇帝下谕恩准，他离开宫廷，转换身份，成了寺院中的一名僧人。据说，刘勰在定林寺期间，有几年回到了祖籍东莞莒县，即今山东莒县，在浮来山建了一座寺庙，也取名"定林寺"，他在校经楼中整理佛教经典。

浮来山葱郁，清幽，遁迹此间，他静静校勘著述。眼睛有时倦怠了，他便阅读高大巍峨的银杏树。那树冠仿佛一座山丘，枝叶繁茂，清风有意无意，或密切如蚕咀桑叶，或宏大若虎啸山河。一个古老的所在，一个生机勃勃的树神，氛围浓郁深长，契合种种悠远的思考。刘勰的一生，其实也是一次与天地造化的对话，悟对这样一棵古老的银杏，他更加审慎经典，推敲人生。

如果说文化是人类精神的阳光，那么刘勰的《文心雕龙》肯定是其中亮丽的一束。《文心雕龙》"首揭文体之尊"，创建了一套严密的文艺理论体系。在中国文学史上，《文心雕龙》是当之无愧的一株大树。

山高水长，树林阴翳。刘勰展开了纸墨。32 岁，多少人仕途顺利，功成名就。孤寂的思想家却痴迷埋首于青灯黄卷。日出日落，斗转星移，五年耕耘，中国第一部系统文学理论巨著《文心雕龙》悄然诞生。10 卷 50 篇，周密严谨，洋洋大观，灵光闪烁。试问什么铸就了一介书生著书立说的坚毅和坚守，是山间之明月、文学之光辉的启迪吗？是家乡辉煌日出、猎猎长风的恩赐吗？

刘勰主张"为情而造文"，标举"风骨"。他以最大的热情赞赏建安诗文的"雅好慷慨"。"结言端直，则文骨成焉；意气骏爽，则文风清焉。"文情与文气相随，情动而辞发，刘勰恰是刚健高歌的龙凤，其"文心"远远超越了文学理论的范畴，成为民族文化的骄傲，日照历史的骄傲。

《文心雕龙》里有那么多意味隽永的句子，品之余味无穷。

"虎豹无文，则鞟同犬羊；犀兕有皮，而色资丹漆：质待文也。"虎豹需要花纹,犀和兕的皮靠涂上丹红来显示色彩,此比喻旨在强调写作贵有文采啊!

"云霞雕色,有逾画工之妙;草木贲华,无待锦匠之奇。"云霞的色彩,胜过无数画工的杰作;草木开花,不需要工匠为其点缀。正所谓"清水出芙蓉,天然去雕饰"。

"凡操千曲而后晓声,观千剑而后识器"。掌握很多乐曲后才能懂音乐,观察很多宝剑后才识剑器。你要想欣赏艺术,你必须是一个有艺术修养的人。

"登山则情满于山,观海则意溢于海"。登山情满山,看海情洋溢,天地造化皆我题材,触之则灵感来也,一挥而就,文采飞扬。

"积学以储宝,酌理以富才"。积累学识来储存珍宝,斟酌事理来丰富才学。积淀深厚,善于思考,乃为文之根基。才高八斗,文章则偶然天成也。

《文心雕龙》仿佛一座宝藏,有钻探不尽的名句和深刻。这部巨著托举了刘勰,让他被历史记忆,为后世仰望。他就像定林寺中的银杏树,历经数千载光阴,依然旺盛地生长。巨大的银杏树,深情记住了刘勰。树和人,见证着彼此的不朽。《文心雕龙》,是投向中国古代文艺理论的第一道强光。

"积一生学识,述道论人绎理严正缜密;释千古文心,索真扬善审美博大精深"。此楹联高度评价了刘勰的一生和学术成就。刘勰是中国古典文艺理论的开山祖,是浮来山永恒的魂灵。

四

丁肇中无疑也是日照的一棵大树。

在日照,文有古代刘勰,理有当今丁肇中,两座高峰耸立。

那是一座恍若迷宫的建筑——日照市科技馆。起初叫丁肇中科技馆,根据丁教授建议,改为日照市科技馆。科技馆融于公园和海景,通过空间设计与展陈,传递和弘扬丁肇中的科学精神。

日照市科技馆占地 160 亩,建筑面积 2 万平方米,由中国工程院院士、时任中国建筑设计研究院副院长的崔愷领衔精心设计。场馆布局结构分为五拱、六圆、七通道、一穹顶,精准复制了对世界物理学发展产生巨大影响的六个代表性实验模型。建筑外形像一个高速旋转的粒子，馆内展示了丁肇中实验室的一些高精尖科技装置。环球影幕厅更是提供了一个独特的视角，让参观者能够躺下，身体随着座位自由调整，此时画面和音乐启动，让人在松弛中感受到时间的流逝和对生命的思考。画面感、立体感、沉浸感多么强烈！

丁肇中是一位美籍华裔物理学家，籍贯日照市涛雒镇。他1936年出生于美国密歇根州，是诺贝尔物理学奖获得者，同时也是美国国家科学院院士。丁肇中的父母都是中国人，都是卓有建树的教授。

学术贵在创新和突破。丁肇中26岁获博士学位，31岁成教授，38岁发现了著名的"J粒子"，并在40岁因这一发现获得诺贝尔物理学奖。他集中于基本粒子的发现和研究，特别是在高能物理实验方面取得了显著成就。他曾在中国科学院大学进行主题分享，鼓励学子们追求科学梦想。丁肇中以自己的科学成就和贡献成为华人和全世界的骄傲。他多次回国进行讲学访问，促进了国际物理学界同中国方面的合作。

2014年，日照市讨论科技馆设计方案。丁肇中直接参与了项目讨论，对科技馆的展览材料、展览内容进行了全面审核。科技馆的内容由丁肇中不同阶段的研究成果组成，包括五大实验以及AMS-02球幕影厅。远望，科技馆仿佛一个轻盈、通透的物体，微微倾斜的八角形屋顶、镜面反光锥、螺旋坡道，设计巧妙，浑然天成。它更像一个天外来客，巨大的实验装置突然降落在绿色的地面上。夜晚，科技馆陆离的光芒成为日照市一大景观。

这位身上流淌着中华血脉的科学巨星，根在涛雒古镇。丁肇中的祖父、外祖父都是满腹诗书。父亲丁观海是土木工程学家，母亲王隽英是心理学教授，丁家祖居的家学与家风闻名遐迩。父母为他们兄弟姐妹依次取名丁肇中、丁肇华、丁肇民，寄托了殷殷家国情怀。母亲更是叮嘱他们"爱祖国，爱科学，双爱双荣"。

父母的教诲影响了丁肇中。诺贝尔颁奖典礼上发表演讲，他坚持用中文，这是诺奖颁奖典礼历史上的第一次。字正腔圆的中文，铮铮回响于豪华大厅，他的成就和爱国情怀，赢得了全场长时间的热烈掌声。

丁肇中心系祖国，建议中国派物理学家参加他在汉堡进行的实验。首批访问学者唐孝威、郑志鹏等 10 人赴德国，在丁教授领导的实验室参加研究。1979年丁肇中再次回国访问，与中国科学院确定每年派一批青年学者到他的实验室培训。"丁训班"先后为中国培养了大批高能物理实验人才。他反复强调："必须实践，要一面干工作，一面学习。不能只看书，要做实验。"他多次提到，"我希望在自己能工作的时间内，为中国培养更多的人才。"他的学生们回国后成功建造了北京正负电子对撞机，在高能物理实验领域风生水起，大有作为。

拳拳爱国情，正是一代物理学家崇高的人格魅力。

树高千尺也忘不了根。"美国人喜欢去欧洲，那是去找他们的祖先；而你来中国，也是找自己的祖先。"丁肇中带着妻子和儿子，兴致勃勃走在故乡的土地上，感受老屋的古色古香，尽情呼吸新鲜的空气，抒发殷殷赤子情怀。他带着家人，坐在故居的老学堂里，抚今追昔，沐浴丁家祖先的浓浓书香。他曾以多种方式参与日照建设，将全球唯一一个全尺寸"黑洞上的磁谱仪"模型赠送给日照市科技馆，将大量科学报告资料保存在科技馆。他希望把日照变成一个先进的科学城市。

曙光先照，地灵人杰。蓝天，白云，金沙滩，港口，帆影，鸟语花香，日照的今天更富有诗情画意。愿科学的光芒把刘勰、丁肇中的故乡照得更亮。

海与碑共天长

陈占德

一

海浪不知疲倦地翻腾着，带着野性和腥咸味，时疾时缓涌向黄海的西部边岸——海州湾畔的一块巨型天然礁石旁。

这块离岸不远的东西走向的海石，其北面刻有明末进士安东卫苏京等人的题词，便是遐迩闻名的"海上碑"，属全国罕见的海上摩崖石刻。

碑身坐南眺北，偌大身躯，安然卧在一片金黄沙地上，似跪拜北面不远的曾经道教灵光闪耀之地——阿掖山。涨潮时被海水淹没，落潮时露出芳容。日复一日在海水起伏、时隐时现中沐浴着或裸露着淡淡的丹霞状胴体。

自从碑文镌毕，慕名前来游览者络绎不绝，满足了自己的览胜心理与摄影欲，也引发了不少文人墨客悠远的回溯。

它堪称一卧凝固历史的标本，成为超越时代的永远见证者。

端午节前夕，我与苏京第十八世孙——小苏，一起拂去岁月的封尘，追寻苏京生前那段生活点滴以及碑刻所寄寓的情与思，思索着苏御史等士人的人生足迹和非同寻常的际遇。

二

明末清初的故乡闻人苏京素以"知书达理""才猷敏练"名闻乡里。据《苏雨望墓碑》记载,苏京"品直干济",非常受人推崇。崇祯十年(1637年)荣中进士,官至监察御史。他学深历丰,诗词书画俱佳。苏京横溢的才华甚得崇祯皇帝赏识。1644年,李自成率起义军攻占了北京,崇祯自缢,明王朝的大厦顷刻圮废。

清军入关,明朝遂亡。在与明遗老遗少商讨复明大计的日子里,奔波劳顿。感知复明无望后,跋前疐后,最终只得憾归故里,成为遁客。

清顺治二年(1645年)苏京在安东卫住了一段时间,为躲避清廷对明朝旧吏的追捕,曾隐居连云港北固山。这期间,他终日以漫游阿掖、云台山水,吟诗作赋消磨时光,过着避却尘埃、与世无争的隐士生活。也即在是年,苏京和他的知己王铎刻下了流传千古的岚山海上碑。从此,以"万里海疆第一碑"的美名饮誉大江南北。

1647年,因怕担"反抗朝廷"罪名,他不得已进京觐见清顺治帝。不久,被授原职走马赴任,历任陕西茶马御史、建宁兵备道、福建按察司佥事分巡。当时,沿海一带战事频仍,社会环境非常复杂。1653年,苏京终因操劳过度,并于心理矛盾煎熬中郁郁而终。他在上任之前来老家安东卫一趟,想到当年祖父苏田兄弟二人随戚继光赴闽讨倭,战死疆场,自知花落果出,不复回还。其父苏雨望仗义疏财,慷慨直爽,常倾囊救人于难,这种乐义好施的性格深深影响其后代。

二人为什么刻石于此?又是带着怎样的情思融注到这块巨礁之上呢?或许与他们相似的人生际遇分不开。

王铎,这位曾经的明朝礼部尚书,以清流自居,秉性正直,却屡受排挤。1644年,辅政福王朱由崧,由于内忧外患,也无力回天,最终成为孤臣,在贫困潦倒之后不得已来到安东卫。

两位才华挚友,同味相投,同病相怜。久别重逢,心弦共鸣。此时,面对山河易主，国破家乱，社会动荡，生活流离，这两位忠臣的精神天空顿时轰然塌陷。隐居安东卫那段日子里，二人或彳亍在月夜下的海隅，或乘小舟夜游海州湾，眺望浩瀚而汹涌的黄海，心潮澎湃，触发了留下心语于礁石的想法，以此表达落难时难以释怀的心绪。

三

初夏的夜晚，正值海水平稳期的潮涨潮落间，皎洁月光流泻下来，就像无数的碎银撒在无垠的海平面上，银光闪烁，变幻多端；又像月光跳跃在接续不断的海水涟漪上；也像数不清的银白小鱼欢愉地腾挪跌宕；有时犹如一根根光柱由远及近延展于面前……

月朗星密之时，走近海岸边，伫立静观繁星倒映在海中，随波起伏晃动，俨然进入了"星河欲转千帆舞"的境界，面对倏然即变的光影，苏京联想到自己人生命运舛错频多，起伏不定，国是家事满腹怅惘，不免有难言之隐。于是便把眼前情景与胸中感喟融合一体，化为"星河影动"。其实，这四个字是有出处的。杜甫《阁夜》有云："五更鼓角声悲壮，三峡星河影动摇。"

站立于海石碑北面，待海水涨满潮之时，看一个又一个大浪像巨兽一样，翻滚着奔涌而来，哗的一声巨响，大浪撞击在礁石上，顷刻间化为一堆堆雪雾冲上高空。尤其每当大风刮起来，海水碰撞石碑，宛若有人撼动了一棵棵大树冠上堆满的白雪，又像海鲸口喷的云朵。"撼雪喷云"就应运而生。有人认为，苏京在兵败后，怀揣宏愿难遂的愤懑情绪，先是怃然一叹，继而豪情万丈如撞击礁石的巨浪，于是挥毫写下了这奔放的四字，以表达内心风云的激荡。也有人认为，这隐含了对礁石的赞美：它在怒涛巨浪面前屹立不动，自况之味蕴藏其中。

盛夏之夜，晒了一天的海水温度也升高了，大量浮游生物的繁殖使得海面成为一面巨大的红黄蓝等各色光的复合反射镜。海风习习，一列列平行波峰闪烁着亮光，像霍霍燃烧的火苗向着岸边滚进着。海面一片通亮，如同晃动的晶体。当波涛滚滚而来，撞向礁石时，"石分浪花碎"，晶莹如白玉的浪花飞溅而起，这时看上去海水反射的亮光更加强烈，犹如数不清的珠玑八面喷射。顿时，海上碑礁石群周围被一片片明晃晃的海浪围绕着，看上去多姿多彩，赏悦心目。飞溅的浪花如成千上万颗晶莹剔透的明珠，忽明忽暗，前后左右地飞舞着，随后又很快从高空倾泻下来，这是海碑常有的独具特色的景观，让人颇感惊讶，叹为观止。此时，苏王内心是否在表达这样的心意——千呼万唤明朝朱家天下。有人认为，此为苏京有苏轼"吾文如万斛泉源，不择地皆可出"之敏捷才思，或许这是臆想；也有人认为，这是一种"色相"，转瞬即逝，内心留下的是失落与惆怅。不过这美景的确易引发人们的联想，大饱眼福的同时，将会触发境情迁移、过往回望及人生酸楚的思索。此况应会生发此情。基于以上心境，"万斛明珠"自当悄然而至。

作为莫逆之交的王铎，由苏京的一次次陪同，驻足于海滨，观赏着怒涛狂浪后，不仅觉得这些瞬间浮现于脑海中的动感十足的立体景象，不啻视觉上的盛宴。而且认为苏京是中流砥柱之俊杰，能屹立于骇浪惊涛中，顽强不屈，堪当重任。于是胸中"砥柱狂澜"笔端自然划出。也有人认为，此语意似苏的"撼雪喷云"，为王铎自况。但宋代民族英雄岳珂有类似诗句"狂澜身砥柱，大厦手支撑"，想必在此还是有一定用意的。究竟当时出于何种心境，后人只是揣测，恐只有苏王二人心中清楚。

时光的车轮大约又转了二十多年，康熙年间武进士、时任安东卫守备阎毓秀，了解一代风云之人苏京的传奇事迹，出于对苏京人品才能的敬仰，对苏王二位士人人生命运不畅与失意的感触，发思古之幽情。又想到自己曾历经的坎坷，不免流露出对两位书者的同情理解，也流露出对世事沧桑的无限感慨，这就自然体现于他笔下石碑上的"难为水"了。

世事风云变幻，人事代谢无常。历代人对这三个字均有不同的看法与诠释。大多数学者认为，这是阎临观浩瀚大海便由衷喜悦，于是化用了孟子"观于海者难为水"和唐代元稹的"曾经沧海难为水"。也有人认为，"做水难"，不过"水"有变化性，可顺势而为。一次次被淹没，又一次次被显露，虽多折腾，却无怨无悔。有人则认为，"难为水"为"为难水"，由"水"联想到"人"。作为明清重臣的苏王，同出生于明万历二十年（1592年），有相似的仕途履历：重臣——归臣，皆为朝廷桢干，又颇具文才，书法造诣很高，名噪当代又传扬后世。难怪有文人觉得，当年的阎长官伫立石碑前，遥望南面无垠的海面，端详着凿刻的碑文，脑海中不经意间飘出："两位忠诚，岂不与这灵动的海水相似吗？"于是想到了"难为水"这仨字。似乎有对二人的同情，也有对其调侃之意，不禁让观者再三琢磨回味。

月夜时分。潮涨满时，海浪更热络起来，浪涛汹涌，浪花——明珠、雪雾异状纷呈。涛声——如同合奏一曲别样的交响夜曲。

潮落退后，月亮的一根根青丝胡子，是海上碑前湾滩涂泊舟的锚缆。

或晴空万里，或海雾缥缈之时，适逢观者幸运偶至，远眺海面尽头，会欣赏到传说中的海市蜃楼。虚虚实实、变幻多端的蜃景即会浮现于眼前，给人们带来扑朔迷离的神秘感，似乎进入了神话世界里，甚至误认视觉"感冒"，怀疑自己的眼睛，以为眼花抑或脑袋有问题。这为月光下的海上碑平添了几多迷人的魅力。

四

苏京的一生，似汀线人生轨迹，有起有伏、起伏不定。汀线这根涨落抹下的日又一日被海水侵蚀的线状痕迹，喻义"界线"或"轨迹"。如同此汀线，苏京之辈一度成了"两截人"。"前半截"人生信奉传统儒家道德观念。改朝易代后，明遗臣士大夫内心落下的尘埃，透不过良心的铜墙铁壁，一时总想也想不通。苏京非觍颜惜命之人，但由于大清对前明旧臣的延揽，他们不安不甘不平的"三不"心理虽难以安顿，也只能沉淀心中的怨愤。加上暴政与压抑无奈，不得已选择再仕，借此走出人生困境。形成了完美"前半截"与屈辱失节"后半截"的双重自我。心里难免有一种生存负罪感，缺失了原有的精神支柱，致使心灵有荒芜感。在心态人格上既有理想损毁的痛苦，又有重建理想以匡济天下的努力。

历代无不重视天下英才，古来有之。春秋因伍举而造就了"楚才晋用"的佳话。匈奴王子、后做了汉代重臣的金日䃅，成了"忠诚与谨慎"的代名词。

处于国家用人的非常时期，是用"贰臣"及传统道德观念来衡量、评价这些人，还是顺应时代潮流继续躬身为天下黎庶和社稷而谋福祉？

透视明末遗臣的人格，其两重性体现在：一曰贬，"贰臣"的标签已然张贴；一曰褒，忠君、报国、以民族大义为本。我们不难想象，他们在面临抉择时的两难心态。旧有的价值判断或许与日俱变，而在当代，人们的审美意识受时风驱使，出现了多维视角。搁置封建忠君思想，捡拾以苍生为己任的抱负，恐怕这不失为更多人更理性更忠实于内心的选择。

海上碑文委身于庞大礁石，与苏京等人钟情并与礁石结缘密不可分。这不仅在于得天独厚的条件，更在于民族文化里，礁石为忠诚正直坚定的化身，才有"礁石立传世，坚贞可风骨"的描绘。而在西方文化中，它是信念是勇气是毅力。航海者眼里，是导航标。说到礁石，忽又想起艾青笔下的诗句："它的脸上和身上／像刀砍过的一样／但它依然站在那里／含着微笑，看着海洋……"即使伤痕累累，仍然从容大度。

海洋文化中的配角——礁石与浪花，扮演着一硬一软两种质地的角色。

而浪花作为礁石的"恋人"和追随者，拥有美丽而神秘的气质。二者依偎着亲吻着拥抱着，可谓相濡以沫。真是"浪花有意千重雪"，词不虚传呀！

礁石与浪花为月下海上碑的朦胧美塑造了靓丽的外部形象。

黑格尔当年提出的海洋文化概念，是有一定局限性的。其实，一切有海岸线的民族都会有海洋文化的成分，从这一角度看，海洋文化是人类文化的一种基本形态。

古往今来，立于天地间的碑文艺术之美之魅，是文化的呈现与浓缩，是镌刻在石头上的史诗与文明。正如刘勰对古碑石刻所述："碑之体，资乎史才。其序则传，其文则铭。标序盛德……"当人们闲暇时驻足于海上碑面前，欣赏着海景碑文，回念苏京等士人的宦海浮沉，思忖着海上碑前落潮后留下的汀线与他们传奇人生间的关系，领略着家乡的山山水水，禁不住会产生涌泉般畅想。

潮涨潮落，潮满潮退，潮有常，人生无常。海浪有峰有谷，人生有辉煌也有暗淡。正如冬去春来，兴衰轮回；生命之旅，荣辱共存。海上碑昔日的故事以无声胜有声，隐含的事理令后世人羡思着自豪着激励着启示着……如今，海上碑已成为家乡日照富有特色的文化符号，与苏京等人非凡的人生融为一体。那段让人难忘又发人深省的历史，依旧会散发出如磁石般的吸引力，就连海鸥也爱栖息于碑石上。

三个多世纪过去了，这"日出初光先照"之地的家乡跳动着强烈的时代脉搏，发生了地覆天翻的巨变，而月光倾泻下的海上碑虽经海浪的"软硬兼施"和风雨情绪变幻的无常，却依然如故。

五

时间的齿轮不停地转动，历史总在变化中。横看海与岸、浪与礁石、风与海鸥……纵观君与臣、臣与民、历史与现实、战争与和平、文明与落后、月亮与海碑……世间万物万事如能相容，遵循自然规律和伦理道德，方能走向时间与空间的永恒。有包容才有相容，只有相容才能兼容。相容就是不排斥。《韩非子·五蠹》："故不相容之事，不两立也。"这就阐述了不相容的矛盾性。

崆峒山的"三教洞"，是孔子、老子和释迦牟尼三教共处相容的具体体现。众所周知，儒、释、道"三教"是长期活跃在中国封建社会的三支主要思想力量，其关系既互相矛盾、斗争，又相互吸收、融合。从汉魏两晋就开启了三教关系史。最终因互容互学，三家矛盾冲突少，相依吸收多。

由史可见，志趣相同、价值取向相近者相容得更好。即使有所不同甚至分歧，也一样能求同存异。只有彼此相容互让，方能海阔天空。

面朝大海，脑海中不禁浮现出"海纳百川，有容乃大"，也会想起"相逢一笑泯恩仇"。纪伯伦语："每个伟人都有两颗心，一颗心在流血，另一颗心在宽容。"弘一法师也讲："人之谤我也，与其能辩，不如能容。"这些话强调了理解、宽容、和谐相处的重要性，这些理念在多文化时代都得到了体现，这些思想闪烁着理性而绚丽的光芒。虽然现在社会上存有互不相让的普遍倾向，但良好的关系却是建筑在宽容互谅的基础上的。

正值秋爽果丰的时节，到处弥漫着美学色彩和收获的主题，可谓"色染秋烟碧"。不经意地会吟诵出："落霞与孤鹜齐飞，秋水共长天一色。"我想大海与海碑的相处，虽有"锤打刀砍""挡道抗拒"，仍包容相处，似乎还有"眷恋"之意，不想分离，誓与天长共存。

假如安排宋代晁说之与马克·吐温在"魅力日照"举行一场以"跨越"为题的对话。

晁说之：俗吏教条徒白媿，滟池云物幸相容。

马克·吐温：紫罗兰把它的香气留在那踩扁了它的脚踝上，这就是宽恕。

二位交流将会碰撞出怎样的火花呢？——或许他们会唱"同一首歌"。

不如见一面

拂　尘

青黛色的山峦，淡淡笼罩着轻柔的雾气，一轮轮巨大的风力发电机扇动着灰色的翅膀，把连绵的山峦续接在一起。风从山体倾泻而下，卷带着花草的幽香涂抹在急行的车窗里，山活了。

山并不高，只是那些习以为常的、经年累月站在山顶的风车凸显了它们的高度，继而又受了眼睛的蒙骗，觉得它们是高山罢了。山脚下流淌着一条新修的高速，空阔无边，延展到山的拐角里。

碾过一路风尘，山远了，明朗的天空下浩渺无边的大海近在眼前。

我没有勇气来一场说走就走的旅行，却实在抵挡不住日照抛来的诱惑，千百次的神往郁结于胸，就像心里结了蛛网，稍有意动便会丝丝缕缕地震颤。大海、金沙滩、森林、东夷小镇……想到它们，我的心像裹了棉花糖，软软的，甜甜的。

我不是第一次看海，也不是第一次到日照，却是第一次在日照看海。日照的海很美，就像日照这座小城，美得具体美得真实。在这座满眼绿荫的城市里，可以自由纵情地呼吸，花木悠远的清香和大海淡淡的咸腥弥漫在空气里，空气就像长着无数看不见的触角，那么放肆大胆地浸透了身体的每寸肌肤，从头到脚拂过润润滑滑的舒爽。

风从遥远的海面吹来，伴着太阳的金光，浪花、礁石、沙滩、游人都洒上了金粉，个个风采灼灼。脚底下的金沙滩如海绵般松软，它平展开去，就像是专门为大海缝制的衣裙的褶边，上面那一串串大小不一的脚印是为它刺绣的简单而美丽的图案。它是那么温柔，那么干净，使我不忍踩踏。此刻，我多想拥有一双翅膀，轻柔地从它身上飞过。

我弯腰褪去鞋袜，试探着把脚放到沙子上，想掬起一捧细看，它们却轻而易举从我手指缝里飘走了。我有些惊讶，笑着对日照的朋友说，你们的沙子是被碾碎了吗？都不及我们农场的全麦面粉颗粒大，既然担了沙子的名号，起码该有沙子的体面，哪怕与白砂糖一般也好。可是，你们看，抬举它也只不过和绵糖一个级别嘛！

这些细腻的沙粒掺杂着贝壳的粉末，阳光射下来，发出如钻石般璀璨的光彩，我看到朋友的眼睛熠熠闪光，也像镶嵌着钻石似的。

海岸的沙滩似沙漠般干燥，靠近大海的沙滩，因为被海浪频频亲吻，总是覆着一层薄薄的水流，脚踩在上面看不出印痕，就像湿漉漉的夯土，平滑而结实。我注意到了一些奇怪的图案，有的像墨鱼，有的如海星，有的似螃蟹，有的若海马……蹲下仔细端详，才发现它们的轮廓皆由一粒粒圆滚滚的小沙球组成，小沙球如珍珠般大小，一凸一凹串联在一起。看着这些土黄色的小沙球，我竟然不合时宜地想到了屎壳郎撅着屁股努力滚粪球的样子，禁不住哑然失笑。

每个图案的中心位置都有一个小洞，像夏天知了猴爬出的洞口一般规格。看着提着小桶、拿着小铲子挖洞的孩子，我恍然大悟，它们大概是小螃蟹或者贝壳类动物的家。果然，朋友告诉我，这些是一种名叫"股窗蟹"的小螃蟹的洞穴，它们体型极小，从沙团中获取食物，并用灵巧的前螯挖取沙团送入口中，又用极快的速度吃掉沙团里的有机碎屑，把不能消化的沙团吐成球状，用前螯一个个摘下，掷于地上，于是形成了诸多形状怪异的图案。这些股窗蟹堪称沙滩设计师、天才画家，细软的沙滩给它们提供了展示才艺的绝佳舞台。

忽然，我羡慕起这群可爱的小生灵，可以生活得像海风一样自由，浪花为它们歌唱，海水为它们沐浴，海滩为它们提供诗意的栖居，它们单纯而有趣的灵魂不沾染俗世的半点尘埃，如若不曾有人惊扰，它们短暂的生命或许更加精彩。

海风有些凉意，海水却暖暖糯糯的，并不冷脚。好多孩子套了救生圈泡在海水里，随着波浪的奔涌悠来晃去地荡着秋千，大人谨慎地守护在他们身旁，丝毫不敢懈怠。

朋友们的鞋子早已湿透，可是他们只是卷起了裤腿，吹着海风闲聊。我患上了选择性耳朵失聪、选择性视而不见，耳边听到的是风的吟唱，眼里看到的是浪花的奔涌。风从遥远的海面吹来，像无形的手驱赶着一群洁白的绵羊，羊群一会儿跌入沟谷一会儿爬回山坡，几只落伍的小羊遥遥落在后面，正一跳一跃地拼尽全力追赶。忽然，有几只绵羊撞到了一起，幻化成了莲花的形状，海风是它的船桨，一漾一漾地把它送推到我的脚旁；有的变成了无数脱缰的骏马，扬起雪白的鬃毛，卷起白色的尘烟……

我赤脚行走在浅水里，感受着浪花的碰撞，大概它把我的脚当做了岩石或者柱子，它先用微弱的力量试探，轻柔地荡过我的小腿，像用鹅毛羽扇扫过一般，痒痒的，绵绵的，带着那么点韧性。接着，它增添了力量，排涌着朝我袭来，飞溅的水花打湿了我的衣裙，我就像个可笑的不倒翁，随着海浪的涨落跌跌撞撞。

我寻找着，却不见海鸥的踪影，那苍茫无际的大海上，只有两艘轮船在远航。它们去了哪里呢？难道还有比这更美的地方？我望着嬉戏的游人，若有所思。

时光融进大海，随着波光粼粼的海水逝去。极不情愿地，我离开大海的怀抱，再次走回金沙滩，那里不知谁用沙子堆砌了几座极有创意的城堡，孤零零吹着海风。金沙滩已被阳光晒得滚烫，它变成了一个巨大的熨斗，我的被海水浸湿的衣裙拖在上面，不一会儿就漂起来了。小腿和脚底的水汽也不露痕迹地蒸掉了，脚底像抹了层辣椒油，火辣辣地胀痒。

金沙滩与大名鼎鼎的日照海滨国家森林公园毗邻。我们到达日照，朋友早已等候多时，久未谋面的朋友相聚，一番亲热自不必说。朋友说，一边是大海一边是森林，两者皆不可辜负，我连连点头，欣喜他们的善解人意。匆匆眺望了两眼近在咫尺的大海，嗅了嗅大海独有的味道，我才坐上与海水颜色同款的观光车，车轮碾过斑驳的树影，驶入幽深静谧的森林公园。

我的单位在农场，难道没见过森林吗？当然不是！但是彻底震撼我的心灵与眼睛的，绝对是日照的国家森林公园。总面积 1.2 万亩，森林覆盖率 78% 具体是什么概念，我并不清楚，但是我却真切感受到了它蓬勃的生机与无尽的魅力。徜徉在绿色的海洋，吸吮着新鲜的氧气，我觉得发丝都是活的，它们在大口大口喘着气。森林里树木繁多，水杉、黑松、雪松、杨树、刺槐等都挺拔俊秀，花和藤蔓植物郁郁葱葱，土地全部被绿色所覆盖。

沿着纵横交错的林间小道缓缓前行，我似乎听到了森林的窃窃私语，它们是在欢迎我们的到来吗？是的，绝对是，要不，听听鸟雀的啼鸣就知道了，那是欢迎我们的交响乐。

我并不是个贪婪的人，可是，在森林与大海之间，我却完全不能取舍。要是它们能装进我的口袋，那该多好！我可以把它们带回我的城市，细细品玩。

日悬中天，耀眼夺目，朋友带我暂别了森林、大海、金沙滩。日照城不大，却特别干净，空气很清爽，闻不到汽车尾气的浊臭。街边各种名目的酒店比比皆是，悬挂着五颜六色的招牌，令我眼花缭乱。

我们吃饭的地方是一个三面环窗的雅间，敞亮通透，风从打开的窗子吹进来，带着海的味道。美食多是海鲜，我食指大动，一点点把大海吞进了肚里。

酒足饭饱，小憩醒来，太阳已收敛了它的光芒，天空澄澈，清风不燥。迫不及待地，我们又向海出发。

太公岛和金沙滩截然不同，它是一座半隐于海下的海岛，只有岛顶和一座逃生塔露于海面。海潮退去，沙滩上形成无数条粗细不匀的溪流，搁浅的虾蟹贝壳海螺无助地任由游人捡拾。平坦的沙滩上和不远处的海水里，裸露着千姿百态的礁石，上面长满绿色的海藻。这些遍身着绿的礁石，令我惊讶不已。我试探着用手指触摸，它们是那么湿润光滑，带着黏黏的手感，紧紧贴附在岩石上，不管如何抚弄，我的手上丝毫沾染不上绿色。它们是活的，有着和大海一样鲜活的生命。

这些礁石是依着海里动物的形象幻化的吗？它们怎么能如此的巧夺天工！我怀疑，如果给予充足的时间，在这里，我能找到所有能想到的动物形态的礁石。很快地，我被三个圆形的岩石所吸引，它们自成一体又藕断丝连，间距只有一只脚的宽度。

它们像极了我们农场自家生产的全麦面粉蒸出的馒头，大约还掺杂了点桑葚，表面稍微有些粗糙，沾着没有磨碎的麦麸。它们是那么的独特，那么的显眼，上面一丝海藻或苔藓都没有，赤裸裸光着身子，带着点白色的蛤蜊皮，简直滑稽得可笑。

此时，海与天划了条清晰的界限，仰望天际，我重新定义了碧蓝的概念，原来蓝色可以美得这样纯粹！海水呈现出淡淡的绿色，托举着大片缥缈的白云，几缕烟霞若出其中，恰到好处地增添了明丽的色彩，蓝、绿、白、红巧妙融合，层次分明，美轮美奂。尘世中竟有如此纯净、如此超凡脱俗的世界！

我想把时间留住，它却从我眼皮底下更快地逃窜。夜色笼罩了大海，淹没了沙滩与礁石，催着我们离去。

"没玩够，对吧？"朋友微笑着问我，"去东夷小镇吃饭吧，吃完饭再来。"

东夷小镇美食一条街，听到名字，我狭窄的眼界立时限制了我的想象，我的注意力完全集中在"美食"二字上。直到全面了解了它，我才暗笑自己的肤浅，而彻底被浓郁而远古的东夷文化所震撼。

朋友博学，他居住日照不久，却变成了地地道道的日照通。他告诉我，日照是东夷文化的发源地，追溯东夷文化，它们比齐、鲁两国的历史更久远，甚至可以说，周朝的建立也与东夷息息相关。周朝建立后，周武王分封姜子牙于齐，周公旦于鲁，这样才有了齐国与鲁国，经过春秋战国时期的战争与融合，直到秦始皇统一中国，东夷才基本融入了中原文化。它是龙山文化的发祥地之一，也是华夏文明的重要发源地之一。如此久远的璀璨文明，真令人脑洞大开。

华灯初上的东夷小镇，像只开屏的孔雀，光彩斑斓，耀眼夺目。走进它，仿佛穿越了时光，回到了古代繁华的集市。它既有独特的东夷文化的特色，又充满了现代气息，虽是仿古之作，却别有一番风情和韵味。漫步其中，古色古香的建筑错落有致，青石板路蜿蜒曲折，店铺招牌惹眼，灯笼高悬，各种传统手工艺品及地方特产琳琅满目，仿佛每走一步都踏在历史的长河之上。

我不敢想象，一个普通的传统渔村，在当地政府"拆一片旧村，带一片产业，富一方百姓"的思路规划建设下，短短十几年工夫，竟变化如此，怎不令人惊叹和感慨！是呀，时光长河中，总有一些技艺被传承被珍藏，它绝不因时间而迷失，不因进步而泯灭，东夷小镇所传承的文明就在于此。

东夷美食街的饭很好吃，我们挑着喜欢的各买了一点点，再来个海鲜大杂烩，就那样大快朵颐地海吃了一顿，它们比我吃过的所有美食街的饭菜都干净，都有味道。

饭后，我们没再去海边，而是离开城市到了"竹林山庄"，那是朋友为我们准备的下榻的地方。山庄修竹婆娑，花木幽深，极雅极静，唯一入耳的是夜虫的低鸣。此一方净土，远离喧嚣，环境清幽，美景如画，我的脑中异常清醒，心却无法平静。万籁俱寂的夜，竟无法入睡，因为我的心没有回来，它仍自由地在外边游荡。

我回想着这座素雅、恬淡、浪漫、时尚，带着人间烟火气的小城，它正是我多年以来崇尚的一种盛世小景的模样，我被它感动了！

时间束缚了我的双脚，我没来得及去观赏汉字摩崖石刻的世界之最——日照巨书；长于浮来山上4000岁的"天下银杏第一树"；尧王城、陵阳河、东海峪的遗址；没有探访"千古传奇第一公"姜尚，和在中国文学史上占据重要地位的评论大家刘勰的故里；没有驻足于灯塔广场，搜寻一次航空壮举的踪迹；也没细细地访古寻幽，洞鉴历史。但是短暂的行程，我已体会到了日照向世人所展示的丰厚文化遗产和文化积淀，以及它博大精深、独具特质的文化内涵。

此次日照之行，我没觉得遗憾，因为我要给自己留点思考和消化的空间，更要预存一份向往，一份期盼。岁月简静，时光奔流，给生命多点留白，感受尘世的美好。我想，生活就该这样，多给自己一些机会，见见想见的人，看看想看的景，走走想走的路，千万次的心驰神往都不如见一面来得真实！

灯火里的日照

蒋 华

表弟大学毕业后，到了日照工作，每年都会给我寄来两箱产自日照的苹果。若非那寄至家中的苹果，日照于我而言，大抵不过是书本上的一个地名罢了。作为一座海滨城市，它的知名度与存在感着实不算突出。然而，日照这个城市，单是名字便极富画面感。这座静卧于黄海之畔，深情拥抱着阳光与海浪的城市，因为那两箱苹果和表弟的邀约，令我生出前往旅游的冲动。

常言道，靠山吃山、靠海吃海。但对于日照而言，如此说法未免显得粗浅与单一。日照最初的确依靠着那片广袤浩渺、资源丰富的海洋，但它能有如今的风貌，所凭恃和依靠的绝不仅仅是海。

早在新石器时代，一群被我们称作东夷的人越过山林、穿过河流，在某个首领的带领下，沿着太阳升起的方向，不断向东跋涉。在到达之前，这里对于他们是完全未知之地，谁也不知道，那里有什么在等待他们，他们只是执着地往东、再往东。当他们从密林里钻出来，看着一轮红日在海平面上缓缓升起，他们是否会被那灵动的风以及壮美的海深深吸引？或许，当他们停下脚步，在这里扎下根来，他们的目光再次触及那波涛开始汹涌的海面，当那挟带着咸涩的风拂过他们的面庞，对于未知世界的探索欲望便在心底悄然萌生。又或许，他们一开始就生活在这里，这个太阳晨升暮落的地方，一直就是他们的家园。在没有征服大海的时候，他们的生活并没有想象的那般惬意和有诗意，只是，他们从没有想到要离开。

面对慷慨的大海，他们开始制作工具，这取之不竭的海洋成为他们生活的依托。他们从船上跃下，钻进大海里，与鱼虾嬉戏。岁月在他们一沉一浮间，缓缓朝前走。从最初的简单捕捞演变为养殖，从近海作业拓展至远洋航行，日照人的足迹在海洋中渐行渐远。

说到著名的出海口，历史上说得最多的是泉州、广州那样的地方，日照还是名气不响。内敛的日照并不去争，他们只要更加实际的东西。而且，丰富的资源和灿烂的文化，铸就了他们沉潜的性格。旧时，日照的港口之上，船只往来穿梭不息，货物琳琅满目。来自五湖四海的商品于此汇聚，又从这里流向远方。海洋给日照带来的，不单是物质的交流，更有文化的交融。外来文化与本地特色相互碰撞、融合，极大地丰富了日照的文化内涵。

在与海洋的"相爱相杀"之中，日照人学会了如何顺应自然、巧用自然。他们在海边修筑起坚固的海堤，以抵御汹涌的海浪；他们发展出独特的渔业捕捞技术，根据季节和海洋的节律安排作业，不涸泽而渔，让海洋资源得以休养生息；他们精心呵护着海洋生态，积极开展海洋环保行动，种植红树林，保护海滩湿地，让海洋生物有一个和谐的家园。

表弟住在海边，看日出的愿望轻易便能满足，只需早点起来，拿把凳子坐在阳台，泡上一杯茶，耐心等待一会儿。太阳从远处缓缓升起，它的光芒穿透那轻薄的云层，洒落在海面上，波光粼粼，美如梦幻。太阳渐渐升高，璀璨的金色光芒便会将整个城市铺满。天空笼罩在一片将明未明的蓝色中时，渔民已经扬帆启航，他们的身影在晨曦中渐行渐远，最终融入那片蔚蓝的大海深处。在太阳升起的时候，他们便已经披着朝霞回到海边。

海洋，那无边无际的蓝色，承载着数不胜数的梦想与传奇故事。洁白的海鸥在海面上自由翱翔，它们时而俯身冲入海中，精准地捕捉着猎物，时而振翅高飞，向着辽阔的天空欢快鸣叫。海风中独特的味道，海洋独有的气息，令我这样的内陆人沉醉痴迷。

夜幕降临，日照宛如换了一番模样。华灯初上，整座城市被五彩斑斓的灯光所环绕笼罩，呈现出一片灯火辉煌的绚丽景象。我们沿着繁华热闹的街道悠然漫步，街边的店铺灯火通明。小吃店门口热气蒸腾，摊主熟练地翻动着烤架上的海鲜，滋滋作响的声音伴随着阵阵诱人的香气扑面而来。那一串串鲜嫩的鱿鱼在灯光的映照下泛着诱人的油光，直叫人垂涎三尺。我的肠胃需要有时间适应，所以只能勉强压制自己的欲望。

海边的小店，里面摆满了各式各样精美的手工艺品。灯光温柔地洒落在那些由贝壳串成的项链、珊瑚制成的摆件上，折射出迷人的光芒。见我是外地人，店主热情洋溢地介绍着每一件物品背后的故事，让人深切地感受到这座城市独特的文化底蕴。

来到太阳广场上，人群熙熙攘攘，热闹非凡。孩子们在喷泉边嬉笑玩耍，喷泉随着音乐的节奏变幻着形状和色彩，灯光映照在晶莹的水珠上，形成一道道绚丽夺目的彩虹。周围的人们有的随着音乐翩翩起舞，有的坐在长椅上惬意地聊天说笑，每个人的脸上都洋溢着幸福满足的笑容。继续向前行进，来到夜市。这里更是热闹异常，琳琅满目的商品令人目不暇接。摊位上摆满了各种新奇有趣的小玩意儿、时尚流行的衣物和精美别致的饰品。摊主们的吆喝声此起彼伏，与顾客的讨价还价声相互交织，共同构成了一首充满浓郁生活气息的交响曲。

沿着海边的栈道悠然漫步，远处的灯塔闪耀着明亮的光芒，为归航的船只指明着方向。海面上倒映着岸边的灯光，随着波浪起伏摇曳，如梦如幻，美轮美奂。

日照，被古代中原人轻蔑地称之为"东夷"，在他们看来，他们才是中国的中心，其他地方统统都是蛮夷之地。给东夷取名的那些带有优越感的人可能没想到，最后我们统一在华夏里，同属中国。在日照，可以看到很多东夷痕迹，东夷人的勇敢与智慧，不断渗透进这片土地的每一寸土壤，每一盏灯火。东夷人的歌舞，曾经在这片土地上欢快激昂地奏响。如今，在灯火辉煌的舞台上，现代的舞者们用优美婀娜的身姿，重现着那段古老而辉煌的历史。他们的舞步中，蕴含着东夷人对自然的敬畏，对生活的热爱。东夷人的陶器，曾经是他们生活的重要组成部分。如今，在灯火下的工作室里，陶艺家们精心制作着一件件精美的作品,传承着古老的技艺。

灯火里的日照,太阳的光辉与夜晚的灯光相互交织,共同绘就了一幅独具魅力的绝美画卷。太阳,赋予了日照无尽的能量。它的光芒,不单照亮了这座城市的白昼,也温暖了每一个夜晚。灯火,是这座城市的明亮眼眸,它们见证着日照的发展与变迁。海洋,是日照的广阔胸怀,它容纳着世间万物,孕育着无限希望。

在灯火的映照下,我们依然可以清晰地看到日照的过去与现在,也找到了宁静与繁华的完美平衡,深切感受到了历史与现代的深度交融。第一个在海边升起一堆篝火的日照人,如果站在另一个空间看着现在的日照,一定会感慨万千吧。他可能压根儿就没想到,随着时间的缓缓推移,日照的灯火会更加明亮。

子在川上曰,逝者如斯夫。但斯人已逝,灯火如故。

去日照看海

李冬梅

在岁月的长河中，总有一些旋律能触动心灵深处最柔软的地方，于我而言，那首《大海啊，故乡》便是这样的存在。悠扬的曲调如同一缕轻柔的海风，缓缓吹开了我心中那扇对大海充满憧憬与幻想的窗。

我出生在鄂西北最偏远的一个小县城里，儿时的我从没有见过海的模样。我常常坐在窗前，望着远方那片未知的天际，脑海中不断浮现着从歌曲中勾勒出的大海模样。我想象着那广袤无垠的蓝色世界，是怎样一种宏大的画卷。海浪该是如何气势磅礴地拍打岸边，发出雄浑的声响；海风又会是怎样温柔地吹拂脸颊，带来海洋独有的气息。大海，在那时的我心中，如同一个神秘而美好的梦境，遥远却又充满着无尽的吸引力。

时光如白驹过隙，悄然流转。工作后的我，终于迎来了实现这个梦想的契机。有一次和男友逛街，听见路边商店里飘出那首熟悉的《大海啊，故乡》的旋律，我突然决定要和男友一起去看海。这个念头一起，我们不约而同确定了目的地——日照。对，去日照看海！顿时，心中的期待与兴奋如同即将喷发的火山，炽热而强烈。

踏上日照的土地，那股清新的海洋气息瞬间扑面而来，仿佛是大海给予我们最热情的拥抱。我们怀揣着激动的心情，迫不及待地奔向海边。当那片浩瀚无垠的大海真正展现在眼前的那一刻，我被深深地震撼了。

一望无际的蓝色大海，好似无数颗璀璨的宝石，在阳光的照耀下闪烁着神秘的光芒。那蓝色，是如此的纯净、深邃，仿佛能容纳世间万物。海浪一波又一波地涌来，前赴后继，永不停歇。它们猛烈地拍打着沙滩，发出阵阵轰鸣声，如同千军万马奔腾而过，诉说着大自然的无穷力量。每一朵浪花跳跃着、舞动着，绽放出生命的活力。海风吹拂着我的头发，带来丝丝凉意，那风中夹杂着海水的咸味和海洋生物的气息，让人陶醉其中。

沿着海岸线漫步，脚下的沙滩柔软而细腻，宛如金色的地毯。我们的脚印一串串地留在沙滩上，仿佛是在书写着我们与大海的故事。海浪涌来，又悄然退去，带走了一些沙粒，在沙滩上留下美丽的贝壳和五彩斑斓的石子，它们像是大海送给我们的礼物。我弯腰捡起一枚贝壳，仔细端详着它的纹理，仿佛能从中看到大海的历史和故事。

远处，几只海鸥在海面上翱翔，它们时而俯冲而下，捕捉着海中的鱼儿；时而振翅高飞，在天空中划出优美的弧线。海鸥的叫声清脆悦耳，为这片大海增添了一抹灵动的色彩。天边的云彩被夕阳染成了绚丽的红色和橙色，与蓝色的大海相互映衬，构成了一幅美轮美奂的画卷。我们静静地坐在沙滩上，看着夕阳渐渐西沉，感受着时光的缓缓流逝。那一刻，所有的烦恼都烟消云散，心中只剩下对这片大海的敬畏与热爱。

据说，在日照的海洋文化中，有一个美丽的传说。很久很久以前，日照这片土地遭受了一场巨大的灾难，海水倒灌，百姓们苦不堪言。这时，一位勇敢的少年挺身而出，他决定寻找办法拯救家乡。少年历经千辛万苦，终于得到了海神的指点。海神赐予他一把神奇的宝剑，少年用这把宝剑斩开了阻挡海水的礁石，让海水重新回归大海，拯救了家乡的百姓。从此，日照的人们对大海充满了敬畏和感恩之情，海洋文化也在这片土地上生根发芽。

这个传说让我对日照的海洋文化有了更深的理解和感悟。海洋对于日照人民来说，不仅仅是一种自然资源，更是一种精神寄托。他们与大海和谐共处，从大海中获取生活的资源，同时也用自己的勤劳和智慧守护着这片蓝色的家园。

日照，这座美丽的海滨城市，不仅有迷人的大海，还有着丰富的历史文化和独特的风土人情。这里的太阳文化源远流长。每天清晨，第一缕阳光总是率先洒在这片土地上，赋予了日照独特的魅力。海洋文化与太阳文化相互交融，共同塑造了日照人民热情、勇敢、坚韧的性格。

在日照的日子里，我们还参观了一些古老的渔村。这些渔村保留着传统的建筑风格和生活方式，让人感受到了浓郁的海洋文化氛围。渔村里的人们善良淳朴，他们热情地向我们介绍着当地的风俗习惯和海洋文化传统。在这里，我们品尝到了最正宗的海鲜美食，那鲜美的味道至今仍留在我的记忆中。

然而，随着时间的推移，我又有机会去了很多其他地方看海。比如北海，那里的海也有着独特的魅力。北海的沙滩洁白细腻，海水清澈见底。在北海，我们可以乘坐游船出海，欣赏美丽的海景，还可以去涠洲岛感受火山地貌的神奇。还有巴厘岛，那是一个充满异域风情的海岛。巴厘岛的海更加湛蓝，海浪更加汹涌。在巴厘岛，我们可以在海边的度假村享受悠闲的度假时光，还可以参加各种水上活动，体验刺激与快乐。

但是，无论我去了多少地方看海，在我的心里，日照的海留下的印象永远不变。日照的海，是我梦想开始的地方，它承载着我对大海最初的憧憬和热爱。那里的每一朵浪花、每一粒沙子、每一缕海风，都深深地印在了我的心中。日照的海洋文化，也如同一个温暖的港湾，让我在疲惫的时候可以找到心灵的慰藉。

每当我回忆起在日照看海的日子，心中便会涌起一股暖流。我仿佛又看到了那片浩瀚的蓝色大海，听到了海浪的轰鸣声，感受到了海风的温柔抚摸。日照的海，是我心中永远的宝藏，它将伴随着我走过人生的每一个阶段。

我相信，无论时光如何流转，无论我走过多少地方，日照的海都将永远在我的心中占据着重要的位置。它是我对美好生活的向往，是我心灵的归宿。我期待着有一天，能够再次踏上日照的土地，再次拥抱那片美丽的大海，再次感受那独特的海洋文化魅力。

特殊的午餐

李守忠

中秋艳阳,稻谷飘香,硕果累累,一派丰收的景象。

正午时分,天高云淡,金风送爽。在上疃村村委大院,一排排餐桌上,摆放着一份份热气腾腾的饭菜,香气四溢,沁人肺腑。几十位退役军人和军属同桌而坐,共进午餐。阳光和着微风透进屋里。窗边,一位大娘脸上深深的皱纹述说着沧桑。她一边吃着饭,一边红了眼眶,对身边的人喃喃说道:"儿子今年当了13年兵,转上四期士官,走了这么多年就回家过了一个年。他父亲6月去世的,他10月当兵走的,差点儿要了我的命。"

丽青山脚下,袁公河波光粼粼,蜿蜒流淌,一幅山水桑园的清秀画卷展现在人们眼前,日照市莒县上疃村就坐落在这崇山峻岭之中。2022年重阳前夕,山东省首家荣军流动服务站在这里揭牌启用。

莒县位于山东省东南部,是沂蒙革命老区,兵员大县、优抚大县,革命战争年代曾有两万多人参军入伍,3549名烈士血洒疆场,是一片红色的沃土。全县居住在山区的退役军人及其他优抚对象约1.5万人,他们的村庄远离乡镇,处在县、乡两级退役军人事务部门服务的"神经末梢"。如何及时了解他们的所思所求所盼,帮助他们解决思想和生活工作中的困难,如何更好地落实各级退役军人政策,提升他们的获得感、荣耀感和幸福感?莒县整合帮扶资源,探索成立荣军流动服务站，以"情暖老兵"为主题，实现"八员二车"（政策宣讲员、红色典型宣讲员、思想政治工作员、业务办理员、困难帮扶员、健康体检员、电影放映员、军餐制作员，荣军餐车、体检车）进乡村，免费健康查体，免费理发，免费看电影，免费体验军营味大锅饭，政策解答，困难帮扶，建立多层面、立体服务暖老兵的模式，更进一步，面对面为退役军人和优抚对象服务。

上瞳村有着光荣的革命传统，在抗日战争时期，这里和相邻的柏庄曾是中共鲁东南特委驻地，抗大一分校在这里举办过多次抗日军政培训班。为此，莒县决定首家荣军流动服务站揭牌仪式在上瞳村举办。

这天上午，上瞳村24位年龄在六七十岁的退役老兵站成四排六列，正步走、齐步走，面向军旗敬礼，重温军人誓词，仿佛又回到了昔日火热的军营岁月。仪式之后，退役老兵及其他优抚对象在流动站内分别接受了莒县健平医院、莒县光明眼科医院提供的免费健康查体和莒县义工联合会提供的免费理发，观看了莒县电影公司免费提供的电影《红海行动》。

与此同时，一辆荣军餐车开进了村委，准备为退役军人和军属提供免费的就餐服务。爱心志愿者带着新鲜采购的各种食材，忙碌了起来。撑伞，支锅，洗菜，切肉，经过厨师巧手的烹饪，中午11点钟，香喷喷、热腾腾的饭菜开始陆续出锅。在场的退役军人和军属们每人手拿一个多功能餐盘，走上前，盛装饭菜，同桌而坐，说说笑笑，恍惚间回到了昔日的军营时代。他们回忆着曾经"同吃一锅饭，同举一杆旗，同唱一首歌"的连队生活，感慨祖国日新月异的发展，感恩党和政府对他们无时不在的真诚牵挂。

"这让我又想起了当兵时大家一起吃饭的情景。我退伍四十年了，党和政府一直没有忘了我这个老兵。"

"国家这么关心我们，我们要继续发扬部队的那种作风，在今后的工作中，在支部的领导下，要发挥余热，多出力，多贡献，把咱们村建设得更加美好。"老兵们纷纷表达着自己激动的心情。

故事开头的那位坐在窗边吃饭的老妈妈是一名军属，名叫王继云，今年67岁，她的儿子叫葛安章。2009年7月，王大娘在教师岗位上任教二十余年的丈夫病逝，临终时他拉着儿子的手说："你要像你的两位伯父一样，参军入伍，去报效国家。"

三个月后，葛安章遵照父亲的遗愿，如愿以偿地成为中国武警部队的一名内卫士兵。从此，他在四川雅安一干就是 13 年，从士兵到现在的一级上士。在此期间，他连年立功受奖，四次被评为优秀士兵，七次受到嘉奖表彰，两次被评为优秀士官，两次获得"先进个人"称号，还被评为红旗车驾驶员，优秀共产党员，并于 2021 年 11 月荣立了三等功。他把青春无私地献给了国家，献给了他挚爱的军营。13 年间，只有一次，因母亲在田间劳作，不慎摔入山沟，住进了医院，他这才请假回家陪护母亲，算是在家乡度过了一个春节。除此之外的 12 个春节，他都无怨无悔地坚守在执勤的岗位上。

葛安章的母亲王继云大娘出生于莒县桑园镇的三角山村，她的父亲是一名老党员，村支部书记。她从小受父亲的影响，热爱祖国热爱党，养成了吃苦耐劳的韧性。结婚后，育有葛安章和两个女儿。因丈夫积劳成疾，家庭的重担就落到了她的身上。特别是在丈夫病逝之后，唯一的男劳动力葛安章又参军去了部队，两个女儿在外地打工，家中五口人的承包田全靠王继云一人耕种。农村分田单干，到了农忙季节，往往谁家也顾不上谁家，王继云只能起早贪黑，昼夜忙碌，膝关节严重受损，半月板损伤伴随积液，双腿肿得像水桶，每次上山种地，来回都要强忍着剧痛。但她平时跟儿子总是报喜不报忧，从来没有和儿子说起自己在家的劳累和艰辛。

儿子参军的 13 年间，军务在身，始终无法回家探望母亲。5 年前的腊月中旬，她用小推车去田间搬运玉米秸时，跌落山沟，身上多处骨折，受伤严重，住进了医院。但她却一直不忍心和儿子说，还是葛安章的伯父打电话告诉了他，王大娘这才有机会见到了自己的儿子。

虽然王大娘心里无时无刻不在思念着自己的儿子，但她深深理解儿子作为新时代的军人为大家舍小家的责任与使命，对于儿子不能回家看望她没有任何怨言。

此时，王大娘吃着饭菜，眼里含着泪花，嘴角却洋溢着幸福和喜悦的微笑。她欣慰地说："我今天吃着这顿饭，等和儿子视频连线时和他说说，他听了一定会很高兴的。我平时就跟他说，你在部队好好干，我在家里你不用惦记，政府对我们照顾得很好，各方面都很周到。"

一句朴实无华的话，却令在场的人无不为之动容。这句话背后蕴含着多少个像王大娘这样的军属无私的奉献，又回荡着多少退役军人和现役军人报效祖国的豪情壮志。

正是这些普普通通的军人和他们的亲属，默默地承担着骨肉分别的痛苦和思念之情，牺牲了一个个小家的天伦之乐，换来了14亿中国人的幸福团圆。

这顿特殊的午餐，述说着对他们无尽的感激，也为他们带来来自政府和社会的温暖和关怀。那份无言的情意，如这秋日暖阳，融入满院飘香。

此时，鲜艳的红旗在荣军流动服务站的大院里迎风飘扬。放眼远望，山河无限，沃野丰盈，沉甸甸的稻谷在和煦的阳光中颔首弯腰，每一棵都似在向那些平凡而又伟大的军人和军属一一致敬……

日出记

张之昂

我曾错过无数个黎明。

都市的白天与夜晚并无严格的界限,当太阳一步步遁入写字楼、高层公寓、板楼、平房的背后,一盏盏霓虹灯、日光灯、路灯次第亮起,把城市笼罩在无限近似于白昼的光芒中。乡下人一走进城市,从此远离"日出而作,日入而息"的田园牧歌,与手机闹钟、打卡器、签到簿相依为命。在以城市为题的画卷上,日月星辰只是无关紧要的点缀,多数人并不关心它们的样子。

2010年的冬天,我徙居到这个以太阳为名的海边小城,心绪也随着潮汐而动,跟着太阳起落。刚来的时候,我正在写"大运河饮食文化"的两本书稿,作息依旧黑白颠倒,夜里读书、写作到两三点,甚至四五点,在小区外海鲜市场渐渐嘈杂喧嚣的声音中入睡。醒来已是中午,洗漱之后下楼吃一碗海沙子面或者羊汤,我的一天才刚刚开始。

吃完饭,我会沿着黄海一路向东,去海边走走。海岸线自北向南延伸,忽然在这里凹陷进去形成一个泻湖,继而向东南突出,岬角围合出一个小小的海湾,形状近似旧时舂米的石臼。明朝初年,为防倭寇侵扰,沿海推行军事单位行政管制,各地建"卫"设"所",此地设备御千户所,始称石臼所。这里海面平阔,浪小波平,水清不淤,外海口水深18米,可停泊军舰和大型货轮,内海口可停泊风船和机船,历来都是军事要地和航运要冲。1985年修建了一座塔高36.2米、灯光高度39.9米、射程18海里的灯塔,为南侧煤炭码头的船舶导航,从此这里被称为灯塔广场。涨潮时,天空低垂,海水满溢,一碧万顷;退潮时,嶙峋的礁石次第露出海面,来不及随潮水退去的鱼虾蟹贝搁浅其中,渔家人根据潮汐变化按时来这片滩涂赶海拾贝,享受大海的馈赠。

我喜欢午后和煦的阳光抚摸我的脊背,海风迎面吹来,一种澄澈的清凉。几个戴着鲜艳头巾的渔家女用尖嘴镐在礁石上敲敲打打,我走近观看,原来她们在撬海蛎子。

"只有海蛎子吗?""什么都有。"

我疑惑地打量她们收获颇丰的小水桶。"这不是只有海蛎子吗?"

"起早儿来!什么都有。"

她们把我当成了赶海人,劝我早来。我不明白她们说的"什么"到底有什么?也许只有早来一次,才能懂得这句话的意义。

于是一天清晨我来看海。风从海上来,携着潮润的雾气,水汽贴着地面缓缓升起来,悬浮于离地数米的高度,高楼大厦的根脚隐匿其中,上层却眉清目朗地显露出来,亦真亦幻,如同神话中的仙山海市。路边早餐店灯火昏黄,忙碌的声响间或入耳,温暖的青烟白汽弥漫出来,香味渐浓。步履不停,广场上白色灯塔的轮廓逐渐清晰,满溢的潮水将海平面撑成一道弧线,海鸥围绕着渔船翻飞翔集,歌声高亢入云。浪花冲刷海岸,重复着忽远忽近的潮声,如母亲在耳边的细语叮咛。目之所及,海天苍茫一色,心情豁然开朗,疲惫尽消。我没有翻捡石头下藏匿的小蟹,也没去打捞泥沙中的蛤蜊。

在一个略显阴郁的早晨,我在日照的海边,捕获了错失的黎明。可惜当日阴天,不然就能一览"海上日出,初光先照"的盛景了。

不见日出,怎么算来过日照呢?我想。耳边又回响起那一句"起早儿来!什么都有。"

岸边一位修补渔网的老渔民信誓旦旦地告诉我:"地上有什么,海里就有什么。地上有骏马,海里有海马;地上有飞鸟,海里有飞鱼。"

海是另一种意义的天空,或者说天空是另一种海。不信你来日照看看,绚丽斑斓的朝霞，哪个颜色不是来自海里？我起初不以为然，直到完成那一次与太阳的约会。

书的初稿完成的那天，我合上笔记本电脑，时间已近三点。我放弃倒头大睡的想法。洗漱毕，信步而行，去海边等待日出。

晨，起初是阒寂的，潮声明明近在咫尺，却遥远得几不可闻。深不可测的幽邃中，最后几颗残星忽然熄灭了，天空渐渐转为贻贝的墨紫、海参的深褐、海藻的乌绿。光线渐亮，天空与云的边界清晰起来，天的底色是梭子蟹的青、狼牙鳝的灰，云的形状一会儿是自由自在的鱼，一会儿是扬帆远航的船。

东边的天空从蛎黄的乳白色渐变成贝柱的米白，接着变得像老板鱼的肚皮一样，明晃晃的白。太阳仍在海水之下，但是辉光已经穿透海水，直射云霄。云彩镀上了灿若黄花的金边，幽暗面变幻着海螺的褐色、海星的紫色、风蛸的粉红，明亮处闪耀着灿烂的海胆黄、扇贝橙、鲷鱼红。

涛声激荡，海鸟盘旋，天空和海面都被映得一片朱红，太阳却迟迟不肯露面，时间仿佛静止了。等待着，期盼着，一个炫目的光点浮出海面，缓缓上升，慢慢变成一个灿亮的半圆形，最后变成一个光彩夺目的圆盘。太阳的光芒和水面辉映，在天空和大海之间形成一根明亮的金色的脐带。我屏息凝神，等待太阳脱离大海的身体，就像一个父亲在产房外等待孩子的第一声啼哭。太阳粘连着大海，犹豫着，挣扎着，终于勇敢地一跃，亮堂堂地升起来了。见证一轮太阳的出生，前后不过几十秒的时间，但仿佛比一个世纪更漫长。我用力眨眨被金光刺痛的眼睛，不觉间薄泪泅濡。

一艘渔船自天边归来，太阳已高挂在桅杆上，照临蜿蜒的海岸线与我的身体。海面上波光粼粼，如同千万条银光璀璨的鱼争先恐后地游来，闪烁着耀眼的金属烤蓝般的光芒。一天崭新的序幕已经拉开，今天是一个好天气。

防波堤上端坐的垂钓者鱼竿一甩，一道闪亮的银光落入钓桶中，我没有看清他钓起的是一尾针鱼，还是一片波光。

浓缩的海洋世界

孙善光

苍茫、深蓝的海洋底下,到底隐藏着多少秘密?很早我就对海洋充满无限的想象和好奇,对海洋的认知仅限于看海是海,看洋是洋,海天茫茫、一碧万顷,拥挤的浪,满嘴的咸。

癸卯年春,我慕名去日照海洋公园的阳光海洋馆。沿着168米长的仿海底亚克力环形隧道,神秘的海底世界及奇珍异彩一一映现在眼前。几乎来自全球的珍稀海洋生物,温顺的沙虎鲨、长尾鳍的豹纹鲨、褐红色斑点的石斑鱼、圆斑鳞的小丑炮弹鱼、薄如刀片的刀片鱼、色彩艳丽的射水鱼以及身姿轻盈的水母、酷似马头的海马……向我奔涌而来,闪闪烁烁,波涌四溅,让我眼界大开。

亚克力环形展池是天才的设计,让博大的海洋在这里生动起来,四面八方,上下左右,映现着海洋的一切,欢快与激荡,宁静与舒缓。在近乎原生状态下,在存储着5000吨水的巨大的环形展池内,那些海洋生物保持着完美的立体呈现。那些齐刷刷摇曳,纺锤的流线,扁平的曲线,团扇的仿真,行云流水般,洒脱流畅。色彩斑斓的珊瑚礁丛,茂密的热带雨林,仿真的红树林,以及种类繁多的鱼群,使你可以感受到海洋的丰富多彩,领略海洋的博大神奇。

我非常喜欢那些在珊瑚礁底部空隙穿梭的热带鱼,闪过盈盈的波光,极具动感的美。狐狸鱼全身金黄，有着超凡脱俗的气质。蓝魔鬼鱼，身体幽蓝，美丽漂亮，惹人喜爱。我难以想象还有哪些陆生动物要比它们更艳丽多姿？

海洋馆是浓缩的海洋世界，浪花是海洋的序曲。游弋穿梭的鱼是海洋序曲中的音符，如同繁星点点，在苍茫的大海上，映衬着蔚蓝色的大海，若遇阴云密布，便迎着海浪拍天，翻滚着，回旋着，起伏于波峰浪谷之间，更多的时候它们一定涌动过某种惊慌和不安。

美丽、神秘和苦难，它们已然唤起我对大海的渴望。海洋是冒险家的乐园，从来不是安享者的天堂。掠食与被掠食，伪装与逃避，从来都不会停止。海洋深处众多的母亲从颤动的身体中产下不计其数的小鱼卵，将他们精心地隐藏在海底草丛中、湿地里或岸边沙滩上，期待着它们孵化成长。可是它们中又有多少最终能够长大成人？风的情绪，天气的变化，潮的起落，洋流的变动，都微妙地影响着海洋。

海洋气候学告诉我们，海洋与我们的天气、气候和气候变化密不可分，海洋与大气之间存在热量、动能和物质的交换，海洋内部的洋流运动以及海陆之间的热力差，塑造了地球上风格迥异的自然景观和复杂多变的天气气候现象。云雨相生，生于大海而归于大海。海洋之上的云彩，谁说不飘向深深的山谷、清澈的溪流？

海洋与大地从来都是相互思念，如果找一种鱼类来印证，那就非鲱鱼和鲑鱼莫属。它们有着从茫茫海洋迁徙到陆地淡水河塘产卵的习性，为了产卵，它们不惜长途奔波，忍受种种的艰难困苦、饥饿寒冷，不惜经受遍体鳞伤的厮杀搏斗，它们是我所知的最具冒险精神的鱼类。

我无法理解在它们小小的脑子里何以有如此强的航线记忆？鸟类可以依据景物、河流及海角来认路，鱼又靠什么呢？是存储的记忆密码，还是心灵场的感应？抑或都不是。迁徙中的鱼类所具有的那种鲁莽的冒险，从一定意义上要比人类的有意识更具献身精神，它们宁可委屈自我而服从整个宇宙生命的意志。

美国著名自然学家贝斯顿说："现代文明中的人类是透过富有知识的有色眼镜来观察动物的。"的确,动物的繁衍生息不应由人来衡量的。在我们生活的古老的星球，海洋生物在一个比我们的生存环境更为古老而复杂的世界里，它们生来就有我们所失去或从未有过的各种灵敏的感官。正因如此，人类应更加对这些海洋生物心存敬畏。

浩瀚的海洋孕育了地球的文明，海洋的神秘，除了深不可测，还有它繁多的各种生物，珊瑚群、海藻、水母、游弋的鱼以及众多的其他海洋生物构成了海洋的生态。在海洋馆，长梭形的中华鲟体形硕大，硬鳞似金，是最古老的海洋物种之一，它们的祖先在这个星球已有1.4亿年历史。透明的水母在起起伏伏之间，显示着秘密的心跳，它们的出现恐怕要比恐龙还早。

我不敢想象那些古老的脊椎动物、无脊椎动物，如果大量夭折，动物世界的中枢神经系统发展是否会受到影响，茫茫的海洋是否也像遥远的月亮一样寂寞冷清？你若想更好地认知海洋动物，就静下心来在海洋馆慢慢地体味它们的平静与喧嚣，喜怒与哀惧，低吟与咏叹。一群小鱼亦步亦趋，跟随一条虎鲨，在这里鲨鱼的存在竟成为其他小鱼的福音，它们奇妙的共生关系，让我简直难以置信。

在海洋深处的每一种生物，从微小的玻璃鱼到凶猛的虎鲨，都必须相互依存才能生存。大鱼吃小鱼，虽是宇宙的生存规则，但物竞天择的进化，让小鱼也有着生存的妙招。玻璃鱼身体透明如水晶，每条玻璃鱼只有三四厘米长。因其弱小，成千上万条的玻璃鱼在遭遇攻击时聚集在一起，凭借身躯发出的微光，成功逃避章鱼、石斑鱼的追击。

在海洋馆还有一种看似非常弱小的鱼，俗称"清道夫"，非常受鲨鱼等海洋"霸主们"的青睐，它们可任意出入"霸主们"的口腔，依附其身体之上，这种小鱼成了海洋中名副其实的"医护员""清洁工"。我原来只在书本中知道的"清道夫"，活生生地出现在眼前。当海藻浮动在海水中，当千万只贝族从壳里探出身子迎接黎明的光亮，你会想到海洋的奉献吗？

在阳光海洋馆，扶摇漂荡、葱翠碧绿的海藻或许不会引起你的特别关注，当你看到依附其间的鱼类、贝类，可能会意识到什么。海星以珊瑚礁和海葵为食，当大法螺蜗牛吞食海星的时候，就从海星口中救下了不少的珊瑚礁。狼鳗鱼控制了海胆，使海藻不至于灭绝。海洋生态在掠食和被掠食的过程和循环中，得以维持和保护。

初春乍暖还寒，黄海海面气息清爽，只待一场春雨，整个大海会重新涌动和激荡新一年的活力。一掬蓝色的血液，渗进人的血管，就会穿通满满的世界。千姿百态的鱼群，繁衍生息，生命之花就会开满爱的伊甸园。海洋馆内我们人类从未听到过的海洋生物交流的声音，它们或许早就预知了这种春潮的涌动和变化。隐隐的低吟，简单的小调，庄严的慢板，是如人类的交流，亦还是情感的起伏变化？这种脉动的气息始于海，又岂止于海？

向海而生，向海而存，海洋孕育了人类文明。人类从石器到陶器，从青铜到黑铁，走过了一段辉煌的历史。大海里的建筑遗迹、古钱、石器以及陶器，见证的不只是古老的图案、拙朴而原始的美，而是人类文明的进程，是大海哺育的风流风采。地处山东半岛东南部，濒临黄海的日照，地貌千姿百态，潮涨潮落，一会儿是海洋，一会儿是滩涂。千般地貌孕育了丰富的浮游生物，那些以浮游生物为主食的黄花鱼、鲳鱼以及甲壳类、贝类赐予了日照，为日照提供了丰富的渔业和水产资源。据不完全统计，黄海海域有鱼类250多种，软体动物200多种，沿海藻类2000多种。从保护层面说，黄海之滨的阳光海洋馆就是一座无言的警钟，无论动植物，无论数量多与少，资源都极其有限，生态异常脆弱，海洋鱼类以它们的美丽告诉人类，它们需要尊重和保护。

日照自宋元时期就有"日出初光先照"之意，涛雒一带有祭祀太阳节的颂歌："太阳一出红彤彤，照得天地喜盈盈。敬祀百果和三牲，五谷岁岁好收成。"面对朝霞辉映，先民们双膝下跪，恭恭敬敬迎接太阳的升起。一轮红日照亮了先民生存的天地，还有心灵的苍穹。这生存的天地既是面对皇天后土，还有浩瀚的海洋。海洋需要敬畏，所以与全国其他沿海地区一样，日照渔民们出海打鱼之前，总要祭祀航海保护神。

海底世界是神奇的。面对浩瀚深邃的大海，人类需要聆听，聆听它的宽容与博大，旷达与浩然！行走在大海边，认识的是大海的广阔，徜徉在大海的怀抱里，才会感到大海的深邃……行走海洋馆，畅游海底世界，人与海洋如此亲近，生命此刻会变得如此真实有力。行走海洋馆，我感受到了海底世界的拥抱，感受到了海底世界的爱抚。

我的生命是属于大地的，我的脉搏与大海跳动成一个节拍。关心海洋、认识海洋、敬畏海洋，人类才能对海洋、对历史和自然思索无极，实现人与海洋，人与海洋生物的和谐。我的海底世界已倏忽远去，我愿如一条游弋的鱼徜徉在广阔的海洋中。

海　客

彭天宇

一　海色

　　他每天都去海上。

　　天上的丹炉被谁踢落，红砂流溢其外，遂出朝霞。霞光其上，汀沙其下，云海其间，片片白鸥飞落，聚于海滨。他是这般爱鸟的人——不言语，不吹哨子，只把手臂伸开，依风晃动，便引得百余只鸥鸟来来去去、起而又落，随他在海边奔跑，直至午后。海风使得一切含混不清。天与海，人与鸟，物与我，一时失了名字，只在一处群集、翔舞，同作物外之游。

　　这天，父亲对他说：去，捉一只海鸥回来，让我也玩玩。他不敢违命。第二天，他来到海边，打定主意拐走一个曾经的朋友。终究还是失算了。群鸥只在头顶盘桓，迟迟不落。伸出手，巴望着，海鸥却越飞越远，雾一般地消散于云端。

　　——这故事源自《列子》，是在提醒我们不可有机心，因为巧诈之心是有悖于自然的。也难为作者"机心"的巧构。这一出小戏的布景，远天是幕，海波是台，何其辽远的视野，将个人生活里的疲烦、思虑、忧惧尽数溶解。于是机心顿消，只顾放声大唱；或者什么也不做，静默着，生出一种健康的懒意。

　　我每年都要看一次大海。

看海宜在朝暮。正午时分，水最透，沙最净，小虫似的白浪爬向我。波光交织摇曳，如同水母浮游。沙上或者水中，每个人都变成孩子——六岁之前的孩子，还不至于闹人。然而曝晒是极难忍耐的。很快，皮肤就恶紫夺朱，因灼热而疼痛了。

等到太阳可以直视，风自海上吹来。扶着石头下去，水下，横青竖翠，原始森林一般。石壁上照出谁的影子。夕阳沉下去了，即将坠入归墟。暖红色的倒影摊在海面上，一口瑟瑟的井。恰有一艘渔船驶过，懒洋洋的，在井口打盹。假如莫奈因贪睡而错过日出，他会在日落时写生吗？竹枝低而复举，山角晦又还明。我想写些诗句出来，望了半天，才吟出一句——"暮色争曙色，云崖共海崖"。本以为能凑出一首格律诗的，至今却仍未续上。低头看时，海面已是一张坑坑洼洼的黑布，布满星轨似的划痕。

月上中天了。

二　海错

司马迁《史记》里记道：丞相公孙弘未发迹时，家中困顿，遂"牧豕海上"。豕，猪也。此前我只知道牧马、牧羊，"牧猪"这事还是头一回听说。可是，为什么要把猪群赶到海边？泥沙地里又没有猪食。有人猜测这是给它们活动筋骨，其作用正和遛狗一样；也有人说，是把猪群赶进海里，叫它们好好嬉戏一番。

直到后来我读研究生时，一位老师跟我们讲：她早年在乡间生活，亲眼见过会游泳的猪。这技能是生来就有，还是后天习得的，我不得而知。不过在日照的海边，我曾看见一只肥硕的金毛，马一样地跃入海中，游到很远的地方去了。它主人拿了个半满的矿泉水瓶，用力一抛，它便兴奋地泅水过去。再出现时，嘴里叼着瓶子，湿漉漉的茸毛一绺一绺，辫子似的，活像一个考了高分的孩子。

说来真的惭愧。我打小生活在城市里，对于植物的了解，无非是街上的绿化；对于动物的了解，也总是隔了一层笼子。《世说新语》里，魏明帝在宣武场上放置了一个虎笼，供百姓观看。那老虎凶恶至极，一扑一剪，一吼一叫，吓得在场众人无不抱头鼠窜。王戎时年七岁，却面无惧色，皇帝以之为奇。而在今天，老虎们都被隔绝在厚厚的玻璃之外，只怕是家家户户的孩子都称得上是昔日的神童了。

有一次，我在日照海水浴场旁的咖啡店里，从一面北欧极简风格的书架上，抽出一本叫做《海错图》的书。作者是清人聂璜，钱塘人氏，多年来客居台州、温州，因此自称"闽客"。所谓"海错"，"夫错者，杂也，乱也，纷纭混淆，难以品目，所谓不可测也。"聂璜所做的事情，便是将这些难定品类、难称名目的海中生物，一一描图画影，考订虚实。这书毕竟不是现代科学的产物，作者又尽信古书，不少错讹谬误令人啼笑皆非。写海獭时，作者提到京城里有一种会捉鱼的狗，便疑心它是母狗与海獭所生，遗传了"獭父"的天性。我倒觉得聂璜先生所言非虚。照他说的，想要繁育出会飞的狗，只要与鸽子杂交即可；要想让狗跑得更快，最省事的办法就是牵一匹马来。大概古人就是这样生产祥瑞的。待到改朝换代之际，再献上去，狠狠地捞他一笔赏钱。

因此，最好的读法，就是将此书看成是资料丰富、描摹细致、想象奇异的文学作品。

《海错图》写"海马"：

海马之年久者，身上有火焰斑。其游泳于海也，止露头，上半身每露火焰，艇人多能见之。今人绘海马故亦有火焰，画蹄、尾俱是马形，而出露于海潮之间，非矣。

海马有三种：一种《异物志》所载："虫形，善跃，药物中所用。"《本草》亦载一种海山野马，全类马，能入海。郭璞《江赋》所谓"海马蹀涛"是也。一种形略似马，鱼口、鱼翅而无鳞，四足无蹄，皮垂于下若划水，尾若牛尾，即所图者是也。

写"头鱼"：

头鱼，产闽海。春初繁生，渔人以布网罗之。其色如银，夜中生光，腌鲜皆可食。或谓即鳝鱼苗也。又谓大则能变海中杂鱼。予谓鳝鱼土性，或食杂鱼之涎，有可变之道。

作者还附上赞语:"头鱼银鳞,灿烂辉煌。如烹小鲜,于汤有光。"他又联想到"治大国若烹小鲜"了。

再翻几页,又出现"变形记"的故事。有野猪化鱼的:

野豕,大者如牛,甚猛。疑即所谓"封豕"是也。一名"懒妇",好食禾稻。以机杼织纴之器置田间则去。牙长六七寸,辄入海化为巨鱼,状如蛟螭而双乳垂腹,名曰"奔鲜"。

还有鱼化为猪,浑身带刺的:

刺鱼,有刺之鱼也,亦名"泡鱼",吹之如泡,可悬玩。此鱼大如斗者,即能化为箭猪。项脊间有箭,白本黑端,人逐之,则激发之,亦能射狼虎,但身小如獾状。屈翁山指此为封豕,未是。

这让我又一次想起公孙弘的"牧豕海上",或许,该有一个更为浪漫的解读:当他把猪群赶到海边,这一个个长嘴大耳的家伙,纷纷下海、化鱼。它们轻盈起来了,鼓着鳃,摇着鳍,或上或下,或东或西;尽兴了,游累了,再生出四个蹄子,上岸,随主人归家去也。

《史记》也好,《海错图》也罢,虽然有多处虚构不实,但大多是作者耳闻目睹、细心查访之后的结果。生活在现代都市的我们,整日穿梭于楼宇之间,看手机上别人的表演、琢磨自己的表演。想要获得另一种生活的经验,最直接的,莫过于旅游,走出门去。然而,又有多少人已经被工作耗尽气力,闲暇之余只顾倒头酣睡,无力顾及其他呢?彼时,那宣武场上的我们,将不再是观众——我们爪牙俱断,我们身陷樊笼;我们误以为眼前就是生活的全部,永远地滞留在方寸之间。

三 海梦

古人眼中的海,神秘而奇幻——一是海藏无边,龙宫里堆着奇珍异宝;二是海上有仙山、仙岛、仙树、仙人,有长生不死之药。

先说海藏。为什么龙宫最富?不妨胡乱推之,姑妄言之。

宋人笔记记载：奸相王黼的宅子与一寺庙相邻。想必这位相爷没少贪污，排水沟里每天哗啦啦地流出好些米饭。寺里一个僧人，秉着勤俭节约的高尚美德，每天都去把沟里的米饭淘漉出来，洗净，晒干，数年之间，竟积成一囤。靖康之难时，王家断了粮，那僧人又将这些干饭浸水蒸熟，才保得这一家老小不致饿死。读完这段，我终于恍然大悟：原来，这就叫"原汤化原食"呀！

这样说来，人总是要把东西丢进水里，水中的宝物应是人间失落的遗珠。天下之水，又东归于大海，这就把水晶宫装潢成最富丽的所在。难怪孙悟空想寻一件称手的兵器，就非要下到东海龙宫不可。然后，再戴一顶凤翅紫金冠，披一副锁子黄金甲，登一双藕丝步云履，晃一晃如意金箍棒，二丈长，碗口粗，风风光光地打将出去；泾河龙王……没有明文说他富庶，但毕竟在长安城外，客商来往之要道，想来也过得十分滋润了；最穷酸的当数乌鸡国御花园那株芭蕉树下的井龙王，把一个六尺长的尸身（乌鸡国国王）硬说成宝贝，连半文钱的跑腿费也拿不出来，气得八戒当场撂了挑子："不干，不干了！"

至于海外仙域，则是众说纷纭、莫衷一是。

《列子·汤问第五》说，渤海之东有大壑，名为"归墟"，万方之水，无不毕集于此。海上共有五座仙山，一曰岱舆，二曰员峤，三曰方壶，四曰瀛洲，五曰蓬莱，皆为仙圣所居。山无根脚，随潮起落，众仙苦之。天帝便派来十五只巨龟驮住神山，三班倒，六万年一换。然而又生变故。龙伯国的巨人钓走六只巨龟，用以占卜吉凶，岱舆、员峤二山遂流入北极，没于大海，只剩下方壶、蓬莱、瀛洲三座神山了。另有《海内十洲记》："汉武帝既闻王母说八方巨海之中，有祖洲、瀛洲、玄洲、炎洲、长洲、元洲、流洲、生洲、凤麟洲、聚窟洲，有此十洲，乃人迹所稀绝处。"后世便用"十洲三岛"一词代指海外仙境。

佛典《长阿含经》却说：须弥山四方咸海之中，有四天下，即四大洲。东为东胜身洲，西为西牛货洲，南为南赡部洲，北为北俱卢洲。须弥山之顶有三十三天宫。

到了小说家手里，则是将两种说法嫁接到一处。《西游记》开篇便道：

这部书单表东胜神洲。海外有一国土，名曰傲来国。国近大海，海中有一座名山，唤为花果山。此山乃十洲之祖脉，三岛之来龙，自开清浊而立，鸿蒙判后而成。

怎么成了"东胜神洲"？也许是把"赤县神州"和"东胜身洲"混成一个了。古代民间的信仰，本就是东抓一鳞、西拿半爪的，因此佛道二教时常混杂；或者说是信而不仰，谁有用，就信谁，管他是个什么来源。

阴晴不定的天气，变幻莫测的蜃景，催生出神话、传说、寓言。或出自道听途说，以讹传讹；或出自文人臆想，兴寄存焉。于是北冥之鱼化而为鹏，绝云气，负青天；于是南海鲛人泣泪成珠；炎帝的女儿溺水而亡，她最终化身精卫，衔微木，填沧海。

人们不愿意接受杨玉环的结局：死于白练之下，草草掩葬，一年之后才入土为安。于是派出一位方士，从蜀中来到宫中，了玄宗的愿，续我们的梦。他上天界，入地府，遍求不得，直至东海仙山。山上楼阁玲珑，西厢下有一洞户，名为"玉妃太真院"。

于时云海沉沉，洞天日晓，琼户重阖，悄然无声。（陈鸿《长恨歌传》）

她拆开金钗钿合，一半留在手里，一半交予方士。又说起七月七日长生殿上的盟誓，情念一动，便不能再居仙界。他们会不会"且结后缘""好合如旧"呢？如天上比翼鸟，地上连理枝？

也许只是一个梦吧。可是人类是不能没有梦的。

四 海客

北宋元符三年（1100年），宋哲宗赵煦病逝。端王赵佶即位，是为徽宗。远在儋州（海南岛）的苏轼接到赦令，他将动身北上，回到朝廷。六月二十日夜半，渡海之际，连日来的阴雨终于放晴。苏东坡心情大快，一首诗篇提笔而成：

参横斗转欲三更，苦雨终风也解晴。
云散月明谁点缀，天容海色本澄清。
空余鲁叟乘桴意，粗识轩辕奏乐声。
九死南荒吾不恨，兹游奇绝冠平生。

绍圣元年（1094年），苏轼受章惇迫害，由英州贬至惠州。那时的岭南并没有今天这般富庶，而是蛮荒之地、瘴疠之乡。可苏轼是个"禀性难改的乐天派"，很快，他就"日啖荔枝三百颗，不辞长作岭南人"了。四年之后，他又被贬儋州，须从雷州渡海。

此时弟弟苏辙正在雷州贬所。兄弟二人泪眼相看，心下都已明白：这一回怕是要生离死别了。苏轼已经安排了后事："某垂老投荒，无复生还之望，昨与长子迈诀，已处置后事矣。今到海南，首当作棺，次便作墓，乃留手疏与诸子，死则葬于海外，庶几延陵季子嬴博之义。父既可施之子，子独不可施之父乎？生不挈棺，死不扶柩，此亦东坡之家风也。"他只带幼子苏过上岛，想是让他给自己收尸吧。

海南岛的生活条件，只会比岭南更为恶劣。"此间食无肉，病无药，居无室，出无友，冬无炭，夏无寒泉，然亦未易悉数，大率皆无耳。"接着，他话锋一转，带些幽默的意味了："惟有一幸，无甚瘴也。"他养狗，游逛，访客，采药，写文，制墨，注《尚书》，和陶诗，教导儿子，研究苍耳，照样把生活装点得热热闹闹。

我不知道苏轼这自得其乐的性格源自何处，也不知道他在渡海北归的夜晚想了些什么。他会看尽自己的一生吗？父子，兄弟，妻妾；君臣，师生，敌友；西湖，金山，赤壁；黄州，惠州，儋州。他曾说过"人生如逆旅，我亦是行人"，也说过"小舟从此逝，江海寄余生"。此间涛声阵阵，如黄帝《咸池》之乐声。都说是字为心画、言为心声，那涛声又何尝不是心声呢？平上去入，宫商角徵，演化出万千情状，人世间的悲欢离合、沉浮升降便早已暗喻其中了。

因为上学的缘故，我也来到了岭南，苏轼曾经生活过的土地。

面朝南海伫立许久，忽然收到我妈妈的消息："多拍点照片，留着，以后也是个回忆。"

人呀，真是一种明知不可为而为之的生物。总是想抽刀断水，把流动的事物固定下来。不仅是财富、健康、情感，还有无边风月。摄影是种太过徒劳的工具。

正如海水不会凝结成冰，它永远周流不息。

而我是造访人间的客子。我把船开到海上，不需要记住什么。

浮来山，叶飞黄

张建红

一座关楼上书"浮来山"三个大字，让山有了身世，从它的姓名里尽可以刨根究底。

浮来山又称福来山。天宫赐福，或许是农谚里的吉言，或许它真是一座福山。无论怎么样，都不会妨碍长一笔短一笔的秋色成为开门见山的铺垫。

商周老树、晋代古刹、隋唐庙庵、古藤绕树、松柏参天、奇鸟鸣林……像一道道大菜。我如一位饥肠辘辘的饕餮食客，却一时不知从何处下筷。

不走了，就从脚下开始吧，像许多人那样，看秋色一点一点皴染山峦，包括从定林寺"普度众生"匾额里走出的芸芸众生。

如果说浮来山之秋是一本画册，那画册封面当有一粒银杏果立着。在柔和的光线下，椭圆影子需要千峰秋色前来填充。

一位女子风衣长摆，黑漆头发飘逸，从容不迫地下山。惊鸿一瞥，我没看清她的容貌。即使背影，也能感知丰神绰约的样子。那么，她眼里的浮来山是什么样子呢？

沧海桑田是一个绝妙的成语，一半托出浮来山，一半长出银杏树。

一棵早于佛印的银杏树，擎天华盖仍在开疆拓土。皴裂的树干，像极了一座山摊开的掌纹。参天而立，龙盘虎踞。我一直以为"天下银杏第一树"的头衔，应该老态龙钟了。的确，它在这里扎了三千余年的根，可生命似乎刚刚开始。

它是日照大地的守护神，如果从枝叶里推测，正值壮年，绝无步履蹒跚的意味。

秋风里，叶子像一只只黄蝶，摇晃着摇晃着，就会选择一个合适的角度放飞，行走天涯或化蛹候春。

往年落叶犹在，看似化尘，一股特有的岁月体香穿寺绕山。历史有了长度才有底气，落叶有了累积才有厚度。寺里僧侣并非懒散，任落叶堆积，是有原因的。

我无法看透一棵树史，却感受树根扎透了茔地。

有人说，千年前的那次雷电将它劈成几段，全身焦黑，应该寿终正寝了，偏偏在断裂的枝丫中生发出全新生命，好像风云雷电或刀削斧砍只是一些小磨难，伤点皮毛而已。

大树无恙，家国无殇。

这是生命在疼痛纠结之后的哲思。只是谋面，树已在我的精神世界里植根。所有的沧桑和光鲜都挂上枝头，任人评判。把过往置之度外的气量，像极了胸怀万里的老祖母，曾从树梢翻滚而过的乌云倒是我们无法看到的。

秦始皇说："朕为始皇帝。后世以计数，二世三世至于万世，传之无穷。"

隋炀帝杨广说："大好头颅，谁当斫之？！"

唐太宗李世民说："以铜为镜，可以正衣冠；以史为镜，可以知兴替；以人为镜，可以明得失。"

清世宗胤禛说："人有善恶之分，没有贵贱之别！"

碧血丹心，满腔热忱，古银杏树将山河回响的豪情壮志一一捧起，无数真知灼见，历久弥新。

家国千秋，岁月承平。

据说，这棵银杏树是西周初期周公东征时所栽。周公东征，气吞万里如虎之时会有闲心栽树？

我更愿相信是一只飞鸟衔着银杏果到这里小憩，因流连风景而忘了衔走，然后银杏果生根，萌发，伸枝展叶。

共享太平，消弭祸端是每位"远亲近邻"都希望的结果。2700年前的那个秋天，纪国国君虽然为家国事务而焦头烂额，可他知道有更重要的事情在等着自己周旋，必须放下一切。他一会儿与莒国国君会盟，一会儿又到鲁地说服鲁隐公。在他竭力撮合下，莒国与鲁国的国君修好结盟。毕竟，息去兵戈安居乐业，谁都乐见其成。

在他们眼中，这是一棵神树，在它的面前不容一丝亵渎或虚伪。在大树下结盟修好是天赐机缘。如今，那些王侯将相早沉入泥土，交好的酒樽也不知藏到哪个旮旯，而大树依然枝丫交错，叶片层叠，像一面迎风猎猎的旗帜。

从众多的诗文或图片里，我曾一次次见到这棵被历代文人吟咏的大树。苍黄翻覆的胜景，令人浮想翩跹。我好像看到，当年结盟的排场盛大而喧哗地展开着。从此不用为天下运策帷幄，却可觥筹交错了。

或许，莒国国君与鲁国国君在了却心愿之后，被这里的风景所吸引，宁可不急回家做国君，只愿做一次画中人吧。

春华秋实的景象，让他们乐不思返。每一次秋光潋滟，都把他们带进一个耳根清净的殿堂。他们以山峰为笔，以天地为布，尽情画下山河之美。他们应该比平时要忙，因为要忙着游山，作画，品茶，论道，交心，论天下。

树冠很大，竟将定林寺的前院几乎覆盖了。

站在寺外，我像一位愣头青。一阵秋风，一只只黄蝶飞上佛堂。大概历史久远，也需要温馨覆盖吧。

定林寺距今已有1500多年的历史，有前、中、后三进院落，与一般寺庙无异。大雄宝殿是轴心，向左右对称展开，依山势向后慢慢抬高自己。飞檐螭首，雕梁画栋，古雅大方之际，北方古建筑的印记不断呈现出来。

在日复一日的晨钟暮鼓里，无数高僧在这里打坐，修炼生命的法门。偶有咔嚓一声，当是秋风把枯枝折断，生、老、病、死的苦谛似乎断了根。

作为一个寺庙，佛迹是必不可少的。唯有这样，许愿与还愿的切换，香火才能缭绕。同治初年，定林寺遭到损毁，亟待修复却又缺少钱款。曾在这里许下"飞黄腾达"心愿的长庚，被擢升为山东省按察使。隆济大和尚就坐在布政司门前敲木鱼化缘，力促长庚"还愿"。长庚只好践行诺言，拨银五千两，重修定林寺。

我从故事里走了出来，沿庭院走过月洞门，一处清雅小院里，垂槐落地，青桐刺天。桐槐出处，一幢二层小楼默立，这便是"校经楼"。《南史》有"定林寺经藏，勰所定也"的记载。据说，此楼是当年刘勰校经藏书之处。

由此拾级北上，便是后院，有三教寺一处，这是山东省唯一的。里面供奉释迦牟尼、老子和孔子。院内有同根并茂的银杏树四株，象征春夏秋冬或东南西北的寓意，为唐代所植。传说此树是刘勰所栽，其实树比他还年轻几百岁，因此刘勰只能笑纳后人的多情了。

黑白相间的房子蹲在那里，像一轴淡雅的水墨长卷等待入夜。从某种程度上说，房子与寺庙在一起久了，是有禅性的。

一峰独秀，满山岚低。

在浮来山，一个人是绕不过去的。

我沿着定林寺另一侧山门走出，这座山门是老山门，行不多远即是怪石峪，刘勰故居即在这里。

树荫处，"文心亭"赫然入目。银杏叶开始翻开《文心雕龙》这本大书。

心如沧海阔，文似野云闲。三十而立，刘勰只是一介布衣，博通经纶不改清贫之志，文思如大河滔滔，一笔下去，历代文论风华开始沉浮。

当他完成《文心雕龙》而出仕为官之时，这里的一草一木一石一峰都是矢志不渝的挂念。

叶落归根是华夏民族根深蒂固的情怀。五十不惑，他离开仕途，选择在定林寺出家，法名"慧地"。这固然是他身体还乡，更是他精神的皈依。

黄叶纷飞，谁还能勾勒出他为书写历史而消瘦的脸庞？

一觉江湖老，三生石径斜。解读刘勰像，他仿佛还是青灯古寺里的苦读人。虽然历尽劫波，仍以自己特有的方式展示与天地光阴的默契。

转过文心亭继续前行，沿路标指向，径直到一座坟冢。坟前石碑上书"刘勰纪念碑"几个字，石碑仿佛是华夏前半部文史的拓片。

残诗只记三分月，古墨犹剩一段香。

定林寺后，浮来峰不是很高，在登山台阶的两侧有五百尊罗汉雕塑群，为未来时光起到了锦上添花的铺垫。

神话传说，令人有些捉摸不定，但从山上多次发现的三叶虫化石和其他海生动物化石来看，在4亿年前的古生代奥陶纪，浮来山确实沉在汪洋大海之中，并长出厚厚的岩层。

时间再近一些，浮来山难道不是汪洋中的岛屿吗？

在阵阵茶香里，我可以牵出另一片海——茶海，它在深秋依然绿着。绿茶，布衣荆钗，散发出北方乡土特有的气息。

叶子落得差不多了，冬沿着树木就走了下来。温暖逆着我来的方向，下山，远走，然后登堂入室，与万家灯火交融。

落日绯红，秋风起时，衣襟和发梢撩动。一山秋色，不亚于魏紫姚黄的美轮美奂。我不是莒县人，却也一直在寻找，寻找梦中的归宿。

下山的路口，一位卖银杏果的老人看着我，笑而不语。我不假思索，买了一包银杏果，不为滋补身体，而是为了让这份念想长长久久。

五莲山风物

吴信萍

　　苍翠的植被随山势起伏，像无数匹绿瀑由山顶向下倾泻，时而回旋一窝波涛，时而荡起一道急流。奇石如浪遏的飞舟，山花似跳跃的浪花，山风卷起的林涛声适时随着绿瀑的涌动不断变换着音调，犹如日照民歌高亢悠扬的旋律。初秋的五莲山，所有的物象都在诠释着一座山的生态内涵。

　　攀缘在幽静的山径，人如一片叶片被植入绿色圣境，和岩石峭壁和树木花草一并成了山的风物。这个时候，自己与一棵草木的距离没有了时空概念，和一群鸟儿的情感没有了物种之分。感觉自己完全成为山的构件，与所在空间的植物以及非生物环境有机地结合在一起，相存相依，构成完整的生态系统。落入颈项的一滴松间水，清凉甘洌，一如绿茶般清润，感官里都有陆羽《茶经》的芬芳，思维里都有王维《田园乐》的诗情。

　　五莲山，以诗与画的构想，呈现北方粗犷和南方婉约相得益彰的绮丽景象，演绎幽深与奇险境界。

　　远处山岭上，时有一簇簇浅浅的红颜如春天的杜鹃花闪现在眼帘，婉约，静美，激起人的某种好奇。我知道五莲山是杜鹃花的故乡，每到四五月间，绽放在山坡、峰峦和崖壁上的花束是季节里一道烂漫风情。南苑、黑牛场、靴石的野生杜鹃花竞相开放，姹紫嫣红，千姿百态。尤其是生长在红石壁上的云锦杜鹃，虬枝如钩，花若云霞，人想靠近，鸟也想飞临。可眼下早已过了时令，那些杜鹃的落红成了根下护花的泥土。我猜想，那隐隐红颜要么是秋日的红叶在茎脉里调色，要么是五莲山独特的花岗岩峰林地貌零落的红岩裸露胸怀。抑或，是五莲山神秘的红腹长尾雉在绿荫中跳跃、穿行。

五莲山良好的生态环境，吸引着许多珍禽异兽前来栖息繁衍，其中不乏国家保护动物，神奇而神秘。

随着山势增高，风也紧了起来，气温也凉了起来，裹着啾啾的鸟声一阵阵从丛林里缠绕在身上。我不知道是海拔变化造成的温差所致，还是五莲山幽境越来越深邃、越来越险峻所致。不过，五莲山方圆十几平方公里，山峰、峭壁密布，其中主峰500多米，高耸着绵延横亘雄浑之气。再加上难以计数的山洞、沟壑、瀑布，以及独特的温带半湿润海洋性气候，引发气温多变自然是正常的。这让我愈加有登顶望远的欲望，有感受和体味一座山变化莫测物象之美的欲望。

很想循着当年苏东坡走过的路径寻幽览胜，想象和体悟这位宋代文学家写下"奇秀不减雁荡"这句话的感受。可历史的烟云和岁月的苔藓早已覆盖历史的遗迹，千年古道亦被风雨流年淹没，五莲山新的路径不断调节人的心绪，变更人的脚步。我只能让审美情趣在自然的本源里寻求一种对应，在感悟历史的同时去解读时代的风物。

过了白鹤楼旧址，林带里有淡淡的雾气飘浮，五莲山也像是进入一种静默状态，一座山的生灵全都屏气凝神，一座山的巨大能量全都隐匿在葱茏之中，几乎所有的风物都变得灵异起来。忽然发现，四周群峰状如莲花，山巅云雾缭绕，若隐若现，整座山仿若仙境。我猜想，明代礼部尚书翁正春所描述的景象："其山五峰列峙，耸接云霄，如莲花初放"，或许就是在这个位置看到的。其实还能看到，天竺峰凌空高耸，仿如一只巨掌从峰底托起。峰腰之上，雾色云状般的丝带如系如束，于高山之巅显现花岗细晶岩侵入的景象。而与天竺峰遥相对峙的望海峰，险奇陡峻，气势巍峨。峰顶巨石搭起天棚，风穿云涌。

名人多爱山，尤其是有如仙境的奇山。这就让人不难理解，当年苏东坡为什么要在这里建造白鹤楼；《金瓶梅》的作者丁惟宁辞官回家，一直隐居此山中；明代万历皇上敕命五朵山改为"五莲山"，赐寺名为"万寿护国光明寺"。

是五莲山绝佳的自然美景以及众多的名人情怀，把这座山推向了众人敬仰的精神高度。

这也让人不难理解，为什么历朝历代都有人在此凿洞塑佛，修庙建寺，此处成了殿宇楼阁、亭榭飞桥汇集之地，成了佛家悟道修行之地。特别是始建于明朝万历年间的光明寺，坐落于大悲峰前，望海峰和天竺峰左右环抱，苍松翠柏生长其间，梵宇山光交相辉映。规模宏大的寺院建筑群，依山就势，层叠递进，重梁挂柱，飞檐琉瓦，气势雄伟，奇丽壮观。光明殿、藏经楼、大悲殿、伽蓝楼、西配殿、五观堂、钟楼、三寺门高大肃穆，营造着十分浓郁的佛教氛围。可以说，五莲山成为一座佛教之山，光明寺成为山东省四大名寺之一，成为人们朝拜的圣地，是有缘由的。

因为有了奇山异水的孕育，有了佛音梵呗的浸润，五莲山的风物都变得灵异起来。就连那些石头都有了生命的内涵，那些树都有了超然的生命情怀。

五莲山的主心骨是石头。亿万年前造山带的演化，成就了这座花岗岩地质的齐鲁名山。一座座奇形怪状的石头，从海洋深处脱胎换骨，在五莲山上重获新生。它们一坨坨堆伏于山谷，一块块直立于山巅，一座座盘坐于竹间林侧，接受日出初光先照，沐浴黄海之滨烟雨迷雾，聆听五莲山花香鸟鸣以及光明寺佛音梵呗，宁静致远，铸就江河日月般淡定，成为山中最为内敛的景物。

烟雨涧里，危岩四起，怪石遍布。那些悬扎在峭壁的尖石就像一把把利剑，那些伸出陡崖的石片就像是一柄柄刀斧，抬头就感到恐惧，生怕利剑刺下来，刀斧劈下来。而更多的石头毫不掩饰自己的峥嵘险峻，卓然昂然，营造着一座山的惊险氛围。至于那些象形象意的石头，因为被人贴上了标签，有了名字，便像被驯化一般，显得和蔼可亲。"凤凰"不飞、"蛤蟆"静卧、"猴子"拜佛、"蟒蛇"听经、"鹦鹉"学舌……尽显生态和谐景象。即使有些石头以简约造型出现，也是闲云野鹤一般，以不同的姿态生长在山涧的各个位置，蕴积着生命的厚度，体验着岁月的温度，度量着历史的长度。

犀牛石很有"犀牛望月"的内涵，在苍翠中以意象诠释《关尹子·五鉴》中文字。虎石纹理清晰，卧在山坡亦能传递兽中之王的威武之势。龟石回眸，最容易让人联想，像是某种情愫未曾了却。它是在回望黄海吧？千年乡愁难以割舍。这是石头的情感流露，也是山的情感流露。一尊石头，以其固有的特质诠释着一座山的生命内涵；一座山，也以自己超然的胸襟托举起一尊石头的生命境界。解读五莲山的石头，需要有超常的审美思维，需要有历史的、文学的和哲理的眼光，需要有不同的时空视角。

其实，在五莲山，每一块石头都是美的化身，都有一个精美的故事。奇异的造型，不仅是石头本身的内在固化，还有时间的外化，气候的点化，更有故事的演绎强化。五莲山的石头，可谓沧海桑田的缩影，可谓世间苍生的写意。面对这些石头，总有走近它聆听石语的意念，抚摸它探究蕴含在石中物质和精神的欲望。走近石头，就是走进幽深岁月，就是走进时光隧道。

五莲山最令人敬畏的石头，莫过于五老峰下的五老石了。五位老人正从林间走来，指点江山，喜迎宾客。最前面那位长老，身着长衫，笑容可掬，挺胸背手，风度翩翩。面对这座石头，人不禁变成仰望的姿态，顿生虔诚之心，膜拜之意。

清代名僧本升说："五莲之胜胜以石，石如芙蕖糁青碧。"很精准的。五莲山的这些石头，远看蓝天大海，近观翠林花影，以自己磐石般的禅定，向那些世俗之人展示人类心灵、道德与觉悟、进步；向那些悟道修行的人，传递发现生命和宇宙的真相，最终超越生死和苦痛，断尽一切烦恼，得到自然解脱的真谛。

图书在版编目（CIP）数据

初光 . 6，第六届中国（日照）散文季精品集 / 丁建元，韩通，何慧颖主编 . -- 济南：山东友谊出版社，2025. 4. -- ISBN 978-7-5516-3501-1

Ⅰ . I267

中国国家版本馆 CIP 数据核字第 2025VQ5890 号

初光 6
CHUGUANG 6

责任编辑：陈　菁
装帧设计：于晨虹

主管单位：山东出版传媒股份有限公司
出版发行：山东友谊出版社
　　　　　　地址：济南市英雄山路 189 号　邮政编码：250002
　　　　　　电话：出版管理部（0531）82098756
　　　　　　　　　发行综合部（0531）82705187
　　　　　　网址：www.sdyouyi.com.cn
印　　刷：济南精致印务有限公司

开本：710 mm×1000 mm　1/16
印张：20　　　　　　　　字数：325 千字
版次：2025 年 4 月第 1 版　印次：2025 年 4 月第 1 次印刷
定价：90.00 元